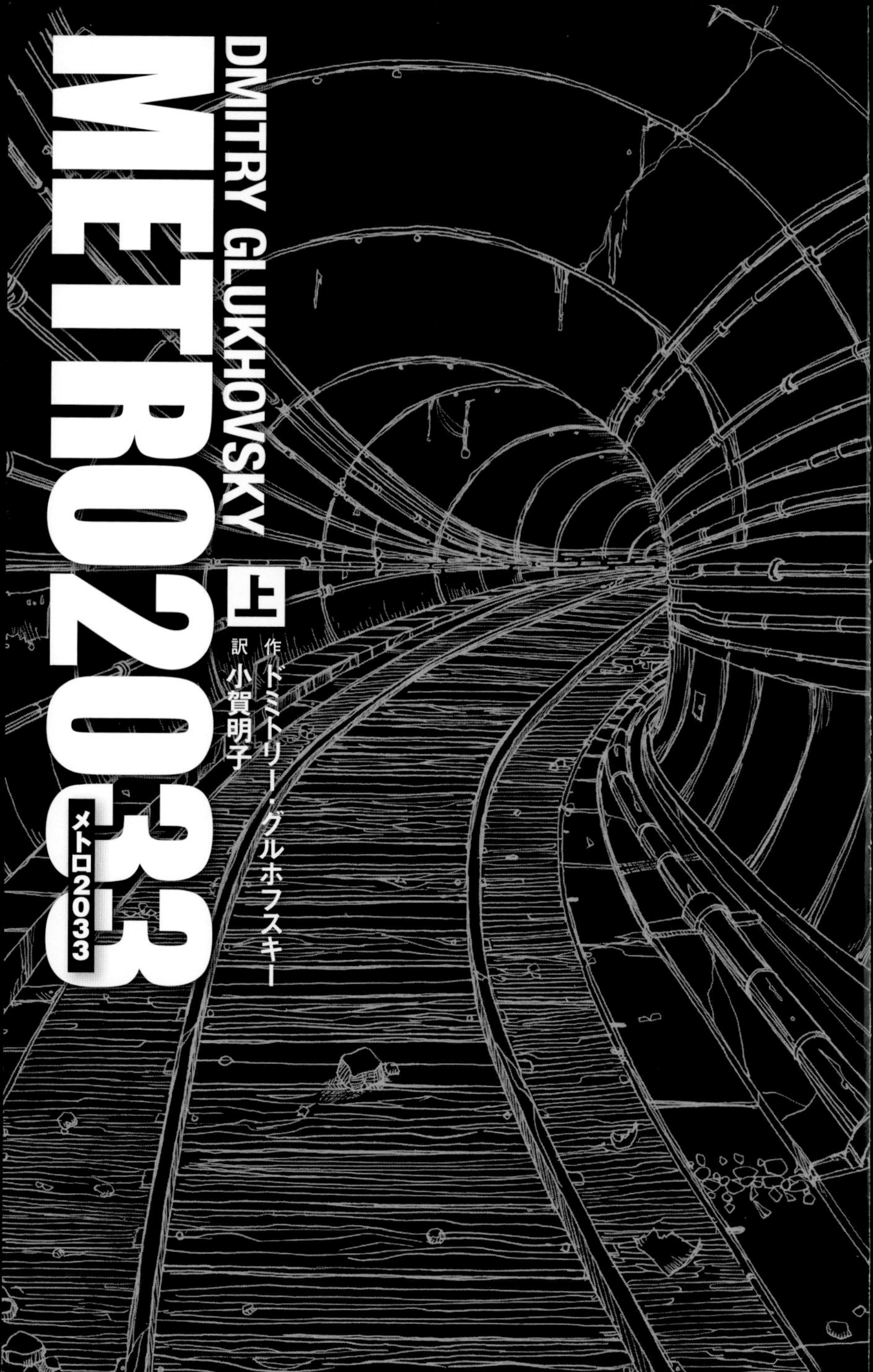

METRO 2033

DMITRY GLUKHOVSKY

メトロ2033

上

作　ドミトリー・グルホフスキー

訳　小賀明子

METRO 2033
上

《カバー・本文イラスト》橋 賢亀　《ブックデザイン》土屋哲人　《編集協力》大野愛子・鈴木玲子

物語の舞台

2033年。
核戦争から数十年後のモスクワ。
放射能に汚染された地上は
モンスターたちの世界となり、
人々は、モスクワ地下鉄・メトロ各駅を
生活の場所とした。
しかし、そこも安全ではなかった。

人間同士の争い、ネズミの襲撃、
そしてモンスターの侵入。
日の射さない暗く、
湿った空気が淀むトンネルの中、
それでも人は生きる―
こんな未来から、物語は始まる。

上巻・目次

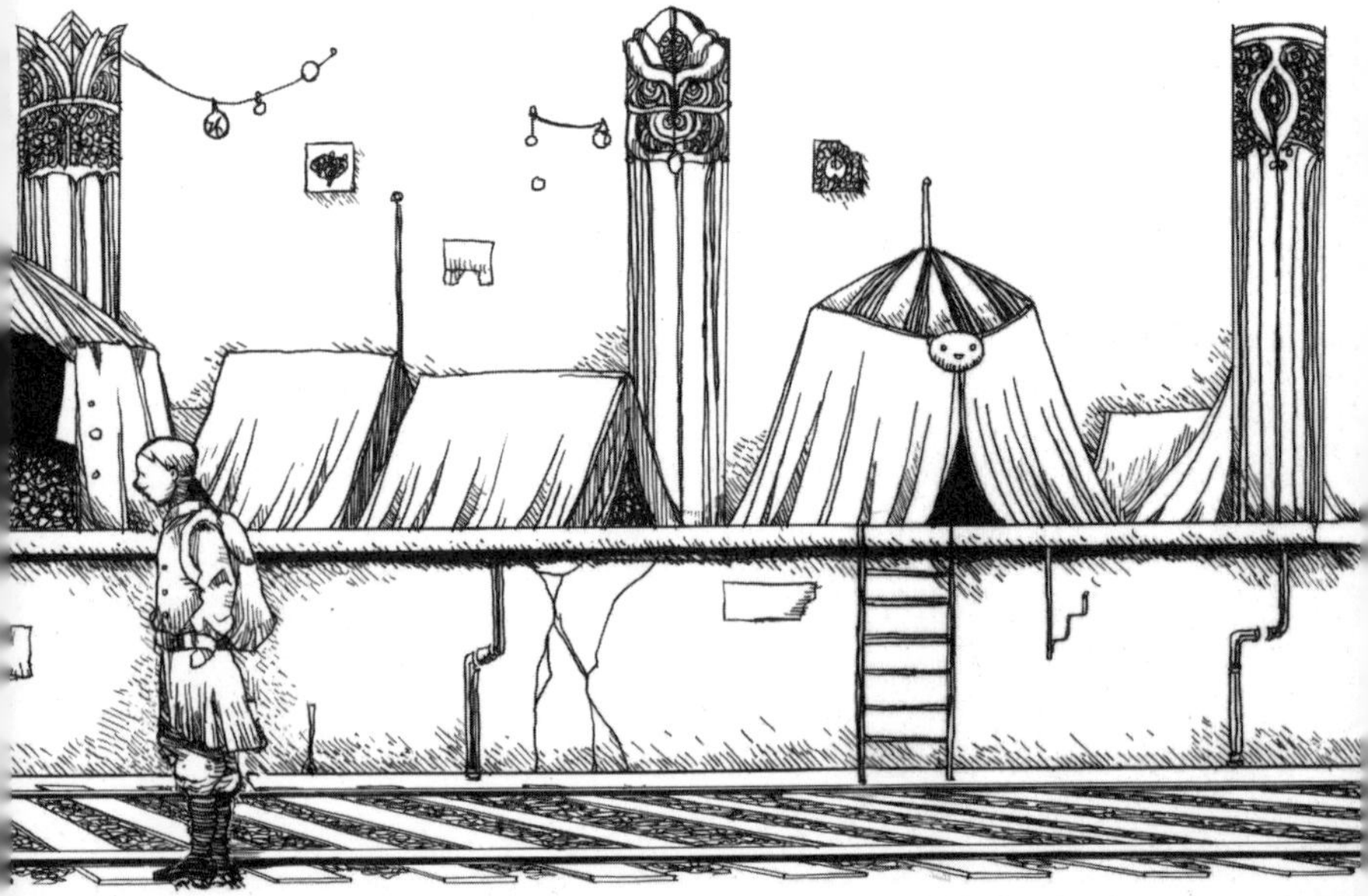

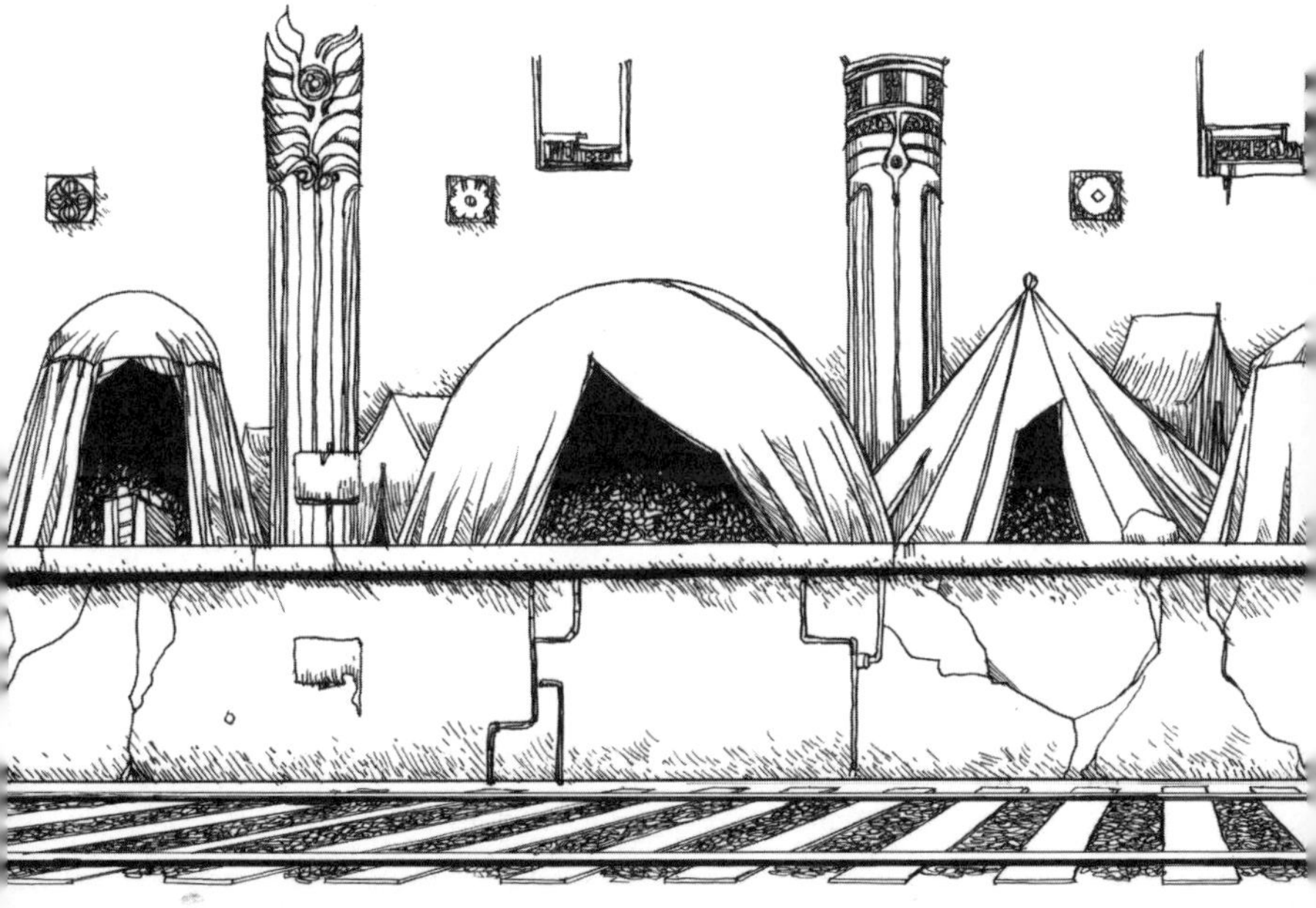

モスクワ・メトロ路線図

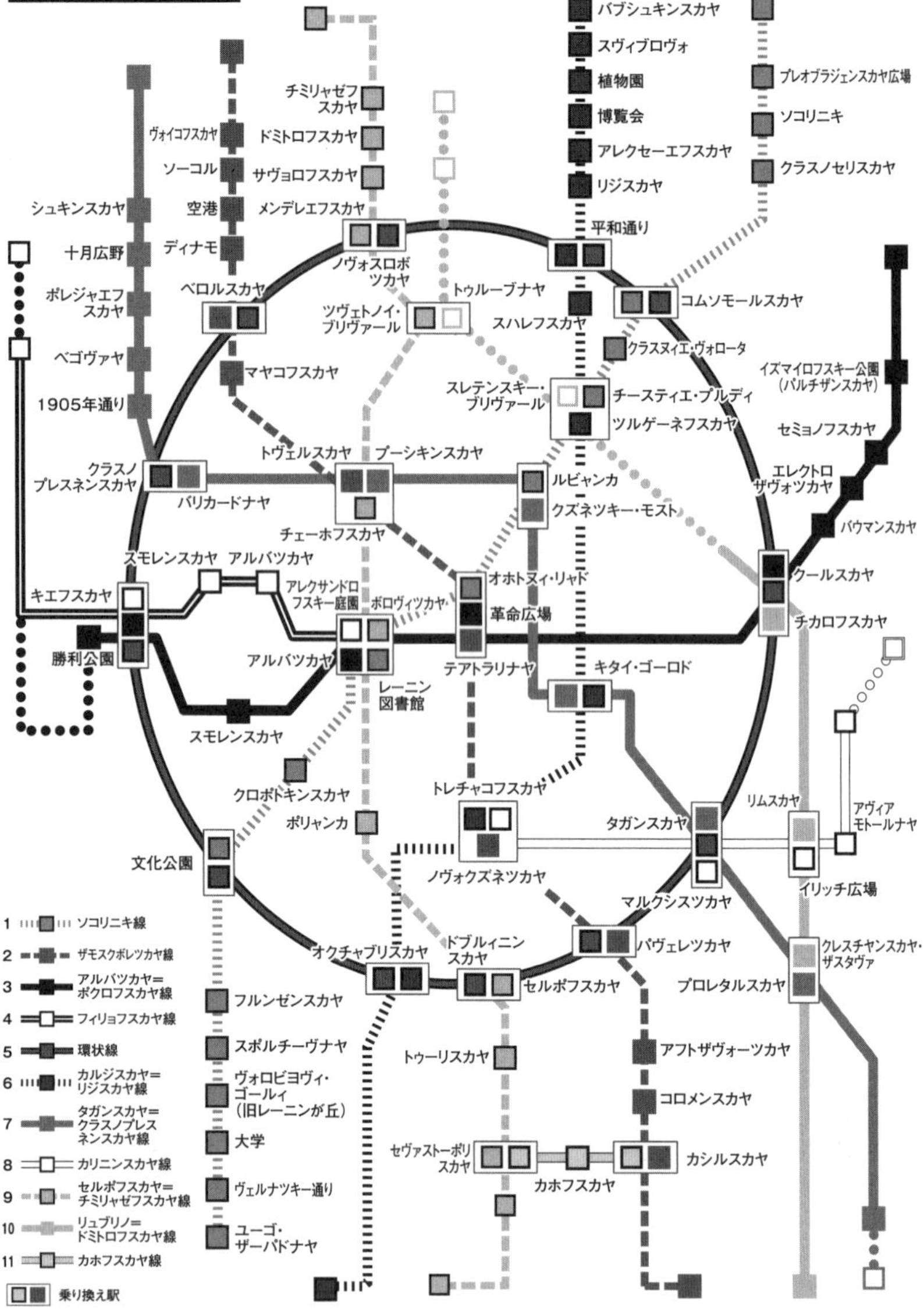

メドヴェトコヴォ
バブシュキンスカヤ
スヴィブロヴォ
植物園
博覧会
アレクセーエフスカヤ
リジスカヤ
平和通り
プレオブラジェンスカヤ広場
ソコリニキ
クラスノセリスカヤ
コムソモールスカヤ
チミリャゼフスカヤ
ドミトロフスカヤ
サヴョロフスカヤ
メンデレエフスカヤ
ノヴォスロボツカヤ
ヴォイコフスカヤ
ソーコル
空港
ディナモ
ベロルスカヤ
マヤコフスカヤ
シュキンスカヤ
十月広野
ポレジャエフスカヤ
ベゴヴァヤ
1905年通り
トゥルーブナヤ
ツヴェトノイ・ブリヴァール
スハレフスカヤ
クラスヌィエ・ヴォロータ
スレテンスキー・ブリヴァール
チースティエ・プルディ
ツルゲーネフスカヤ
イズマイロフスキー公園（パルチザンスカヤ）
セミョノフスカヤ
エレクトロザヴォツカヤ
バウマンスカヤ
トヴェルスカヤ
プーシキンスカヤ
チェーホフスカヤ
クラスノプレスネンスカヤ
バリカードナヤ
ルビャンカ
クズネツキー・モスト
スモレンスカヤ
アルバツカヤ
キエフスカヤ
勝利公園
アレクサンドロフスキー庭園
ボロヴィツカヤ
アルバツカヤ
レーニン図書館
オホトヌィ・リャド
革命広場
テアトラリナヤ
クールスカヤ
チカロフスカヤ
キタイ・ゴーロド
スモレンスカヤ
クロポトキンスカヤ
ポリャンカ
トレチャコフスカヤ
ノヴォクズネツカヤ
タガンスカヤ
マルクシスツカヤ
リムスカヤ
アヴィアモトールナヤ
イリッチ広場
文化公園
オクチャブリスカヤ
ドブルィニンスカヤ
セルポフスカヤ
パヴェレツカヤ
クレスチヤンスカヤ・ザスタヴァ
プロレタルスカヤ
フルンゼンスカヤ
スポルチーヴナヤ
ヴォロビヨヴィ・ゴールィ（旧レーニンが丘）
大学
ヴェルナツキー通り
ユーゴ・ザーパドナヤ
トゥーリスカヤ
アフトザヴォーツカヤ
コロメンスカヤ
セヴァストーポリスカヤ
カホフスカヤ
カシルスカヤ
1 ソコリニキ線
2 ザモスクボレツカヤ線
3 アルバツカヤ＝ポクロフスカヤ線
4 フィリョフスカヤ線
5 環状線
6 カルジスカヤ＝リジスカヤ線
7 タガンスカヤ＝クラスノプレスネンスカヤ線
8 カリニンスカヤ線
9 セルポフスカヤ＝チミリャゼフスカヤ線
10 リュブリノ＝ドミトロフスカヤ線
11 カホフスカヤ線
乗り換え駅

※物語に登場する主な駅のみ記載しています。

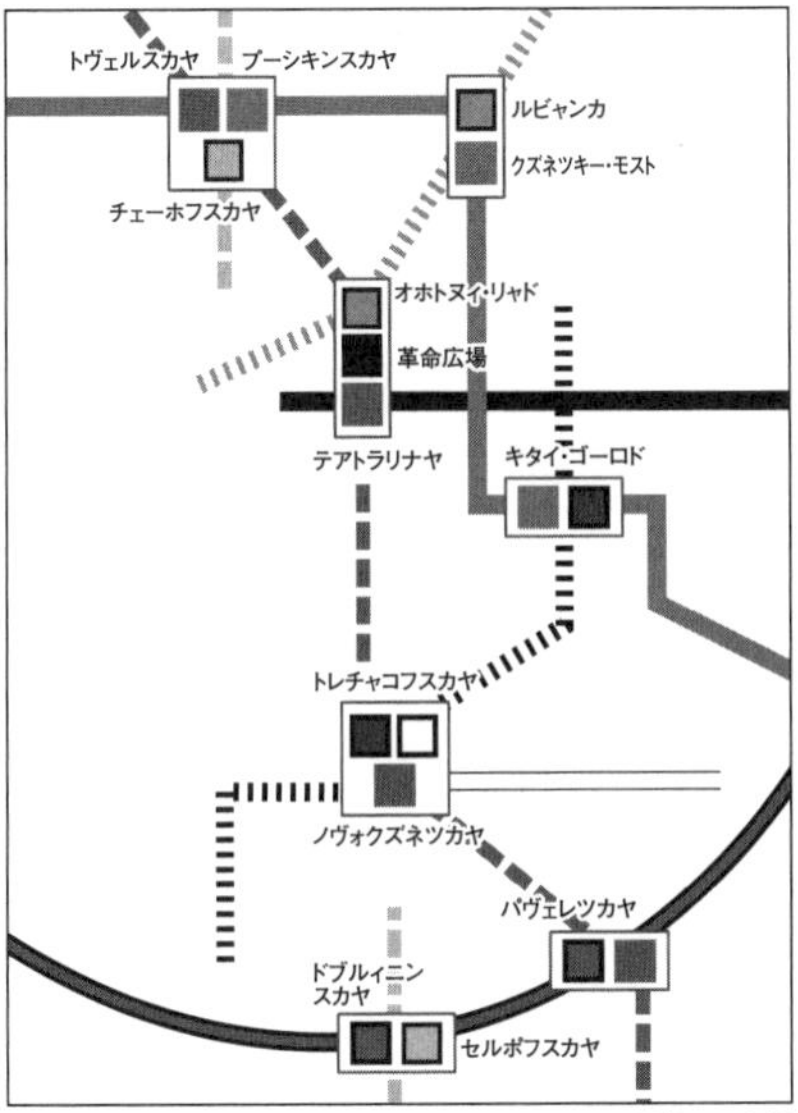
トヴェルスカヤ
プーシキンスカヤ
チェーホフスカヤ
ルビャンカ
クズネツキー・モスト
オホトヌイ・リャド
革命広場
テアトラリナヤ
キタイ・ゴーロド
トレチャコフスカヤ
ノヴォクズネツカヤ
パヴェレツカヤ
ドブルィニン
スカヤ
セルポフスカヤ

▲8章〜10章

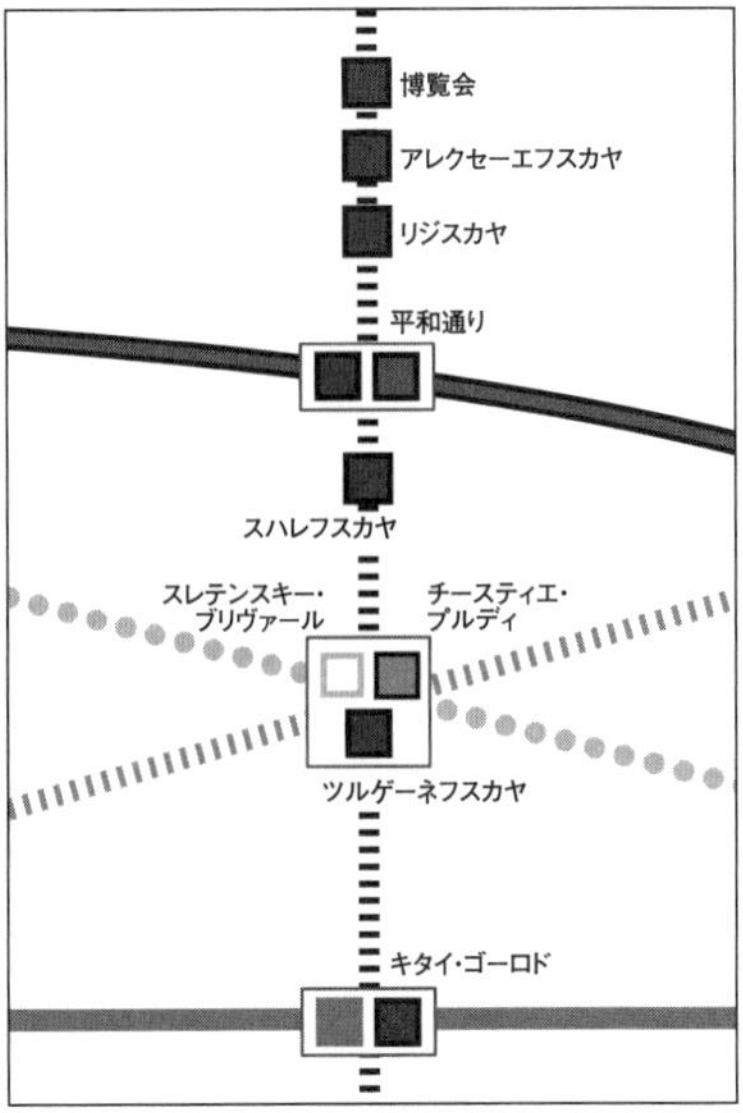
博覧会
アレクセーエフスカヤ
リジスカヤ
平和通り
スハレフスカヤ
スレテンスキー・
ブリヴァール
チースティエ・
プルディ
ツルゲーネフスカヤ
キタイ・ゴーロド

▲1章〜7章

▼地下都市《ポリス》

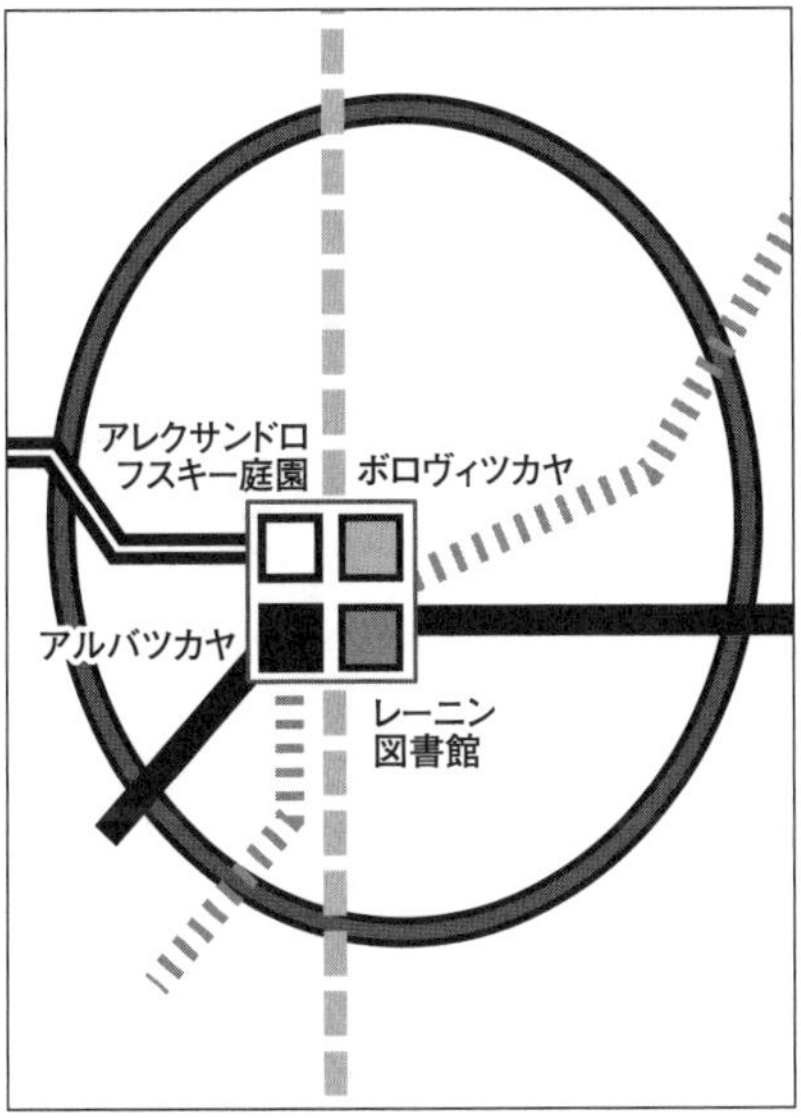
アレクサンドロ
フスキー庭園
ボロヴィツカヤ
アルバツカヤ
レーニン
図書館

▼ハンザ

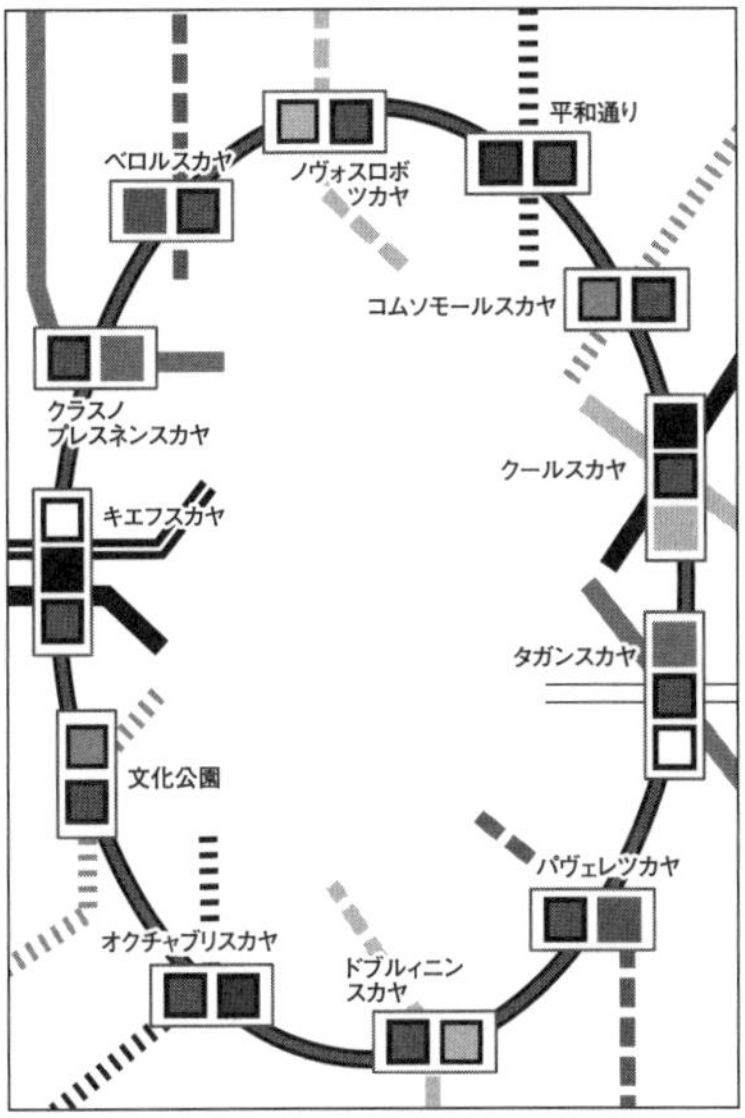
平和通り
ベロルスカヤ
ノヴォスロボ
ツカヤ
コムソモールスカヤ
クラスノ
プレスネンスカヤ
クールスカヤ
キエフスカヤ
タガンスカヤ
文化公園
パヴェレツカヤ
オクチャブリスカヤ
ドブルィニン
スカヤ

第1章　地の果て

「そこにいるのは誰だ？　おい、アルチョム、確認しろ！」

たき火の脇から、アルチョムはのっそり体を起こした。背負っていた銃を構えなおし、暗闇へ向かう。ぎりぎり明かりが届く所で立ち止まり、わざと大きな音を立てて銃の遊底を引くと、脅すように叫んだ。

「動くな！　合言葉を言え！」

怪しい物音と乾いたささやき声が響いた暗がりから、せわしげな足音が聞こえた。どうやら、相手はアルチョムの声と、ガチャリという銃の音に驚いて、トンネルの奥へ逃げていったようだ。アルチョムは急ぎ足でたき火の所にもどると、いまいましげに報告した。

「だめです。姿を現しませんでした。名乗りもせずに逃げてしまいました」

「バカやろう！　返事がないときはすぐに撃て！　何者だったかわからないじゃないか！〝黒き者《チョルヌィ》〟だったらどうする！」

「いや、人の気配ではありませんでした。変な音で……。あれは、人の足音じゃありません。それぐらい、僕にも聞き分けられます。〝黒き者《チョルヌィ》〟だったら、声をかけたくらいで逃げだしたりしないでしょう？

ピョートル・アンドレーヴィチ、あなたもご存じのように、最近〝黒き者《チョルヌィ》〟は即座に襲ってきます。監視員に素手で攻撃し、機関銃にまで体当たりしたと聞いています。でも、今の奴はさっさと逃げちまった……。どこかの臆病者でしょう」

「そうか、アルチョム、お前は賢い奴だよ。いまいましいほどな。だが、四の五の言わずに指示書に従え。今のは敵の偵察員だったのかもしれない。こっちの人数が少ないのをいいことに、優勢と見て……ってこともある。情けをかけたばかりに、ナイフを喉《のど》に突きつけられて、駅ごとみな殺し、ってこともな。ポレジャエフスカヤ駅の二の舞だよ。そうなってからでは遅い。わかったか！　次からはトンネルの中まで追いかけさせるからな！」

延々と続くトンネルを思い浮かべ、アルチョムはぞっとした。歩くことを想像するだけで足がすくむ。北へ延びる七百メートルのトンネルを最後まで歩いた向こう見ずは、これまで誰もいない。五百メートルまでならパトロール隊がトロッコで入ったことはある。しかし、その時でさえ、境界線の柱をサーチライトで照らし、異常がないことを確認しただけで、急いでもどってきている。元海兵隊の屈強な男たちでですら、六百八十メートル地点が限界だった。タバコの火を手のひらに隠し、暗視スコープを目に当てたまま動けなくなってしまったのだ。彼らはトンネルの闇から片時も視線をそらさず、暗がりに絶対に背を向けないようにして、ゆっくりと後ずさりでもどってきたのだった。

アルチョムたちがいる監視所は、四百五十メートル地点に設置されていた。境界線である柱までの距離は、ほんの五十メートル。境界線は毎日巡回されていたが、最後の巡回から、すでに数時間が経過していた。この監視所は最前線だ。巡回の時に偵察隊がいったん追い払った獣たちがもどって来る頃かもしれない。火のそばへ、人間の近くへ……。

アルチョムは元いた場所に座り、ピョートル・アンドレーヴィチにたずねた。

「ポレジャエフスカヤ駅で、何があったのですか？」

そこで起きた血も凍るような出来事を、駅で自由商人たちが話しているのをもれ聞いたことはあった。が、アルチョムはもう一度、話を聞きたくなった。赤ん坊をさらう頭のない化け物や吸血鬼のお化け話に子どもが惹かれるように。

「ポレジャエフスカヤ駅の話を知らないのか？　あれは奇妙な事件だった。奇妙で、恐ろしい出来事だ。最初は、偵察隊が姿を消し始めたんだ。トンネルの中に出かけていったきり、もどってこない。

もっとも、あそこの偵察員は青二才ぞろいだ。うちの足元にもおよばない。ま、駅全体の規模も小さくて、住んでいる……、いや、住んでいた人の数も少なかったからな。

さて、ある時、偵察隊メンバーが行方不明になった。一個連隊が出かけていって、それっきり帰ってこない。最初はただ時間がかかっているだけだと思われた。あそこのトンネルも、うちのように曲がりくねっているからな」

「うちのように」という言葉に、アルチョムはぞっとした。

「どんなに明かりを照らしても、監視所からも、もちろん駅からも、偵察員たちの姿は見えない。三十分たっても、一時間、二時間過ぎてももどらない。そもそも姿をくらました場所がわからない。偵察隊といえども一キロ以上先に進むことは禁じられているし、彼らだってバカじゃない。

不安になった住人たちは、増員した捜索隊を出した。あちこち探し回り、名を呼び、叫んで…しかし返事はない。どこにもいない。偵察員たちは、消えちまったんだ。もっとも、彼らの身に起きたことを誰も目撃せずにすんだのは、まだ救いだったのかもしれないが。不気味と言えば、叫び声も何も聞こえなかったこともだ。音もなく消えちまったんだよ」

ピョートル・アンドレーヴィチにポレジャエフスカヤ駅の出来事をたずねたことを、アルチョムは後悔し始めていた。ピョートル・アンドレーヴィチは、詳しく話を知っているせいか、あるいは想像で補っているのか、驚くほど細かく話を再現するのだ。語りの得意な自由商人たちよりも、ずっとうまく。

あまりの生々しさに鳥肌が立ち、たき火のそばにいるのに、寒気が体を包む。アルチョムは、がたがたと震えだした。トンネルから聞こえるほんの小さな物音にも、恐怖をかき立てられる。

「そんなわけで、銃声もなかったし、勝手にどこかへ行っちまったんだろうという結論になった。何か不満があって、よそへ行ったのに違いない、それなら仕方ない、とね。楽な生活を求めて出ていって、ろくでなしや無政府主義者たちに振り回される羽目になっても、それは奴らの勝手だ、と。そう思い込むことで、気持ちを軽くしようとしたんだろうな。

ところがそれから一週間後、また偵察隊が消えちまった。今度は、駅から五百メートル圏内でな。音もなし、手がかりもなし。影も形もなし。さあ、駅では大騒ぎだ。何しろ一週間で二つの偵察隊が姿をくらましたんだ。

これはただごとじゃない。で、三百メートル地点に警戒線を張ることにした。砂袋を運び、機関銃を装備し、サーチライトもつけ、ちょっとした要塞だ。ベゴヴァヤ駅に使者も送った。ベゴヴァヤ駅と

1905年通り駅は、ポレジャエフスカヤ駅の同盟駅だったからな。以前は十月広野駅も同盟に入っていたんだが、連絡がとれなくなってしまっていた。何があったのかは誰にもわからないんだが、とにかく、もう住めなくなって、住民はみな方々に散ってしまったらしい。

まあ、それはいい。ポレジャエフスカヤ駅では非常事態を知らせる使者をベゴヴァヤ駅に送り、救援を頼むことにした。ところが、一人目の使者がベゴヴァヤ駅に着くよりも前に、二人目の使者がとり乱して駆けもどってきた。警戒線が全滅した、と言うんだ。しかも、恐ろしいのは、誰も発砲した様子がなく切り殺されていたことだよ」ピョートル・アンドレーヴィチは言葉を継いだ。

「眠ってる間に不意打ちを喰らったっていうのか！　厳戒態勢なんだぜ。そもそも、そんな恐怖の中じゃ、眠れるはずもない。使者の話を聞いたベゴヴァヤ駅では、やがて自分たちの駅にも魔の手が伸びてくると判断した。そこで、ポレジャエフスカヤ駅を援護する突撃隊を送った。機関銃、擲弾筒《てきだんとう》で重武装した百人の精鋭たちだ。一日半くらいで準備を整え、大がかりな支援部隊を向かわせたんだ。

ところが、一団がポレジャエフスカヤに着いた時、そこには生きている者は誰一人いなかった……。死体すらない。ただ、血の海が広がっているだけだった。とても人間わざとは思えない」

「ベゴヴァヤ駅はどうなったのですか？」

アルチョムは上ずった声でたずねた。

「恐ろしい光景を目にしたベゴヴァヤの連中は、ポレジャエフスカヤとつながるトンネルを爆破した。四十メートルほど埋もれたらしいから、機材なしじゃ掘り起こせないだろう。ま、機材なんてどこにもないがね。もう十五年もさびついたままだ……」

ピョートル・アンドレーヴィチは口を閉じ、たき火の炎を見つめた。アルチョムは控え目な咳払いをすると、ボソリとつぶやいた。

「そうですね……。さっきは撃つべきでした。しくじったな」

その時、駅のある南側から叫び声が聞こえた。

「おーい、四百五十メートル地点！　異常ないか？」

ピョートル・アンドレーヴィチは両手を丸めて口に当てると、叫び返した。

「こっちに来てくれないか！　用があるんだ！」

懐中電灯を照らしながら三つの人影が近づいてきた。三百メートル地点の監視のようだ。たき火のそばまで来ると、懐中電灯を消して、腰かけた。

「やあ、ピョートル、お前ここにいたのかい？　今日は誰が〝地の果て〟に送られたのか、考えてたんだよ」

葉巻を一本とりだしながら、年長の男が微笑みを浮かべて言った。

「アンドレイ、こいつがな、さっきここで何かを見たんだよ。いや、撃つのは間に合わなかった……。トンネルの中に隠れちまったんだ。だが、人のようじゃなかった、と言うんだ」

「ほう、人じゃなかったって？　なら、どんな様子だったんだ？」

アンドレイはアルチョムに顔を向けた。

「いえ、姿を見たわけではなくて……。合言葉をたずねるとすぐに北の方へ逃げ去ったんです。その時の足音がどうも人のものではなかった。軽くて、細かくて、まるで足が四本あるような……」

「三本かもな！」

アンドレイは目配せをすると、わざと恐ろしげな顔をしてみせた。

アルチョムはフィリョフスカヤ線に現れた三本足の化け物の話を思いだして、激しくむせた。地上駅を持つフィリョフスカヤ線では、トンネルが比較的浅かったせいで、放射能を防ぎきれなかった。そこでは三本足や双頭の化け物が生まれ、メトロ全線に入り込んできたのだ。

葉巻をくゆらせ、アンドレイは連れに言った。

「せっかくここまで来たんだから、しばらく残ろうじゃないか。三本足が出てきたら、一緒にやっつけてやろう。アルチョム！　やかんはあるかい？」

ピョートル・アンドレーヴィチが自分から立ち上がり、でこぼこにへこんで煤《すす》けたやかんにブリキ缶から水を入れ、火にかけた。ほどなくやかんがくつくつと鳴りだすと、湯が沸く家庭的で穏やかな音が、アルチョムの気分を和らげた。彼は、たき火をぐるりと囲んだ面々を見回した。みな地下での厳しい生活に鍛えられた、屈強で頼りがいのある猛者《もさ》ばかりだ。この人たちは信じられるし、当てにできる。アルチョムたちの駅が、線の中でも最も安全とされているのは、ここにいる彼らのような男たちのおかげだ。彼らはみな、温かな友情をはぐくみ、兄弟のような絆で結ばれていた。

二十歳過ぎのアルチョムは地上で生まれた。だから華奢《きゃしゃ》で青白い地下生まれの若者たちとは、見かけからして違う。メトロで生まれ育った子どもたちは、決して地上に出ようとはしない。地上は、彼らにとって恐ろしい所だった。放射能の影響もさることながら、太陽の光でさえ、地下生活しか知らない肌には危険なのだ。もっとも、アルチョムが物心ついてから地上に出たのも、わずか一回だけ、それもほんの一瞬のことだ。いずれにせよ、地上の放射能汚染はもはや手の施しようのないところまで進んでいた。好奇心から上の世界を見物にでも行こうものなら、わずか数時間で大火傷を負う。

アルチョムは、父を覚えていない。母とは、チミリャゼフスカヤ駅で五歳まで一緒に住んでいた。とても幸せで、穏やかな生活を送っていた。駅がネズミの群れに襲われ、壊滅するまでは。

あの日、灰色にぬれ光る巨大なネズミの大群が、何の前触れもなしに、トンネルから押しよせてきた。北の本線から分岐して脇にそれたそのトンネルは、先の方でさらに深く地下へともぐる。数百の通路が複雑に絡み合い、恐怖と悪臭と凍える寒さの迷路となっていると言われていた。トンネルの突き当たりにあるネズミの王国に足を踏み入れる愚か者はいない。知らずに迷い込んだ放浪者ですら、暗く忍びよる危険を感じとり、ぱっくりと開いた王国の入口から一目散に走り去るに違いなかった。

だから、人がネズミを脅かすようなことは、できっこなかった。それなのに、奴らはやってきた。見たこともない巨大ネズミが生きた雪崩となって押しよせると、頼みの警戒線はあっけなく破られた。ネズミどもは駅を呑み込み、駅を守ろうとする人々をもなぎ倒していった。阿鼻叫喚《あびきょうかん》の悲鳴でさえネズミの足音でかき消された。その日のうちに多くの人が命を落とした。ネズミどもは何もかも食いつくした。死者も、生ける者も、殺された仲間のネズミたちの屍《しかばね》すらも容赦なく貪《むさぼ》りながら、何かに突き動かされるように前へ、前へと流れ動いた。

生き残ったのは、ほんのわずか。それも、普通は最初に救助される子どもや女性、老人たちではなく、頑健な男が、たったの五人。

彼らは、南トンネルの警備に当たっていた男たちだった。最初の悲鳴が駅の方から聞こえるやいなや、一人がさっと立ち上がり、様子を見に駆けだした。しかし、トンネルの向こうにチミリャゼフスカヤ駅のプラットホームがやっと見えた時、そこはすでにネズミの群れで氾濫《はんらん》する大河のような有様だった。男は、一瞬にして何が起こったかを理解した。こうなっては、駅を救える手などない。彼はくるりときびすを返そうとした。その時だった。突然、誰かに引っ張られた。振り向くと、一人の女性が、恐怖に顔を引きつらせながら、彼の袖に必死でとりすがっていた。泣き叫ぶ人々の声に負けまいと、女性は懸命に声を張り上げた。

「兵隊さん、この子を助けて！　後生だから！」

見ると、その女性は子どもの小さなふっくらとした手を必死に差しだしている。男は反射的にその手をつかんだ。命を救ってやろうなどという考えは、頭になかった。ただ、兵隊さんと呼ばれ、後生だから、と懇願されたことに、突き動かされたのだ。男は、初めのうちは子どもの手を引き、やがて脇に抱えて走り、ネズミたちの奔流から夢中で逃げた。南トンネルの奥へ、監視所の仲間たちの所へと。

残り五十メートルまで近づくと、男は、トロッコのエンジンをかけるように仲間に向かって叫んだ。彼ら五人と一人の子どもが助かったのは、この監視所に、十駅に一つしかないエンジンつきトロッコがあったおかげだった。男たちは猛スピードでトロッコを走らせ、あっという間に隣のドミトロフスカヤ駅を通り過ぎた。そこは無人駅だったが、数人の隠遁《いんとん》生活者が住み着いていた。男たちは、彼らに「逃げろ！　ネズミの大群だ！」と叫んだが、すでに手遅れであることは明らかだった。

間もなく、次のサヴョロフスカヤ駅が近づいてきた。チミリャゼフスカヤ駅とこの駅との間には平和協定が結ばれていたが、このままのスピードでは、襲撃と勘違いされ、銃撃されるかもしれない。男たちはトロッコのスピードを緩め、駅境界に設置されている監視所に向かって、力の限り叫んだ。

「ネズミだ！　ネズミが襲ってくる！」

男たちは、サヴョロフスカヤ駅を通り過ぎ、線路の続く限り先へ進むつもりでいた。灰色の濁流がメトロ全土を覆いつくさぬ限り。

しかし、その必要はなかった。幸運なことに、サヴョロフスカヤ駅には、彼らと、この駅を救い、セルポフスカヤ＝チミリャゼフスカヤ全線を守り抜ける手段があったのだ。トロッコの男たちが叫び始めた時、早くも危険を察知したサヴョロフスカヤ駅側では、超特急でその準備にとりかかっていた。

大がかりな装置のカバーが外された。中から現れたのは、この駅の腕利きたちが、地上で一つ一つ集めてきた部品から作った火炎放射器だった。原始的だが、威力は極めて強い。トンネルの奥にネズミの大群の先頭が見え、ざわざわときしむ何千もの足音が闇の中から次第に近づくと、火炎放射器は、文字通り火を噴いた。オレンジに輝く炎が、おたけびを上げながらトンネルを数十キロも埋めつくす。十分、十五分、二十分……。火の攻撃は燃料のつきるまで続けられ、トンネルの中は、生きたまま焼かれたネズミたちのぞっとするような臭いと、金切り声が立ち込めた。

すべてが終わった。サヴョロフスカヤの見張り人たちは、駅を守り抜いた英雄として全線にその名をとどろかせることになった。その傍らにいたのは、次第に冷えていくトロッコに乗ったチミリャゼフスカヤの五人の男と、アルチョムという名の少年だった。

巨大ネズミは自分たちの王国へと退却していった。人の手が作り上げた最後の兵器が勝利したのだ。

殺戮《さつりく》に関しては他のどんな生き物も、人間にはかなわない。

しかし、あのネズミどもが住む王国の実態は謎のままだ。そもそも、なぜ秘密めいた地下迷路が、このモスクワ地下鉄―メトロ網の途方もなく深い場所に建造されたのかも、今となっては誰一人として知る者がいないのだ。

かつてメトロで働いていた数少ない生き残りは、メトロの住民からとても重んじられていた。それは、モスクワ全市の下に広がる暗く、巨大な石の胎内でも恐れおののくことなく、理性を失わずに行動できた一にぎりの人たちだったからだ。

最終戦争が限りなく悲惨な終結を迎え、運よくこのメトロに逃げ込めた人たちは、居心地よく安全なカプセルを思わせる列車を出て、駅とトンネルを自分たちの生活の場と定めた。

駅の住民はメトロ職員を敬い、子どもたちにもそう教えた。アルチョムの脳裏にも一人の元運転助手の姿がはっきりと焼きついている。長年におよぶ地下での仕事の影響で、青白く病的な顔色をしたその男は、ところどころほころびて色あせたメトロ職員の制服を、退役将校が礼服を身にまとってでもいるように、誇らしげに着ていた。幼かったアルチョムは、ひょろひょろと脆弱《ぜいじゃく》な元運転助手に、言葉では表せないほどの威厳と力を感じたものだった。

メトロ職員は他の住人たちにとって、ジャングル調査隊を案内する現地民のような存在だった。人々は彼らを信頼し、その知識と判断力に命を預けていた。

当初は、一つの大きな砦、巨大な核シェルターだったメトロ網だが、やがて管理統一体制が崩れて、カオスと無政府状態に陥った。その時、それぞれの駅でリーダーシップをとったのも、元メトロ職員たちだった。一つ一つの駅が自治政府を持つ独立国家となり、駅ごとに異なるイデオロギーや体制、リーダーや軍隊を有するようになった。小国家は互いに争い、連合や同盟を結び、時には同盟国を倒してとり込み、より強大な帝国を目指すようになった。大きな脅威があるときは短期の同盟を結ぶが、その脅威が過ぎ去るやいなや、お互いに喉《のど》を締め上げるのだ。

地下社会では、あらゆるものが奪い合いの対象になった。生きるための空間も、食料も。たんぱく質酵母を持つ苗木やキノコなど、太陽光のいらない植物から、鶏舎や養豚場――無色の地下産キノコで育てられた青白い地下産ブタやひょろひょろのニワトリがいる――にいたるまで。そして、もちろん、水と浄水フィルターは最も重要な財産だった。

壊れた浄水器を直せず、放射能に汚染された水を飲んで死の淵に立たされた人々の中には、暴徒となって豊かな駅を襲撃する者もいた。狙われたのは、発電機や、小型の自家製水力発電システムが稼働している駅、水のフィルターが定期的に点検整備されている駅、きめ細かな女性の手ではぐくまれたキノコが、小さな白いかさを湿った地面にのぞかせていたり、満腹そうに鼻を鳴らすブタがいる駅などだ。

果てしない奪い合いへと彼らを追い立てていたのは、防衛本能と、〝奪って、分ける〟という革命の原則だった。恵まれた駅では、旧軍人たちを中心に戦闘能力の高い防衛軍を結成し、自暴自棄に陥った暴徒たちから駅を守るため、最後の血の一滴まで戦った。もちろん、反撃に転じることもある。人々は、駅間のトンネル空間の一メートルを、奪われ、奪い返す戦いを繰り返していた。各駅では軍事力を固め、襲撃に対して死刑をも含んだ懲罰という形で応じ、話し合いで解決できない隣人には、速やかに排除するための策をつくした。どの駅にとっても、空間をより多く確保するのが死活問題だったからだ。

そして、穴やトンネルから出てくる化け物どもへの対策も重要な課題だった。メトロ世界を徘徊する奇怪で醜く危険な怪物たちを目にしたら、かのダーウィンも頭を抱えただろう。しかし、これらの生物たちがかつて見慣れていた動物たちとどんなにかけ離れていても――元は無害な動物が目に見えぬ有害な放射線によって地獄の化身となったものか、あるいは、人知れず地中深く生息していた生物が地表に出てきただけなのか――。

いずれにしても、彼らも、この世を構成している命の一部だった。どんなに奇怪なものであろうとも、生き物には違いないのだ。その証拠に、彼らも、地球上の有機体が持つ基本的本能に従っていた。

それは、生き残ること。何が何でも生き残ること。


アルチョムは、彼らの駅特産の茶が湯気を立てている白いほうろうのカップを手にとった。もっとも、〈茶〉と呼んでいるが、実際には乾燥キノコを煎じたものだ。残りわずかとなった本物の茶は、特別な時だけに節約しながら飲む貴重品で、値段も、このキノコの煎じ茶の数十倍はする。アルチョムたちの駅で〈茶〉と言えば、もっぱらキノコで作られたこの温かな飲み物のことを指し、人々は自分たちの発明であるキノコ茶を毎日愛飲していた。初めて口にする時は、なじみのない味に驚いて吐きだしたりするのだが、不思議と次第に慣れて、おいしく飲めるようになってくる。

やがて他の駅にもこの茶の噂《うわさ》が広がり、自由商人たちが茶を仕入れに来るようになった。当初は、たまにやってくるだけだったが、茶の名声が路線中に広がり、〝ハンザ同盟〟ですら興味をよせる名産品となった。

アルチョムたちの住む国民経済達成博覧会駅――略して博覧会駅（ВДНХ《ヴェー・デー・エヌ・ハー》）には、乾燥キノコから生まれる〝魔法の飲み物〟に自由商人たちが長蛇の列をなし、キノコ茶は、駅にとって頼りになる収入源となった。金が増えると、武器、薪、ビタミン剤が手に入り、住民たちの生活も安定する。博覧会駅は、名物のキノコ茶のおかげでどんどん発展し、繁栄の度を増していった。それに加え、ここではブタも自慢の種だった。一説によると、メトロのブタ飼育は、ここから始まったとも言われていた。人々が地下生活を送るようになった最初の頃、どこかの命知らずが地上に上がり、半壊した養豚パヴィリオンから駅へブタを追い込んできた、というのである。


「おい、アルチョム！　スホイはどうしてる？」

茶を息で冷まし、ちびりちびりと用心しながら飲んでいたアンドレイが声をかけた。

「サーシャおじさんですか？　元気ですよ。路線の見回りからもどってきたところです。遠征に出ていたんですが……ご存じでしょう？」

アンドレイはアルチョムより十五歳ほど年上で、警備指揮官だった。だから、通常なら四百五十メートルより近距離の監視所にいることはないのだが、今日に限って三百メートル地点を任され、退屈しきっていたところへ先ほどの騒ぎを聞きつけたので、ここぞとばかりにやってきたのだった。

アンドレイはトンネルを好み、その内部を、あらゆる分岐線にいたるまで熟知していた。逆に、農場主や労働者、商人、役人たちに囲まれた駅の生活は、彼にはどうも居心地が悪かった。自分の居場所がない気がするのだ。キノコ栽培のために地面を掘り返したり、農場で堆肥まみれになりながら、ブタどもにキノコを食わせることなど絶対にできなかったし、商いにも不向きで、商人を毛嫌いしていた。

アンドレイはどんな時も勇敢な戦士で、それこそが自分の仕事、と心の底から信じていた。彼は、自分がこれまでしてきた仕事——悪臭の染みついた農場主や、せかせか落ち着きのない自由商人たち、うんざりするほど実務的な役人たち、子ども、女たちを守ってきたこと——を、誇りに思っていた。彼は人を見下すような物言いをし、完璧な自信に満ちた態度をとった。女たちは必ず守ってもらえるという安心感を見出し、こぞってアンドレイに愛を誓い、心地よい暮らしを約束した。しかし、実際のところ、アンドレイがほっとできるのは、駅の明かりが見えなくなる、トンネルの奥五十メートル地点のカーブの向こう側だったのだ。そして、女たちは、そこまで彼を追ってくることはできなかった。

茶でほてった頭から古めかしい黒いベレー帽をとり、蒸気にぬれたあごひげを袖口でぬぐうと、アンドレイは、アルチョムの養父《ちち》が南方遠征から持ち帰ったニュースや噂《うわさ》を、飢えたようにたずね始めた。アルチョムの養父《ちち》——十九年前、チミリャゼフスカヤで幼いアルチョムをネズミの襲撃から救いだしたあの兵士は、自分の手で少年を育て上げたのだ。

「聞いた話もあるだろうが、もう一度聞くのもいい。おい、もったいぶるな」

アンドレイはしつこく頼んだ。

アルチョムが口を開くまでに、さほど時間はかからなかった。彼自身、養父《ちち》から聞いた話を、誰かに語ることは楽しかった。みんな決まって、口をぽかんと開けて聞き入るのだ。

「調査団がどこを回ってきたかは、多分ご存じでしょう?」

アルチョムは話し始めた。

「南を回ったことは知ってる。俺が聞いてるのは、南のどこか、ってことだ。なんたって、超極秘任務隊だからな」

アンドレイはニタリと笑うと、「役所の特別な建物がある所だろう? 当たりか?」と言って、仲間の一人に片目をつぶってみせた。

「秘密任務なんて、何も!」

アルチョムは急いで手を振って打ち消した。

「遠征の目的は、状況調査、情報の……確実な情報の収集です。よその駅からやってくる自由商人たちのおしゃべりは、信じられませんから。わざとデマを流して扇動しようとしているのかもしれないし」

「同感だ。奴らは信用できない」

アンドレイはつぶやいた。

「計算高い連中だからな。今日うちの茶を〝ハンザ〟に売ってくれても、明日にはお前が売り飛ばされるかもしれない。奴らも情報収集に来ているのかもな。正直言うと、俺にはうちの駅の商人連中だって信じられないんだ」

「それは大丈夫ですよ、アンドレイ・アルカーヂッチ。僕もほとんど全員を知っていますが、みな、まともな人たちです。金好きではありますが。でもそれは、よりよい生活を求めてのことですから」

アルチョムが地元商人たちの肩を持つと、アンドレイはすかさず反論した。

「その通り。あいつらは金が好きなんだ。誰よりもいい生活を望んでいる。信用したいというお前の気持ちもわかるが、奴らがトンネルの向こうで何をしているか、わかるのか？　最初の駅でどこかの手先に引き込まれているかもしれないだろう？　そうではないと、お前、自信持って言えるか？」

「手先？　どこの手先に？」

「そら見ろ、アルチョム。お前はまだ若い、知らないことが多すぎる。年上の言うことに耳を傾けて、肝に銘じておけ。長生きしたけりゃな」

「でも、誰かがやらねばならない仕事でしょう？」

アルチョムはむきになって言った。

「自由商人がいなければ弾薬も手に入らず、旧式の銃に塩を詰めて〝黒き者《チョルヌィ》〟に向けて撃つ羽目になっていたでしょうね」

「わかった、わかった。まったくとんだ経済学者だよ、お前は。まぁ気を静めて、スホイの話を続けろ。隣駅の様子は？　アレクセーエフスカヤ駅は、リジスカヤ駅はどうだ？」

「アレクセーエフスカヤ駅は、特に変わりないようです。自分たちのキノコを栽培してます。それと、駅住民の間で……」

情報が秘密の色を帯び、アルチョムは声を落とした。

「駅住民の間で、うちの駅との統合を願う動きがあるようです。リジスカヤ駅も反対していないとか。何でも南方からの圧力が増しているらしいのです。空気が沈み、人々は小声で脅威をささやき合ってはおびえ……でも実のところ、何が恐ろしいのかは、誰にもわからないのだそうです。

路線の一方から帝国の影が忍びよっているからか、ハンザの拡大を危惧《きぐ》しているのか、あるいは他の原因か……。で、我々の駅にしがみつこうとしているんです。リジスカヤもアレクセーエフスカヤも」

「連中、具体的には何を望んでいるんだ？　何か提案があったのか？」

アンドレイは興味津々といった様子でたずねた。

「共通の防衛軍を有する連合国家を結成し、境界線を強固にする。駅間のトンネル内に照明を常置する。民警を組織する。側溝トンネルと通路をふさぐ。定期利用できるトロッコを走らせ、電話線を敷設する。キノコ栽培用の空き場所を確保する。……つまり、産業を共同化し、共に働き、有事には助け合う、ってところですね」

「おい、そいつらは、どこにいたんだ？　植物園駅とメドヴェトコヴォ駅から化け物どもが入り込んで来た時、俺たちが〝黒き者《チョルヌィ》〟の攻撃を受けていた時、どこにいたんだ？」アンドレイは不満げに言った。

「まぁ、落ち着けよ」ピョートル・アンドレーヴィチが口を出した。

「今のところ〝黒き者《チョルヌィ》〟は出没していないんだ、それでいいじゃないか。我々が連中を退治したわけじゃない。奴らの方からおとなしくなったんだ。もしかしたら、今は力をためているのかもしれないし、こんなご時世だ、同盟は邪魔にはならないはずだ。まして隣同士でくっつくんだから。彼らにとっても利益になるし、我々にとっても悪い話じゃなかろう」

「ふん。自由、平等、博愛って奴だな！」

アンドレイは指を折って皮肉った。

「話を聞く気はないんですか?」

アルチョムがすねる。

「そんなことはない、アルチョム、続きを聞かせてくれよ。ピョートルとは、後で決着をつけるさ。これは俺たちのいつもの議論なんだ」

アンドレイにうながされ、アルチョムは話を再開した。

「それで、どうやら我々のリーダーも同盟には賛成の方へ傾いているらしいのです。反対する理由がありませんから、後は細部をきっちり詰めていくだけで、そのための会議も、もうじき開かれるようです。その後は住民投票です」

「住民投票、もちろんだとも! 住民が〈イエス〉と言えばよし。〈ノー〉だったら、考え方が足りないから、もう一度、よく考えるべし」

毒づくアンドレイを無視して、ピョートル・アンドレーヴィチがたずねた。

「リジスカヤの方はどんな様子だって?」

「リジスカヤ駅の向こうには平和通り駅がありますよね。〝ハンザ同盟〟の境の駅です。養父《ちち》が言うには、〝ハンザ〟と〝赤〟との関係は、今のところ落ち着いているそうです。もう、戦争のことも話題にされなくなってきているとか」

〝ハンザ同盟〟とは、環状線の駅が結んでいる友好同盟のことだった。各駅に他の多くの支線が連なっている環状線は、商業路の結び目でもあり、メトロの各路線から集まってくる商人たちの合流場所でもあった。結果、財も集まり、どの駅もおしなべて豊かだった。そこで、他路線の駅からの襲撃を恐れ、環状線の駅は互いに同盟を結ぶことにしたのだ。同盟の公式な名称は他にあるのだが、あまりに大げさだったため、いつしか〝ハンザ〟と呼ばれるようになった。中世ドイツの商業都市間同盟にたとえたわけだが、響きがよく、その名が定着したと言われている。

さて、締結当初は〝北半球〟と呼ばれる、環状線のキエフスカヤ駅から平和通り駅までの区間と、そこと同盟を結んだクールスカヤ駅、タガンスカヤ駅、オクチャブリスカヤ駅の八駅で構成されていたハンザだったが、その後、パヴェレツカヤ駅とドブルィニンスカヤ駅が加わったことで、クールスカヤ駅からオクチャブリスカヤ駅までの〝南半球〟が形成された。そして、この南北の半球を切り分け、ハンザを一体化させる障害となっていたのが、ソコリニキ線だった。

アルチョムは、その理由を養父《ちち》から聞いたことがある。

「ソコリニキ線は、昔から路線図を見たらすぐに目をひく特殊な路線だった。まず第一に、メトロ網を斜めに貫くように走っている。そして、真っ赤な色で記されているということも意味がある。駅名を見てごらん。〈クラスノ《赤》セ《い》リスカヤ《村》〉〈クラスヌィ《赤》エ《い》・ヴォロータ《門》〉〈コムソモールスカヤ《共産主義青年同盟》〉それから、〈レーニン図書館〉に、〈レーニンが丘〉だ。この駅名のせいか、共産主義の象徴たる赤い色のせいか、もしかしたら他にも理由があるのかわからないが、この路線には、過去の栄えある社会主義時代を懐かしがる人たちが常に引きよせられるように集まってくるんだよ」

ここではソ連国家再建の考えでさえ、歓迎され、やがて実行に移そうという動きが始まった。一つの駅が共産主義の理想と社会主義体制復興を正式に打ちだすと、即座に隣の駅も同調した。すると、反対側の駅の住人たちも革命的楽観主義に感染し、それまでの体制を覆して後に続いた。

次には新たな革命と共産主義思想をメトロ全土に広げるための委員会が設立された。それはレーニンにちなんで〝インターステーショナル〟と命名され、プロの革命家と政治宣伝活動家を養成しては、同じ路線上の敵陣営駅へと送り込み始めた。たいがい、流血騒ぎにまで発展することはなかった。不毛の地であるソコリニキ線に住む人々は、飢えに疲れ果て、悪平等だとしても、とにかく平等を渇望していたのだ。

路線の片隅から燃え上がった真っ赤な革命の炎が、ついに路線全土に広がった。ヤウザ川を越えた向こうのプレオブラジェンスカヤ広場駅でさえ例外ではなかった。鉄橋がここだけ奇跡的に残っていたのだ。ただし、わずかな距離とは言え、鉄橋を渡るためには地上に出なくてはならない。委員会は、初めのうち夜中にトロッコを最高速で飛ばし、危険を回避していた。しかし、間もなく〝ストーカー〟と呼ばれる特攻隊員の手で橋に壁と屋根が建設され、プレオブラジェンスカヤ駅との連絡には何の問題もなくなった。

ソコリニキ線全土の革命政府化に成功した後、委員会が着手したのはメトロの駅名を、ソ連時代の古い名前に改名することだった。チースティエ・プルディ駅は革命家キーロフの名にちなんだキーロフスカヤ駅、同様にルビャンカ駅はジェルジンスカヤ駅となり、オホトヌィ・リャド駅はマルクス通り駅と呼ばれることになった。また、中立的な名前の駅は、イデオロギーが前面に出た名称にかえられた。スポルチーヴナヤ駅は共産主義駅に、ソコリニキ駅は、スターリンスカヤ駅、そして最初に火の手が上がったプレオブラジェンスカヤ広場駅は、革命の旗駅となった。地上で生活していた頃からモスクワ市民の間では地下鉄路線を地図にある色で呼ぶ習わしがあったが、〝赤い路線〟と呼ばれていたソコリニキ線は、文字通り〈赤い〉路線となったのだ。

しかし、革命の勢いはここまでだった。

〈赤い〉路線が確立すると、黙認していたかに見えた他の路線がいっせいに対立姿勢を打ちだしてきたのだ。多くの人々の記憶には、ソビエト体制下での生活がまだ記憶に生々しく残っていた。彼らの目には、インターステーショナルが地下鉄全線に送り込んだ扇動部隊は、体の組織を隅々まで食いつくす腫瘍が再発しようとしているようにしか映らなかった。扇動隊員や宣伝隊員たちが、いくらソビエト政権に権力を集中させることが共産主義をもたらし、メトロ全線の電化を確約するものだ（かつてこんな気恥ずかしいレーニンのスローガンがもてはやされた時代もあった）と熱っぽく語ろうとも、人々は惑わされなかった。饒舌《じょうぜつ》な扇動者たちは、身柄を拘束されては、〝赤い路線〟に送り返された。

そこで、〈赤〉の指導者たちはより強硬な策に出ることにした。他の路線から革命の炎が燃え上がらないのであれば、無理やり火をつけるしかない、と。

同じ頃、どんどん激しくなる共産主義の宣伝活動と破壊工作に業を煮やした他路線側でも、同様の結論に達していた。共産主義なる病原菌を根絶するには、多少荒療治であっても仕方がない。加えて、ハンザ側には、〈赤い〉路線を叩くことで南北二つに分断された環状線のリングをつなぐ目的もあった。

そして戦いの火ぶたが切られた。

〈赤い〉路線からの挑発に、反共産主義陣営側はハンザを中心にまとまり、徹底的に応戦する構えを見せた。〈赤〉側は、このような組織だった抵抗があるとは予想していなかった上に、自分たちの力を過信していた。短期間で、簡単に勝利できるという〈赤〉のもくろみは、見事に外れてしまった。

戦争は一年も続き、多くの血が流された。多くは陣地戦だったが、ゲリラ戦もあった。破壊工作、トンネル閉鎖、捕虜銃殺といった残虐な行為も行われたし、部隊作戦や、単身での特攻も見られた。そして、司令官も英雄も裏切り者も、どんなことでもしたこの戦いは、メトロの貴重な資源を食いつぶし、もとより数多くはないメトロの住民たちから優秀で勇敢な人材をごっそりと削っていった。

しかし、大きな犠牲を払ったにもかかわらず、どちらとも戦線を大きく動かすことはできなかった。一方が隣接駅を占拠して戦局を有利にしたかと思えば、ほぼ同時に別の所では敵が力を集結し、味方の駅が陥落寸前になっているという具合だった。天秤は傾きかける度に、すぐまた元へともどり、いつまでも結論の出ない戦いに、人々は疲れ果てていた。

やがて、革命陣営は、目標を小規模なものに、こっそりすげかえた。ソビエト政権と共産主義思想をメトロ全土に広げるというスローガンの代わりに聖地奪回こそが我々の使命であると革命指導部は声を張り上げた。彼らにとっての〈聖地〉とは革命広場駅のことだった。理由は、第一にその名称であり、第二には、そこが、他のどの駅よりも赤の広場やクレムリンに近かったからだ。地上で本物を仰ぎ見たという者の話を信じるならば、クレムリンの塔は、今でもその頂にルビーの星を輝かせているという。

また、赤の広場の中心には、レーニン廟《びょう》がある。そこに今現在もレーニンの遺体が安置されているか否かは誰も知らなかったが、それは大した問題ではない。かつての長期ソビエト政権の間に、ここは単なる霊廟《びょう》から、政権継承のシンボルとなっていた。過去の偉大な指導者たちが閲兵の舞台に選んだのもこの廟《びょう》の上だった。指導者たちは、何よりもこの場所に憧《あこが》れていた。さらに、革命広場駅の駅舎には、廟《びょう》からレーニンの棺へと導く秘密通路があると、まことしやかにささやかれていた。

赤陣営は、スヴェルドロフ広場駅、つまりオホトヌィ・リャド駅に隣接する旧称テアトラリナヤ駅を武力強化し、革命広場駅への決戦の拠点にした。

革命軍側の戦略に対抗し、連合軍側も、軍備を増強した。革命広場駅は難攻不落の要塞と化した。最も激しい戦いが繰り広げられ、最も流血の惨事が多かったのは、この駅の進入通路で、多くの尊い人命が失われた。胸を楯代わりにして機関銃の弾に向かっていったアレクサンドル・マトロソフの再来もいれば、体に手榴弾を巻きつけて敵の砲火に飛び込んでいく決死隊もいた。対人使用が禁じられていた火炎放射器がうなりを上げることすらあった。しかし、どんなに英雄的な行為も、翌日になれば虚しい無駄死にでしかなかった。多くの死を礎《いしずえ》に、やっと革命軍が駅を占拠しても、守りを固める前に、連合軍からの猛反撃を受け、再び犠牲者を出す。そんないたちごっこがしばらく続いた。

その一方で、まったく同様のことが、レーニン図書館駅でも繰り広げられていた。こちらでは革命軍が防衛に回り、連合軍は、駅奪還作戦を幾度となく繰り返していた。図書館駅は、連合軍にとって重要な戦略的意味を持っていた。ここを確保すれば〈赤い〉路線を真っ二つに分断できる。それも大きな魅力だが、さらに重要だったのは、この駅が他の三路線への乗り継ぎ駅であり、しかもそれら三路線ともが〈赤い〉路線とは違う方向へ延びているということだった。ちょうどリンパ節のようなもので、ここが赤い疫病に冒されてしまうと、全身が感染する道を開いてしまうことになる。それを阻止するためには、レーニン図書館駅を、何が何でも占拠しておかねばならなかった。

しかし、革命広場駅を支配しようとする革命軍の試みは失敗を重ね、図書館駅から〈赤〉を追い出そうとする連合軍は、成果の上がらぬ努力を繰り返していた。

人々の疲労は限界に達していた。脱走者や、武器を投げ捨てて敵と連帯を組もうとする者がどんどん増えていった。そして、第一次大戦の時とは違い、連合軍にとって、それはプラスにならなかった。革命の火は、次第に下火になっていった。とは言え、連合軍側にとっても、事態が好転したわけではない。生活を脅かされることに疲れた住人たちが、荷物をまとめ、家族で中心部から郊外の駅へと移動を始めたのだ。また、戦争は貿易にも大損害をもたらしていた。自由商人たちは戦火を避けてハンザを通らず迂回路をとるようになった。人の集まらないハンザは、次第に勢力を弱めていった。

軍部から支持されなくなった政治家たちは、武器が自分たちに向けられる前に、一刻も早く戦争を終結させる必要があった。そこで、中立駅の一つで、双方の代表者による極秘会談が行われた。〈赤〉のソビエト側からは同志モスクヴィンが、連合軍側からはハンザのロギノフ大統領と、アルバート連盟のコルパコフ議長がそれぞれ出席した。

平和条約が締結され、駅の交換が行われることになった。〈赤〉路線は半壊した革命広場駅を配下に置く代わりに、レーニン図書館駅をアルバート連盟に譲った。どちら側にとっても、それは容易な決定ではなかった。連合側は、加盟駅一つを失って北東の領土を手放すことになったし、〈赤〉側は、路線の真ん中に従属しない駅をはさみ、路線が途切れた状態になった。双方は、旧テリトリー内での自由な行き来を保障することにしたが、〈赤〉が心中穏やかでないのは当然だった。しかし、連合側の提案があまりにも魅力的だったために、〈赤〉側は屈したのだった。この平和条約で得をしたのは、ハンザだけだった。これで環状線のリングは一つの輪となり、繁栄への障害物をとり除くことができたのだ。

また、現状を保持し、旧敵対駅領土内では扇動活動や破壊活動を禁止することが合意された。

砲声が止み、政治家が口を閉ざすと、宣伝家たちが現れ、いかに自軍側が見事な外交的成功を収めたかを語った。我々こそが戦争に勝利したのだ――どちらの側でも人々はそう思い、みな満足だった。

平和条約締結の記念すべき日から、数年の月日が流れた。その間、いずれの側も条約を遵守していた。ハンザは〈赤〉路線を有益な経済パートナーとみなすようになった。ソビエト側では、レーニン記念モスクワ・メトロ共産党書記長である同志モスクヴィンが、他路線における共産主義建設の可能性について弁証法的に証明する演説を行い、武力革命の推進を明確に否定した。そして、戦争は終わった。

「殺し合いが終わって、よかったな……」

ピョートル・アンドレーヴィチがつぶやいた。

「一年半もの間、環状線には足を踏み入れられなかった。いたるところ封鎖されていて、身分証明書を百回もチェックされたものだ。あの頃はちょっとした仕事をしていたんだが、ハンザを通らなければどうにもならないことがあって……。平和通り駅であわや銃殺されるところだった」

「それは初耳だな、ピョートル。何があったんだ?」

興味深そうにアンドレイが話をうながした。

語り手役を奪われるのは残念だったが、アルチョムも身を乗りだしてピョートルの話を待った。

「どうって、簡単な話よ。赤のスパイと間違われたんだ。ある時、平和通り駅のトンネルを出たら——我々の線の平和通り駅も、ハンザと交差しているだろう? それまで、あのあたりは、さほど厳しくなくて、通常通り市場も立っていた。ハンザはどこもそうだが、環状線上に乗っかっている駅はまるで家のようになっていて、放射状に広がる他の線との間に、通関があり、パスポート検査があり……」

「そんなこと知ってるさ! 講義なんて必要ない! お前がどうなったのか、その話をしてくれよ!」

アンドレイが話に割って入った。

「パスポート検査がある」

ピョートル・アンドレーヴィチは、自分の原則を曲げてたまるか、というように眉をよせ、同じ言葉を繰り返してから、話を続けた。

「他路線側の駅の構内で開かれている市場やバザーは、よそ者でも自由に出入りできるんだ。しかし、環状線の境界内に入ることはできない。あの時俺は、半キロの茶を持って平和通り駅に出た。銃弾が必要だったから、茶と交換しようと思ったんだ。

ところがちょうど厳戒態勢が敷かれたところで、着いてみたら武器類は持ち込み禁止。何人かの自由商人に声をかけたが、みんな首を横に振ってみせるだけで、何も言わずに俺から離れていくんだ。そのうち、一人だけ、ささやいてくれる奴がいた。『銃の弾だって? バカ野郎、とっとと消えな! できるだけ早く！　密告される前にな！』と。

俺はそいつに礼を言うと、言われた通り、元来たトンネルへずらかろうとした。ところが、出口の所でパトロールに呼び止められた。駅の方でも笛が鳴り、別のパトロールが駆けよってくる。身分証明書を見せろ、と言われ、俺は、自分の駅の印が押されているパスポートを差しだした。

奴らは長いことそれを調べていたが、『許可証は？』ときた。たまげたことに、いつの間にかこの駅に入るためには許可が必要になってたんだ。トンネルの出口にカウンターがあって、そこで手続きをしなければならない。身分を調べて、必要な場合のみ許可証を出す仕組みなんだと。まったく、官僚主義がはびこりやがって……。

それよりわからないのはどうしてそのカウンターを見落としたのかってことだ。そもそも、係のでくの坊たちは、何で俺を止めなかったんだ？　いくら説明しても、パトロールの連中は信じちゃくれない。坊主頭の迷彩服野郎ときたら、『目を盗んで忍び込んだ！　潜入だ！』と決めつけやがるし……そのうち、奴らは俺のパスポートのページにソコリニキ駅の印があるのを見つけた。俺は、一時期ソコリニキに住んでいたことがあったんだ。

ところが、ソコリニキ駅の印を目にしたとたん、そいつは目を真っ赤に充血させて、暴れ牛みたいになっちまった。肩から機関銃を取って俺に向けてわめいた。『このスパイ野郎、手を上げろ！』と、教えられたマニュアル通りにね。

それからそいつは俺の衿首をつかむと、検問所の責任者の所まで引きずっていった。許可をもらってスパイの俺を銃殺にしてくれる！　とほざくじゃないか。

必死で釈明しようとしたね。自分はスパイなどではない、ただの商人で、博覧会駅から茶を売りに来ただけだ、と。ところがそいつときたら、『その茶をお前の口いっぱい詰め込んで、それから銃身でもっとぎゅうぎゅうに詰めてやる』と脅す。俺の説明なんか聞いちゃくれないんだ。さすがの俺も観念しかけたね。非常時の掟に従って、トンネルを二百メートルも引きずられて壁に顔を向けて立たされ、体を蜂の巣にされちまうって。万事休すだ。

責任者のいる所に着くと、野郎、どこに向けて弾を撃ち込んだらいいか、と上司に声をかけやがった。ところがその上司の顔を見たとたん、心が一気に軽くなった。なんとパーシカ・フェドートフじゃないか！　同級生で、卒業後もよく会っていた男だ！　ま、そのうち音信不通になっちまってたんだがな」

「こん畜生！　驚かされたぜ！　お前はその時殺《や》られちまったのかと思った！」

アンドレイが意地悪そうに言葉をはさみ、四百五十メートル地点のたき火を囲んだ男たちは、いっせいに吹き出した。

ピョートル・アンドレーヴィチも、むっとしたような視線をちらりとアンドレイに投げてみせたが、こらえきれず、ニヤリと表情を崩した。男たちの爆笑がトンネルの中に響き渡る。反響を繰り返すうちに、笑い声は次第にゆがみ、トンネルの奥に不気味なうなりを生んだ。男たちは、一瞬黙り込んだ。

とその時、トンネルの奥、北の方から、例の怪しい音がはっきりと聞こえてきた。さわさわという音、軽い小刻みな足音……。

最初にそれを聞きつけたのは、もちろんアンドレイだった。口を閉じ、他の男たちにも音を立てないよう合図すると、アンドレイは地面に置いてあった小銃を手にとり、立ち上がった。静かに遊底を引き、弾を装填《そうてん》すると、音を立てぬよう、壁にぴったりと身をよせながらたき火を離れ、トンネルの奥へと入っていった。アルチョムも立ち上がった。自分がしとめそこなったのはどんな生き物なのか見逃したくなかったのだ。しかし、振り向いたアンドレイに「しっ」と止められた。

アンドレイは銃床を肩にぴたりと当て、たき火の明かりが途切れる場所で伏せ撃ちの姿勢で叫んだ。

「明かりをくれ！」

仲間の一人が古い車のヘッドライトを集めて作った強力な蓄電式灯火をつける。くらむような真っ白な光が、闇の漆黒を切り裂いた。闇の中にぼんやりとした影が浮かび上がるのが見えた。さほど大きくはない。異形の怪物ではなさそうだ。しかし、はっきり見定める前に、そいつは、一目散に北方向に逃げ去った。アルチョムは思わず、力の限り叫んだ。

「撃て！　逃げてしまう！」

けれども、アンドレイは、なぜか引き金を引こうとしない。小銃を手に立ち上がったピョートル・アンドレーヴィチが大声を上げげた。

「アンドレイ、大丈夫か？」

たき火を囲んでいた男たちが、不安げにひそひそ話をしながら、銃床をガチャガチャと鳴らし始めた頃、ようやく上着の泥をはたきながら、アンドレイが光の中に姿を見せた。

「生きてるよ、大丈夫だ」

笑いをこらえながら、アンドレイが答えた。

「何がおかしいんだ?」

ピョートル・アンドレーヴィチは、まだ不安の残る声でたずねた。

「足が三本、頭が二つの怪物だ!〝黒き者《チョルヌィ》〟が来た! 殺されちまう! 撃て! 怪物が逃げるぞ! まったく大騒ぎときたもんだ!」

アンドレイは笑った。

「なぜ撃たなかった? 俺の相方なら、まだわかる。こいつはまだ若いからな。考えが足りなかったんだろう。でも、お前は? 大の大人のお前が、なぜ逃がしちまうようなことをしたんだ? ポレジャエフスカヤ駅の事件を知らないとは言わせないぜ」

ピョートル・アンドレーヴィチは、アンドレイがたき火の所にもどってくるなり、文句を言った。

「お得意のポレジャエフスカヤ駅の話なら、もう何十回も聞かされたよ」

アンドレイは手を振って答えた。

「犬だったんだ。いや、子犬だ。火のそばへ、暖かくて明るい場所へ近よろうとしたんだな。二回も。かわいそうに、お前たちの見幕のせいで、あの子犬は恐怖のあまり一目散に逃げていったよ。しかも、俺にまでなぜ撃たないと責め立てる。冷血漢どもめ!」

「犬だったなんて、わかるわけないでしょう?」アルチョムは言い返した。

「怪しい音だったし……。それに、一週間前、ブタぐらいあるネズミを見た、という話もあるんです。半カートリッジ分の弾をたたき込んでも、びくともしなかったとか!」

自分で自分の話にぞっとして、アルチョムは身を震わせた。

「お前は何でも信じちまうんだな！　じゃ、ちょっと待ってろ。今、お前の言うネズミを捕まえてきてやろう！」

アンドレイはそう言うと、銃を放り投げ、再び闇の中に姿を消した。

ほどなく、暗闇からアンドレイの細い口笛が聞こえてきた。続いて、優しく呼ぶ声。

「こっちへおいで！　さあ、こっちへ、ちび公、怖がらないで！」

アンドレイは十分くらい、呼んだり口笛を吹いたりしていた。やがて、闇の向こうにうっすらとアンドレイの姿が浮かんだ。そのまままたき火までもどってくると、勝ち誇ったような笑みを浮かべ、上着の前をさっと開いた。

地面に転がりでてきたのは、哀れなほど震えている一匹の子犬だった。やせ細っている上にひどく汚れ、よくわからない色の毛がごちゃごちゃにからんでいる。見開いた黒い目に恐怖の色を浮かべ、小さな尾を体にぴったりと押しつけている。子犬は逃げようとしたが、アンドレイの力強い手に首根っこを押さえられ、引きもどされた。アンドレイは子犬の頭をなでながら上着を脱ぎ、それで子犬をくるんだ。

「ちびすけを温めてやるのさ……」アンドレイは説明した。

「やめとけ、アンドレイ、きっとノミだらけだぞ」ピョートル・アンドレーヴィチが忠告する。

「寄生虫だっているかもしれない。わけのわからない病原菌をもらって、駅でみんなにうつすのがオチだぞ……」

「まぁいいじゃないか、ごちゃごちゃ言うなよ。ほら、見ろ！」

アンドレイはそう言うと上着の端をめくり、恐怖と寒さで震えの止まらない子犬の顔をのぞかせた。

「こいつの目を見てみろよ、ピョートル！　汚れのない目をしている！」

ピョートル・アンドレーヴィチは、子犬の顔をのぞき込んだ。その目はおどおどとしているものの、確かに澄みきっていた。ピョートル・アンドレーヴィチの心が、ふっと緩んだ。

「まあいい、お前は博愛論者なんだな……。ちょっと待て、何か食うものを見つけてやろう」

そして、リュックサックの中に手を突っ込んだ。

「頼むよ、ピョートル。それに、こいつ、ひょっとしたら役に立つかもしれないぞ。シェパードかもしれないからな」

アンドレイはそう言うと、子犬を上着ごと火のそばに近づけた。


「しかし、どうしてここに子犬がいるんだろう？　トンネルの向こう側に、人はいないはずだ。いるのは〝黒き者《チョルヌィ》〟だけ。まさか〝黒き者《チョルヌィ》〟どもが犬を飼っているのか？」

それまで黙って聞いていたアンドレイの仲間の一人、もしゃもしゃ頭のやせ細った男が、温まってまどろみ始めた子犬を見つめながら、言いだした。

「そうだな、キリル。俺が知る限り、〝黒き者《チョルヌィ》〟は動物を飼わない」

アンドレイがまじめに答えた。

「〝黒き者《チョルヌィ》〟はどうやって生きてるんだ？　何を食ってるんだろう？」

別の男が、ひげの伸びたあごを爪でこすり、火花がはじけるような音を立てながら、低い声でたずねた。

背の高いその男は、見るからに経験豊かといった風貌で、頭をきれいに剃《そ》り上げていた。丁寧に縫われた革製のロングコートを着ていたが、それは、この時代としては、たいへんな貴重品だった。

「何を食ってるかだって？　ごみでも何でも食っちまう、って話だぞ。動物の死体も。ネズミも。好き嫌いなし、ってわけだな」おぞましげに顔をしかめ、アンドレイが答える。

「人食い？」

剃髪《ていはつ》男の言葉には驚きのかけらもない。かつて人食いどもに遭遇したことがあるらしかった。

「〝黒き者《チョルヌィ》〟は人じゃない。怪物だ。だが、本当のところ、正体は誰も知らない。連中が武器を持っていたという話も聞いたことがない。だから撃退できているんだがな、今のところは。半年ほど前、一匹生け捕りにしたのを覚えているか？」

「もちろんだとも」

ピョートル・アンドレーヴィチが即座に答え、後を続けた。

「閉じ込められても二週間生きてたが、水も飲まず、食べ物にも手を出さず、そのまま死んじまった」

「尋問しなかったのか？」

剃髪《ていはつ》頭がさらにたずねる。

「話しかけたが、何も答えなかった。俺たちの言葉を理解できないのかもしれない。ずっと黙りっぱなしだった。殴っても黙ってるし、食べ物を与えても、だんまりだ。うなり声ならたまに上げてたが。あと、死ぬ直前に、駅中目を覚ますような大声でほえた」

「で、犬は結局どこから来たんだろう？」もしゃもしゃ頭のキリルが話をもどした。

「さあね。食われそうになって奴らの所から逃げてきたのかも。ここまでわずか二キロあまりだ。犬でも逃げられる距離だろう。それとも、飼い犬だったのかもしれないな。北から来た誰かが〝黒き者《チョルヌィ》〟にやられちまって、犬の方は逃げおおせた。――まぁ、いいじゃないか、どこから来たって。こいつを見てみろよ。化け物に見えるかい？　怪物に？　ただの犬っころだ。ま、人懐っこいということは、誰かに飼われていた可能性が高そうだ。三時間近くたき火の近くをぶらついていたのはなぜだと思う？」

キリルは、言いくるめられて黙り込んだ。そこへ、ピョートル・アンドレーヴィチが、ブリキ缶からやかんに水を注ぎながらたずねた。

「茶はどうだ？　さぁ、もう一杯ずつ飲んでおこう。じき交代の時間だ」

「いいね。もらおうか」

まずアンドレイが誘いに乗り、他の男たちも元気をとりもどした。

間もなくやかんの湯が沸いた。ピョートル・アンドレーヴィチは、望む者たちに一杯ずつ茶を注ぎながら、口を開いた。

「なあ……〝黒き者《チョルヌィ》〟の話はやめないか？　前回、やはりこうしてたき火を囲んで〝黒き者《チョルヌィ》〟の話をしていたら、奴らが出てきやがった。他にも同じような目にあった仲間がいる。偶然かもしれないが、そうでなかったら？　奴らが聞き耳を立てているのなら……？　すぐに交代時間だってのに、最後の最後で化け物とご対面だなんて、ごめんこうむりたいよ」

「そうですね……やめた方がよさそうです」

アルチョムも賛同した。

「おい、若いの、怖じ気づくな！　いざとなったら俺がやっつけてやる！」

アンドレイはアルチョムを元気づけようとしたが、あまり効果はなかった。

そのアンドレイにしても、実は〝黒き者《チョルヌィ》〟のことを考えただけで体に震えが走るのだ。そんな姿をまわりの者には見せないようにしてはいたが。アンドレイに怖い人間はなかった。強盗も、人殺しをいとわぬ無政府主義者も、革命軍の戦士たちでさえ、アンドレイを脅かすことはできなかった。しかし、化け物となると話は別だ。ただし、それは、恐怖からではなかった。人々を襲うほとんどの危険に、アンドレイは冷静沈着に対応できるだろう。しかし、化け物たちがもたらす脅威は予想できない。落ち着いて判断できる自信はなかった。

話し声がやんだ。重くのしかかるような沈黙が、たき火を囲む男たちを包む。曲がった薪が火の中でぱちぱちと弾ける音がした。静寂の向こう、北の方から、うなるような低音の響きがトンネルを伝わってくる。まるで、モスクワのメトロ網が、正体の知れぬ怪物の巨大な腸ででもあるかのように。

身の毛もよだつ音だった。

第2章　狩人《ハンター》

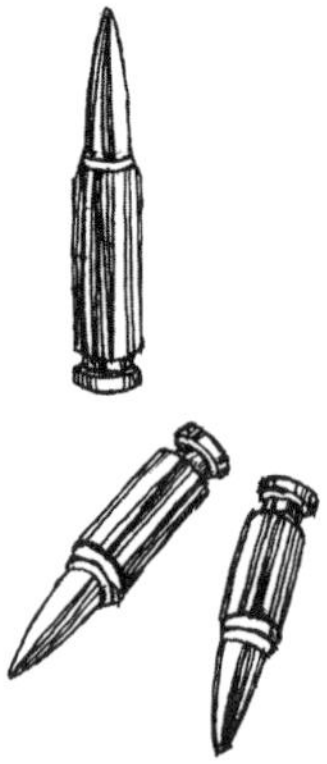

アルチョムの脳裏に、おぞましい化け物の姿が浮かんできた。〝黒き者《チョルヌィ》〟……。たった一度だけだが、前衛監視任務中に出くわしたことがある。

度肝を抜かれた。あの姿を見て、平静でいられるわけがない。

それは、一休みしてたき火で体を温めていた時のことだった。トンネルの奥から規則正しい低い音が聞こえてきたのだ。最初は遠くで静かに。次第に、近く大きく……。と、突然、墓の中から響くような恐ろしい声が、耳をつんざいた。近い。リーダーが喉《のど》が張り裂けんばかりの大声で叫んだ。

「非常事態！」

いっせいに立ち上がり、砂袋や、腰かけていた土嚢《どのう》を手当たり次第に積み上げ、必死で陣地を築いた。駅から援助部隊が駆けつけるまでに、三百メートル地点では火炎放射器の準備を終えた。前衛地点は敵の襲撃を真っ先に受けることになる。アルチョムたちは砂袋を積み上げ、トンネルに向けて銃の照準を合わせた。

化け物どもがすぐそばまで近よるのを待ち、サーチライトで照らす。すると、光の中に、この世のものとは思えぬ奇妙なシルエットが浮かび上がった。てかてかした黒い裸体、ばかでかい眼、裂けた口。

体をピンと伸ばし、規則正しい歩調で、こちらへ、こちらへと、近よってくる。防護柵に向かって、人間に向かって、死に向かって。三匹、五匹、八匹……。

先頭の一匹が頭を上げ、死者を弔《とむら》うようなおたけびを上げた。

ざっと鳥肌が立った。銃を放りだし、仲間を見捨て、何もかも投げだして逃げ去りたい衝動に駆られる。サーチライトを化け物どもの顔に真っすぐ向けて、目くらましを試みる。しかし、奴らは眼を細めることも、手で覆うこともしなかった。大きく見開いた眼で、かっとサーチライトをにらみ返したまま、同じ足どりで近づいてくる。奴らに瞳はあるのだろうか？

やっと、三百メートル地点からの応援部隊が到着した。すかさず体勢を低くして、機関銃を構える。そして待ちに待った合図。

「撃て！」

自動小銃と機関銃がうなりを上げる。しかし〝黒き者《チョルヌイ》〟は歩を止めず、体を真っすぐ伸ばしたまま、ふらつきもせず、前進を続けてくる。化け物のてかる体を引き裂く銃弾が、サーチライトの光に照らしだされる。撃ち倒されても、すぐに立ち上がり、体を伸ばして前進を再開する。身の毛もよだつ叫び声。喉《のど》を撃ち抜かれたらしい、しゃがれた声だ。化け物どもの執拗《しつよう》な前進を、銃弾の嵐が阻止するまでには数分かかった。怪物がすべて倒れて動かなくなると、五メートルほどの距離まで近づき、一匹ずつ頭にとどめを撃ち込んだ。すべてが終わり、死体を坑《あな》に投げ込んだ後も、アルチョムの目には恐ろしい光景が焼きついて離れなかった。黒い体に無数の弾を浴び、大きく見開いた眼がサーチライトで焼かれても、歩調を乱さず、前へ、前へと進む化け物……。

思いだすだけでもぞっとする。〝黒き者《チョルヌィ》〟のことは口にしない方がいい、とアルチョムは思った。縁起でもない……。

「ピョートル・アンドレーヴィチ、帰り支度だ！　交代時間だ！」南の暗がりから声がした。

「交代だ！」

たき火を囲んでいた男たちは、もそもそと立ち上がった。虚脱状態を振り払うように伸びをして、リュックと武器を背負う。アンドレイは、例の子犬もひょいと抱き上げた。ピョートル・アンドレーヴィチとアルチョムの二人は駅にもどるが、アンドレイたちが帰る先は三百メートル地点の監視所だ。彼らの当番時間は、まだ終わっていない。

交代員は男たちと握手を交わし、異常なしの報告を受けて、前任者の労をねぎらうと、火のそばへ座り、途中だった話の続きを始めた。

駅方面、南へ向かってトンネルを歩きながら、ピョートル・アンドレーヴィチとアンドレイは、恐らく永遠の議論の種なのであろう何事かを、熱心に語り合っていた。アンドレイと一緒に来た頭を剃《そ》り上げた男は、〝黒き者《チョルヌィ》〟の食べ物について根掘り葉掘り質問していたが、しばらくしてアルチョムが追いつくと、並んで歩きながら話しかけてきた。

「で、お前、スホイと知り合いか？」

男はアルチョムの目を見ず、乾いた低い声でたずねた。

「サーシャおじさん？　知り合いどころか、僕の育ての親です。一緒に住んでいますよ」

アルチョムは正直に答えた。

「本当か？　育ての親とは……。そんな話、聞いたこともなかった」男はつぶやいた。

「失礼ですが、あなたのお名前は？」

自分にも質問を返す権利があると決め、アルチョムは思いきってたずねた。

「俺の？　名前か？」男は驚いたように聞き返した。

「何でそんなこと聞くんだ？」

「サーシャおじさん……スホイに、あなたのことを伝えようと思って」

「そうか。俺は〝狩人《ハンター》〟だ。ハンターが訪ねてきた、と伝えてくれ」

「ハンター？　名前ではないですね。苗字ですか？　それともあだ名？」

アルチョムは質問を重ねた。

「苗字？　ふむ」ハンターは鼻で笑った。

「いや、ぼうや、苗字なんかじゃない。何てったらいいのかな、そう、職業だよ、俺の。そういうお前の名前は？」

「アルチョム」

「よし、これで、俺たちはもう知り合いだ。これからもつきあっていくことになるだろう。よろしくな」

アルチョムにウィンクし、ハンターと名乗る男はアンドレイとともに三百メートル地点に残った。

ここまで来れば、駅はもう間近だ。活気のある音が駅の方から聞こえてくる。アルチョムと並んで歩いていたピョートル・アンドレーヴィチが、心配そうにたずねた。

「おい、アルチョム、あの男はいったい何者だ？　お前と何を話してたんだ？」

「ちょっと変わった感じでした。サーシャおじさんのことを聞いてきたんです。おじさんの知り合いみたいでしたが。彼をご存じないのですか？」

「知らないなぁ。うちの駅には、数日前に何かの用事で来たらしい。アンドレイと顔見知りらしく、一緒に監視を申してたそうだが、何のためだろう？　何か見覚えのあるような気もするんだがね……」

「あの外見は、一度見たら忘れるはずありませんよ」アルチョムは言った。

「確かに。どこで見かけたんだっけなぁ。名前を知らないか？」

ピョートル・アンドレーヴィチはアルチョムを見た。

「ハンターと名乗りました。〝狩人《ハンター》〟だと。でも、僕には意味がよくわかりませんでした」

「ハンターだって？　ロシアの名前ではないな……」

ピョートル・アンドレーヴィチは眉をよせた。

赤い灯が見えてきた。アルチョムたちの住む博覧会駅でも、他の多くの駅同様、普通の照明は機能しなくなっている。この数十年、住民たちは茜色の非常灯の明かりで生活している。テントや部屋などプライベートな居住空間でのみ、ごくまれに普通の電灯がつけられることがあった。水銀灯を使用できるのは、よほど裕福な数少ない駅に限られていた。水銀灯はおとぎ話の世界の光で、辺境の小駅に住む田舎住民たちは、この奇跡を一度でいいから拝んでみたい、と夢見ていた。

トンネル出口の詰め所で武器を返却して署名をすませると、ピョートル・アンドレーヴィチは、アルチョムに言った。

「寝床に直行するとしよう！　俺はもう足がフラフラだし、お前だって立ったままでも寝られるんじゃないのか？　スホイにくれぐれもよろしくな！　たまにはうちにも来るよう、伝えてくれ」

一人になったとたん、疲れがどっと押しよせてくる。アルチョムは自分の家へ向かい、歩きだした。

国民経済達成博覧会駅、通称博覧会駅には、二百人ほどが生活していた。駅舎内に住む人々もいたが、多くはプラットホーム上にテントを張って暮らしていた。そのテントは、昔、軍で使われていたもので、古く、ところどころほころびもあったが、しっかりとした頑丈なものだった。地下の生活では雨風の心配をする必要もないし、修理さえしていれば、住むにじゅうぶんな代物である。熱や明かりを通さず、防音にもなっている。すみかとして、他にどんな条件が必要だというのだ……？

テントは壁際にピタリとへばりつくように並び、線路沿いにも、中央ホールにもひしめいていた。プラットホームの真ん中部分は、かなり広めの通路になっている。アーチ下の空間は大家族用の大きなテントが占めていた。ホールの両端と中央部にあるアーチは、通り抜けできるようにスペースが空けられている。

プラットホームの床下にも空間があるのだが、天井が低く、生活には使えなかった。博覧会駅では、ここを食糧倉庫として利用していた。

北側にある二つのトンネルは、駅の数十メートル先で短い折り返し用線路でつながっていたが、これは、列車がUターンできるように造られたものだった。現在、このうち一本は、折り返し線路につながる下り坂部分から先が埋められ、もう一本のトンネルはそのまま北へ延びている。トンネルの端が、隣の植物園駅なのか、終点まで続いているのかはわからない。これは非常事態用の逃げ道として残されており、アルチョムたちが交代で監視しているのは、このトンネルだった。

折り返し用線路の部分はキノコの栽培用地に当てられている。レールをとり除き、土地を耕して肥料をまき、汚水だめから肥やしが持ち込まれた。今では行儀よく並んだキノコが白い傘の花を咲かせている。南側でも、三百メートル地点でトンネルの一本をつぶし、居住地から遠く離れた突き当たりに鶏舎と養豚場が設けられていた。

アルチョムは、メイン通りの、さほど大きくないテントに養父《ちち》と一緒に暮らしていた。養父《ちち》は政府の要職についており、他の駅との交渉を任されていた。そのため、特別待遇としてテントも他の家族との相部屋ではなく、専用使用を許されていた。二、三週間家を空けることもよくあったが、アルチョムを連れていくことはなかった。危険すぎる、というのが理由だった。遠征からもどると、たいがい養父《ちち》はやせ細り、髪もひげもぼうぼうに伸びていた。けがをしていることもあった。帰宅した最初の夜は必ずアルチョムと過ごすのだが、そんな時、養父《ちち》は、とても信じられない恐ろしい体験を語るのだった。

むろん、若いアルチョムは旅に出てみたかった。が、メトロ内をただやみくもに歩くような危険なことはできなかった。独立駅の警備はどこも厳重この上なく、武器の持ち込みを固く禁じている。しかし、武器を持たずにトンネルを歩くことは、死にに行くも同然だ。そんなわけで、サヴョロフスカヤ駅からここへ養父《ちち》と移り住んで以来、アルチョムは遠出をしたことがなかった。何か用事があって、隣のアレクセーエフスカヤ駅まで出かける時でも、一人ではなく、必ずグループ行動。せいぜい、リジスカヤ駅までだ。しかし、誰も知らないことだが、実はアルチョムは、もっと遠くまで行ったことがあった。

それは、植物園駅に〝黒き者《チョルヌィ》〟が現れるようになるずっと前のことだ。当時の植物園駅は、誰も近づかない真っ暗な廃駅で、博覧会駅のパトロール隊も、今よりずっと北の方まで監視を行っていた。冒険に憧《あこが》れる年頃だったアルチョムは、二人の仲間と一緒に、とんでもないことをしでかしたのだ。

三人は、監視当番が交代するすきを狙って、最北端の監視所をこっそり抜けた。手には、懐中電灯と、仲間の一人が家から持ちだしてきた二連発銃。少年たちは誰もいない植物園駅を長い時間かけて探索した。怖かったが、面白かった。懐中電灯の光に、人々がかつて営んでいた生活の残骸《ざんがい》が浮かび上がる。

石炭、焼け焦げた本、壊れたおもちゃ、破れてぼろぼろの服。ネズミがこそこそ動き回り、北側のトンネルからは、うなり声のような不気味な音が響いてくる。

三人の中で一番活発で好奇心旺盛なジェーニカが、防御柵を越えて、エスカレーター通路から地上に出ようと言いだした。上がどうなっているか、何があるか、ほんの一目見るだけだから大丈夫だと。

アルチョムは反対した。養父《ちち》から聞いたばかりの話が、記憶に新しかったのだ。〈上〉に行った人たちを長い間苦しめる後遺症や、地上にあふれている危険の数々。しかし、仲間たちは、聞く耳を持たず、逆にアルチョムを説得し始めた。せっかく大人抜きで無人駅に入り込んだんじゃないか。上の世界、頭上が覆われていない本当の世界を、この目で見るチャンスは今しかない、と。そのうち、いくら誘っても首を縦に振らないアルチョムに業を煮やした仲間たちは、そんなに怖いのなら自分たちだけで行く、お前は下で待っていろ、と言いだした。誰もいない廃駅に一人で残るのは怖かったし、二人の親友に臆病者と思われるのも耐えられない。アルチョムはしぶしぶ承知した。

プラットホームとエスカレーターを遮断している防御柵の作動装置は、驚いたことにまだ動いた。三十分もの悪戦苦闘の末、機械を動かしたのは、他でもないアルチョムだった。さびついた鉄の壁が、不吉なきしみ音とともに横に滑ると、地上へ延びるエスカレーターが目の前に現れた。数段はすでに崩れ落ちている。明かりの中にぱっくりと口を開けた床面や壁の裂け目から、永久に動きを止めた巨大な歯車が見えた。すっかりさびて、さわさわと微動する褐色の何かに、一面覆われている。

なえそうな気持ちを奮い立たせて上り続けるのは、容易なことではなかった。何度かは、足を置いたとたんに階段がきしみながら崩れ落ちた。少年たちは、そのたびに照明設備だった鉄線にしがみつき、開いた穴を必死で乗り越えた。地上までの道は、長くはなかった。しかし、最初に足元が崩れた時には、当初の意気込みも粉々に砕け散っていた。アルチョムたちは、ストーカーになったつもりで、なんとか気持ちを奮い立たせようとした。

ストーカー……。

ロシア語になじまぬ言葉だが、今では定着してきている。もともとは、無人の軍試射場にもぐり込んで不発の弾薬や爆弾を分解したり、そこで拾い集めた真ちゅうの薬きょうを非鉄金属業者に売りさばく貧しい人々や、平和な時代になっても下水道をはい回る奇人たちが〝ストーカー〟と総称されていた。メトロの〝ストーカー〟たちと彼らの共通点は、極度に危険な職業であるということ。

彼らの仕事は、未知のもの、不可解なもの、謎のもの、不吉なもの、説明不可能なものなどに遭遇する危険を、常に伴っていた。無人の試射場で何が起きているのかを知っている人はいない。

放射能で汚染された大地は、数千もの爆発でめちゃめちゃにゆがみ、塹壕《ざんごう》や地下納骨所の穴だらけのはずだ。そんな所には未知の生物が発生する可能性だってある。地上には、人間の理解を超える命の営みが続いているのだ。下水道にしても同じことだ。この暗く狭い、悪臭立ち込める地下牢が永遠に封じ込められた後、いったい、どんなものが棲《す》み着いたかなどは、想像を絶するものがあった。

つまり、この地下鉄世界でストーカーと呼ばれているのは、意を決して地上に出る、数少ない命知らずたちなのだ。毒ガスから身を守るために遮断ガラスつきの防御スーツを着込み、歯の一本にいたるまで厳重に防護したストーカーは、人々の日常に必要なものをとりに行くために地上に出る。武器、機材、様々な部品、燃料……。

この任務を買って出る勇者は、何百人もいたが、生きて帰ってこられるのは、ほんの一にぎり。彼らは、メトロの世界を知りつくした地下鉄職員らよりも、さらに重んじられていた。ストーカーたちは、放射能や、それが生んだおぞましい化け物など、数限りない危険に打ち勝つ英雄だった。

人々はストーカーの一人一人を神のようにあがめ、伝説の人として敬い、歓喜のまなざしで仰ぎ見た。大海を股にかける〈船乗り〉や、大空を舞う〈飛行士〉が意味を失い、忘れ去られつつあるこの閉ざされた地下世界で、子どもたちの憧《あこが》れの的はストーカーだった。ピカピカ輝く甲冑《かっちゅう》に身を包み、何百人もの崇拝と畏敬のまなざしに見送られて、上へ、神に近い場所へと出かけ、化け物と戦って、再びこの地下へ、燃料や弾薬、明かりや火を持ち帰ってくるヒーロー。彼らこそは、生き残った人類の命綱だった。

アルチョムも、友人のジェーニカとヴィタリクも、ストーカーに憧《あこが》れていた。ところどころ段が崩れ、古くきしむエスカレーターを勇気を奮って上りながら、少年たちは、ガイガーカウンターの付いた防御服を身にまとい、軽機関銃を携えている気分になっていた。本物のストーカーのように。実際は、ガイガーカウンターも防御スーツもなく、がっしりとした本物の機関銃の代わりに、使えるかどうかも怪しい古びた二連発銃が一丁、という有様だったのだが。

上り段のゴールは意外に近く、すぐそこに地上が迫っていた。時間が夜だったのは幸いだった。さもなければ、あまりのまぶしさに目をつぶし、二度と家に帰れなくなるところだった。長年の地下生活で、暗がりやたき火、非常灯の茜色の明かりに慣れた目は、もはや太陽光には耐えられない。

植物園駅のエントランスホールは、ほぼ壊滅状態だった。半分が崩れ落ちた屋根から、濃い青色の夏の夜空が見えた。放射性塵埃《じんあい》の雲もなく、無数の星が瞬く満天の星空。それは、少年たちにとって、夢にも見たことのない光景だった。なにしろ、物心ついてから、頭上に天井のない世界で暮らしたことがないのだから。彼らの視線の先は、いつだって、コンクリートの壁か、絡み合った古い電線や排水管にぶつかるのだ。それが、今、頭上には濃紺の空間が無限に広がり、遮《さえぎ》るものは何もない！

なんという感覚だろう！

そして、この素晴らしい星空！

それまで星を一度も見たことがない人間が〈無限〉を想像できるだろうか？　きっと人々はその昔、こんな夜空に無窮《むきゅう》を思ったのだろう。青いビロードに銀の鋲《びょう》を一面に打ちつけたような、夜空に燃える何百万もの、灯し火。少年たちは、その場に立ちつくすばかりだった。

三分、五分、十分……。

何も言えなかった。もしその時、心臓を射抜くような叫び声がしなければ、このまま朝まで一歩も動かず、生きたまま固まってしまっていたかもしれない。

声は、すぐ間近から聞こえてきた。少年たちは、はっと我に返ると、一目散にエスカレーターへ駆けもどった。穴の開いた危険な箇所など、もはや気にもならなかった。ギアの歯車に何度か落ちそうになりながらも、アルチョムたちはまっしぐらに階下へ駆け下りた。支え合い、引っ張りだし合いながら、あんなに大変だったはずの道程を、わずか数秒で下りきった。

途中で銃を落とし、最後の十段を転げるように下りると、彼らは防御柵の操作盤に飛びついた。ところが……ああ、なんということだろう！　さびた鉄の一部が引っかかって、言うことを聞かない！　しかし、ここで手間どるわけにはいかなかった。化け物どもが今にも追いついてくるかもしれない。少年たちは、閉まらない門をそのままにして北の監視所へと逃げもどった。

密閉門を開けっ放しにしたまま逃げた結果、化け物を地下へ、メトロで暮らす人々の所へ導いてしまったかもしれない。とり返しのつかないことをしてしまった。罪の大きさにおびえた少年たちは、このことを大人に絶対に話さないと誓い合った。監視所にもどった三人は、横トンネルでネズミを捕まえていたら武器をなくしてしまい、怖くなって逃げた、と説明した。

アルチョムは、養父《ちち》にこっぴどくしかられた。ベルトでたたかれた尻は、その後も長いことひりひり痛んだが、しかし、アルチョムは捕虜となったゲリラ兵のごとく、軍事機密を貫いた。もちろん、仲間たちも黙っていた。

大人たちは彼らを信じた。

ここまで思いだした時、アルチョムの胸がどきんと鳴った。あの冒険以来、北のはずれの密閉門はずっと開きっ放しになっているかもしれない。そして、監視所に〝黒き者《チョルヌィ》〟が現れるようになったのは、ここ数年のことだ。

一抹の不安がよぎる。

もしかして、この二つは何か関係があるのでは……。

途中で会う人々と立ち話をしたり、握手をしたり、女友だちの頬にキスしたり、年上の知り合いに養父《ち》の近況をたずねられたりしながら、アルチョムはやっと家にたどり着いた。養父《ちち》はまだ帰っていなかったが、アルチョムは待たずに先に寝ることにした。八時間にもおよぶ当直で、若いアルチョムも、さすがに疲労困憊《こんぱい》だった。ブーツを放り投げ、ジャンパーを脱ぐと、枕に顔を埋める。寝つくまでにそう時間はかからなかった。

テントの端が持ち上げられ、大きな人影がそっと滑り込んできた。顔は見えない。つるつるに剃《そ》り上げた頭を、赤い非常灯の明かりが不気味に照らしだす。やがて、乾いた声が響いた。

「また会ったな。どうやらお前の養父《とう》さんはいないようだ。まあいい、ここで会えるさ。遅かれ早かれな。どうせ、どこへも行きやしない。それまでは、お前が俺と一緒に来るんだ。話がある。植物園駅の密閉門のこと、とかな」

アルチョムの背筋を冷たいものが走った。先ほど監視所で出会った〝狩人《ハンター》〟と名乗る男の声に違いない。ゆっくりと男が近づいてくる。やはり顔は見えない。光が妙な当たり方をしているせいだろうか。

たまらず助けを呼ぼうとしたアルチョムの口を、死体のように冷たい手が、がっちりとふさいだ。

アルチョムは手探りで明かりをつけた。男の顔をのぞき込む。そのとたん、驚愕《きょうがく》が全身を貫き、体中の力が抜けた。

そこにあったのは、粗野でがさつな人間の男の顔ではなかった。代わりに見えたのは、白目のないうつろに光る巨大な二つの眼と、裂けた口。

アルチョムはベッドから転がり出て、テントの外へはって出た。

突然、駅の明かりがいっせいに消えた。すべてが闇に包まれる。遠くにたき火の照り返しが見えるだけ。アルチョムはとっさに、その方向へ駆けだした。恐ろしい声がアルチョムを追ってくる。

「止まれ！　逃げられないぞ」

ぞっとする笑い声が響き渡り、それは次第に聞き覚えある墓場のほえ声に変わっていった。アルチョムは走った。振り向かずに。背後に聞こえる重々しい足音は、速すぎず、一定のスピードでついてくる。せいても無駄、遅かれ早かれ追いつくのだ、と言わんばかりに。

たき火の所までたどり着くと、背を向けて座る男の姿が目に入った。アルチョムは、その男の肩をつかみ、助けを請おうとした。が、男はあおむけに倒れた。すでに息がない。顔は、なぜか一面、霜で覆われている。凍りついた顔に見覚えがある。なんてことだ、サーシャおじさん、養父《ちち》ではないか……。

その時。

「おい、アルチョム！　寝るのはいいよなぁ！　でも、ほら、起きる時間だ！　もう七時間もぶっ続けに寝てるぞ！　寝ぼすけ、起きろ！　客を連れて来たぞ！」

スホイの声が響いた。

びっくりして起き上がると、アルチョムは自分のベッドにいた。ぼんやりとした視線の先には、いつもと変わらぬ養父《ちち》の姿がある。たっぷり一分間、目をぱちくりさせてから恐る恐るたずねた。

「ああ、サーシャおじさん。あのさ……おじさん、大丈夫?」

本当は生きているのかどうかききたかったが、かろうじてその気持ちを抑えた。そんなの、目の前のおじさんを見れば、一目瞭然ではないか。

「ご覧の通りだ! ほらほら、起きろって、ぐずぐずするな! 友だちを紹介してやろう」

スホイの言葉に続けて、低い声が聞こえてきた。アルチョムの背筋に冷や汗が流れた。たった今、恐ろしい夢の中で聞いた、あの声だ。

「え? そうなのか? お前たち、もう知り合いだったのか?」

スホイが驚いた声を上げた。

「そうか、アルチョム、お前も抜け目ない奴だ」

客人がテントに入ってきた。アルチョムは思わずびくっと震え、壁に体をよせた。客はハンターだった。悪夢が蘇《よみがえ》る。空っぽの暗い眼、背後から追ってくる重々しい足音、火のそばの硬直した死体……。

「うん、もう知り合いなんだ」

アルチョムは押しだすように答えると、しぶしぶ手を差しだした。

乾いた熱いハンターの手をにぎると、あれが夢だったこと、目の前の人間は悪者ではないことが、じわじわとわかってきた。監視所での、緊張と恐怖の八時間が悪夢を導いたのだろう。

「アルチョム、ちょっと頼みがあるんだ。湯を沸かしてくれないか？」

スホイは、客に片目をつぶってみせた。

「うちの茶を試したことがあるか？　がつんとくる茶だぞ！」

「ああ、飲んでみたさ」ハンターがうなずいた。

「いい茶だな。ペチャトニキ駅でも似たような茶を栽培しているが、あれはひどい代物だ。比べ物にならない」

アルチョムは水をくむと、共同のたき火場へ運んだ。テント内は火気厳禁。今までにいくつの駅が火事で焼けてしまったことか。

テントにもどりながら、アルチョムは考えた。ペチャトニキ駅といえば、ここことは正反対の方向にある。そこまでどれほど時間がかかるのか、何回路線をかえ、詐欺や暴力が横行する駅を、いくつ通り過ぎるのだろう。それを、あの人は「ペチャトニキでも……」なんて、いともあっさり言ってのけた。ちょっと不気味だが、面白い人に違いない。ぎゅっと手をにぎられた時の力は、痛いほどだった。もっともアルチョムだって、握手の力比べでは引けをとらないだろうが。

沸騰した湯の入ったやかんを手に、アルチョムはテントにもどった。ハンターはすでにコートを脱いでいた。がっしりとした首と筋骨隆々の体を喉《のど》までのウエットスーツがすっぽりと包み、軍用ズボンはベルトできっちりと伸ばされていた。ウエットスーツの上には、ポケットのたくさんついた防弾ベスト。脇には、化け物みたいに巨大な拳銃が、ホルダーに納まっている。よく見ると、それは長い消音装置と、上側に、恐らくレーザー照準器を装備した改造銃だった。これは、ただの護身用ではない。そういえば、とアルチョムは思いだした。ハンターは名乗った時に、つけ加えて言った。〝狩人《ハンター》〟なのだと。そのことと、何か関係があるのかもしれない。

「アルチョム、客人に茶を。ハンター、お前も、くつろいでくれ。さあ、座って」

スホイは矢継ぎ早に言葉を重ねた。

「話を聞こうじゃないか。本当に久しぶりだなぁ」

「俺の話は後回しだ。特に変わりはない。それより、このあたりでおかしなことが続いていると聞いた。怪物が入り込んできたと。北から。今日、監視所で話題が出ていた。いったい何だ？」

彼流の話し方なのだろう、短く刻んだフレーズを並べて、ハンターはたずねた。

「死、だよ、ハンター」

スホイの表情と声音がかげった。

「死が、忍びよってきた。運命が近づいているんだよ。正体はそれだ」

「なぜ死なんだ？　君たちは奴らを上手につぶしてる、って聞いたぞ。相手は武器を持っているわけでもないんだろう？　何なんだ？　どこから来るんだ？　他の駅ではそんなことは耳にしない。まったく。つまり、他にはいないってことだ。何なのか正体が知りたい。とても危ない臭いがする。どれほど危険なのかを知りたいんだ。本質を理解したい。そのためにここに来た」

「相変わらず勇ましいカウボーイ気取りだな……。危険は排除せねばならん。そうだろ、ハンター？しかし、今回も危険をとり除くことができるんだろうか？」

スホイは悲しげな笑みを浮かべた。

「困っている。お前が思うよりずっと難しい。ずっとな。これは、映画のゾンビや歩く死体なんかじゃない。それなら簡単だ。リボルバーに銀の弾を込めて」

手をピストルの形にして、スホイは撃つ真似をした。

「バン、バンとな。それで悪は倒される。だが、こいつはそうはいかない。もっと恐ろしい。俺がめったなことでは怖がらないことを、ハンター、お前は知ってるだろう？」

「パニックか？」

ハンターは驚いたようにたずねた。

「奴らの最大の武器は、恐怖心だ。人間はやっとの思いで陣地を守る。銃や弾を構えて地面にはいつくばる人間に、奴らは素手で近づいてくる。装備では質も量も優勢とわかっていながら、人々は逃げたくなる、恐怖でおかしくなる……。お前にだから言うが、本当に気が触れてしまった者もいるんだ。しかも、ただの恐怖じゃない」

スホイは声を低くした。

「それは……どう説明したらいいのか……、とにかく、毎回どんどん強くなるんだ。頭がやられちまう。それが奴らの能力なんだ。たとえ遠くにでも奴らの気配を感じると、その感覚がふくらんで、何とも気味の悪い不安に、いても立ってもいられなくなる。ひざがくがくしてくるんだ。何も聞こえず、何も見えないうちから、ひたひたと近づいてくるのがわかるんだよ。こっちへ、こっちへ……。そこでほえ声など聞こえようものなら、すぐに退散したくなっちまう！　もっと近づいてきたら、今度は震えが止まらなくなる。サーチライトに向かってどんどん近づいてくる、眼をかっと見開いた奴らの姿が、まぶたにこびりついて離れない……」

アルチョムは身震いした。悪夢に苦しんでいるのは、どうやら自分だけではないようだ。アルチョムはこの話題を避けていた。臆病者か、頭がおかしいと思われるのが嫌だったからだ。

「奴らは人の心に侵入するんだ！」

スホイは言葉を続けた。

「相手に合わせて、より強くシンクロするようだ。二度目に出会った時には、もっと強く奴らを感じ、恐怖も強まる。それもただの恐怖じゃない。……俺は何度も経験した」

スホイは口を閉ざした。ハンターは身じろぎもせず、視線は何かを考え、今聞いた話を消化しようとしているようだった。熱い茶を一口飲むと、ハンターは咳払いして、ゆっくり、静かに口を開いた。

「これは、すべてに対する脅威だ、スホイ。君らの駅だけではない、閉ざされたこの地下鉄世界全体への脅威だ」

スホイは、答えを拒むように黙っていたが、突然、堰《せき》を切ったようにしゃべり始めた。

「メトロ全体だって？　いや、メトロだけじゃない。これは、進歩的な人類、進歩のあげく不幸な結果を招いてしまった人類すべてに対する脅威だ。報いの時が来たんだ！　種と種の戦いだよ、ハンター。種同士の戦い。〝黒き者《チョルヌイ》〟は化け物なんかじゃない、妖怪でもない。〝ホモ・ノヴォス〟、つまり我々よりも環境に適した、次の段階へと進化した生物だ。未来は奴らの時代さ、ハンター！

ホモ・サピエンスはあと数十年、いや半世紀は、この穴ぐらで生き続けられるかもしれない。かつて人類が地上にあふれていた頃、人間は地下にメトロという穴ぐらを掘り、貧しい者たちは移動のためにそこへもぐらなければならなかった。

H・G・ウェルズの『タイム・マシン』という小説に出てくる地下人種モーロックを知っているか？近い将来、我々人間は、あれと同じ、青白い、いじけた生き物になっちまうに違いないよ。本に出てくる未来都市にも、あんな化け物が住んでたか？　奴らも、かつてはホモ・サピエンスだったんだよ。

いや、前向きに考えよう！　やられてたまるか！　自分たちの糞でキノコを育て、ブタを最良の友、生き残るためのパートナーにするのさ。親切な先祖たちが残してくれたビタミン剤は、まだまだ数トンもある。そいつをガリガリ食いながらな。

たまに、こそこそと地上に出てガソリンを一缶、ついでにボロきれと、運がよければ弾を一にぎりほどつかんでは、大急ぎでもとの息苦しい地下の世界へもどる。誰かに気づかれやしなかったか、びくびくと四方に目をやりながら。地上は、もう我々の家ではない。世界はもう、人間の手中にないんだよ、ハンター。人の手の届かない所へ行ってしまったんだ」

スホイは口を閉じた。その手の中で、カップの湯気がゆっくりと昇っては、テントの暗がりに消えていく。ハンターは黙っている。

養父《ちち》の口からこのような話を聞くのは初めてだった。すべてうまくいく、という、いつもの自信。「怖じ気づくな、切り抜けられる！」という決まり文句。元気づけてくれるウィンク。いつもの養父《ちち》はどこへ行ってしまったんだろう。それとも、あれはすべて、見かけ倒しのカラ元気だったのか……？

「だんまりかい、ハンター？　おい、何か言い返せ！　お前の理論を聞かせろよ！　楽観主義はどこへ行った？　最後に話した時は、放射能のレベルは落ちつつある、人間はやがて地上にもどれる、と確信していたじゃないか！　なあ、ハンター……こんな歌があるじゃないか。〝森の上に日は昇る、でも私には無為なのだ……〟」

スホイは、からかうような調子で歌った。

「我々は、歯を食いしばって生活をとりもどさねばならない、力の限り守らねばならない。哲学者や分離派がどう騒ごうと、もしかしたら地上には何も存在しないかもしれない。信じたくはないが、心の奥底ではわかっているんだ。でも、俺もお前も、生きることが大好きだ、ハンター、そうだろう？　悪臭漂う地下の洞穴をはい回って、ブタどもと抱き合うように寝、ネズミを食らう……それでも生きたい！

そうだろう？　目を覚ませ、ハンター！　お前のことを『真実の人間の物語』と本にして称えてくれる奴は誰もいない。お前の生への執着や、異常に発達した自己防衛本能を称賛してくれる奴なんかいないんだ。キノコとビタミン剤、ブタ肉だけで、いったいどれほど耐えられる？　ホモ・サピエンス、降参しろ！　お前らはもう、自然界の君臨者ではない！　倒されたんだ！　いや、すぐにくたばれというわけじゃない。最後にあがくがいい、己の排泄物《はいせつぶつ》にまみれながら……。

サピエンス、お前らの時代は終わった！　お前らが極めたはずの進化は、今新たな段階に入り、人間が頂点ではなくなった。生物の最高峰ではなくなったんだ。お前らは、もう恐竜と同じ、絶滅していく種にすぎない。より進化した新しい生物にその場所を譲る時が来た。利己主義者になってはならない。ゲームは終わり、次は別の者がゲームをする番。お前の時代は終わった。死滅の時だ。あとは次の文明が、サピエンス絶滅の原因を分析するさ。もっとも、そんなことには誰も興味を持たないだろうが……」

長いモノローグの間、ハンターは自分の爪を熱心に調べていたが、視線をやっとスホイにもどすと、重い口を開いた。

「お前、ずいぶん弱気になっちまったもんだな。昔は、我々が文化を守り続け、活力を失わず、ロシア語を忘れず、子どもたちに読み書きをちゃんと教え続ければ、地下でもじゅうぶん生き残れるかもしれない、と俺に語っていたじゃないか……。あれは別人か？　今では、降参しろサピエンス、とくる。どうしちまった？」

「いや、ただやっとわかったことがあるんだ、ハンター。君がまだ、いやひょっとしたらずっと理解できないかもしれないことを、俺は感じたんだ。それは、人類が、今、最後の日々を生きている、ということだ……。残り十年か、百年かは、わからないがね」

「抵抗しても無駄ってことか？　諦めろと言いたいのか？」

ハンターの声には不快の響きがこもっていた。

スホイは、目を伏せたまま黙っていた。これまで、自分の弱さを誰にも見せなかった彼は、旧友に本音をぶつけ、しかもアルチョムの前で弱音を吐いたことで、ぐったりと体力を使い果たしたようだった。苦しみ抜いたあげくの白旗だったのだ。

「待ってはいられない！」

立ち上がりながら、ハンターはしぼり出すように言葉をつないだ。

「奴らだって、待っちゃくれないさ！　新たな種だって？　進化？　避けられない絶滅？　糞？　ブタ？　ビタミン剤？　俺なんか、もっとひどいことを経験してきた！　そんなの、ちっとも怖くない、わかったか？　両手をあげて降参なんて、真っ平だ！　自己防衛本能だと？　そう呼びたきゃ、それでもいい。俺は、歯を食いしばって生にしがみつくぞ。進化の話はもうたくさんだ。他の種とやらには、順番待ちさせておけばいい。俺はただ死を待つ家畜じゃない。お前がそうしたいのなら、より進化した生物、より順応した生物とやらに降伏して、歴史の中の場所を譲るがいいさ！　じゅうぶん戦い抜いたと思うならな。さっさと放棄しちまうがいいだろうさ。お前を責めはしない。

でも、俺を脅かすのはよせ。道連れにされるのはごめんだ。お前の目的は何だ？　一人で降参するのが嫌なのか？　集団降伏なら恥ずかしくないってことか？　それとも、捕虜を連れてきたら熱い粥《かゆ》でもくれてやると言われたのか？　俺の戦いに望みはないと言ったな。崖っぷちに立っていると？　だったらどうだと言うのだ。もしどん底にいると感じたら、息をしっかり吸って、はい上がればいい！

俺が進む道は、お前とは違う。もし、理性ある洗練された文明的サピエンスは降伏を選ぶと言うのなら、そんな名誉は願い下げだ。野獣のように命を賭けて敵の喉笛《のどぶえ》に食らいつき、生き延びてみせるだけだ。俺は生き延びる。わかったか？　生き続けるんだ！」

ハンターは再び腰かけると、アルチョムに茶のお代わりを頼んだ。スホイが立ち上がり、ハンターに茶を注ぐと、口を閉ざしたまま暗い表情でやかんを温め直すために出ていった。

テントには、アルチョムとハンターだけになった。ハンターの最後の言葉、彼の声高い軽蔑と敵意に満ちた自信に、アルチョムは自分の心の中で火が燃え始めたのを感じた。口火を切るのをためらうアルチョムを見て、ハンターが話しかけてきた。

「お前はどう思っているんだ？　遠慮せず言ってみろ。植物みたいになりたいか？　恐竜になりたいか？　荷物をまとめて迎えが来るのを待つか？　……お前、クリームの中のカエルの話を知ってるか？　二匹のカエルが、細長いクリーム瓶に落ちた。合理的にものを考える一匹は、抵抗しても無駄、これも運命と諦めた。あの世の暮らしも悪くないかもしれないし、無駄にあがいても、自分を慰めてみても仕方ない、と考えた。で、足を閉じて底に向かって沈んでいった。

もう一匹は、バカだったのか、無神論者だったのか、なんとかしようともがき始めた。どうしようもないのに、じたばた抵抗し続けたんだ。じたばた、じたばた…。そのうちクリームはバターになった。カエルは逃げだせた。宿命と合理的思考のおかげで早々と天国に召された友だちガエルに栄えあれ！」

「あなたはいったい、誰なんですか？」

思いきって、アルチョムはたずねた。

「俺が誰かって？　知ってるじゃないか、ハンターさ」

「それは、どういう意味なんですか？　何を狩るんですか？」

「どう説明するべきかな。人間の体の構造を知っているだろう？　何百万もの小さな細胞から成り立っている。電気シグナルを送る細胞、情報を保存する細胞、栄養を取り込む細胞、酸素を送る細胞。しかし、どんなに重要な働きをする細胞も、免疫の役目を担う細胞がなければ、一日もたたずに死んでしまう。全細胞が、つまり体の組織すべてが崩壊する。

免疫細胞はマクロファージと呼ばれている。時計やメトロノームのように一定に、規則正しく動き、病原菌が体内に入ってくると、どこに隠れていても探りだし、追跡して、必ず見つけだして……」

ハンターは首を絞めるジェスチャーで、骨を砕くような嫌な音を立ててみせた。

「撃退する」

「それがあなたの仕事とどう関係あるのですか？」

アルチョムは食い下がった。

「メトロ全体を、人間の体にたとえてみろ。四万もの細胞からできた複雑な組織だ。俺は、マクロファージ。ハンター。それが俺の職業だ。体を脅かすあらゆる危険、大きな脅威を根絶する。それが仕事」

やかんを手にスホイがもどってきた。席を離れていた間に考えをまとめたらしい。熱い茶をカップに注ぎながら、スホイはハンターに言った。

「危険の根源を除きに行くつもりなのか、カウボーイ？　狩りに出て、〝黒き者《チョルヌィ》〟を全部撃ち殺すのか？何にもならないさ。もうどうしようもないんだ、ハンター。手遅れだ」

「必ず手だてはあるはずだ。最後の手段が。悪魔が入り込む北のトンネルを爆破して、完全にふさいでしまう。お前の言う新種を分断する。地上で勝手に増殖するがいいさ、我々モグラにちょっかいさえ出さなければな。人間の住空間は、今は地下なんだ」

「面白い話を教えてやろう。うちの駅でも、この話を知る者は少ないんだが。実は、トンネルの一つはすでにつぶした。ところが、北トンネルの上には地下道が無数に通っていてな。それで、二本ある北トンネルの一つを爆破した時、危うく洪水になるところだったんだ。もう少し爆薬が多かったら、博覧会駅は、おだぶつだった。残った北トンネルを爆破したら、おぼれ死ぬだけじゃない、放射能の汚泥も流れ込んでくるんだぞ。ここの駅だけの問題ではなくなる。メトロの本当の危険は、そこにある。こんな状況で新種に戦いを挑んだって、勝てる見込みのあるはずがない。一巻の終わりさ」

「密閉門は？　トンネル内には密閉門があるだろう。あれを閉めるわけにはいかないのか？」

　ハンターが思いだしてたずねた。

「十五年も前に、どこかの利口者が全線の密閉門を分解して、防壁の材料にしちまったのを知らないのか？　どの駅の奴だったか、今じゃ誰も覚えていないがな。ほら、やはり一巻の終わりだ」

「〝黒き者《チョルヌイ》〟の圧力は、そんなに強くなってきてるのか？」

　ハンターは諦めたのか、別の話題を持ちかけた。

「強くなってるかだと？　それは、もう！　しばらく前までは奴らの存在すら知らなかったというのに、今では、一番の脅威だ。防御施設、サーチライト、機関銃、どんな武器でも歯が立たない。それに、たかが一つの駅のために、メトロ全線が防衛に駆けつけるわけがないだろう？

　確かに、ここでは悪くない茶を栽培している。でも、いくら素晴らしい茶でも、そのために自分の命を危険にさらす奴がいるか？　それに、茶なら、ペチャトニキでだって手に入る。どうあがいても、やっぱり一巻の終わり」

　スホイは悲しげな微笑みを浮かべた。

「我々は誰にも必要とされていない。間もなく我々も強襲を持ちこたえられなくなるだろう。敵を遮断したり、トンネルを爆破することは、我々にはできない。地上に行って奴らを焼き払うこともできない。八方ふさがり、絶体絶命なんだよ、ハンター！　我々はみな、近い将来全員終わりってことさ、君に俺が言っている意味がわかるか……」

「まだ、そう決めつけることもあるまい」

スホイの演説にハンターが割って入った。

二人の議論はその後も続いた。アルチョムの知らない名前や、途中で中断していた話の断片が飛びかった。昔の議論が蒸し返されることもあったが、それはアルチョムにはまるで意味がわからなかった。どうやら、二人は会うたびにこうして何年も議論を繰り返しているようだった。

ハンターが、そろそろ寝る、と腰を上げた。アルチョムと違い、彼は見張りの後も横になっていないらしい。テントの出口まで来ると、突然アルチョムを振り返り、「ちょっと外へ」と呼びだした。


養父《ちち》の驚く視線を尻目に、アルチョムは、あわててハンターを追って外へ出た。テントの外で待っていたハンターは、ジャケットのボタンをきっちりと締め、衿を立てていた。

「少し歩こう」

ハンターは、そう言うと、客の宿泊用になっているテントに向かってプラットホームを歩きだした。おずおずとその後に続きながら、アルチョムは、まだ人々のために何も役立つことをしていない、意味あることをしていない青二才の自分と、彼はいったい何を話したいのだろうと思いをめぐらした。

「俺がしていることを、お前どう思う?」ハンターはたずねた。

「すごいです。だって、あなたなしでは……あなたのような人たちがいなければ……もちろん他にもそんな人たちがいれば、ですけれど、僕たちはずっと前に……」

アルチョムはしどろもどろになった。

自分の口下手に、体がかっとなった。こんな大人物が自分に気を向け、何かを告げようとしてくれているのに。ハンターが、養父《ちち》抜きの二人きりで、自分だけに何かを言おうとしていると思っただけで、顔がほてって赤くなり、どぎまぎしてしまうのだ……。

「評価してくれるのかい？　もし君が評価してくれるのなら……」

ハンターは軽く笑って言葉を続けた。

「敗北主義者の言葉に耳を貸す必要はない。お前の養父《とう》さんは恐れている。彼は本当に勇敢な男なのに。少なくとも以前は勇敢だった。何か恐ろしいことが起きているようだな、アルチョム。放っておけない何かが。君の養父《とう》さんの言うことは正しい。〝黒き者《チョルヌィ》〟は、他の駅に出没する怪物とは違う。暴れ回るわけでもないし、何かの変種でもない。

ただ、奴らからは、冷気が漂う。墓場の臭いがする。まだここに来て二日しかたっていないが、俺にも恐怖が忍びよってきた。奴らを知れば知るほど、調べれば調べるほど、見れば見るほど、恐怖心が強まるんだ。君は、奴らとまだそんなに遭遇していないんだろう？」

「一回だけです。北の監視を任されるようになってまだ日が浅いので」

アルチョムは正直に答えた。

「でも、本当のことを言うと、一回でじゅうぶんです。今でも悪夢に苦しんでいますから。今日も悪い夢を見たばかりです。あの日から、もうだいぶ過ぎたというのに！」

「悪夢だって？　お前もなのか？」

ハンターは眉間にしわをよせた。

「ふむ、偶然ではないらしいな……。二、三か月ここで監視役に加わったら、俺も同じようにしょげ込んじまうかもしれない……。いや、勘違いしないでくれ。お前の養父《とう》さんには、一つ間違えていることがあると思う。さっきの演説を聞いただろう？　あれは、彼が言っているのではない。彼がああ考えているわけでもない。奴らが、彼の代わりに考え、彼のかわりにしゃべっているんだ。降参しろ、無駄な抵抗はやめろ、とな。

スホイは、彼らの考えを代弁させられているにすぎない。自分では気づいていないだろうがな。悪党どもめ、人間の気持ちを操れるようだ。信じられん話だがな！　おい、アルチョム、よく聞け」

名前を呼ばれ、アルチョムは、ハンターが本当に重要なことを伝えようとしていると察した。

「お前、何か隠していないか？　駅の誰にも言えないような秘密がないか？　部外者にしか打ち明けられない秘密があるんじゃないか？」

「その……」

アルチョムは言葉に詰まった。これでは秘密があると宣言しているようなものだ。

「実は、俺にも秘密があるんだ。秘密の交換をしないか？　俺だって自分の秘密を誰かに打ち明けたいが、口外されてはまずい。だから、お前と秘密の交換をする。ただし、ガールフレンドのこと、なんていうくだらない話はよしてくれよ。もっと重大な、他人の耳には絶対に入れられないような重要な秘密を、俺に打ち明けろ。そしたら、俺もお前に話してやる。すごく大切なことなんだ。すごく大切な……わかるな？」

アルチョムは迷った。ハンターの秘密には興味津々だったが、果たしてあの秘密を明かしてもよいのか、わからなかった。どうやら、目の前のこの男は、ただの面白い話し相手、冒険だらけの人生を送ってきた猛者《もさ》というだけでなく、どんな障害も迷うことなく排除する、冷徹な殺し屋でもあるらしい。〝黒き者《チョルヌィ》〟の侵略が、アルチョムたちの行動に端を発しているかもしれないということを、この男に言うべきか……。

ハンターはアルチョムの迷いを見透かすように、じっと目をのぞき込んだ。

「俺を怖がる必要はない。お前をどうこうするつもりはまったくない。約束する！」

ハンターはそう言うと、いわくありげにウィンクしてみせた。

二人は、この夜ハンターに当てられた宿泊テントに着いていた。しかし中には入らず外に立ったままだった。アルチョムは最後にもう一度よく考え、心を決めた。大きく深呼吸すると、植物園駅での〝冒険物語〟を早口で一気に吐きだした。アルチョムが話し終わった後も、ハンターはまるで聞いたことを消化するように、しばらく黙っていた。それから、ゆっくりと口を開くと、かすれた声で言った。

「お前と友だちは、罰として命を奪われても仕方ないほどのことをしでかした。でも、俺はさっき、お前に手を出さないと約束した。ま、約束はお前だけであって、友だち二人はその対象外だが……」

アルチョムの心臓が凍りついた。恐怖で体が固まり、足が、がくがく震えた。言葉を発することもできず、判決を待つような気持ちでハンターが次に口を開くのを待った。

「しかし、当時のお前らの年齢、思慮の浅さ、そしてすでに長い年月が過ぎていることを考えて、ゆるしてやろう。生きるがいい」

ハンターは、アルチョムを放心状態から助けだすと、元気づけるように片目をつぶった。

「ただし、隣駅の連中は、お前らに情けはかけないだろうよ。つまり、お前は、自分に向けられる武器を俺の手に自ら託したことになる。さあ、次は俺の秘密の番だ……」


アルチョムが、自分の口の軽さを後悔している間に、ハンターは話しだした。

「メトロ中を通ってこの駅に来たのには、実は、わけがある。俺は俺の信念を通す。今日お前が何回も聞いた通りだ。危険はとり除かねばならない。きっと何か方法があるはずだ。俺がやる。お前の養父《とう》さんは怖がっている。どうやら彼は、奴らの道具にゆっくりと変わりつつあるようだ。抵抗をやめたばかりか、俺の信念まで曲げようとしていた。

下水が危険でトンネルを爆発できないのであれば、その方法はとれない。しかし今のお前の話を聞いて、はっきりしたことがある。〝黒き者《チョルヌィ》〟が入り込むようになったのが、その〈冒険〉の後だとしたら、奴らの侵入口は植物園駅だ。恐らく、植物園で栽培していた怪しげなものが、放射能を浴びて化け物になっちまったんだろう。奴らの出所が植物園だとしたら、地上に近い場所でブロックすればいい。下水が崩れる危険も回避できるしな。

北トンネルの七百メートル地点で何が起きているかは、見当がつかない。この駅でも、そこまでは監視していない。メトロに君臨する闇の世界だ。俺はそこへ行こうと思う。誰にも知らせるな。スホイには、俺がお前に駅の様子をたずねた、とでも言っておけ。嘘ではないからな。もっとも、お前が説明する必要はないかもしれないが。うまくいけば、俺が自分で話す。ただ、もしもの場合は……」

ハンターは、一瞬言葉を止めてアルチョムの顔をのぞき込んだ。

「もし俺がもどらなかった場合のことだ。爆発の有無にかかわらず、俺が明日の朝までにもどらなかったら、俺の身に起きたこと、北トンネルで起きている不測の事態を、誰かが俺の仲間に伝えなければならない。今日、お前の養父《とう》さんを含め、ここで多くの旧友を見かけた。そして感じたのは、いや、はっきりわかったことは、〝黒き者《チョルヌィ》〟に遭遇し、感化されてしまった人々の頭に、小さな疑惑、恐怖がじわじわと巣食ってきているということだ。頭を巣食われちまった人たちを当てにはできない。化け物の手がおよんでいない、しっかりした理性を持つ健全な人間が俺には必要だ。つまり、お前だよ」

「僕？　僕に何ができるのですか？」

アルチョムは驚いた。

「いいか、よく聞け。もし俺がもどってこなかったら、お前は、何が何でも地下都市《ポリス》に行け。わかるか？　何が何でも、だぞ。そして、地下都市《ポリス》に着いたらメリニクという名の人物を探しだし、そいつに、すべてを話せ。俺がお前に伝令を頼んだという証拠の品を、今渡す。ちょっと来てくれないか？」

入口の錠を外すと、ハンターはテントの端を上げてアルチョムを中に通した。

テントの中は、迷彩柄の大きなリュックと、巨大な旅行トランクが床を占領していた。ランプの明かりの中、カバンの奥深くに立派な武器が光っているのが見えた。恐らく、改造された軍用軽機関銃だろう。ハンターが隠す前に、アルチョムは、銃の片側に丁寧に並べられた黒っぽい弾帯と、反対側には、さほど大きくない緑色の手榴弾があるのに気づいた。

テント内の装備については何の説明もせず、ハンターはリュックサックの脇ポケットに手を入れ、銃の薬きょうでできた小さなカプセルをとりだした。カプセルは、弾が入る側にふたがついていた。

「これを持ってろ。二日以上は俺を待つな。恐れることはない。どこに行っても、助けてくれる人が必ずいる。いいか、やりとげるんだ。すべてお前次第だということを肝に銘じておけ。わかったな？　二度同じ説明はいらないな？　それだけだ。俺の成功を祈ったら、帰ってくれ。じゅうぶん睡眠をとっておかねばなるまい」

アルチョムはハンターのがっしりした手をにぎると、後ろ髪を引かれる思いで別れを告げた。そして、引き受けてしまった使命の重さをかみしめるように背を丸め、自分のテントへもどっていった。

第3章　もどらぬときは…

家に帰ったら養父《ちち》から質問攻めにあうことを、アルチョムは覚悟していた。ハンターと何の話をしたのか、うるさくたずねられるに違いない。ところが、こん棒を手に待ち構えていると思いきや、養父《ちち》は平和ないびきを立てて眠っていた。丸一日以上寝ていないのだ、無理もなかろう。

夜通しの監視業務を終え、家で仮眠をとった後には、茶工場の夜勤が待っていた。

にごった赤い光がわずかに灯るだけの暗闇が支配する地下暮らしが数十年続き、人々は昼と夜の概念をほとんど失いかけていた。昔、長距離の夜行列車がそうだったように、夜になると、人々が眠りにつきやすいように駅の明かりは若干落とされる。しかし、よほどの緊急事態でもない限り、明かりが完全に消されることはなかった。暗がりでの生活に慣れたとはいえ、人間の視力は、トンネルや無法地帯の地下通路に棲《す》み着いた獣たちの視力に比べると、まだまだ劣っていた。

〈昼〉と〈夜〉は、必要だからというより、習慣として区別されていた。〈夜〉は住人が寝つきやすいように、家畜が体を休められるように照明を暗くし、騒ぎは禁じられていた。正確な時間は、トンネルの二つの入口に設置された駅時計が知らせていた。時計は、駅の住人にとって最も大切なものの一つで、武器庫や水フィルター、発電機などの戦略施設と同等の重要性を持っていた。手入れを欠かさず、少しでも狂えばすぐに修理された。時計を壊したりいたずらしたりする者は、駅外追放など厳罰に処された。駅には厳しい刑法があり、犯罪者には、即決裁判が開かれた。人が暮らすには無理のある地下生活を永遠に続けるためには、そうするしかなかったのだ。戦略施設への破壊工作は最高刑に処された。専用スペースを除くプラットホームでの喫煙と発火および武器や爆発物の不用心な取りあつかいには、財産没収と駅からの即刻追放が待っていた。

このような厳しい措置は、ある駅の全焼事件を教訓にしていた。火は瞬く間にテント村を覆い、手当たり次第に周囲を焼きつくした。あちこちから響く痛々しい悲鳴は、事故の後何か月も隣駅の人々の耳にこびりついて離れなかった。溶けたプラスチックや防水布がべっとり貼りついたまま炭化した死体は、懐中電灯に照らされる度に灼熱の炎に割れた歯をむきだした姿で浮き上がった。このむごたらしい地獄絵図は、通りがかった自由商人や、迷い込んだ旅人を、恐怖のどん底に突き落とした。

大火災の防止策として、ほとんどの駅で、火気の不用心なとりあつかいを大罪として戒めていた。他には窃盗、妨害活動、悪質な労働回避などが追放処分と定められていた。とは言え、常時他人の目にさらされ、人口は総勢たったの二百人ほどという暮らしだ。このような〈大罪〉はもちろんのこと、ささいな犯罪もめったに起きなかった。まれに事件があったとしても、多くはよそ者の仕業だった。

労働義務は必須で、老いも若きも、全員が任された仕事を毎日こなさねばならなかった。養豚、キノコの栽培、茶工場、食肉加工コンビナート、消防、工学、武器工場……。すべての住人が、必ずどこかで、人によっては同時に二か所で働いていた。男たちは、この他にも二日に一度、トンネルでの当直が課せられている。トンネルの奥から何か不穏な、新たな危険が迫ったときには、監視の人数は直ちに増員され、いつでも戦闘態勢につけるよう予備隊が配備された。

しかし、このように生活規律がきっちり整っているのは、わずか数駅にすぎない。博覧会駅は、確立された名声のおかげで、移住希望者が後を絶たなかった。が、よそ者に居住許可がおりることはほとんどなかった。

茶工場夜勤まで数時間あった。アルチョムは時間つぶしに親友のジェーニカを訪れることにした。地上への大冒険を共に敢行した、あの仲間のジェーニカである。彼の家で濃い茶でも飲みながら最新の噂《うわさ》話《ばなし》や未来の話で盛り上がることにしよう。

ジェーニカはアルチョムと同い年で、父、母、妹の、家族四人暮らしだった。彼のように家族中で助かったケースはごくわずかで、アルチョムはひそかにジェーニカを妬《ねた》ましく思っていた。もちろんアルチョムは養父《ちち》が大好きで、今はすっかり弱気になってしまったとはいえ、養父《ちち》を尊敬する気持ちは変わらない。でもやはり、スホイは実の父親ではなかったし、血もつながっていなかった。スホイを〈父さん〉と呼んだことはない。

スホイはスホイで、自分を〈おじさん〉と呼ぶようアルチョムをしつけたことを、年月と共に後悔するようになっていた。トンネルの老いた一匹狼であるスホイは、家庭を持ったことがない。家で自分の帰りを待つ妻もいない。小さな子どもを連れた母親を見ると、スホイの心は痛んだ。駅を離れ、何日間も、何週間も、ひょっとしたら永遠にもどれぬかもしれない旅へ出なくてもよい日が来るのを、スホイは夢に見ていた。その時にはきっと、妻となる女性が見つかるに違いない。子どもが生まれたら、自分は〈おじさん〉ではなく〈父さん〉になるのだ……。

スホイは体力と気力の衰えをひしひしと感じていた。人生の残り時間は限られている。家庭を持つつもりなら、急がねばならないのはわかっているが、どうしても思いきれずにいた。任務に続く任務、その一部を託せる人間や、プロフェッショナルな秘密を分かち合える人物もいない現状では、気苦労の少ない仕事に回ることもできなかった。スホイは、もうかなり以前から、もっと気の休まる仕事につきたいと思っていた。人々の自分に対する信頼や、輝かしい職歴、有力者たちとの親しい関係などを考えると、駅での指導的なポストにつくことも不可能ではない。しかし彼にかわる人物が、どこを探しても見つからない状況では、幸せで穏やかな日の訪れを夢見ながら、厳しい今日を生き抜くことで精いっぱいだった。帰ることもままならず、異郷の駅や遠いトンネルで任務に心血を注ぐ毎日だった。

アルチョムは、養父《ちち》が本当の父親のような愛情を注いでくれているものの、任務の後継者としては自分を見ていないこと、それどころか、不本意にも、頼りがいなく思われていることを知っていた。自分はもう、ゾンビに連れていかれる、とか、ネズミに食われる、なんていう子どもだましが通用しない歳なのに、遠征に連れていってももらえない。養父《ちち》の不信は、アルチョムを無謀な冒険に追い立てた。スホイは、その度にしかりはしたが、アルチョムの内なる願いを決してわかろうとはしてくれなかった。

アルチョムを不必要に危険な目にあわせたくなかったのだ。むしろ、自分が、今、夢見ているような、穏やかで危険のない生き方——青春を謳歌《おうか》し、仕事をしながら子どもを育てる暮らしをアルチョムにしてほしかった。

しかし、スホイには忘れていることがある。それは、自分自身、平穏無事な暮らしを望むようになるまでは、海千山千の経験を積み、百戦錬磨の冒険を重ねてきたという事実だ。今、スホイに色濃く影を落とすのは、歳月と共に培われた英知ではなく、失われた年月への後悔と疲労だった。一方、血気盛んなアルチョムは人生の醍醐味《だいごみ》を感じ始めたばかりだ。キノコを砕いて乾燥させたり、おしめをかえる手伝いをするような、駅から五百メートル以内で納まってしまう惨めな生活は真っ平だった。それでは、まるで植物のようではないか。養父《ちち》が自分にお膳立てしようとしている宿命を最近強く感じ始めたアルチョムの中で、駅から出たいという願望が、日増しにふくらんでいくのも無理のない話だった。茶工場での出世や、子だくさんの父親になることは、何よりも避けたいことだった。

アルチョムは冒険に惹かれていた。トンネルを軽々と吹き抜ける風と共に、未知の世界へ、運命に向かって飛び立ちたい。恐らくそんな願いを見抜いたからこそ、ハンターは危険を伴う大役を任せる気になったのだろう。ハンターは、人を見分ける嗅覚が人一倍鋭い。ほんの小一時間話しただけで、アルチョムが見込みのある若者と悟ったのだ。植物園駅で自分の身に何か起きた場合、アルチョムならば、きっと行動を起こすだろう。たとえ約束の場所まで行き着けなかったとしても、任務を放り投げて駅にとどまるようなことはしないだろう。

ハンターの見立てに間違いのあろうはずはなかった。

幸い、ジェーニカは家にいた。

「ちょうどいいや！」

アルチョムを見るなり、友は嬉しそうな声を上げた。

「君も夜勤？　僕もだよ。くたくたに疲れちゃってて、実は交代を願いでようと思ってたところなんだけど、君と一緒なら我慢するさ。君、昨日は監視の当直だっただろ？　監視所であったことを教えてくれよ！　緊急事態があったって聞いたぞ！　何が起きたんだい？」

アルチョムは、意味ありげな視線をジェーニカの妹に向けた。少女は、母親が縫った布製の人形にキノコのかすを食べさせようとしていたが、何の話が始まるのか、興味津々といった顔で、つぶらな瞳をじっと兄たちに向けている。

「ほら、チビちゃん！」

アルチョムの気持ちを察したジェーニカは、妹に話しかけた。

「おもちゃを片づけて、お隣さんの所へ行っておいでよ！　カーチャが、遊ぼうって言ってたよ。お隣さんとは仲良くしないとね。ほら、お人形を持って。行っておいで！」

少女はぶつぶつ言いながら、人形を抱き上げた。天井を見上げる人形の目は、こすれたせいか、半分消えかかっている。

「どうせつまんない話に決まってるわ。全部知ってるもん！　毒キノコの話でしょ！」

出かける支度をしながら、少女はフンという調子で捨てぜりふを吐いた。

「まったく、レーンカときたら、僕たちの話に口出ししようなんて十年早いよ！　まだ口のまわりにミルクが残ってる君にはね！」

アルチョムがたしなめた。

「何よ、ミルクって？」

言い返しながら、妹は急いで口をふいた。

少女が出ていくと、ジェーニカはテントに中から鍵をかけ、アルチョムをうながした。

「さあ、口を割れ！　何があった？　いろんな話を聞いたぜ。巨大ネズミがトンネルから出てきた、とか、〝黒き者《チョルヌィ》〟のスパイを追っ払って、けが人まで出した、とか。いったいどれが本当だ？」

「全部外れだよ！」アルチョムは笑った。

「みんなでたらめさ。犬だったんだよ。小さな子犬。元海兵隊員のアンドレイが連れて帰った。シェパードに育て上げる、って言ってたよ」

「僕は、その、アンドレイ本人から聞いたんだ、大ネズミだったって！」

当惑したようにジェーニカがつぶやいた。

「どういうつもりで言ったんだろう？」

「知らないのかい？　それはアンドレイお得意のしゃれさ。ブタサイズのネズミ、とかね。あの人、冗談が好きなんだよ」

「君の方は、何か面白い話はないのかい？　仲間から何か聞いてない？」

ジェーニカの〈仲間〉とは、茶と豚肉を平和通り駅の市場に運ぶ自由商人のことだ。商売の帰りには、決まってビタミン剤や布、様々なガラクタ、時にはところどころページの欠けた手あかまみれの本を持ち帰ってくる。そういった本は、トランクからトランクへ、ポケットからポケットへ、商人から商人へ、メトロ内をさんざん回ったあげく、平和通り駅に行き着き、やっと持ち主となるべき人にめぐり合うのだった。

博覧会駅の誇りは、ここが中心地やメイン商業ルートから遠く離れているにもかかわらず、日々ますます悪化する生活の中で、住民たちがただ生き延びるだけでなく、メトロ全線で消え去りつつある「文化」を、守り続けていることだった。

そのために、博覧会駅の行政はあらゆる対策を講じていた。子どもは必ず読み書きを習うことになっていたし、小さいながらも図書館を設けていた。ここには、市場からの本も集められていた。ただ一つ残念なのは、自由商人たちに本を選ぶ目がないことだった。彼らは、ただやみくもに手に入った書物を持ち帰ってきてしまうので、低俗な本も結構たまってしまうのだ。

しかし、駅の住民たちは、どんなにくだらない書物も極めて大切にあつかった。ページを破くような者は、まずいない。人々にとって、書物は神聖なもので、滅び去った素晴らしい世界の最後の思い出だったのだ。読書によって蘇《よみがえ》る思い出の一つ一つを、大人たちは宝物のように思い、曲がりくねったトンネルや狭い通路という世界しか知らない子どもたちに、書物に対する接し方を、しっかりと教え伝えていた。

しかし、印刷物がこのように丁重にとりあつかわれていたのは、ほんの数駅にすぎなかった。そんなこともあって、博覧会駅の住人は、ここが文化の最後の砦であり、カルジスカヤ＝リジスカヤ線における文明の最前線と自負していた。

アルチョムもジェーニカも読書好きだった。ジェーニカは、仲間たちが市場からもどるのをいつも心待ちにしていて、何か新しい書物を入手できたか、真っ先にたずねた。そんなわけで、本はまずジェーニカの手に渡り、その後図書館に収められた。

アルチョムの家では、養父《ちち》が遠征の度に書物を持ち帰ってきてくれるので、テントの中はちょっとした図書室のようだった。古く黄ばんだ本、カビやネズミにかじられ傷んだ本、誰かの血痕が乾いてこびりついた本。この駅では、いや、もしかすると地下鉄中を探してもここにしかないような本が、本棚に並んでいた。マルケス、カフカ、ボルヘス、ヴィアン、そしてロシアの古典文学が数冊……。

「今回、本はなかった。リョーハの話では、一か月後に地下都市《ポリス》から数冊入ってくるらしい。何冊か確保しておくと約束してくれた」

ジェーニカは言った。

「本のことじゃなくて」

アルチョムは手を振った。

「状況はどうなのかな?」

「状況かい? 特に変わりないようだよ。噂《うわさ》はいろいろあるみたいだが、君も知っての通り、あいつら、噂話《うわさばなし》なしでは生きてられない性質だからな。三度の食事より噂《うわさ》好き、ってやつさ。

連中の話を信じるかどうかは、また別問題として……、今のところ、穏やかなようだよ。ハンザと赤の戦争時代を思えば、ほんと、穏やかだ……」ジェーニカは思いだしたようにつぶやいた。

「平和通り駅では、〝毒キノコ〟は販売禁止になった。もし見つかったら没収、駅から放りだされたあげく、ブラックリストに名前を入れられる。リョーハによれば、二回目に見つかった場合はハンザへの出入りが何年間だか禁止になるらしい。ハンザ全駅だよ! 商人にとっちゃ死刑も同然だ」

「まさか! いきなり禁止かい? 何でそんな?」

「幻覚を伴う麻薬と断定されたんだ。長い間飲んでると脳が枯死するそうだよ。言いがかりだけどな。健康のためにっていう名目さ」

「自分の健康の方を心配しろってんだ。何で突然、そんなことにまで首を突っ込み始めたんだろう？」

「あのな」

声を低くして、ジェーニカが言った。

「奴ら、健康に有害だとか何とか言って、デマを飛ばしてる、ってリョーハが言ってたぞ」

「デマ？」

驚いてアルチョムはたずねた。

「嘘の情報だよ。こういうわけだ。リョーハはこの間、平和通り駅の先のスハレフスカヤ駅まで足を延ばしてみた。怪しい仕事だったらしくて、詳しい用向きは話さなかったけど。で、そこで、面白い男に会ったんだって。誰だと思う？　魔法使いだよ！」

「えっ？」

アルチョムは思わず吹き出した。

「魔法使い？　スハレフスカヤ駅で？　おい、リョーハはどうしちまったんだ？　魔法の杖でももらったって言うのかい？　それともおとぎ話に出てくる〝不思議なお花〟でも見たとか？」

「何言ってんだよ」

ジェーニカはムッとした顔になった。

「誰よりも物知りのつもりなのか？　自分が会ったことないからって、絶対にいないと言えるのか？フィリョフスカヤ駅の突然変異体《ミュータント》の話は信じてるくせに？」

「信じるもなにも、フィリョフスカヤ駅の突然変異体《ミュータント》は確かな事実だ。養父《ちち》が話してくれた。でも、魔法使いの話なんて、聞いたこともない！」

「スホイおじさんは素晴らしい人だ。僕は、尊敬しているよ。でも、彼だって、世の中すべてを知りつくしているわけではないだろう？　ひょっとしたら、君を怖がらせたくなかったのかもしれないし。ま、いいさ、聞きたくないなら、さっさと帰れよ！」

「おい、気を悪くするな、ジェーニカ！　話してくれよ。面白そうじゃないか」

アルチョムは笑顔を作ってみせた。

「よし、わかった。教えてやろう。リョーハたちはスハレフスカヤ駅近くでたき火をして一夜を明かしたんだそうだ。君も知っての通り、あの駅に定住者はいない。他の駅からの自由商人が夜を過ごすために泊まるだけだ。消灯時間になると、ハンザは、商人連中を自分たちの駅から追いだしちまうからね。ああ、あと、スハレフスカヤ駅には、商人たちの他にも、いろんなクズどもがうろついているらしい。いかさま師やこそ泥連中に、しつこくつきまとわれるんだって言ってた。それから、単なる旅人たちも、南へ向かう前にここで休むことが多いんだ。

と言うのもさ、スハレフスカヤ駅の先のトンネルで、奇々怪々な事件が絶えないからなんだ。誰も住んでいないはず、ネズミや突然変異体《ミユータント》すらいないはずの、そのトンネルで、しょっちゅう行方不明事件が起きる。跡形もなく姿を消してしまう。スハレフスカヤ駅の先は、赤路線と交差しているツルゲーネフスカヤ駅。赤路線側の駅名はキーロフスカヤ駅だ。ここは、もともとチースティエ・プルディって名前だったが、赤の連中が革命家にちなんで改名したんだ。

で、赤路線の奴らが、怪事件が起きるスハレフスカヤ駅と隣り合うのはごめんこうむる、と乗りかえ通路をコンクリートでふさいじまったから、今、ツルゲーネフスカヤ駅は無人のまま放置されている。

つまり、スハレフスカヤ駅から一番近い有人駅までのトンネルは、結構な距離になるんだよ。だって、二駅分だからね。そして、その場所なんだ、人がいなくなるのは。特に一人のときは間違いなく姿を消す。十人以上の隊なら、通り抜けられる。商人連中が言うには、ごく普通のトンネルらしいけど。汚れた様子もなく、静かで、ガランとしていて。それに、そもそも支線がないから、人が姿をくらますような場所なんかないはずなんだって。

ところが、物音も、化け物の気配も何もない、清潔で歩きやすい所だって話しか信じようとしない奴が、トンネルに入っていっちゃ、忽然と姿を消してしまう。さっきまで存在していた人間が、いなくなってしまう」

「魔法使いの話はどうなったんだ?」アルチョムがうながした。

「今、話すとこだ。ちょっと待てよ」

ジェーニカはアルチョムを制し、先を続けた。

「そういうわけで、一人でこのトンネルを通るのを、みんな恐れるようになった。スハレフスカヤ駅で道連れを見つけて、グループを作る。市場がないときは人の出入りも少ないから、場合によっちゃじゅうぶんな人数がそろうまで、何日も、時には何週間も駅で待つことになる。とにかく人数が多いほど、危険も少なくなるらしい。

リョーハの話では、そんな人待ちの間に、すごく面白い人に出会えることがあるんだそうだよ。もちろん、クズ連中も多いから、ちゃんと人を見分ける目は持ってなきゃならないがね。で、今回、リョーハはそこで魔法使いに会ったってわけだ。君が考えているような、ランプから出てくる魔法使いなんかじゃないぞ……」

「それは妖術師だ。魔法使いじゃない」

アルチョムは訂正したが、ジェーニカは無視して話を続けた。

「その男は神秘主義者で、人生の半分を不可解な現象の文献解読に費やしていたらしい。まるでカルロス・カスタネダのようだとリョーハは言ってた。人の心を読んだり、未来を言い当てたり、無くなったものを見つけだしたり、危険を予知したりできるんだって。精霊の姿も見えるらしい。信じられるかい、そいつ……」

ジェーニカは、もったいぶって、いったん間をとった。

「武器も持たずにメトロを旅しているんだ！　丸腰で！　持っているのは、プラスチックの長い杖と、折りたたみ式の食事用ナイフだけ。それでさ、その男が言ってたんだって。

『毒キノコを栽培する者も、それを飲む者も、みな愚か者だ』って。あれは、みんなが考えているような毒キノコじゃないんだって。その男によれば、中部地帯では、ああいうキノコは自然には生えてこないはずなんだそうだ。

それで思いだしたけど、僕は、以前キノコの図鑑を読んだことがある。確かに、あのキノコについてはまったく記載がなかったし、似たキノコも載ってなかった。それでさ、幻覚を見るためにあれを食べるのは、その男に言わせると間違いなんだって。それどころか、ある特殊な方法で調理すると、別世界に体が飛んで、そこから現実の世界をコントロールできるようになるんだそうだよ！」

「その男こそ、麻薬中毒だな」

アルチョムは自信たっぷりに口をはさんだ。

「確かに、楽になろうと毒キノコを食べる人はたくさんいる。でも、そうなるまで食った奴はいないぜ。そいつは、百パーセント、中毒だよ。彼に残された時間は、多分長くはないだろうな。

そう言えば養父《ちち》にこんな話を聞いたことがある。どこだったか忘れちゃったけど、ある駅で一人の見知らぬ老人が養父《ちち》に話しかけてきたんだそうだよ。自分はすごい超能力者で、強力な悪の超能力者や宇宙人を相手に、終わりのない戦いを続けているんだ、って。しかし、自分はもうすぐ悪にやられそうで、今日一日ももたないかもしれない、すべての力を戦いに使い果たした、ってさ。

駅の……確か、スハレフスカヤ駅だったかな——プラットホームの真ん中へん、トンネルから離れた場所で、養父《ちち》たちは他の人々と一緒にたき火を囲んでいた。しっかり睡眠をとって、翌日からの旅に備えるためだ。そのうち、養父《ちち》と老人の前を三人の男が通りかかった。すると、その老人は恐怖にゆがんだ表情で養父《ちち》に言ったんだそうだ。あの真ん中の男が、悪い超能力者の一人、闇の信奉者だ、そしてその両側にいるのは、宇宙人だ、と。二人の宇宙人が超能力者を手助けしていて、奴らの大元締めは、メトロの一番奥深くにひそんでいると訴えたそうだ。大元締めとやらの名前も養父《ちち》は聞いたと言ってたけど、何だっけな……。確か、何とか〈スキー〉で終わる名だったような。

で、その老人は、奴らが自分に近づいてこないのは、養父《ちち》が一緒にいるからだ、って言ったんだ。一般の人たちに我々の戦いを知られるのを恐れているからだ、とね。その上、気づかないだろうが、奴らは自分にエネルギー攻撃をしかけてきていて、自分もエネルギーの楯で応戦している。負けるわけにはいかない！　と息巻いたんだそうだ。

ジェーニカ、君はそうやって笑っているが、養父《ちち》はそのとき笑うどころではなかったらしいぜ。想像してみろよ、神からも忘れ去られたような深い地下の一角だぞ。バカげた話のようだが、笑ってすまされないものがあるだろう？　養父《ちち》は、この老人は頭がおかしい、と自分に言い聞かせながら相手をしていたそうなんだけど、そう言われると、両側に宇宙人を連れて歩いていたっていう男は、確かに変な目で自分たちを見ていた気がしてきた、と言うんだ。目が怪しい光を放っていた、とね」

「くだらない」

ジェーニカは一笑に付した。

「確かにくだらないかもしれないけどね、遠くの駅まで行く以上、何が起こるかわからないじゃないか。そのうち、その老人は、間もなく自分は、悪との最後の戦いに臨む、もし自分が負けたら、この世は終わりだ。自分の力は、どんどん消耗している。善の超能力者の数がもっと多かった時代、戦いは五分五分だった。

でもその後、悪が優勢になり、自分は最後に残った善の一人、いや、ひょっとしたら、まさしく最後の一人なのかもしれない、と語りだしたんだそうだ。だから自分が死んで、悪い奴らが勝利を収めたら、それでおしまい。一巻の終わりなんだって！」

「今でもじゅうぶん、一巻の終わりじゃないか！」

ジェーニカが口をはさんだ。

「まだすべてが終わったわけじゃない。望みはあるはずだ」

アルチョムは答えて、話を続けた。

「最後に、老人は養父《ちち》にこう言った。

『息子よ！　何か食べ物をおくれ。少しでも力がつくようにな。最後の戦いの時が近づいてきておる。我々すべての未来がかかった戦いだ。君の未来もな！』――わかるかい？　すごい超能力者のはずの老人が、食べ物をねだったんだよ。君の話す魔法使いも、その手の男なんじゃないのかい？　どこか変なんじゃないか？」

「違う、まったくわかってないな！　人の話をちゃんと聞けよ！　それに、その老人が嘘をついていた、と誰が君に言った？　そいつの名前は？　スホイおじさんから聞いてないのかい？」

「聞いたんだけど、よく覚えていないんだ。変わった名前だったような。〈チュ〉で始まっていた気がするなぁ。〈チュヴァーク〉とか〈チュダーク〉とか……。ああいう放浪者たちって、だいたい、名前の代わりに変なあだ名で呼び合うんだよな。君の魔法使いは、なんていう名前なんだ？」

「リョーハの話では、今はカルロスという名で呼ばれているらしい。カスタネダと似てるから。それにどういう意味があるのかは､僕にはよくわからないんだが。おい､最後まで聞いてろよ。その男はリョーハに言ったそうだ。明日、北トンネルは通らない方がいい、ってね。リョーハはまさにそこを通って帰ろうと考えていたらしいが、男の忠告を信じて、北トンネルを避けた。それが正解だった。翌日、スハレフスカヤ駅と平和通り駅間のトンネルで、隊商《キャラバン》が襲われた。ここは安全な通路と考えられていたのに。商人の半分は命を落とし、残りもやっとの思いで逃げおおせたらしい。さあ、どうだい！」

アルチョムは黙って、考え込んだ。

「多分、詮索しない方がいいのかもしれない。何があっても不思議じゃない世界だ。前にもそんなことがあった、って養父《ちち》が言ってた。遠い駅では人間が野生化し、自分たちが理性ある生き物であることを忘れて野蛮人となり、考えられない奇行に走ることがあるらしいんだ。それがどういう〈奇行〉なのか、養父《ちち》ははっきりとは説明しなかったけどね。いや、養父《ちち》はそれを僕に話したわけじゃなく、人に話しているのをたまたま聞いてしまったんだ」

「ほら、見ろ！　普通の人には信じられないようなことが、時々起きているんだよ。リョーハは、もう一つ、興味深い話をしてくれた。聞きたいかい？　スホイおじさんからも聞けないような話だぞ。リョーハは、市場でスハレフスカヤ路線の自由商人から聞いたらしいんだ。君、幽霊って信じるかい？」

「そうだな……。君と話した後はいつも、どこまで信じていいものやら自問自答するよ。しばらく一人で考えたり、ノーマルな人と話をして、やっと思考が元にもどるんだ」

笑いをこらえながら、アルチョムは言った。

「まじめに答えろよ！」

「読んだことはあるよ。養父《ちち》から聞いたこともね。でも正直、あまり信用する気になれないな。そもそも、ジェーニカ、君がよくわからない。うちの駅は〝黒き者《チョルヌィ》〟の悪夢に苦しんでいる。こんな駅は、メトロ中他にはない。中央付近の駅では、きっと、うちの駅のことを、僕や君の生活を、子どもたちに怪談として語り聞かせているだろう。『〝黒き者《チョルヌィ》〟の話を信じるかい？』とね。ジェーニカ、君は〝黒き者《チョルヌィ》〟だけじゃ物足りないのか？　もっと恐ろしいものが必要だって言うのかい？」

「アルチョム、君は、自分で見て、触れたことのあるものにしか興味を持たないのかい？　君が見るもの、聞いたものしか、この世に存在しないと思うのかい？　モグラを考えてみろよ。モグラは目が見えない。でも、この世には、モグラには見えないものであふれているだろう？　君も同様に……」

「わかった、わかった、話をもどしてくれよ。スハレフスカヤ路線の自由商人がどうしたんだって？」

「自由商人？　ああ、リョーハはあるとき、市場で一人の男と知り合いになった。その男、もともとスハレフスカヤ出じゃなく、ハンザ出身で、ドブルィニンスカヤ駅に家があった。セルポフスカヤ線と交差する駅だ。サーシャおじさんから聞いたことがあるかもしれないが、この線の環状線外エリアには、人は住んでいないんだ。でも、線の先に人の場所がない以上、そこから何かが入り込んでくるかもしれないだろう？　だからこの線の次の駅トゥーリスカヤとの間に、ハンザのパトロール隊が警備に立っている。緩衝地帯を設けたんだな。

そういうわけで、トゥーリスカヤ駅から先は、誰も入れない。もっとも、先には何もないんだけどね。どの駅も空っぽだし、設備は壊れていて、住むことはできない状態だ。デッドゾーンだよ。動物も、化け物も、ネズミすらいない。本当に空っぽなんだ。

ところが、リョーハが知り合った男の知り合いで、トゥーリスカヤ駅の先に入り込んだ奴がいるんだそうだ。そいつが何をしにデッドゾーンへ入り込んだのかは知らない。でも、そいつによれば、セルポフスカヤ線は、ただのデッドゾーンではないというんだ。理由もなく放り出されているわけではなくて、とにかくすごい、想像を絶する状態だそうだ。〝ハンザ〟がこの線のエリアを、植物園や家畜場として植民地にしなかったのにも、わけがあるってことさ」

アルチョムはまぜ返すことも忘れ、ポカンと口を開けた。その様子に、ジェーニカは勝ち誇った様子でにやにやし、いきなり話を変えた。

「どうせ面白くないだろ？　こんなたわごと？　まるでおとぎ話だもんな？　茶でも飲むか？」

「おい、茶どころじゃないよ！　なぜハンザはその地域を植民地にしないんだ？　確かに謎だ。養父《ちち》の話では、ハンザは、今、人口過多で困っているはずだ。人の住む場所が足りないそうだ。エリア拡大のチャンスを、どうしてみすみす見逃しているんだろう？　連中らしくもない！」

「面白くなってきたかい？　その男は、トンネルのずいぶん奥まで入り込んだらしい。進んでも進んでも、生き物の気配は何もなし。ネズミすら。スハレフスカヤ駅の先に広がるトンネルと同じで、まったく何もいないんだ。想像つくかい？　ただ水がしたたり落ち続けているだけ。放置されたままの駅は真っ暗で、昔ここに人の往来があったことが信じられない。危険がじわじわと近づく予感がまとわりついて離れない。締めつけられる感じ。抑えつけられる感じ……。

　そいつは急いで先へ進んだ。半日で四駅も通過したそうだ。とても平常心じゃいられなかったんだろうな。やがてセヴァストーポリスカヤ駅についた。ここはカホフスカヤ線へ乗りかえできる。知ってるだろうが、カホフスカヤ線には、駅が三つしかない。地下鉄の盲腸みたいなもんだ。で、その男は、セヴァストーポリスカヤ駅で一泊することにしたんだそうだ。何しろひどく興奮して、疲れていたからね。ちょっとでも恐怖を和らげようと、木片を見つけて、火をおこした。寝袋をとりだし、プラットホームの真ん中で横になった。そして、夜中になると……」

　ジェーニカは、突然立ち上がって伸びをすると、ニタリと笑った。

「おい、僕はやっぱり茶が飲みたい！」

そして、アルチョムの答えを待たずに、やかんを持ってテントから出ていってしまった。アルチョムを、話の余韻に置き去りにして。

アルチョムはムッとしたが、話を聞き終わるまでは文句を言うまいと心に決めた。言いたいことは後で言えばいい。アルチョムは、不意にハンターとの約束を思いだした。約束というより、命令に近い。しかし、今はジェーニカの話を最後まで聞かねば。

ようやくジェーニカがもどってきた。珍しい鉄製ホルダーに入ったカットガラスのカップに茶を注ぎ、アルチョムの前に置いた。昔、列車の中でサービスされる茶が、こんな感じだったと聞いたことがある。

「さて、その男は火のそばで横になった。あたり一面の静けさは、重々しく、耳が綿でふさがれたみたいだった。真夜中になって、そいつは突然奇妙な音で目を覚ました。耳をすましてよく聞くと、子どもの笑い声だ。男の背中にどっと冷や汗が流れでた。ネズミ一匹いない所で、子どもの笑い声が線路の奥からするなんて！　有人駅は四駅も先なのに！　信じられるか？　とても正気ではいられないよ。男は、いても立ってもいられず、夢中でアーチを走り抜け、線路の方へダッシュした。

と、その時、トンネルの向こうから列車が来た。本物の電車だよ！　ヘッドライトの明かりが目を射抜く……。間一髪、手で顔を覆い隠したからよかったものの、危うく目がつぶれるところだったそうだよ。窓には黄色の明かりが灯り、中には人の姿が見える。なのに、何の音もしないんだ。エンジンの音も、線路がきしむ音もない。完全な静寂の中で、列車は駅にスーッと入ると、またゆっくりとトンネルの奥へ消えていった……。わかるかい？

男はすっかり気分が悪くなって、その場にへたへたと座り込んだ。列車には乗客がいて、しかもすごく生々しくて、おしゃべりしている様子まで見えたんだ。列車の車両が次々に男の前を通り過ぎ、最後の車両の最後の窓に、七歳ぐらいの男の子が立っているのが見えた、男の方をじっと見つめ、指をさして笑っている。ずっと聞こえていたのは、その子の笑い声だったんだ。自分の心臓の鼓動すら聞こえるような静寂で、その子どもの笑い声だけが聞こえるんだ！　列車はトンネルにもぐり、笑い声も次第に遠ざかっていった……。そして再び、空虚と静けさ。恐ろしいまでの静けさ」

「で、そこで男は目を覚ましたわけかい？」

アルチョムは皮肉っぽくたずねた。笑い話で終わりたいという期待を込めて。

「まさか！　消えたたき火へ駆けよると、荷物をまとめて、元来た道をまっしぐらにトゥーリスカヤ駅まで走ってもどったそうだよ。一時間走りっぱなしだったらしい。よっぽど怖かったんだろうな」

アルチョムは、すぐに返答できなかった。テントの中で、二人はしばらく黙っていた。やがて、アルチョムは、声が出るか確認するように咳払いしてから、気力を振りしぼってできるだけ落ち着いた様子を装い、ジェーニカにたずねた。

「で、君はその話を信じるのかい？」

「実は、同じような話を何度か聞いたことがある。君には話してなかったけど……だって、君にはこんな話できないよ。すぐに茶化すじゃないか。ま、いいや。ちょっと話し過ぎたな。もうじき仕事の時間だ。支度しないと。続きは工場で話そう」

アルチョムはしぶしぶ立ち上がり、いったん自分の家に引き返した。夜勤中の食べ物を何か準備しなくてはならない。スホイはまだ寝ていた。消灯時間を過ぎた駅は、すっかり暗くなっていた。夜勤時間まで、残りわずか。急がなくては。ハンターが使っていた客用テントを通りがかりにのぞくと、端が持ち上げられ、中はすでにガランとしていた。心臓がどきりとした。ハンターとの話が夢ではなかったこと、すべて現実の話であること、そして、事と次第によっては自分も巻き込まれる公算が大きいことを、アルチョムはやっと理解し始めていた。自分の未来が大きく変わるかもしれない。

茶工場は、トンネルの行き止まりの地点、地上へつながるエスカレーター手前の遮断ドアのそばにあった。工場と呼んではいるが、すべては手作業でまかなわれていた。茶の生産ごときに、貴重な電力を使うわけにはいかない。

駅と工場の敷地を分ける鉄製の隔壁を入ると、壁の端から端まで針金が張られ、皮をむいたキノコが一面に干されている。湿気が多い時には、キノコが早く乾き、かびないように、下に小さなたき火を燃やした。針金の下には机が並べられ、キノコをカットしたり、乾燥がすんだものを細かくする作業が行われていた。出来上がった茶は、紙やプラスチックの容器（その時々で駅に備えがある材料が使われた）にパッキングされ、さらに様々なエッセンスや粉を加えて出荷された。配合は工場長しか知らない企業秘密だった。これが、茶製造の全工程。八時間ぶっ続けの単純作業は、おしゃべりなしにはやっていられなかった。

この日は、ジェーニカと、見張り所でも一緒だったもじゃもじゃ頭のキリルが同じ班だった。キリルは、ジェーニカを見てぱっと顔を輝かせた。どうやら二人の間で中途になっていた話題があるらしく、キリルは、すぐに話の続きを始めた。途中から聞いても面白くなかったので、アルチョムは、自分の考えに没頭することにした。さっきジェーニカから聞いたセルポフスカヤ線の話は次第に印象が薄れ、かわりに忘れかけていたハンターの話が再び蘇《よみがえ》ってきた。

どうしたものだろう？　ハンターから託された役目はあまりにも重くて、即実行というわけにはいかない。計画がうまく運ばなかったら？　ハンターの行動は、敵の巣の真っただ中に飛び込むようなものだ。彼が身をさらそうとしている危険は、きっと自身でも計り知れないくらい大きい。博覧会駅から北五百メートル地点の先、灯の照り返しが影を失うその場所で、いったい何がハンターを待ち受けているのだろう。博覧会駅で〝黒き者《チョルヌィ》〟を知らぬ者はいない。〝黒き者《チョルヌィ》〟に対抗できた勇者は、一人もいなかった。そもそも、地上からメトロへの〝黒き者《チョルヌィ》〟の進入経路が植物園駅なのかも、定かではないのだ。

ハンターが、自分自身に課した使命を実現できない可能性は少なくない。〝黒き者《チョルヌィ》〟の脅威は非常に大きく、しかも急激に勢力を増してきている。少しでも食い止めなくては。もしかすると、ハンターは〝黒き者《チョルヌィ》〟の正体を知っているのかも……。スホイやアルチョムに打ち明けなかっただけで。

はなから捨て身のハンターが、博覧会駅にもどってこない可能性は否めなかったし、その公算は大きかった。だからこそ、アルチョムを引き込んだのだ。

しかし、誰にも何も告げず、駅を離れるなんてことができるだろうか？　ハンターは今回の計画を恐らく誰にも話していないに違いない。仲間の一部が、〝黒き者《チョルヌィ》〟に乗っとられてしまっていると疑っているからだ。それに、首尾よく出発できたとしても、暗く閉ざされたトンネルで待ち受けるあらゆる危険を乗り越え、地下都市《ポリス》に行き着くことなどできるのだろうか？　アルチョムは今さらながら後悔していた。ハンターの厳格な風采《ふうさい》と催眠術のような視線に導かれて、秘密など打ち明けなければよかった。

こんな任務は、自分にはとうてい無理に決まっている……。

「おい、アルチョム！　君、寝ちまったのか？　返事をしろよ！」

ジェーニカに肩を揺さぶられ、アルチョムははっと我に返った。

「キリルの話、聞いたか？　明日の夜、二つ向こうのリジスカヤ駅に行く隊商《キャラバン》が出るんだって。リジスカヤ駅と同盟を結ぶに当たって、人道支援をするらしい。リジスカヤ駅の倉庫からケーブルが見つかったんで、駅間に電話を引くことになったそうだ。電話が無理でも、電信という方法もある。明日仕事のない者は誰でも参加できるって言うんだが、行くかい？」

アルチョムは黙ってうなずいた。これは、運命が恵んでくれたチャンスだ。与えられた使命を果たす時が来たのだ。

「やった！」

ジェーニカは喜んだ。

「僕も行こうと思ってる。キリル！　僕たち二人とも参加だ、いいかい？　何時に出発？　九時？」

アルチョムは、夜勤の最後までほとんど口をきかなかった。頭の中が、恐ろしい思いでいっぱいだったのだ。キリルのおしゃべりに一人でつきあわされているジェーニカは、明らかに腹を立てている様子だった。アルチョムは機械的な動作でキノコを破砕していく単純作業を黙々と続けた。

もどらぬときは――そう告げたハンターの顔が目の前に浮かぶ。命を危険にさらすことを恐れない男の、静かな表情だった。しかし、その背後には、来るべき災難の予感が黒々と広がっているのだ。

仕事を終えてテントにもどると、スホイは用事で出かけたらしく、不在だった。アルチョムは静かな場所で自分の置かれた状況をもう一度冷静に考えようと思った。しかし、寝床に倒れ込んで枕に顔を突っ伏すと、あっという間に寝入ってしまった。

今日一日話したこと、考えたこと、悩んだことがアルチョムをすっぽりと包み、常軌を逸した夢の深淵に引き込んでいった。

――スハレフスカヤ駅で、アルチョムは、ジェーニカと一緒に、あの、カルロスという奇妙な名の魔法使いと並んでたき火を囲んでいた。カルロスは二人に、毒キノコから茶を作る方法を教えて、言った。

「博覧会駅での食用法は間違ってる。なぜなら、これは本当はキノコなどではなく、地球上の命の新種で、やがて人類に代わる生物に進化する可能性を持つものだ。さらに言うと、これらのキノコは個々に存在するものではなく、メトロ全線に広がる巨大な菌糸の一部なのだ。この茶を正しく服用すれば、この理性ある新種とコンタクトできるようになり、我々人間を手助けしてくれるものともなる」

すると、突如スホイが姿を現した。養父《ちち》は、アルチョムたちに向かって脅すように指を立て、言った。

「茶を長期間服用してはならない。脳が巣食われてしまうからな」

アルチョムは何が本当なのかわからなかった。そこで、少し風に当たってくると告げ、魔法使いカルロスの背後に回ってみた。

そして、目にしたのは、パックリと口を開けた頭と、黒く、虫食い穴だらけの脳。長くて白っぽい色の虫が、くねくねと動きながら脳の繊維にもぐり込み、次々に穴を開けていく……それなのに、魔法使いは気にとめず、話を続けている……。仰天したアルチョムは、その場から逃げようと、あわててジェーニカの腕をつかんだ。ところが、ジェーニカは面倒くさそうにアルチョムの手を振りほどき、カルロスに話の続きをせがむのだった。その間にカルロスの頭からはみ出た虫が、床をはい、ジェーニカにだんだん近づき、ついには背中をはい登って、耳から頭に入り込もうとしている……。

アルチョムは線路にとび降り、必死に逃げた。しかし、そこが一人で入ってはならないトンネル、グループでしか通り抜けられない、あの恐怖のトンネルだと気づき、あわてて駅に駆けもどろうとした。ところが、どうしてもたどり着けない。

背後が突然明るくなった。自分の影がトンネルに長く伸びていく。夢にしては、やけにはっきりとしている……。振り向くと、メトロの奥深くから自分の方に向かって列車が走ってきていた。悪魔のようなきしみ音、耳をつんざく轟音《ごうおん》、目を射る光……。

足が言うことを聞かない。足がないみたいだ。空っぽのズボンが体の下に延びているだけ。列車は、ほんの数メートルの場所まで迫っている。もうだめだと観念した、その時、幽霊列車は突然実体を失い始め、消えた。

次にアルチョムが見たのは、まったく別の世界だった。

家具が一切ない、まぶしいほど真っ白な壁の部屋。そこに、雪のように白い服を身にまとったハンターがいた。彼はじっと立ちつくし、頭を下げて床を凝視している。やがてハンターはゆっくりと視線をアルチョムに向けた。

アルチョムは奇妙な感覚にとらわれていた。まるで、意識だけが自分の体を抜けだして、その場を第三者として傍から見ている気分だ。ハンターの目を見たアルチョムは、何か起きる、というわけのわからぬ不安でいっぱいになった。

ハンターがアルチョムに話しかけて、夢は一挙に現実味を帯びた。これまでは、どんな悪夢に苦しめられている時でも、これは夢なのだ、すべて不安な想像の産物なのだ、と頭のどこかが知っていた。ところが、今は、目を覚ませばすべて終わるという気がまったくしない。

向こうからはアルチョムの姿は見えないらしく、ハンターは、ただぼんやりと視線を泳がせていた。しかし、やがてゆっくりと、重々しい口調で言った。

「時は来た。俺との約束を、お前は果たさねばならない。やりとげろ。いいか、これは夢じゃない、夢じゃないんだ！」

アルチョムは目を大きく開けた。そして、もう一度、少ししゃがれた乾いた声を、はっきりと聞いた。

「夢じゃない！」

「夢じゃない……」──アルチョムは繰り返した。カルロスの脳を食っていた虫や、列車の残像が次第に薄れていく一方で、ハンターの幻影はとてもはっきり、細部にいたるまで記憶に刻み込まれた。奇妙な服装、謎めいた空っぽで真っ白な部屋、そして「約束を果たさねばならない！」という言葉がアルチョムの頭をぐるぐる回っていた。


帰宅するなり、養父《ちち》は、心配そうな様子でアルチョムにたずねた。

「ハンターを見かけなかったか？　こんな時間だというのに、姿を消しちまったらしいんだ。テントも、もぬけのからだ。どこへ行ってしまったのかな……。昨日、お前に何か話していかなかったか？」

「いえ、おじさん、駅の様子や最近のできごとを聞かれただけ」

良心に恥じることもなく、アルチョムは嘘をついた。

「バカなことを考えてなければいいが……我々を巻き込むようなことを……」

スホイは心を乱している様子で言葉を続けた。

「誰とかかわりを持っちまったのか、奴はわかっていない……ああ！　ところで、お前、今日は休みだったな？」

「ジェーニカとリジスカヤ駅に向かう隊商《キャラバン》に申し込んできたんだ。援助物資を届けて、向こうにある電信ケーブルの束を解くんだって」

そう答えながら、アルチョムは自分の中で心がはっきりと固まるのを感じた。体の中で何かが吹っきれたような妙な安堵感と同時に空虚感に襲われた。心臓を締めつけ、息苦しくしていた腫瘍がふっと取れ去ったように。

「隊商《キャラバン》だって？　トンネルをうろつくよりも、家にじっとしていればいいのに。リジスカヤ駅だったら、俺も用事があるんだが、今日は気分が優れないから、またの機会にするよ……。出発は何時だ？　九時？それなら、まだ急ぐことはないな。ぼちぼち支度でも始めるさ！」

アルチョムをテントに残し、スホイは再び出かけていった。

アルチョムは、道中の役に立ちそうなものをリュックに詰め込んだ。懐中電灯、電池、予備の電池も。キノコ、茶のパック、ブタのレバーソーセージ、フル装填《そうてん》した弾倉、地下鉄路線図。電池は、もう少し持って行こう。パスポートも忘れてはならない。リジスカヤ駅では必要ないが、そこから先の主要駅では、提示が必要だ。パトロールに声をかけられた時、これを持っていなければ、逮捕されることもあり得る。それから、ハンターにもらったカプセル。これで準備万端。

リュックサックを肩にかけると、アルチョムは最後に家の中を見渡し、心を決めてテントを出た。

隊商《キャラバン》に加わるメンバーは、南トンネルの入口に一番近いプラットホームに集合することになっていた。線路には、すでに手押しトロッコが待機しており、肉やキノコや茶のパックを詰め込んだ箱がくくりつけられている。さらに、地元の職人たちが組み立てたらしい機材も積まれていた。恐らく電信用の何かに違いない。

隊商《キャラバン》には、アルチョムとジェーニカとキリルの他に、志願した兵士と、友好関係を確立する目的で行政の管理責任者の二人が加わっていた。ジェーニカ以外はみなそろっていて、ドミノに興じながら出発の合図を待っていた。そのすぐ近くには、自動小銃が、銃身を上に向けてピラミッド形に組まれている。遠征の間、メンバーに貸与されるものだ。それぞれの弾倉には、予備弾倉が青い絶縁テープで巻きつけられている。

ジェーニカがやっと姿を現した。妹に食事をさせてから、隣人に妹を預けてきたのだ。両親が仕事からもどるまで、妹を一人にさせておくわけにはいかないからだ。

最後の最後になって、アルチョムは養父《ちち》に別れを告げずに来たことを思いだした。すぐにもどると断り、リュックを放り投げ、急いで家にもどる。しかし、テントに養父《ちち》の姿はなかった。アルチョムは、あわてて駅の役所に走った。ずっと以前は駅の休憩室として使われていた小屋だ。着いてみると、スホイは、選挙で選ばれた博覧会駅のリーダー、ジェジュールヌィと二人、何か活発な議論を交わしているところだった。アルチョムはドアをノックし、小さく咳払いをした。

「こんにちは、アレクサンドル・ニコラエヴィチ（ジェジュールヌィ）。スホイおじさんと少し話をさせてもらってもいいですか？」

「もちろんだ、アルチョム。入りなさい。茶はどうだね？」

ジェジュールヌィは愛想よく答えた。

「もう出発の時間か？　帰りはいつだ？」

いすごと机から離れながら、スホイがたずねた。

「わからない……」アルチョムは小さな声で答えた。

「成り行き次第だと思う」

アルチョムは、二度と養父《ちち》に会えないかもしれないと思っていた。

急に鼻がつんとなり、不本意にも、目がじわりと湿り気を帯びてくるのがわかった。アルチョムは一歩前に出ると、スホイをぎゅっと抱きしめた。

「おいおい、どうしたんだ、アルチョム……。どうせ明日にはもどるんだろう？」

アルチョムの様子に驚いて、スホイは、なだめるように言った。

「予定通りに進めば、明日の夜にでももどれるさ」

ジェジュールヌィも請け合った。

しかし、アルチョムは二人の言葉には答えなかった。

世界でただ一人、アルチョムを心から愛してくれている養父《ちち》に、明日あさってにも帰り、また以前と同じ暮らしにもどる、などという嘘はつきたくなかった。

「お達者で、おじさん！　体に気をつけて！」

アルチョムは後ろ髪を引かれる思いで告げると、養父《ちち》の手をにぎり、自分の弱さを隠すように早足でその場を去った。

スホイは驚いたまなざしで、アルチョムの姿を追った。

「どうしたんだ、あいつ、急に意気地なしになっちまって。リジスカヤ駅なら、今までにも行ったことがあるはずなのに」

「なあに、スホイ、気にするな。時間がたてば、あいつも勇ましくなる。二駅先に行くだけで涙の別れをした日のことが、そのうち懐かしくなるというものさ。ところで、さっきの話だが、トンネルパトロールについて、アレクセーエフスカヤ駅の連中の意見はどうなんだ？　うちにとっては都合のいい話なんだが……」

アルチョムが集合場所にもどると、隊長を任された駅の役人が銃を配っているところだった。一人ずつ銃を受けとり、書類にサインをした。

「さて、男ども、出かけるとするか！」

隊長は、そう声をかけると、長い歳月でぴかぴかになったベンチから立ち上がった。隊員たちも、黙って彼に従った。

「神のご加護を！」

隊長は線路にとび降りると、先頭に立った。

アルチョムとジェーニカはトロッコに乗り込み、出発に備えた。この中で最も若手の二人は、一番の重労働を任されることになっていた。続いて、キリルと志願兵が、トロッコの後方を固めた。

「出発だ！」

隊長が叫んだ。

アルチョムとジェーニカが梃子《てこ》に力をかけ、キリルが後方から押すと、トロッコはきしみながら、ゆっくりと動き始めた。後ろの二人が後に続き、隊は南トンネルの穴に消えていった。

第4章　トンネルの声

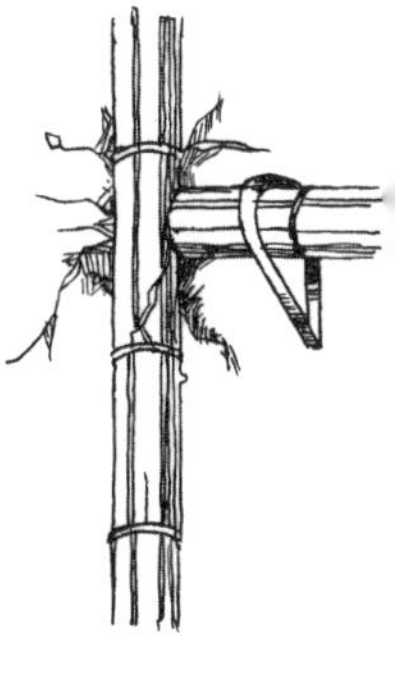

隊長が持つ懐中電灯は、トンネルの壁をゆらゆらと頼りなげに青白く照らし、湿った地面をなめていたが、明かりが前方に向けられると、ふっと影もなく消え去る。前に広がった深い闇は、電灯の弱々しい光をわずか数歩先の距離で貪欲に呑み込んでしまう。

不安定に揺れるトロッコは、うんざりと悲しげにきしんでいた。その後ろを二人が固める。重々しい呼吸と鋲《びょう》打ちされたブーツの規則正しい足音だけが、静寂の中に響いていた。

南トンネルに数か所ある監視所を次々と通り過ぎ、最後の監視所のたき火の照り返しも、ずっと前に見えなくなった。すでに博覧会駅のテリトリーの外に来ていた。近隣駅との関係はずっと友好的で、行き来も頻繁だったため、博覧会駅とリジスカヤ駅の区間は比較的安全と考えられていたが、それでもトンネル内の移動には、最大限の注意が求められた。

危険は、トンネルの前方、後方だけとは限らない。上に延びた換気口や、左右に延びる数多くの支線、密閉された駅務室や秘密の出口など、あらゆる場所にひそんでいる可能性があった。また、下側にも、掘ったまま放置されているハッチの奥にも、何かが隠れているかもしれない。地下深くには、どんな怖いもの知らずでも意識を圧倒され、締めつけられて身動きできなくなるような恐怖が巣食っていた。メトロがまだ、単なる移動手段だった時代から、そこには、恐ろしい何かが誕生し始めていた。

隊長の懐中電灯がトンネルの壁をしきりに照らすのは、そういうわけだった。しんがりを行く二人の指は、落ち着きなく自動小銃の安全装置をなで、いつでも連射できるように、万全を期していた。メンバーの口数が少ないのは、おしゃべりで気を緩めないためだけではない。トンネルの息遣いを聞きもらさぬためだ。

アルチョムは、ひたすらトロッコを漕ぎ続けた。何度下へ押しても、梃子《てこ》の柄は元へもどり、ギアのモノトーンなきしみ音と、たゆみない車輪の回転音がただひたすら繰り返される。前方に目を凝らすアルチョムの頭の中で、「闇こそが、モスクワ・メトロの君臨者だ」というハンターの声が、トロッコの車輪と同調して、重く、絶え間なく回り続けた。

地下都市《ポリス》への潜入計画を考えようとするのだが、ずっと中腰でいるせいで鈍い痛みと疲労が足から背中、手の筋肉へと次第に広がり、難題を解く余裕がまったくなかった。

小さな粒だった熱く塩辛い汗は、今では大粒のしずくとなって、額からしたたり落ちては目をふさぐ。しかし、それをぬぐおうと柄から手を離せば、反対側で一緒に漕ぐジェーニカに負担がかかってしまう。耳の中で、血の流れる音が鳴り響く。子どもの頃、アルチョムは自分の血流音を聞くのが好きだった。そのためにわざわざ無理な姿勢をとったものだ。耳の中をガンガンめぐる血の音が、パレードでの一糸乱れぬ兵隊の行進を思わせる。目を閉じてその音を聞いていると、自分が、兵隊を観閲する元帥になったように思えてきた。忠実な師団がしっかり歩調を合わせ、自分の前を次々に通り過ぎ、各隊列の一番端へ右に倣《なら》えをする……。本で見た軍隊の写真通りだ。

隊長が後ろを振り返らずに告げた。

「さあ、君たち。降りろ、場所の交代だ。半分は過ぎたぞ」

アルチョムとジェーニカは目配せでタイミングを合わせてトロッコからとび降りると、暗黙の了解のように、そろって線路に座り込んだ。今度はトロッコの前と後ろにつかねばならない。

隊長は二人をじっと見つめ、やれやれと言うようにつぶやいた。

「まだまだ青二才だな……」

「はい、青二才です」

ジェーニカが素直に認めた。

「ほらほら、立って！　腰を落ち着けてる暇はないぞ。起床ラッパだ！　面白いお話でも聞かせてやろうか？」

「僕たちだって、話のネタは豊富ですよ！」

しぶしぶ立ち上がりながら、ジェーニカが言い返した。

「君たちのネタなんて、全部わかってるさ。〝黒き者《チョルヌイ》〟だの突然変異体《ミュータント》だのだろう？　ああ、それと毒キノコの話もな。でも、君たちが知らない話なんか、いくつでもあるんだよ。作り話かもしれないが、誰も確認できない。いや、調べた人もいたかもしれないが、結果を伝えられずに終わってしまった」

その言葉は、アルチョムの元気を蘇《よみがえ》らせた。平和通り駅より先の情報は、何でも耳に入れておきたい。急いで線路から立ち上がり、小銃を背中から胸に抱え直して、トロッコの後ろについた。

助走で再び勢いをつけたトロッコは、また物悲しげに歌い始めた。隊長は、前方に広がる闇に、用心深く目を凝らす。

「君たち若い連中は、メトロをどこまで知っているんだ?」隊長がたずねた。

「情報交換しているんだろう? どこかへ行った話とか。作り話も少なくないようだが。

茶飲み話に人から聞いた話を、自分の冒険話のように作って語り、それを信じた別の若者が、さらに尾ひれをつけて別の仲間に伝える……。メトロの一番の問題点は、当てになる情報がないことだ。駅から駅へ、すんなり移動ができない。通れない場所や、行き止まり、くだらない衝突で近よれない場所。状況が毎日のようにころころ変わって、今どうなっているかが誰にもわからない。

考えてみてくれ、メトロの世界はそんなに広いか? 電車なら、端から端までせいぜい一時間。それが今は歩いて何週間もかかり、目的地にたどり着ければ御の字だ。カーブの先に、何が待ち受けているかわからない。例えば、今、我々は、人道的支援のため、リジスカヤ駅に向かっている。が、問題は、誰も――私も、博覧会駅リーダーのジェジュールヌィでさえも、到着先の状況を予測できないということだ。集中砲火でお出迎え、という可能性だってある。生き残りが一人もいない、焼け野原になっちまってるかもしれない。それとも、ハンザに吸収され、領域外の駅と接点がなくなっているかもしれない。正確な情報が何一つないんだ。朝の情報が夜には古くなってしまう。百年前の地図を頼りに流砂地帯を進むようなものだ。急使の到着に時間がかかり過ぎ、せっかくの情報がすでに不要だったり、不正確だったりすることがしょっちゅうだ。真実が、ゆがむ。人類は、こんな状況に身を置いたことがない。発電機の燃料がつき、電気がなくなる日を考えただけでぞっとする。ウェルズの『タイムマシン』を読んだことがあるかい? モーロックっていう地下人種が出てくるんだが」

またウェルズ！　この二日間で、もう二度目だ。二度あることは三度あるというが、三度目を聞くのは避けたかった。それで、反論しようとするジェーニカを抑え、アルチョムは話題を変えにかかった。

「お話って、僕たちの知らないどんな話があるんですか？」

「うむ……トンネルの不思議話は、縁起が悪いからな……　〝メトロ2号線〟と、影の監視者《オブザーバー》の存在……いや、それもよしておこう。そうだ、駅の体制についてなら、ちょっとばかり興味深い話ができるぞ。例えば、だな、チェーホフスカヤ駅とトヴェルスカヤ駅に接続するプーシキンスカヤ駅。今はすっかりファシストの巣になってる。知ってたか？」

「ファシストって？」

ジェーニカが質問した。

「正真正銘のファシストだよ。ずっと前、まだ我々があっちにいた頃」

隊長は地上を指さした。

「そういう連中がいたんだよ。頭を剃《そ》り上げた集団、ロシア民族統一党《RNE》と称する連中、移住反対を唱える連中、その他にもいろんな連中がいてね、そういうのが流行だった。RNEが何を意味するかなんて今じゃ誰も覚えていないだろう。奴ら自身すらね。すっかり姿を消したものだと思われていたんだがな、突然プーシキンスカヤ駅に現れたのさ。「ロシア人のためのメトロ！」だの、あるいは、「善行は、メトロの浄化！」だのと叫びながらね。君たちも聞いたことがあるんじゃないか？

で、ファシストどもは、プーシキンスカヤ駅からロシア人以外の人々を追放し、チェーホフスカヤ駅、トヴェルスカヤ駅にまで手を伸ばしていった。近頃は、奴ら、凶暴になりやがって、制裁まで始める始末だ。あの一帯は、今じゃ奴らの〝帝国〟だよ。第四帝国だか、第五帝国だか知らないがね。ただ、今のところ、その先には手を出していないようだ。二十世紀の歴史を、我々の世代はまだ覚えている。しかし、ファシストごときは、どうってことはないさ。フィリョフスカヤ線には突然変異体《ミュータント》がいるし、うちの駅に出没する〝黒き者《チョルヌィ》〟だって、付き合いにくさじゃ負けちゃいない。それだけじゃない。他にも、悪魔崇拝主義者、共産主義者と、メトロは奇人変人のオンパレードだ」

放置された駅務室の前を通った。扉は閉鎖されている。以前は掃除用具室だったのか、避難壕だったのか……。鉄製の二段ベッドや粗末な衛生設備など調度品はとっくの昔に運びだされているだろう。トンネルのあちこちにある真っ暗な空の部屋に入ろうとするものは誰もいない。そこにもう何もないとわかっていても。〝触らぬ神に祟りなし〟だ。

前方に、弱い光の揺らめきが見えてきた。博覧会駅とリジスカヤ駅の間にあるアレクセーエフスカヤ駅に近づいたのだ。住民が少ないこの駅では、パトロールが一か所だけ、五十メートル地点にのみ置かれていた。監視所のたき火から四十メートルほどの場所まで近づくと、隊長が「止まれ」と命令を出し、明かりを数回点滅させて合図を送った。たき火の炎を背にした黒い人影が、アルチョムたちの方に近づいてくる。遠くから、人影は叫んだ。

「そこで止まれ！　近づくな！」

アルチョムは不安になった。ずっと友好的だった駅でも、ある日突然反旗を翻《ひるがえ》すことがあるかもしれない……。

監視所の男は、急ぐ様子なくアルチョムたちの方に近づいてきた。迷彩色のズボンはすり切れていて、上着には、へたくそな〈A〉という字がべったりと書かれている。アレクセーエフスカヤ駅の頭文字だろう。げっそりと落ち込んだ頬にひげは伸び放題で、目はぎらぎらと光っており、肩にかけた小銃の銃身を、意味ありげになでている。男はアルチョムたちの顔を確認すると、やっと表情をほころばせ、信頼の証のように、銃を背中に回した。

「やあ、君たち！　調子はどうだい？　リジスカヤ駅へ行くんだったな。伝達が来ていた。さあ、行こう！」

隊長がパトロールの男に何かたずねているが、小声でよく聞きとれない。自分の声も他のメンバーの耳に届かないと思ったアルチョムは、ジェーニカに話しかけた。

「憔悴《しょうすい》しきってるな。生活が苦しいから、我々と同盟を結ぶことにしたんだろう」

ジェーニカが答えた。

「別にいいんじゃないか？　うちにとっても利益があるわけだし。執行部が必要と判断したことだ。うちだって、慈善事業で他の奴らの面倒を見る余裕はないはずだからな」

五十メートル地点の監視所には、出迎えた男と同じ服装の男がもう一人座っていた。たき火を通り越し、トロッコは駅に向かった。アレクセーエフスカヤ駅は、ひっそりと薄暗く、住人はみな寡黙《かもく》で疲れた表情をしていた。しかし、博覧会駅からの客であるアルチョムらを迎える彼らの態度は、とても友好的だった。隊長はトロッコをプラットホームの中ほどで止めると、休憩を告げた。トロッコの見張りにはアルチョムとジェーニカが残り、他の隊員たちはたき火の方へ歩いていった。

「ファシストと帝国のことは、今まで知らなかった」アルチョムが言った。

「メトロのどこかにファシストがいるっていう話は、聞いたことがある」と、ジェーニカ。

「でも、ノヴォクズネツカヤ駅だって聞いた」

「誰に聞いたんだ？」

「リョーハだよ」

「またリョーハか！　彼はいつもいい加減だな」

「だって、ファシストがいるのは本当じゃないか。場所を勘違いしただけだろ！　嘘をついたわけじゃないさ！」

ジェーニカは弁解した。

アルチョムは黙って、考え込んだ。アレクセーエフスカヤ駅での休憩は三十分弱。隊長は、同盟の件で大切な話を駅のリーダーとしているはずだ。それが終わったら再び出発して、消灯時間までにはリジスカヤ駅に到着する予定だった。リジスカヤでは、一泊して、リーダー同士がすべての問題を話し合う。例のケーブルは、まず使えるかどうか点検してから急使を送り、博覧会駅側の指示を仰ぐことになっていた。もちろん、ケーブルが、三駅間の連絡用に使えるようであれば、直ちにそれを敷設しなければならないが、使えないようであれば、全員そのまま博覧会駅にもどる。

アルチョムに許された時間はまる二日。その間に、リジスカヤ駅南の監視所を越える理由を考えださねばならない。リジスカヤ駅のパトロールは、場所柄、博覧会駅よりもずっと厳しい。一筋縄ではいかないはずだ。と言うのも、リジスカヤ駅南の監視所は、その先でメトロ網が一気に拡大するため、しょっちゅう攻撃の対象になっているからだ。リジスカヤ駅の住人を脅かす危険は、博覧会駅のそれとは、質を異にしていた。不思議で恐ろしい性質のものではないのだが、攻撃相手の多様性という点で尋常ではなかった。そんなわけで、リジスカヤ駅の南の国境を守る兵士たちは、いつも、過敏なほど神経質になって、あらゆる脅威に備えているのだ。

リジスカヤ駅と、その先の平和通り駅の間には、トンネルが二本あった。どちらか片方をつぶすことは、何か事情があってできないままになっていた。つまりリジスカヤ駅の住民は南側だけで二本のトンネルを警備しなければならず、大きな負担になっていた。だからこそ、リジスカヤ駅は北方面の安全を確保することが極めて重要な問題だったのだ。アレクセーエフスカヤ駅や博覧会駅と同盟を結ぶことで、北方面に監視所を設ける必要がなくなり、安全な北トンネルを経済的な目的に利用することも可能となる。博覧会駅の側にとっても、自駅の影響力、領土や威力の拡大という観点で重要な同盟だった。

同盟締結を目前に控え、リジスカヤ駅の外環監視所はいつにも増して警戒心を強めているに違いない。同盟駅に対して、南側の防衛線が、がっちり固めてあると証明しなくてはならないからだ。そんな状況下で、南トンネルを通り抜けるなど、生半可なことではない。しかし、アルチョムに与えられた時間は、最大でも二日間。その間に策を講じなければならない。

いや、確かに困難極まる突破だが、不可能というわけではなかろう。もっと重大な問題は、その先だ。南監視所をうまく通り抜けたとして、地下都市《ポリス》への安全な道を見つけねばならない。自分の駅でなら、誰にも疑われることなく、知り合いの自由商人たちから情報を集めることもできたろうが、すべて急展開だったため、博覧会駅で策を練る時間はなかった。ジェーニカにたずねることは、したくない。何か企んでいると勘ぐられてしまう。当然、隊の他のメンバーにたずねるわけにもいかない。かと言って、アレクセーエフスカヤ駅にもリジスカヤ駅にも、知り合いはいない。そもそも、こんな重大な問題を見ず知らずの人にたずねる気にはまったくなれなかった。

プラットホームの向こう側にいる少女に話しかけようとジェーニカがトロッコを離れたすきに、アルチョムは、リュックから隅の焦げたメトロ路線図をとりだし、ちびた鉛筆で地下都市《ポリス》に丸印をつけた。地下都市《ポリス》までの道は単純で、それほど遠くないようにも思える。隊長が語った遠い昔——まだ地下鉄が走っており、武器などなくても利用できた時代、他の路線に乗りかえる際も武器が不用だった時代、端から端までの所要時間が一時間足らずだった時代、そしてトンネルが轟音《ごうおん》と共に走る列車のための道だった時代——その頃なら、確かに博覧会駅から地下都市《ポリス》までの移動は簡単だったはずだ。

古い路線図によれば、博覧会駅からツルゲーネフスカヤ駅まで行き、チースティエ・プルディ駅（共産主義者たちは今では〈プルディ〉駅を、以前の名称〈キーロフスカヤ〉駅に改名してしまった）に連絡通路で渡れば、そこから赤いソコリニキ線で地下都市《ポリス》まで直行できる。列車が煌々《こうこう》とライトを光らせて走っていた時代なら、所要時間は乗りかえを含めても三十分もかからなかっただろう。

しかし、路線を区別するための色がたまたま赤だったソコリニキ線が〝赤路線〟と改称され、共産主義の象徴である深紅の軍旗が〈プルディ〉駅乗りかえ口に高々と立った今、ここはもう地下都市《ポリス》への最短ルートとはほど遠くなってしまった。

赤路線の指導部は、ソヴィエト政権をメトロ中に拡大して全住民に強制的な幸福をもたらすのを諦め、特定の路線での共産主義国家建設を目指す方針を採択した。彼らは自分たちの夢にしがみつくように、メトロを〈V・I・レーニン記念・モスクワメトロ〉と呼んでいた。しかし、それ以上のことは何もできなかった。

共産主義体制は一見、平和主義的なようだったが、内に秘めた偏執性は相変わらずだった。例えば、内務省安全機関の——郷愁を込めて、それはKGBと呼ばれていた——百人ものエージェントは、赤路線の〈幸福な住民〉たちの生活を監視しているだけではなかった。

他路線から入ってくるよそ者に対する干渉は、とどまるところを知らず、特別許可なしでは、赤路線のどの駅にも入れなかった。パスポートの常時検査、絶え間ない監視と尾行―病的なまでの猜疑心《さいぎしん》は、偶然迷い込んだ放浪者に対しても、他駅から送り込まれてきたスパイに対しても、分け隔てなく、執拗《しつよう》に発揮された。ここに迷い込んだ放浪者は、スパイと同罪とみなされ、悲惨な最期を迎えるのだった。そんな状況が続いていたので、アルチョムは、赤路線の三駅を経て地下都市《ポリス》にいたるコースを検討する必要はないと考えていた。

メトロの核、メトロの心臓部への道が、たやすいはずはなかった。地下都市《ポリス》―誰が名づけたのかは知らないが、その名を耳にするだけで、アルチョムは、いやアルチョムだけではない、メトロの住民なら誰もが、何か敬虔《けいけん》な気持ちになるのだった。

アルチョムが初めてこの不思議な名前を聞いたのは、養父《ちち》を訪ねてきた客の口からだった。客が帰った後、スホイに、その意味をたずねた。すると、養父《ちち》は、アルチョムをじっと見つめ、どこか憂いのこもった声で答えた。

「そこは、人間が人間らしく暮らす、恐らく地球最後の場所だよ。人間とは何か、人はいかにあるべきかを忘れていない、唯一の場所だ」

そして、スホイは悲しげな微笑を浮かべ、つけ加えた、

「都市だよ……」

地下都市《ポリス》は、四つの路線が交わるメトロ最大の交差点に位置し、アレクサンドロフスキー庭園、アルバツカヤ、ボロヴィツカヤ、レーニン図書館の四駅と、それぞれをつなぐ乗りかえ通路を含むエリアの総称だった。ここには、人類最後の文明が残っていた。多くの人々が、人間としての尊厳を失わず生活を営むこの場所を訪れた他路線の住民は、ここを〈都市〉と呼び表した。他にも様々な呼び方で称されてきたが、〝地下都市《ポリス》〟という名称が定着したのは、荘厳で素晴らしい古き文化を思わせるからかもしれない。

地下都市《ポリス》はメトロの特異点だった。弱肉強食がまかり通る今の世界では通用しなくなった古い知識を有する人々を、ここでは、まだ見かけることができた。カオスと無学がじわじわと浸透するメトロの世界では、教養も学識も意味を失い、用なしになった。あちこちから逃れてきた有識者たちの行き場は、地下都市《ポリス》にしかなかった。そんな同胞たちを、地下都市《ポリス》の人々はもろ手をあげて歓迎した。今でこそよぼよぼになってしまったが、かつては権威ある大学で教鞭《きょうべん》をとっていた教授陣もいた。彼らがかつて教壇に立っていた学舎は、今や半壊状態で、ネズミとカビが支配する廃墟と化しているが。

最後の芸術家、俳優、詩人も、地下都市《ポリス》に集まっていた。最後の物理学者、化学者、生物学者も。人

類が何千年もかけて積み上げた成果を頭脳に収めたごく少数の人たちは、もう地下都市《ポリス》にしかいなかった。そして、彼らの死と共に、人類の尊い業績のすべてが滅びゆく運命にあった。

地下都市《ポリス》は、モスクワのかつての中心地の下に位置し、真上には、過ぎ去りし時代の情報の宝庫、レーニン図書館があった。人類の知能と知識の集大成、あらゆる言語で記されたあらゆる分野におよぶ何万冊もの蔵書。様々な文字、記号、漢字が埋める何百トンもの紙の束。これらの文字を読める人も、今はもういない。多くの言語は、かつてそれを使っていた民族とともに、すでにこの世から消滅してしまった。それでも、まだ読解し得る書物はたくさんあったし、百年前の著者は、今を生きる人々に、書物を通じて多くを語りかけてきた。

連合駅や、帝国駅など、大きな力を有する少数の駅は、どこも、地上に調査隊を派遣していたが、本を目的にストーカーを出すのは、地下都市《ポリス》だけだった。ここではまだ、知識が大きな財産としての意味を持ち、物欲よりも、心の豊かさのために途方もない謝礼を惜しまぬ人々が残っていた。

現実からかけ離れたような理想主義にもかかわらず、地下都市《ポリス》は長い年月苦難に耐え、災厄を免れてきた。もし、ここに安全を脅かす事態が起きれば、メトロ全体が団結して防衛に立ち上がるだろう。一昔前、赤路線とハンザの間で繰り広げられた戦いの余波も収まり、今では、地下都市《ポリス》は再び、平穏と難攻不落の不思議なオーラに包まれていた。

アルチョムは、この不思議な都市を思い、道のりが決して簡単ではなく、数々の危険や冒険を伴うと覚悟していた。しかし、それでこそ、使命の重みとやりがいも増すというものだ。

キーロフスカヤ駅（旧チースティエ・プルディ駅）経由で赤路線をレーニン図書館駅まで行く行程が

見込み薄である以上、ハンザの検問を突破して環状線に出る経路を試してみよう。アルチョムは隅の焦げた地図をさらに注意深く見つめた。

ハンザ、つまり環状線の中に入ることさえできれば、地下都市《ポリス》までの道は大して遠くなさそうだ。そのためには、検問所の監視員を言いくるめるか、強行突破するしかない。アルチョムは路線図を指でなぞりながら、コースをたどった。平和通り駅から環状線を右回りに二駅でクールスカヤ駅に着く。そこでアルバツカヤ＝ポクロフスカヤ線に乗りかえれば、地下都市《ポリス》まで直行だ。問題は、途中に革命広場駅があること。ハンザとの戦争後、レーニン図書館駅と引きかえに赤路線に譲渡された駅だ。赤の指導者たちは、平和条約の条件の一つとして、通行人の自由な通過を、表向きは保障している。つまり、通過するだけだから、赤路線の駅とは言え、障害なく革命広場駅を経由できるはずだ。

しばらく考えた末、アルチョムはとりあえず、そのプランを採用することにし、通過駅の情報を集めていくことにした。不測の事態になれば、別のルートを探せばいい。複雑に絡み合った線や無数の乗りかえ経路を見ながら、隊商《キャラバン》の隊長は、危険を大げさに考えすぎているのでは、とアルチョムは思った。例えば、平和通り駅から右回りに行かず、左に——アルチョムは路線図を同じようになぞった——キエフスカヤ駅まで行き、フィリョフスカヤ線かアルバツカヤ＝ポクロフスカヤ線を進む。そうすれば、たった二区間で地下都市《ポリス》に着いてしまうのだ。

いろいろ考えているうちに、地下都市《ポリス》までの道程が実現可能に思われてきた。路線図を使ったささやかな予行演習は、アルチョムに自信をつけた。どう実行すればよいか見えてきたのだ。隊商《キャラバン》がリジスカヤ駅に着いた後、自分は博覧会駅にはもどらず地下都市《ポリス》を目指して先へ進めばいい。

「勉強かい?」

耳元でジェーニカの声がした。アルチョムは不意をつかれてとび上がった。計画に没頭していて、ジェーニカが近づいてくるのにまったく気がつかなかったのだ。アルチョムはあわてて路線図をしまおうとした。

「いや、これは、その……。さっきの話に出てきた帝国の駅を、路線図で確認しようと思って……」

「で、見つけたのか? まだ? 仕方ないな、ほら、貸してみな。教えてやるから」

勝ち誇ったようにジェーニカが言った。ジェーニカは、同年代の仲間の間では、誰よりもメトロ網を把握しており、それを自慢に思っていた。ジェーニカは、すぐに、地図の三つの線のチェーホフスカヤ駅、プーシキンスカヤ駅、そしてトヴェルスカヤ駅が交差するポイントを指した。アルチョムはふっと息を吐いた。それは安堵のため息だったが、ジェーニカは羨望の表れと思ったようだ。

「気にするな、そのうち、君も僕以上に詳しくなるさ」

ジェーニカがアルチョムを慰めた。

アルチョムは友に感謝の表情を浮かべ、話題を変えようと、別の質問をぶつけた。

「休憩は何分だっけ?」

話を、早く別の方へ。

「若いの! さあ、立った、立った!」

隊長の低い声が響き、休憩が終わった。アルチョムは、結局、何も口に入れられなかったことに気づいた。

またジェーニカと二人でトロッコを漕ぐ番だった。レバーがきしみ、防水ブーツがコンクリートを打ち鳴らす。トロッコは再びトンネルの闇へ向かった。

みな黙って前進を続けた。隊長はキリルを呼び、二人は歩調を合わせて、何か話し合っているようだった。アルチョムには、二人の話の中身に耳をそばだてる気力も体力もなかった。恨めしいトロッコが、全エネルギーを吸いとるのだ。

一人で隊の後方を歩いていた志願兵は、しょっちゅう不安そうに後ろを振り返っていた。アルチョムは、彼の方を向いて立っていたので、後方には何も異常がないことがわかっていた。アルチョム自身は逆に、トロッコが進む前方を肩越しに振り向いてみたい衝動に駆られて仕方がなかった。恐怖心と不安は、道中ずっとつきまとうもので、それは、アルチョムに限ったことではなかった。一人でトンネルを歩いた経験のある者なら誰でも知っている〝トンネルの恐怖〟と呼ばれていた。トンネルを進む時、特に粗末な懐中電灯しか持ち合わせていない時、危険が背後に迫る感じがつきまとって離れない。ひどい時は、首筋にずっしりのしかかる視線を感じることもある。

いや、視線ではないのかもしれない。それが何者で、世界をどう知覚しているか、見当がつかないのだから。恐怖にいても立ってもいられなくなり、さっと振り向いて背後の黒闇に光をかざしてみるが、そこには誰もいない。ただ静寂と空虚が広がっているだけだ。しかし、後ろを振り向き、痛くなるほど闇に目を凝らしているうちに、今度は反対方向から〈それ〉が迫ってくるような気分になる。トンネルに明かりを照らし、前へ、前へと気持ちが焦る。先の闇に誰かいないか、後ろを見たすきに、前から襲ってこないか。そして再び、前方へ視線をやる。後ろへ、前へ、その繰り返し。大切なのは、自制心を失わないこと、恐怖のあまりパニックに陥らぬこと。すべて妄想で、怖がるものは何もないのだ、現に、何も聞こえないではないか……。

しかし、そうは言っても、実際は、自制心を保つことは至難の業だった。特に一人のときは。みな理性を失い、有人駅に着いてもなおまだ恐怖を引きずり続ける。時が過ぎ次第に理性をとりもどしても、トンネルには、もう二度と入れない。メトロの住人なら誰にも覚えがある、押しつぶされるような不安が破壊的な錯覚になってしまうのだ。

「怖がらなくていい、僕が見張っているから！」

アルチョムは志願兵を元気づけた。彼はうなずいたが、二分もすると、辛抱できずにまた後ろを振り返る。そうせずにはいられなくなっているのだろう。

「セリョージャの知り合いで、あんな風におかしくなっちまった奴がいるらしいぜ」

アルチョムの思いを察して、ジェーニカがささやいてきた。

「そいつの場合、もっと深刻で、スハレフスカヤ線の例のトンネルを一人で通り抜けようとしたらしい。ほら、前に僕が君に話したろう？　隊商《キャラバン》を組めばすんなり通過できるけど、一人のときは絶対に通れない、っていう例のトンネルさ。ところがそいつは生き延びられた。なぜだと思う？」

ジェーニカは謎めいた微笑を見せた。

「百メートル以上先に進めなかったからさ。そいつ、出かけるときには元気いっぱい、やる気満々だったらしい。それが、二十分後にはもどってきちまった。恐怖に顔を引きつらせ、髪の毛なんて逆立っちまって、まともにしゃべれない状態でね。何が起きたのか、結局、彼からは何も聞きだせなかった。それ以来脈絡のないことをぶつぶつ繰り返すだけになっちまってさ。もちろん、もうトンネルには一歩も入れない。今じゃスハレフスカヤ駅で、物ごいをしているらしい。地元では名の知れた変人だってさ。いい教訓さ、わかるかい？」

「ああ」アルチョムは無関心な態度で答えた。

しばらくの間、隊は押し黙ったまま前進を続けた。アルチョムは、プラン作りの続きに没頭していた。リジスカヤ駅から先へ進むとき、監視所でどんな嘘をつけば、もっともらしく聞こえるだろう……？

前方のトンネルの奥から聞こえてくる奇妙な音に考えを遮《さえぎ》られ、アルチョムは、はっと我に返った。ほとんど聞きとれなかった雑音が、次第にふくらんでいく。いつからその音が聞こえ始めていたのか思いだせない。意識した時点で音はかなり強くなっていた。口笛にも似ているが、どこか不自然で、人間が作りだす音とは思えない。

アルチョムは他のメンバーに目をやった。みな隊列を崩さず、黙々と前進を続けている。隊長はすでにキリルとの話を終えていたし、ジェーニカは何かを考え込んでいる様子、後尾の男も神経質に後ろを振り返るのをやめ、真っすぐ前を見つめていた。不安な様子を示す者は、誰もいなかった。彼らには何も聞こえていない。何も！

アルチョムは怖くなった。音はますます大きくなるのに、隊のこの落ち着きと沈黙はどういうことだ？

アルチョムはトロッコの梃子《てこ》から手を離し、精いっぱい背伸びをした。ジェーニカが驚いてアルチョムを見た。ジェーニカの目は正気だった。アルチョムはほっとした。

「どうした?」

むっとしてジェーニカが言った。

「もう疲れたのか? それならもっと早く言えよ。そんな風にいきなり手を離さずにさ」

「君には何も聞こえない?」

まさかというアルチョムの表情に、ジェーニカの顔色がさっと変わった。

ジェーニカは手を動かし続けながら、耳をそばだてた。謎の音を耳で探るアルチョムの手はおろそかになりがちで、トロッコは徐々にスピードを落としていった。

それに気づいた隊長が後ろを振り向いて言った。

「どうした? バッテリー切れか?」

「何も聞こえませんか?」

アルチョムは、今度は隊長にたずねた。

そのとたん、本当は音などしていないのでは、という疑いが頭をよぎり、アルチョムはぞっとした。自分は気が変になったのかもしれない。あるいは単なる幻聴なのでは…? いろんな話を聞き過ぎたからか、それとも、後方から迫ってくるような暗闇のなせるわざか……。

隊長の止まれの合図に、トロッコのきしみ音とブーツの大きな足音がやみ、あたりは急にしんとした。隊長は小銃を構え直し、じっと動かず緊張した表情で、トンネルに向けて全神経を集中させた。

奇妙な音が再び聞こえる。アルチョムは、隊長の顔を注意深く見つめた。彼には聞こえているのだろうか……？　不安がアルチョムの心で大きくなる。しかし、緊張で張り詰めていた隊長の表情は少しずつ緩み、アルチョムは恥ずかしさで胸が熱くなった。たわごとで隊を止めたばかりか、他のメンバーまで不安がらせてしまった。

耳をそばだてていたジェーニカも、むなしい努力をやめ、とがめるような笑みを浮かべてアルチョムを見、目をのぞき込んで言った。

「幻覚かい？」

「ほっといてくれ！」

アルチョムはいらいらと言葉を返した。

「みな耳が聞こえなくなっちまったのか？」

「幻覚だ！」

してやったり、というようにジェーニカが言った。

「静かだ。何も聞こえない。きっと錯覚だろう。気にするな、そういうこともある。気を楽にするんだ、アルチョム。さ、がんばって先へ進もう」

危険はないと判断した隊長は、やんわりと言い、一歩前へ足を出した。

アルチョムは仕方なく元の場所にもどった。音は気のせい、緊張がもたらした錯覚だったと自分に言い聞かせた。気を静めて、うっとうしい考えをこの音と一緒に頭から追い払おうとした。雑念が消え、すきのできた頭の中で、例の音がもっと大きく、明瞭に鳴り始めた。音は、南へ進むにつれ次第にふくらみ、しまいにはメトロ全土に響くような大音量で聞こえてきた。その時、アルチョムは、ジェーニカが片手だけでトロッコを漕ぎ、反対側の手でしきりに耳をかばおうとしているのに気づいた。どうやら無意識にしているようだ。

「どうした?」

アルチョムはジェーニカに小声でたずねた。

「わからない……。耳がふさがる感じで……。ムズムズするんだ……」

ジェーニカが答えた。

「何か聞こえないかい?」

恐る恐る、アルチョムは聞いた。

「いや、音は聞こえないんだけど、重苦しい感じがする」

ささやき返すジェーニカの声に、先ほどの皮肉な調子はかけらもなかった。

音がピークに達した時、アルチョムは、それがどこから発されているかを突き止めた。トンネルに平行して敷設されている排水管の黒い裂け目から聞こえてくる。どうして管の中が、ただの空っぽの闇なのだろう? アルチョムの心に疑問が浮かんだ時、隊長が突然歩みを止め、振り絞るような声で言った。

「みんな、ここで、その……休憩しないか。ちょっと気分が悪くて……頭がぼんやりする」

隊長は、トロッコの縁に腰かけようと、ふらつく足どりで歩みよってきたが、あと一歩のところでバタリと倒れた。ジェーニカは反射的に倒れた隊長を見たが、その場を動こうともせず、両手でしきりに耳をこすっている。キリルは、何事もなかったかのように一人でどんどん先へ進み、声をかけても反応しない。志願兵がレールにしゃがみこみ、突然、子どものようにわあわあと泣き始めた。隊長の手から落ちた懐中電灯の明かりがトンネルの天井を指し、反射する光がよりいっそう不気味さを増した。

アルチョムはパニックになった。意識がしっかりしているのは自分だけのようだが、鳴り響く音は我慢の限界に達し、考えがまとまらない。集中できない。

両手で耳をふさぐと、少しだけ役に立った。一瞬我に返ったアルチョムは、気が触れたように耳をこするジェーニカの頬を思い切りひっぱたき、音を上回る大声で、――もっとも、その音はアルチョムにしか聞こえていないのだが、瞬間、それを忘れていた――叫んだ。

「隊長を立たせて、トロッコに乗せるんだ！　ここにいちゃいけない！　早く逃げないと！」

そして、転がっていた懐中電灯をつかむと、明かりのない真っ暗闇をふらふらと進むキリルを追った。

幸い、キリルの歩調はゆっくりだった。何回か大またで歩いただけでキリルに追いつき、アルチョムは肩をつかんだ。が、キリルは足を止めない。これでは隊からどんどん離れていってしまう……。アルチョムはキリルを追い越し、とっさに手に持っていた電灯をキリルの顔に向けた。キリルは目を閉じていたが、突然の光に顔をしかめ、よろけた。アルチョムは片手でキリルを支え、もう片方の手で彼のまぶたをこじ開け、光を瞳に向けた。キリルは叫び声を上げて目をぱちぱちさせ、頭を大きく振り、何事かといった表情でアルチョムの方に顔を向けた。光の目つぶしで何も見えないキリルの手を引いて、アルチョムはトロッコの方へもどった。

トロッコの上に、呼吸の止まった隊長が横たわっていた。横には呆然とジェーニカが座り込んでいる。キリルをトロッコに乗せると、アルチョムは依然としてレールに座り込んで泣き続けている志願兵に駆けよった。彼の目には、痛みと苦悩が満ちていて、その形相にアルチョムは思わず後ずさりした。アルチョム自身の意思とは無関係に、もらい涙が目にあふれてくる。

「みんな、みんな死んでしまった……すごく痛かったんだ！」

泣きわめく男の言葉を、アルチョムはようやく理解できた。

男を抱え起こそうとしたが、男はアルチョムの手を振り切ると、突如、敵意を浮かべて叫んだ。

「ブタ野郎！　人でなし！　俺はどこにも行かない、ここに残る！　みんなこんなに淋しくて、痛がっているってのに、お前は俺をここから連れだそうとするのか!?　お前たちのせいだ！　俺はどこにも行かない！　どこにも！　放してくれ、わかったか?!」

びんたで彼を正気にもどそうと思ったが、こんな興奮状態では逆に何をされるかわからない。そこで、アルチョムは男の前にひざまずき、頭の中でガンガン響き続ける音の合間を縫って、自分でも何を言っているのかわからないまま、必死に話しかけた。

「でも、君は、彼らを助けたいんだろう？　みんなの苦しみを止めたいんだろう？」

男は涙ごしにアルチョムの顔を見つめ、

「もちろんだ、もちろんだとも。助けたい……」

自信なさそうな微笑を浮かべて喘《あえ》いだ。

「だったら、まず僕を助けてくれるかい？　彼らもそう願っている。トロッコに行って、漕いでくれるかい？　駅まで行く手伝いをしてほしい」

「彼らがそう言ったのか？」

男は疑い深げなまなざしを向けた。

「そうだとも」

自信たっぷりな表情でアルチョムは男に答えた。

「後で俺を彼らのとこにもどしてくれるんだな？」

「約束する。もし君がもどりたいなら、後で君を自由にしてあげる」

そう言うと、アルチョムは男の気が変わらぬうちに立ち上がらせ、トロッコに引っ張っていった。

男と、ぜんまいじかけのように服従するジェーニカとキリルに梃子《てこ》の柄をにぎらせると、意識がもどらぬ隊長をトロッコに積んだまま、アルチョムは隊の先頭に立ち、小銃を前方の闇に向けて、早足で歩き始めた。アルチョムは、自分でも自分のしていることが信じられなかった。後ろでトロッコが動きだす音が聞こえた。後方がすきだらけで、危険この上ないことはわかっているが、今はとにかくこの恐ろしい場所から一刻も早く抜けだすことが先決だ。

三人で漕いでいるので、トロッコのスピードは比較的速かった。ずっと鳴り響いていた謎の音は次第に弱まり、同時に緊迫感も薄らいでいく。メンバーに速度を保つよう声をかけ続けていたが、突然、ジェーニカのいたって正気な驚き声が後ろで聞こえた。

「おい、いつの間に君が采配《さいはい》を振るうようになったんだ？」

危険ゾーンを抜けたことを察したアルチョムは、隊に止まれの合図を出し、みんなの方に近づくと、トロッコによりかかってへなへなと地面に座り込んでしまった。隊のメンバーは少しずつ我に返り始めていた。志願兵はすすり泣きをやめ、こめかみを指で押さえながら、当惑した様子であたりを見回していた。低いうなり声と共に隊長が起き上がり、ひどい頭痛を訴えた。

それから半時間もすると、隊はすっかり元の状態にもどっていた。アルチョム以外、誰も、何も覚えていなかった。

「突然重圧が押しよせてきて、頭がぼんやりしてきたと思ったら……それっきり、わけがわからなくなってしまった。昔、どこかのトンネルで、ガスを吸って同じような状態になったことがあるが、ガスじゃない。みんなが同じ症状に陥るはずだ。お前にはずっとその変な音が聞こえてたのか？　奇妙なことだ、本当に……」

隊長は話しながら、頭を整理しようとしているようだった。

「ニキータが泣きわめいていたのは……おい、お前、何が辛かったんだ？」

隊長が志願兵にたずねた。

「わからない。何も覚えてないんだ。ちょっと前まではきりしていたのに、ある瞬間に、ぱっと消えちまった。まるで夢から覚めた後みたいだ。目覚めたすぐ後はすべて鮮明に覚えているが、数分過ぎると断片的にしか浮かんでこない。今もそうだった。誰かのことがとてもかわいそうになったことは覚えているんだが、それが誰で、どうしてかは、まったく浮かんでこない」

「トンネルのあの場所に残りたい、と言っていました。ずっと彼らと。隊からはぐれるところでしたよ。どうしてもトンネルにもどりたいなら、後で自由にしてあげると約束したんですよ」

アルチョムはニキータの顔色をうかがいながら、「さあ、どうぞ。自由にして差し上げます」と言い、ニタリと笑ってみせた。

「いや、もういいんだ、ありがとう。考え直した」

ニキータは不機嫌な声で答えた。

「さあ、みんな、おしゃべりはそこまでだ。トンネルの途中で立ち止まるのは危険だ。話の続きは、駅に着いてから。帰路だってあるんだぞ。怖じ気づいてないで、とにかくどこでもいいから行き着くことだ。出発！」

隊長はみんなに呼びかけた後、アルチョムに言った。

「おい、アルチョム、俺と一緒に歩こう。今日の君は、まさしく救いの神だ」

今度はキリルがトロッコの後ろについた。ジェーニカは嫌がったが、結局ニキータと共に漕ぎ手に回った。隊は再び前へ動きだした。

「排水管が割れていただって？　で、君の言う音はそこから聞こえていたのか？　アルチョム、ひょっとしたら俺たちの方が、耳の聞こえないまぬけだったのかも。奴らに対する勘が、君は人一倍鋭いのかもしれない。運がいいぞ、お前！」

隊長は正直に考えを述べた。

「排水管から、というのがどうも気になる。中はがらんどうだったんだろう？　配水管の中が、今どうなっているかなど、皆目見当がつかないからな」

隊長は言葉を続けながら、トンネルの壁に沿って蛇のようにくねくね絡み合う管を恐ろしそうに見た。

リジスカヤ駅まで残りわずかの距離になっていた。十五分後、遠方に見張り所のたき火がチラチラ見え始めると、隊長は徐々にスピードを落とし、たき火の方へ光で合図を送った。監視所はすぐに通過を許可してくれたので、トロッコは駅に向けて残りの距離を進んだ。

リジスカヤ駅は、先ほどのアレクセーエフスカヤ駅よりも活気があり、人々の暮らしもずっとよさそうだ。昔、この駅の地上には大きな市場があった。あの時、メトロまで逃げ込むことができて、今も生き残っている人々の中には、この市場の商人だった者が少なくなく、住民は総じて精力的だった。また、平和通り駅に近い地の利、つまりハンザという主要な貿易路に近いという利点も、リジスカヤ駅の繁栄の背景にあった。明かりも、博覧会駅と同じ非常用電灯が使われていた。パトロール隊員は古い迷彩服を身につけていた。着古してくたびれていても、アレクセーエフスカヤ駅のごたごた飾り立てられた防寒服に比べれば、ずっと立派に見えた。

アルチョムたち博覧会駅からの客には、別々のテントが用意されていた。トンネル内に新たな危険がひそんでいることがわかり、対策が見つからぬうちは、帰りを急いでも仕方ない。隊長がリジスカヤ駅のリーダーと話し合いに入ると、残りのメンバーは自由時間となった。くたびれ果てたアルチョムは、力つきてベッドに倒れ込んだ。眠いわけではなかったが、体に力が入らない。二時間後には、隊商《キャラバン》のメンバーを歓迎する宴が開かれる。主たちの意味深な様子からすると、肉も期待できそうだ。それまでの時間は、とにかく何も考えず体を休めよう。

テントの外が何やら騒がしい。宴会の会場は、メインのたき火があるプラットホームの中央部と聞いている。アルチョムは外をのぞいてみた。何人かが床を掃き、防水布を敷いて準備を進めている。少し離れた場所でブタの丸焼きが用意され、鉄のワイヤーの束をペンチで切りとる人の姿が見えた。串焼き《シャシィルク》に使うのだろう。駅の壁は、博覧会駅やアレクセーエフスカヤ駅のような大理石ではなく、駅を明るく見せる黄色と赤のタイル貼りだった。今は煤《すす》と油まみれになっていたが、それでも昔の面影はまだ残っている。しかし何よりも目をひくのは、トンネルに半分突っ込んだ形で残る本物の列車だ。窓は割れ、ドアも開いたままだが、正真正銘の客車が線路に止まっているのだ。

このような列車を見られるのは、数少ない線路区間と駅に限られていた。この二十余年で、列車のほとんどが人々の手で解体され、車輪やガラス、外張り板などは必要に応じて暮らしに活用されていた。養父《ちち》から聞いた話では、ハンザでは線路の一本から列車を完全にとり除き、商業用や乗り合いトロッコが障害なく行き来できるようにしたらしい。赤路線でも同様の対策をとったという噂《うわさ》を聞いている。博覧会駅から平和通り駅までのトンネル内には、客車は一つも残っていなかったが、それは偶然だったのだろう。

地元の住民が少しずつ集まり始め、睡眠をたっぷりとったジェーニカがテントから出てきた。三十分もたつ頃には、隊長もリジスカヤ駅の幹部と一緒に姿を見せ、最初の肉片が炭の上に載せられた。隊長たちは、明るい表情で世間話に花を咲かせている。話し合いが上首尾に終わったのだろう。地元の〝自造酒〟が酌み交わされる頃には、みんなすっかり陽気になっていた。アルチョムは串焼き《シャシィルク》にかぶりつき、手を伝い流れる熱い脂をなめながら、くすぶり続ける石炭を見つめた。熱気と、言葉にならぬ快適さと安堵感があたりに漂っていた。

「罠《わな》から全員を救いだしたというのは、お前か？」

じっとアルチョムを見つめていた見知らぬ男が、声をかけてきた。

アルチョムは、はっとした。自分の考えに没頭し、赤紫色に染まって燃えるたき火の木片に気をとられて、まわりの人々にまったく注意を払っていなかった。

「誰から聞いたのですか？」

アルチョムは、問い返して男の顔を見た。短髪でひげを伸ばし、粗雑だが頑丈そうなレザージャケットからは、暖かそうなシャツがのぞいている。怪しい男ではなさそうだ。リジスカヤ駅には石を投げれば当たるほどいる、ありふれた自由商人のようだ。

「誰から聞いたって？　隊長さんだよ」

少し離れた場所で仲間と何か熱心に話し込む隊長をあごで指し、男は答えた。

「僕は……」

面倒そうにアルチョムは口を開いた。少し前にはリジスカヤ駅で数人の知り合いを作っておこうと考えていた。今こそ、またとないチャンスなのはわかっているのだが、なぜだか気が進まない。

「俺はブルボン。お前は？」

男がたずねた。

「ブルボン？」

驚いてアルチョムは聞き返した。

「確かそういう名前の王様がいましたよね？」

「知らないな。そういう名の酒ならあったそうだがね。〝火の水〟だよ、わかるか？　すごくハイになるらしい。で、お前の名は？」

男が再び質問を繰り返した。

「アルチョム」

「そうか、アルチョム。で、君らはいつ帰るんだ？」

次々に質問を重ねる男に、アルチョムの警戒心がいっそう強くなっていく。

「わかりません。まだ決まっていないはずです。トンネルで何が起きたか聞いたのなら、それぐらい想像つくでしょう」

アルチョムはそっけなく答えた。

「年はお前とそんなに離れてないぜ。敬語はやめてくれよ。俺が知りたいのは……。若造、お前にな、頼みがある。お前一人に、個人的に。実はな、助けが必要なんだ。わかるか？　ちょっとだけ……」

アルチョムは何もわからなかった。話題はあちこちに飛ぶし、聞いているうちに、心を閉ざしたくなる話し方だった。今、この世で最もしたくないこと、それは、ブルボンと名乗るこの男と話を続けることだった。

「おい、若造、まあそう固くなるなって」

アルチョムの心を見抜いたのか、ブルボンが言った。

「怪しいことは何もないさ、すべて明白、ほとんどすべて明白だ。早い話、こういうことだ。一昨日うちの連中がスハレフスカヤ駅まで行ったんだがね、知っての通り直線コースだ。なのに行き着くことができなかった。一人だけもどってきたが、そいつは何も覚えてなかった。泣きわめき、鼻水を垂らしたまま、平和通り駅まで駆けもどってきた。ちょうど、ほら、お前のところの隊長が話していた男のようにさ。残りの者はもどってこなかった。もしかしたら奴らはスハレフスカヤに出たのかもしれないし、最後までどこにも出られなかったのかもしれない。もう三日、そっち方面から誰も来ていないから、こっちからトンネルへ入ろうとする者もいない。お前たちの体験と同じだろう。隊長の話を聞いたときに、ピンと来た。合点がいった、ってのかな。何しろ同じ路線だろう。排水管もつながってるはずだ」

そこまで話すと、ブルボンは肩越しに振り返り、誰も盗み聞きしていないか確認した。

「お前はその催眠にはかからなかったらしいじゃないか」ブルボンは言葉を続けた。「俺の話、わかるか？」

「わかりかけてきた気がします」

自信なさそうにアルチョムが答えた。

「俺は今、あちらへ行かねばならない。すごく必要なんだ。わかるか？　すごく、だ。だが、恐らく、トンネルで俺も気が変になっちまうと思う。うちの連中や、お前の隊の奴らみたいにな。しかし、お前なら……」

「君は」

こんな男に「君」などと呼びかけるのは抵抗があって、アルチョムはあいまいに発音した。

「君は僕について行ってほしいのかい？　スハレフスカヤ駅まで連れていってくれと？」

「ま、そんなところだ」

ほっとした様子でブルボンが答えた。

「お前も聞いているかもしれんが、スハレフスカヤ駅の先のトンネルには、もっと上物の化け物が出るって話だ。俺はそっちまで行かねばならん。ところがこの騒ぎだ。心配するな、俺を連れだしてくれれば、お返しはする。俺はさらに南へ行くが、スハレフスカヤには仲間がいる。連中がここまでお前を送り届け、ほこりもごみもきれいさっぱりとってくれるさ」

アルチョムは最初、ブルボンの提案を断ろうと思った。しかし、考えてみると、リジスカヤ駅の南関門をスムーズに突破する、またとないチャンスだ。その上、具体的なことは言わないが、ブルボンはスハレフスカヤ駅からさらに先へ、ツルゲーネフスカヤ駅への呪われたトンネルも突破しようと考えているらしい。アルチョムも考えていたルートだ。ツルゲーネフスカヤ駅からトゥルーブナヤ駅、ツヴェトノイ・ブリヴァール駅、チェーホフスカヤ駅。そこまで行けば、地下都市《ポリス》のアルバツカヤ駅までは、ほんのわずかだ。地下都市《ポリス》へ……。

「謝礼は?」

すんなり承知しては見くびられると思い、アルチョムは聞いてみた。

「好きなように。現物でどうだ?」

ブルボンは、探るような目でアルチョムを見、言葉を続けた。

「カラシニコフ銃の実弾か? 食い物やアルコールでもいいぞ。何とか手に入れられるはずだ」

ブルボンはウィンクした。

「実弾がいい。弾倉二つ分。それと、往復の食料も。値切りなしだ」

値踏みするようなまなざしにひるむまいと、できるだけもったいをつけてアルチョムは答えた。

「ちゃっかりしてやがる」

ブルボンがにんまりした。

「まあいい、カラシニコフを二弾倉だな。あと、食い物。わかった」

独り言のようにブルボンはつぶやいた。

「その価値はある仕事だ。よし、若造、……えと、アルチョムだったか？　テントにもどって休んどけ。準備ができ次第呼びに行く。荷物は持っていけ。仲間にはメモを残せばいい。字は書けるな？　でないと、大捜索になっちまう。俺が来るまでに、準備を整えておいてくれ。わかったな？」

第5章　実弾《たま》と引き換えに

荷物をまとめる必要はなかった。荷ほどきしていなかったし、そもそも広げるほどの荷物を持って来ていない。問題は、誰にも気づかれずに自動小銃を持ちだすことだけだ。支給されたカラシニコフは、七・六二口径、木製銃床のかなりかさばる代物だ。博覧会駅では、隊商《キャラバン》を重装備で送りだすのが常だった。

アルチョムは頭から毛布をかぶり、じっと横になっていた。外がこんなに盛り上がっているのに、どうして君はここで惰眠《だみん》を貪《むさぼ》っているのか、具合でも悪いのか、とジェーニカが的外れな質問をするが、何も答えず黙っていた。蒸し暑いテントでさらに毛布をすっぽりとかぶっていると、体がほてって落ち着かない。眠りにつこうと虚しい努力を続けているうちに、やっと少し意識が薄れ、アルチョムは、曇りガラス越しのようなぼんやりとした夢を見た。——どこかへ向かって走っている。誰かと言葉を交わし、また走る。その時、ジェーニカに肩を揺さぶられ、アルチョムは目を覚ました。

「おい、アルチョム、変な男が君を訪ねてきたぞ。トラブルでもあったのか？」

心配そうに、ジェーニカが小声でささやいた。

「みんなを呼んでこようか？」

「いや、大丈夫、話があるんだろう。寝てろよ、ジェーニカ。すぐにもどるから……」

小声で告げ、ブーツをはいて、ジェーニカが横になるのを待った。そっと自分のリュックと小銃を手にとる。カチャリという金属音に、ジェーニカがびくりとこちらを向いた。

「何でそんなものを持っていくんだ？　おい、本当に大丈夫か？」

知り合いになった男と議論になり、これを見せねばならなくなった、などとごまかそうとした。

「嘘つけ！」

ジェーニカは信じなかった。

「まあいいや。で、いつから僕は、君の心配をすればいい？」

「一年後かな……」

わざと聞きとりにくく答えて、アルチョムはテントの端を持ち上げ、プラットホームに出た。

「若造、とろいぜ、まったく……」

待ちくたびれた様子で、ブルボンが、ぶつぶつ言った。ブルボンの服装はさっきと同じだったが、背中には大きなリュックを背負っていた。

「畜生！　お前、こんなのをずっと持ち歩くってのか？」

ブルボンはアルチョムの小銃を指した。驚いたことに、彼は何の武器も持っていないようだ。

駅の照明が暗くなっていた。もう、プラットホームに人影はない。酒盛りで疲れた人々は、みな眠りについていた。仲間と鉢合わせするのを避けようと、つい早足になっていたアルチョムを、トンネルの入口でブルボンが制した。パトロールが二人に気づき、夜中の二時半にどこへ行くのかと遠くからたずねてきたのだ。ブルボンは隊員の一人らしい男の名を呼び、用がある旨を告げた。

「いいか、よく聞け」

ブルボンは懐中電灯をつけながら、アルチョムを諭すように言った。

「この先、百メートルと二百五十メートルの地点に監視所がある。お前は絶対に口を開くな。俺が話をする。お前のカラシニコフは、俺の婆さんと同い年ぐらいの代物だからな……どうにも隠せない。いったいどこでこんなの手に入れたんだ？」

百メートル地点は問題なく通過できた。小さなたき火のそばに、迷彩服姿の男が二人いたが、一人はうとうととまどろみ、もう一人は親しげにブルボンの手をにぎった。

「ビジネスかい？　図星だろ？」

いたずらっぽい微笑を浮かべて、男はブルボンに言った。

次の監視所までの間、ブルボンは一言も口をきかず、しかめ面で先を急いだ。不機嫌な様子のブルボンに、アルチョムはこの男についてきたことを後悔し始めていた。一歩遅れて進みながら、アルチョムは安全装置に指をかけ、小銃をチェックした。

二百五十メートル地点の監視所では、少し手間取ることになった。隊員たちがブルボンをよく知らなかったためか、それとも知り過ぎていたためか、責任者の男は、リュックをたき火のそばへ置くよう命じてブルボンを脇へ連れていくと、長い間、何事か質問していた。手持ちぶさたになったアルチョムはたき火のそばに残り、他の隊員からの質問にしぶしぶ答えていた。彼らは暇な時間をもてあましていたようで、しきりに話をしたがった。アルチョムは、経験から、監視所の当番の言葉数が多いのはよい兆候であり、退屈なのは安全だから、ということを知っていた。非常事態——深いトンネルの奥から何者かの侵入の気配がある場合や、怪しい物音がする場合——監視員たちはたき火のそばに一固まりになって、緊張に身を固め、トンネルに目を凝らすだろう。今日はどうやら何事もないようだ。安心して、平和通り駅に向けて進めそうだ。

「お前よそ者か？　アレクセーエフスカヤ駅から来たのか？」

監視員たちが、アルチョムに問いかけた。

アルチョムは何があっても黙っていろというブルボンの指示を思いだして、あいまいにもそもそとごまかし、勝手に解釈させておくことにした。監視員たちは、アルチョムに話しかけるのをやめ、数日前に平和通り駅で行商をし、駅の指導部ともめ事になったという、ミヘイなる人物の話を始めていた。

自分から注意がそれてほっとしたアルチョムは、たき火の炎越しに南トンネルの奥を見つめた。それは、つい数日前、博覧会駅の四百五十メートル地点監視所で見た北トンネルと同じように見える。しかし、ここには、トンネルのすき間風が運ぶ特別な匂いのようなもの——オーラとでも呼ぶべき、特有の空気が流れ、これまで知っている他のどのトンネルにも感じたことのない個性があった。アルチョムは、「メトロに同じトンネルは存在しない、一本のトンネルでも方向が変われば空気も違う」という養父《ちち》スホイの言葉を思いだしていた。スホイの強い感覚は、数多くの遠征を経て培われたもので、万人共通の特性ではない。スホイはこれを〝トンネルを聞く〟と表現し、身についた〝聴覚〟で何度も窮地を乗り越えた、と耳にたこができるほど聞かされてきた。しかし、トンネル内の放浪を数多くこなせばこの感覚が身につくというわけではない。さらに〝トンネルを聞く〟ことができる者の中には、説明のつかない恐怖感に襲われたり、不思議な音や声が聞こえたり、次第に理性を失ってしまう者もいるという。彼らに共通するのは、トンネル内に実際に生物がいなくても、そこが決して空ではない、と勘で察知することだ。目に見えぬ何かが、ゆっくり、じわじわとトンネルをはい、聖書に出てくる悪しき怪物リヴァイアサンの血管に流れる、冷たく、ねっとりとした血液のように、トンネル内をひたひたと満たしていくのだ。

監視員たちの話し声がやみ、静けさが訪れた。たき火からわずか十歩の場所から始まる漆黒の闇に目を凝らしていると、アルチョムは、養父《ちち》が話していた〝トンネルの音〟が理解できる気がしてきた。物心がついてから、この先のトンネルに足を踏み入れたことはなかった。

赤黒い炎と揺れる漆黒が溶け合うぼんやりとした境界線の向こうに人の住む駅があることを、頭ではわかっていた。しかし、今のアルチョムには、それがどうしても信じられない。ここから十歩先で人間の生の営みが終わり、その先には何もない、叫んでもこだましか返ってこないような真っ黒な空虚が広がっているだけのように思えて仕方がなかった。

もし、ここにこのままじっとしていたら――トンネルの闇に視線を溶かして巨大なリヴァイアサンの組織の一部となってしまったら、どんなに耳をふさいでも聞こえてくる、地下深くからの異界のメロディーに、脳が直撃されてしまう。アレクセーエフスカヤ駅とリジスカヤ駅間の破れた排水管から聞こえた音とは違う、もっと澄んだ、深い音……。

メロディーの静かな流れに、包み込まれたような気がした。が、本能的に我に返ると、正体不明の現象の本質を理解した。あの時、破れた排水管からもれでていたのは、トンネル内を流れるエーテルだ。管の中で腐り、汚染され、煮えたぎり、その圧力で管は破れ、腐敗物が一気に外へ流れだした。そして、暗くおぞましい空気、悪心を、人間や他の生物にまき散らしたのだ。

アルチョムは、自分がとても重大なことを理解し始めていることに気づいた。トンネルの闇と自分自身の意識の間をさまよっていたこの半時間で、目の前に垂れ込めていた秘密のヴェールが取り払われたような気がした。そこには、理性では理解できない、世界の本当の姿が広がっていた。

同時に、恐怖感がわき上がってきた。まるで、巨大な城へつながる禁断の扉を開けてしまった不届き者になったような……。やがて凍てつく光に目はつぶれ、体も焼かれてしまうに違いない。しかし、この光こそが〈知識〉なのである。

何の心の準備もないうちに、思考、感覚、苦悩の疾風が押しよせ、アルチョムは体を震わせた。こんなものは、みんな妄想だ。何も聞こえない、何も感じない。ただの想像でしかない。安堵と失望が入り交じった複雑な思いで、アルチョムは自分を見つめ直した。そして、ほんの一瞬、彼の前に広がった驚くべき事実が、形を失い、溶けて消えていくのを感じた。もはや、目に映るものは、くすんだ陽炎《かげろう》だけ。手が届きそうだった〈知識〉は、アルチョムがおののいて後ずさりしてしまったために、再びヴェールに覆い隠されてしまった。もしかすると、永遠に。頭の中に突如吹き荒れた嵐は、始まりの時と同じように突然終わった。あとにはくたくたに疲れ果て、空っぽになった意識だけが残った。

アルチョムの意識は、どこまでが空想で、どこからが現実なのか理解しようともがき、次第に焦り始めていた。明るみに出る一歩手前にいたのかもしれないのに、真の〈知識〉の光を恐れたせいで、この先一生暗闇をさまよい続けるのかもしれない。

「でも〈知識〉って何なのだろう?」

アルチョムは、自分が受け入れられなかったものが何だったのかを、何度も自分に問いかけた。あまりに夢中になっていたため、無意識に疑問を声に出していたことに気づかなかった。

「知識ってのはな、若いの、それは明かりだ。そして無知は暗闇さ！　そうだろう？」

監視員の一人が楽しそうに説明すると、ウィンクして仲間に同意を求めた。

あっけにとられて、アルチョムはその男を見た。ブルボンがもどってこなければ、ずっと男を凝視していただろう。ブルボンはアルチョムを立たせると、監視員たちに先を急いでいるから、と別れを告げた。

「気をつけろ！」

当直隊長はアルチョムの小銃を指さし、釘を刺した。

「この先は武器を許可するが、もどったときは没収だぞ！　規則だからな！」

「だから言っただろ……」

早足にたき火から離れながら、ブルボンは苛立たしげに言った。

「帰りは何か理由をつけて通してもらうんだな。強行突破になるかもしれないぞ。俺は知らん。こうなるとわかってたよ！　畜生！」

アルチョムは黙っていた。ブルボンの小言は、ほとんど耳に入ってこなかった。かつて、養父《ちち》スホイはそれぞれのトンネル特有のメロディーを聞き分けられる、と話してくれたことがある。美しい表現だ。さっきたき火の所で感じたのは、まさにそれだったのだろう。聞こえた。自分にもトンネルのメロディーが聞こえた！　しかし三十分も過ぎた頃には、感動もすっかり色あせていた。炎のいたずらが引き起こした錯覚にすぎなかったのかもしれない。

「まあいいさ。悪気があったわけじゃない。考えが足りないだけってことだ」

ブルボンが自分を納得させるように言うのが聞こえてきた。

「もし気に障ることを言ってたら、許してくれ。簡単な仕事じゃないからな。何とか抜けだせた。ここから平和通り駅まで、休まず進む。休憩は、駅に着いてからだ。順調にいけば、そんなに時間はかからない。問題は、平和通り駅から先だな……」

「二人で大丈夫なのか？　博覧会駅では隊商《キャラバン》は最低三人。二人では後方を見張れない」

アルチョムは後ろを振り向いて疑問を口にした。

「隊商《キャラバン》を組んで、しんがりをつけるのは、もちろん大きなプラスだが……マイナス面もある。経験してみないとわからんだろうが。実際、俺も前は怖かった。俺たちは、三人どころか、五人以下ではトンネルを歩かなかった。最低でも六人だ。人数が多ければ安全だと思うだろう？

ところが、そうとは限らなかった。荷物を運ぶ仕事をした時のことだ。しんがりをつけてトンネルを歩いた。二人が前を進み、三人が真ん中、そして後ろにも一人。よくある配置さ。その時は、トレチャコフスカヤ駅から、マルクシスツカヤ駅まで歩くことになっていたんだが、俺はすぐに、トンネルに嫌なものを感じた。何か臭うんだよ。霧が立ち込め、明かりは役に立たない。ほんの五歩先だって見えやしない。霧の中ではぐれないように、しんがりのベルトに縄を結び、真ん中の奴のベルトに通して、端を先頭の隊長が持った。最初は異常なかった。慎重に進み、怪しいものにも遭遇しなかった。これなら、せいぜい四十分で到着だと高をくくっていた。ところが、もっと早く到着しちまった」

ブルボンはぶるっと体を震わせ、先を続ける前に、しばらく口をつぐんだ。

「真ん中を歩いていたトリャンが、しんがりに声をかけた。が、答えがない。トリャンはしばらくして、また話しかけた。やはり答えは返ってこない。トリャンは縄を引っ張った。すると……、縄は、かみ切られていたんだ。かみ切ったとしか思えない裂け方で、端にはべとべとしたものがついていた。しんがりの男はいない。何も物音はしなかったのに。まったく、何もだ。俺は、トリャンと並んで歩いていた。奴は俺にちぎれた縄の端を見せるんだが、ひざががくがく震えちまってる。みんなでしんがりの名を呼んでみたが、答えはない。答えるはずの男は、もうそこにいなかった……。そこで俺たちは全速力で走り、マルクシスツカヤ駅まであっという間に着いた、ってわけだ」

「しんがりの男は、みんなを驚かせようとしたのでは？」

何かに望みを託すようにアルチョムはたずねた。

「驚かせる？　そうかもな。でもそれ以来、奴の姿を見かけた者は誰もいない。その日がおだぶつの宿命だったとしたら、仕方ないことだ。どんな厳戒態勢も役には立たないのさ。そのことがあってから、トンネルを歩くのは二人組、と俺は決めている。相棒と二人。何かあっても助けてもらえるし、すばやく行動できる。人数が多くても、のろくなるだけだ。ただ、一か所だけ、スハレフスカヤからツルゲーネフスカヤ駅間のトンネルだけは例外だ。あそこは特別なんだ。わかったか？」

「わかった。でも、僕たち、平和通り駅に入れるんだろうか？　これを持って……」

アルチョムは小銃に目をやった。

「支線側の駅には入れるだろうが、ハンザ側は、まず無理だ。普段から厳しいのに、大砲つきじゃ、なおさら見込みはない。でも、俺たちはそっちには行かないから安心しろ。いずれにせよ長居は無用だ。

ちょっと休んだら、すぐに先へ進もう。お前は……平和通り駅に行ったことがあるか？」

「小さいときに。一度だけ」アルチョムは正直に答えた。

「そうか、それじゃ、ざっと教えとこう。あそこには監視所がない。必要ないからだ。市場があるだけの駅で、まともに生活をしている人間は一人もいない。しかし、ハンザに直結し、放射状に支線が広がる重要な駅だ。それにふさわしい秩序を守るために、ハンザの兵隊がパトロールに当たっている。目立つことをするんじゃないぞ、いいな？　ほっぽりだされ、出入り禁止になる。後悔先に立たず、だ。平和通り駅に着いたら、プラットホームでじっと座っていろ。その古い湯沸かし器みたいな武器を人前でジャラジャラ見せびらかすなよ。俺が話をつけてくるから、じっと待ってろ。スハレフスカヤまでの抜け方を考えるのは、平和通り駅に着いてからだ」

ブルボンが口を閉じ、アルチョムは再び放任状態となった。このあたりのトンネルは、さほどひどくはない。地面には湿り気があり、線路に沿って、細くて暗い水の流れが続いている。しばらく歩くと、キーキーという音がかすかに聞こえてきた。ガラスを釘でひっかいたときの嫌な音に似ている。アルチョムは気分が悪くなった。姿こそ見えないが、生き物の存在を確かに感じる。

「ネズミだ……」

アルチョムは吐きだすように言った。背筋がぞっとする。

ネズミは、今も悪夢に出てきてはアルチョムを脅かす。ネズミの大群に襲われた日のこと、母を失い、駅が全滅したあの日の記憶は脳裏から消えかけているというのに。いや、消えかけているのではなかった。刺さった針がどんどん体内へ入り込んでいくように、記憶の奥へもぐり込んだのだ。腕の悪い外科医が体内に残してしまった針が、人の体内をめぐるように。普通はその存在がわからないし、痛みも感じない。しかし、ある日、突然――ほんの小さなきっかけで、針は動脈や神経を突き破り、組織を引き裂いて、耐えがたい苦痛をもたらす。貪欲なけだものの無思慮で凶暴な残忍さをもって。あの時の恐怖の記憶は、一片の針となってアルチョムの無意識に深く突き刺さり、悪夢が襲い続けていた。ネズミの気配を感じただけで、電気ショックのような衝撃が体を駆けめぐる。養父《ちち》や、あの時トロッコで逃げて助かった他の四人にとっても、ネズミはメトロにひそむ他のどんな生物よりも恐ろしい存在だった。

博覧会駅ではネズミを見かけることがほとんどなかった。いたる所にネズミ捕りや毒がしかけられているためだ。だからアルチョムもネズミを久しく見ていなかった。しかし、メトロには、ネズミがびっしりひしめき合う場所もある。旅に出るときには、ネズミのことなどすっかり忘れていた。いや、遭遇せずにすむかもしれないと、甘く見ていたのかもしれない。

「何だ、お前、ネズミが怖いのか?」

ブルボンが、からかうように言った。

「奴らが嫌いか? なまっちろいな…。慣れることだ。ネズミは避けて通れない。それに、連中のおかげでいいこともあるんだぞ。腹をすかせずにすむからな」

ブルボンは片目をつぶってみせたが、アルチョムは吐き気に襲われた。

「冗談は抜きにして……ネズミが姿を消すのは、やばい前兆だ。もっと恐ろしい何かがひそんでいるから、ネズミがいなくなる。一番恐ろしいのは、その〈何か〉が人でない場合だ。だから、ネズミがちょろちょろしているうちは安全ってことさ」

ブルボンと恐怖を分かち合いたくなかったアルチョムは、首を縦に振った。ネズミの数はそれほど多くなく、明かりを避けてあちこちに走り去るすばしこい小動物の姿を実際目にすることはほとんどなかった。が、一度だけ、固い地面の代わりに、足元に走ってきたネズミを踏んでしまった。キーキーと鋭い小動物の断末魔がトンネルに響き、バランスを崩したアルチョムは、荷物ごと倒れそうになった。

「怖がるな、若造、怖がることはない……」ブルボンが励ました。

「メトロには、足元に蠢《うごめ》くネズミの山越えをしなければならない所が二つ三つはある。歩くと、足の下でキューキュー気持ちよく鳴きやがるんだ……」

自分の冗談で機嫌がよくなったのか、ブルボンは、嬉しそうに高笑いした。

アルチョムは口を閉ざし、こぶしを固くにぎりしめた。胸くそ悪い奴め。ああ、こいつのにやけ面にこぶしを一発見舞わせられたら、どんなにすっきりするだろう！

遠くから、がやがやと騒がしい物音が聞こえてきた。瞬間、アルチョムは怒りを忘れ、銃に手をかけると、問いかける視線をブルボンに向けた。

「心配ない、大丈夫だ。平和通り駅が近いんだよ」

ブルボンはアルチョムの肩をなだめるように叩いた。

平和通り駅に監視所はないと聞かされていたが、こんなにあっさり駅に近づけることが、アルチョムには妙に思えた。普通はぼんやりとしたたき火が見え、様々な関門を経て、ようやく到着となる。しかし、トンネルの出口にさしかかると、喧噪《けんそう》はさらに増し、駅の明かりの弱々しい照り返しが見えてきた。

左側に、鉄製の小階段と、線路からプラットホームに上がるための小さなブリッジが現れた。ブリッジはトンネルの壁沿いに設けられており、柵がついていた。ブルボンの蹄鉄つきブーツが鉄の階段をカンカンと鳴らす音が響き、数歩進むと、そこはもう駅だった。

明るく白い光線が目を射る。トンネルからは見えなかったが、ホームの端には小さなテーブルが置かれ、奇妙な灰色の服を着た男が座っていた。縁つきの古びた平帽をかぶっている。

「ようこそ」

男は、歓迎の言葉を口にした。

「商売ですか？　それとも通過？」

ここに来た目的をブルボンが説明している間、アルチョムは見える範囲で駅を見渡した。線路沿いのプラットホームはうす暗がりに覆われていたが、アーチは、内側からぼんやりと黄色い照明で照らされ、それを見たアルチョムは突然心が波立った。手続きを一刻も早く終わらせて、駅の様子を見てみたかった。アーチの向こう、覚えのある、心地よい光がもれる向こう側には、どんな世界が広がっているのだろう……。初めて見る景色だったが、なぜか、ずっと昔にもどったような錯覚に襲われた。目の前に奇妙な光景が広がる。暖かみのある黄色い光に照らされた狭い部屋。幅広の長いすに若い女性が上半身を起こして座り、本を読んでいた。顔は見えない。パステル調の壁紙が貼られた壁の真ん中あたりに、青く暗い四角形の窓がある。しかし、幻影は、霧が払われたように一瞬で消え、戸惑いと不安があとに残された。

今のは、何だったのだろう？　駅の弱い光が、心の中のスクリーンに子ども時代の断片を映しだしたのだろうか？　ゆったりと長いすに身を任せ、静かに本を読んでいた女の人は、母だったのだろうか？

アルチョムは、検問所の役人にそそくさとパスポートを渡した。そして、やめろというブルボンの反対に耳を貸さず、持っていた銃を言われた通り保管所に預けると、光に引きよせられる蝶のように、市場のざわめきへ吸いよせられていった。

平和通り駅は、博覧会駅とも、アレクセーエフスカヤ駅や、リジスカヤ駅とも異なっていた。繁栄を誇るハンザの乗り入れ駅だけあって、アルチョムが慣れ親しんできた非常灯の明かりより、はるかに立派な照明装置が備わっていた。

もちろん、列車が走っていた頃の電灯とは比べものにならない。駅の天井からつり下げられた電線に、二十歩間隔でぶら下がる白熱電球。しかし、非常灯のどんよりとした赤い光や、たき火のゆらゆらと危うげな炎、テントの中を照らす懐中電灯のささやかな明かりで暮らしてきたアルチョムにとって、この煌々《こうこう》とした照明の下には、別世界が広がっているように思えた。幼かった頃、まだ〈上〉で生活していたあの時代の明かりと同じ。もうもどってこない時間の、形のない記憶が胸の中に蘇《よみがえ》り、懐かしさでいっぱいになる。アルチョムは、普通ならここに来た人々がまず駆けよるだろう商売の列には見向きもせず、円柱にもたれて、目が痛くなるまで光を見つめ続けた。

「どうしたんだ、お前？　おかしくなっちまったのか？　電灯なんか見つめてどうする？　目がつぶれちまうぞ。目の見えない子犬にでもなっちまったら、俺が困るだろう？」

耳のすぐそばでブルボンの声がした。

「バラライカくらいばかでかい銃は預けちまったんだぜ。まわりには気をつけることだ。ランプばかり眺めてないで！」

アルチョムは恨めしげにブルボンを見ながらも、その言葉に従い、周囲を見回した。

駅を行き交う人の数は多くはなかった。大声で売り歩く商人たちは、互いに声量を張り合っているようだ。駅がまだ見えないうちから聞こえてきたざわめきは、これだったのだろう。二本の線路には列車の一部が残っており、数両が住宅代わりに使われていた。プラットホームには二列に露店が並び、いろいろな生活必需品が所狭しと広げられている。整然と品が並んでいる棚もあれば、雑多に積み上げられた棚もあった。駅の片方は鉄のシャッターで仕切られていた。ここには地上につながる通路があったはずだ。反対側の仕切り壁の向こうには、防火用だろうか、灰色の袋が山積みにされている。天井には、ハンザのシンボルである円環が茶色に染め抜かれた、白い大きな布がピンと張られていた。仕切り壁の向こう側に、環状線への乗りかえ口となる四つの短いエスカレーターがあり、そここそが巨大なハンザへの入口だった。駅のあちこちに、灰色の迷彩柄と上質な防水スーツに身を固めたハンザの国境警備員たちの姿が見える。おそろいの軍帽をかぶり、肩に短銃をぶら下げている。

「どうして彼らの迷彩服は灰色なんだろう？」

アルチョムはたずねた。

「お高くとまってやがるのさ」

ブルボンはぶっきらぼうに答えると、

「お前はその辺をぶらぶらしてな。俺は、ちょっと買い物がある」と言い残し、立ち去った。

露店には特に興味を惹かれる品物はなかった。茶、ソーセージの束、電灯のバッテリー、セーター、豚革のジャンパーやコート、すり切れた書物――といってもそのほとんどは低俗なエロ本だったが――、ゆがんだラベルにもったいぶった字体で〝自造酒〟と書かれた怪しげな液体の瓶。しかし、ほんの少し前まで何の問題もなく売られていた〝毒キノコ〟をあつかう店が一軒もない。アルチョムは怪しげな自造酒を棚に並べている、鼻の頭が青ざめ、涙目をしたやせ細った男にたずねてみたが、あっさりと追い払われてしまった。

他には、ストーカーたちが地上から持ち帰ってきた、節だらけの薪や枝を売る店もあった。これらの薪は驚くほど長持ちし、ほとんど煤《すす》が出ない目玉商品として売られていた。

品物の代金は、鈍く光る先端のとがったカラシニコフ用実弾で支払われていた。百グラムの茶は実弾五個、ソーセージ一本は実弾十五個、自造酒一瓶には実弾二十個、という具合だ。人々は「実弾《じつだん》」ではなく、愛情を込めて、「実弾《たま》」と呼んでいた。

「おい、そこの人、見てみな、上等の上着よ！　高くないぜ、実弾《たま》三百でどうだ！　そしたらこいつはあんたのもんよ。ええい、二百五十でどうだい？　よし、決まり！」といった調子だ。

棚に整然と並んだ〈実弾《たま》〉の列を見ているうちに、アルチョムは養父《ちち》の言葉を思いだしていた。

『昔何かで読んだんだが、銃の設計者として有名なカラシニコフはな、自分の発明品を、えらく誇りにしてたそうだ。世界一の自動小銃だ、とな。自分の発明のおかげで祖国の国境線が守られていると、彼は幸せそのものだったそうだ。でも、もし俺が彼なら、きっと気が変になっていたと思う。考えてみろ、自分が作りだしたものが、世界中で人殺しの道具になっているんだぞ！　ギロチンの発明よりも、ずっと恐ろしいと思わないか？』

一つの実弾《たま》が、一つの死を招く。誰かの命を奪う。紅茶百グラムは、五つ分の命。ソーセージ一本は？　高くもない、たった十五人分の命だ。本日、良質の革製ジャンパーがお買い得、三百のところを二百五十にまけてやろう。人命五十の節約だ！　この市場での一日の取引高は、恐らくメトロ人口に匹敵するに違いない。

「何かいいものあったか？」

ブルボンが近づいてきて声をかけた。

アルチョムは手を振った。

「いや、何も」

「まあ、そうだろうな。ばかげてる。実は、何でも手に入る場所があるんだ。武器、麻薬、女、偽造書類……何でもござれ。歩いているだけで、先を争うように声をかけられる」

うっとりした表情で、ブルボンが言った。

「このうじ虫どもは……」ハンザの旗をあごで示すと、ブルボンは汚らわしいというように言葉を続けた。

「この駅を保育園にしちまった。これはだめ、あれもだめ…。まあいいや、お前の銃を引き取って、先に進むとしよう。このいまいましいトンネルをさっさと通り抜けるさ」

小銃を返してもらうと、二人は南トンネル入口前のベンチに腰を下ろした。薄暗い場所で、トンネルに目を慣らすためだ。

「つまり、こういうことだ。この先、安全かどうかなんてわからない。体験したことがないんだからな。もし、例のアレにぶつかったら、いったいどうなっちまうのか。弱音を吐いたり、逃げ腰になるならまだいい。でも、俺が知っている限り、頭のイカレ方は、人それぞれらしいからな。うちの若い奴らは、結局帰ってこなかった。きっと、どこの駅にも行き着かなかったんだろう。ひょっとしたら今日あたり、けつまずくかもな、あいつらの屍《しかばね》に。いいか、心の準備をしておけよ。お前はやわだからな……。問題は、俺が暴れだしたり、叫んだり、お前を殺《や》りそうになったりした場合だ。わかるか？　そうなった時は、さて、どうしたものかな……まあその時は、その時だ！」

ブルボンは揺れ動く心に自ら終止符を打つように言葉をしめくくった。

「お前はなかなか見込みがあるし、背後から撃つようなことはしないだろう。だからトンネルを歩く間、俺の〝大砲〟を預けておく。いいか、よく聞け……」

アルチョムの目を真っすぐに見つめ、ブルボンは釘を刺した。

「俺に冗談は通じないぞ！　ユーモアは解さないたちでね」

ブルボンはリュックに入っていた布包みから、ビニール袋に入った自動小銃を慎重に取り出した。アルチョムと同じカラシニコフ銃だったが、長い銃身の先に照準装置はなく、ハンザの国境警備員が持つような、銃床が折りたたみ式の短いタイプだ。弾倉をリュックにもどし、上から下着で覆うと、ブルボンは銃をアルチョムに渡した。

「持ってろ！　いつでも使えるように構えとけ。すぐにでも役に立つかも知れんからな。トンネル内は静かそうだが……」ブルボンは最後まで言わず、線路にとび降りた。
「さあ、出発だ。善は急げだ！」

怖かった。博覧会駅からリジスカヤ駅に向けて出発した時は、何が起きても不思議はないと覚悟していたものの、しょせん、その区間のトンネルは毎日人が行き交っている道だった。行く先には駅があり、迎えてくれる人たちがいると知った上での道のりだった。そうとわかっていても、明るい場所から暗がりにもぐるのは楽しいことではなかった。リジスカヤ駅から平和通り駅へ向かった時にも、恐怖心はぬぐえないものの、目指すはハンザの同盟駅だとはっきりしていた。目的地があり、そこに着いたら休める、安心して気を抜く時間が訪れることを知っていた。

しかし、今回は違う。あるのは恐怖だけ。目の前に広がるトンネルには、全身を包み込む完全無欠な漆黒と、ぞっとするような空気に満ちている。一歩先を照らすのがやっとの心もとない懐中電灯の光を、闇がスポンジのように吸い取っていく。アルチョムは、不審な音を聞きもらさぬよう全神経を耳に集中させていたが、無駄な努力だった。音も光も、ずっしりと重く、のろのろと進む。硬い音を立てるブルボンのブーツの足音も鈍く、ぼやけて聞こえる。

突然、懐中電灯の明かりが、壁の右側に現れた大きな穴に吸い込まれた。黒いしみのように見えるその穴は、主線から外れて走る支線だった。アルチョムは、怪訝《けげん》な顔をブルボンに向けた。
「びくつくことはない。ここに分岐線があったんだ」
ブルボンはアルチョムの不安を察して説明した。

「列車が、ここから直接環状線に乗り入れられるようになっていたんだ。でも、ハンザがつぶしてしまった。トンネルを開きっ放しにはしておけないってことだ。奴らもバカじゃない……」

しばらくの間、二人は黙ったまま歩き続けた。静寂が重くのしかかってくる。先に口を開いたのは、重圧に耐えられなくなったアルチョムだった。

「あの……、ブルボン……」

忍びよってくる幻影を振り払うように、アルチョムは話しかけた。

「最近このあたりで隊商《キャラバン》が何者かに襲われた、って、本当かい？」

ブルボンからの返事はなかった。聞こえなかったのかと思ったアルチョムがまた口を開こうとすると、湿った声が返ってきた。

「ああ、そんな話は聞いたな。でも、俺はその場にいなかったし、はっきりとしたことは何も言えない」

ブルボンの言葉は輪郭がぼやけたように聞こえた。アルチョムは、なぜこんなに聞きとりにくいのか、必死で考えをまとめようとした。自分の考えとブルボンの言葉とを、はっきり分けなくては。

「目撃者はいなかったのかな？　トンネルの両端には駅があるのに、その人たちはどうしたんだろう？」

真相を知りたいわけではないのだが、自分の声が聞きたくて、アルチョムは質問を重ねた。

ブルボンの答えが返ってくるまで、さらに数分が経過した。しかし、答えをせかす気持ちはすっかり失せていた。頭の中に自分の声がこだましていた。アルチョムは、その方に気をとられていたのだ。

「この辺に、昇降口があるって話だ。うまく隠されているらしいがな。ぱっと見にはわからないよう、カムフラージュされているらしい。もっとも、この暗闇じゃあ何も見えやしないがな！」

不自然にいらいらした様子で、ブルボンは言った。

アルチョムが自分の問いを思いだすには、時間がかかった。会話の糸を必死に手繰りよせ、次の質問を探した。話を続けなければ。この恐ろしい静寂から抜けだすために、言葉を並べ立てなくては。

「ここは、その、いつもこんななのかな？　真っ暗で……？」

アルチョムは自分の声のあまりの弱々しさにぎょっとした。まるで、耳栓をしているようだ。

「いつも真っ暗かって？　そうさ、いつも、どこも、だ。目に入るのは闇、闇、闇……。ここでは闇が世界を包み、永遠に支配し続ける……」

ブルボンは言葉に妙な間を置きながら話す。

「それ、本の引用か何か？」

自分の声を聞きとるのがますます困難になることを意識しながら、アルチョムは必死に言葉を吐きだした。同時に、ブルボンの話し方が、恐ろしいほど変わってきていることに気づいた。しかし、もはやそれに驚くほどの気力すら残っていなかった。

「本……。汝《なんじ》、古き歴史書に記されし真実を恐れよ……。文字は黄金で刻まれ、紙は灰黒色。朽ちることのない……」

ブルボンは、大儀そうに重い口を開く。やはりおかしい。話をする時に必ず振り返るブルボンが、一度もこちらを向かない。

「美しいね！」

アルチョムの相づちは、ほとんど叫び声になっていた。

「何の本？」

「そして、美も……引きずり落とされ、踏みにじられる……預言者たちは、無為に予兆を口にするも、苦悩にあえぐ……なぜなら、来るべき日は、最も不吉な恐怖よりも黒い暗黒に閉ざされ、理性は毒されていくから……」

ブルボンの言葉がうつろに響いた。

と、突然、ブルボンが唐突に頭を左に曲げた。その動きはあまりに激しく、頸椎《けいつい》のきしむ音が聞こえたほどだった。そして、真っすぐアルチョムを見つめた。

アルチョムは思わず後ずさり、手を銃の安全装置にかけた。ブルボンは目を大きく見開いてアルチョムを見つめていたが、その瞳孔《どうこう》は異様に収縮し、二つの小さな点になっている。トンネルの闇の中では、できるだけ明かりを取り込めるよう、瞳孔《どうこう》は精いっぱい開いているはずなのに。ブルボンの顔は不自然な無表情で、ピクリとも動かない。いつもの人を小ばかにしたような薄ら笑いすら、消えている。

「私は、死んだ」

ブルボンが言った。

「私は、もう存在しない」

そして、うつ伏せにばったりと倒れた。

その時、アルチョムの耳に、激しい音が飛び込んできた。あの時のように徐々に大きくなっていくのではなく、一気に最大音量で耳をつんざき、一瞬足元をすくわれた。前回より、音ははるかに強力で、圧倒されて地面にへたり込んだアルチョムは、しばらく立ち上がれなかった。しかし、両手で耳をふさぎ、声を限りに叫びながら、地面から体を引きはがすように起き上がった。

ブルボンが落とした懐中電灯をつかむと、音源を探そうと、熱に浮かされたように壁を照らし回った。しかし、配水管はどこにも破損はなく、音は、どこか上の方から聞こえてくるようだった。

ブルボンは、同じ場所に倒れていた。あおむけにすると、目は開いたままだ。このような場合どうするべきなのか、必死に記憶の糸をたどりながら、とりあえず脈をとる。途切れがちではあるが、細い糸のような脈が伝わってきた。このままここにいてはだめだ。アルチョムは、あらん限りの力を振り絞り、何とかその場から離れようと、ブルボンの巨体を引きずりにかかった。あわてていたアルチョムは、彼の背からリュックを外すことも忘れていた。

数十歩歩いた所で、何か柔らかいものにつまずき、吐き気を誘う甘ったるい臭いがつんと鼻をついた。

「ひょっとしたら……けつまずくかもな、あいつらの屍《しかばね》に……」

ブルボンの言葉が頭に浮かんだ。アルチョムは足元を見ないようにして、線路に横たわる体を越えた。ブルボンを、引きずって、引きずって、必死に運んだ。彼の頭は正体なく垂れ下がり、次第に冷たくなっていく手は、緊張に汗ばむアルチョムの手のひらから、滑っては落ちた。しかしそれは気にせず、いや、気にとめたくなかった。何が何でもブルボンをここから運びださねば！　約束したではないか！　そう決めていたではないか！

音は徐々に小さくなり、そして突然、まったく消えた。静寂が再び訪れ、安心したアルチョムは線路に座り込み、深呼吸をした。ブルボンはピクリともせず横たわっている。まだ息の荒いアルチョムは、彼の蒼白な顔面に目をやり、絶望的な気持ちになった。五分も座っていただろうか。アルチョムは自分に言い聞かせるように立ち上がり、ブルボンの手首をつかんで、後ろ向きによろよろと歩きだした。頭はまったく空っぽだったが、この男を、何としても次の駅まで運ばなくてはという思いに突き動かされていた。

やがて足が言うことを聞かなくなり、線路に倒れこんだ。しかし数分後には、ブルボンの衿元をつかみ、再び前へ前へとはうようにして進んだ。

「行き着く。行き着く。行き着く。行き着く。行き着く行き着く行き着く行き着く……」

いくら自分に言い聞かせても、不安が襲う。ついに限界が来た。もう一歩も動けない。アルチョムは、肩から銃を下ろすと、震えの止まらない指で単発モードに切りかえ、南に向けて撃ち、叫んだ。

「誰か！」

しかし、遠くなっていく意識の中で、最後に彼の耳に入ったのは、人の声ではなく、ネズミたちのかさかさという足音と、キイキイ声だった。

ブルボンの衿をつかみ、銃のグリップをにぎりしめたまま、どれくらい気を失っていたのだろう。目に飛び込んできた光で、アルチョムは意識を取りもどした。見知らぬ初老の男が、片手に懐中電灯、もう一方の手には妙な銃を持って、目の前に立っていた。

「おい、お若いの」よく通る心地よい声で、男は声をかけてきた。

「友人から手を放したまえ。彼はすでに死んでおる。エジプトのラムセスⅡ世と同様、死人の仲間入りを果たしたのだ。このままここに残って、友とあの世で再会するか？　それとも君の友人は、もう少しあちらで待っていてくれるかな？」

「彼を駅まで運ぶのを手伝ってください」

まぶしい明かりを手で遮《さえぎ》り、目の上を手で覆いながら、消え入るような声でアルチョムは頼んだ。

「心が痛むが、諦めざるを得んな」初老の男は悲しげに告げた。

「今でもじゅうぶん気味の悪いスハレフスカヤ駅を、地下納骨所にする気はない。それに、すでに息のないお前さんの道連れを駅まで運んでも、彼をきちんとあの世に送ってくれる人は、まずおらん。彼の魂はすでに主のもとへ旅立った。ここに置いておくか駅まで運ぶかに大した違いがあるかね？　宗派によっては、生まれ変わる、と表現されることもある。もっとも、どの宗教も同じくらい考え違いをしているものだ」

「僕は約束したんです……」ため息をついて、アルチョムは言った。

「決めていました……」

「お若いの」

初老の男は顔をしかめた。

「いい加減にしたまえ。死人を助けるのは、私のモットーに反している。世の中には、救いを求める生きた人間が大勢いる。そろそろ駅にもどるとしよう。トンネルに長居をすると、古傷が痛みだすのだ。しかし、そこの友人とできるだけ早く再会したいのなら、このままここに残るがよい。ネズミや、他のかわいい生き物たちが手助けしてくれるだろうさ。それから、もし法的なことを気にしているのなら、合意者の片方が死亡した場合、契約はそこで失効となるはずだ。特約条項がない限り」

「でも、ここに置いていくなんて！」

アルチョムは救いの神を説得しようと、虚しい努力を続けた。

「さっきまで息をしていたんです。ネズミの餌にしろとでも？」

「ふむ、確かに生きていたようだな」男は探るような視線を投げた。

「しかし今は、間違いなく息絶えている。死人と生きた人間は違う。よかろう、もしどうしてもと言うのなら、後でここにもどり、たき火で火葬するなり、どんな流儀かは知らんが、お前さんの気がすむように弔《とむら》ってやればいい。さあ、立て！」

男の命令に、アルチョムは己の意思に反して、よろよろと立ち上がった。

アルチョムの抵抗を抑えて、初老の男はブルボンからリュックを外して自分の肩にかけると、若者を支えながら足早に歩き始めた。最初はついていくのがやっとだったが、一歩、また一歩と進むうちに、男の熱いエネルギーが伝わり、元気がわいてきた。足の痛みも失せ、頭もしっかりしてきた。アルチョムは、自分を救ってくれた男を、じっくりと観察した。年は六十過ぎだろうか。しかし、驚くほど若々しく、元気に見えた。アルチョムを支える手は頑強で、道中一度も力を緩めなかった。白髪交じりの短く刈り込まれた髪、きちんと手入れしたあごひげが、警戒心を起こさせる。やけにこざっぱりしているのだ。〝田舎駅〟暮らしなのに。

「お前さんの友人に、いったい何があったのかね？」男がたずねた。

「襲われたようには見えんし、中毒か、あるいは……私の考えが当たらぬよう願いたいな」

その考えを口にせぬまま、男は口を閉じた。

「突然死んでしまったのです」

ブルボンに何が起きたのか、アルチョムは少しずつ理解し始めていた。だが、まだ説明するだけの余力がなく、あいまいな答えを返した。

「話せば長くなります。いずれ説明します」

トンネルの幅が突然広がり、駅が見えた。しかし、どこかが変だ…。違和感の理由がわかるまで、数秒かかった。

「何があったんですか？　明かりがない……」

恐る恐る疑問を投げてみた。

「この駅には行政がない。つまり住人に光を提供する役人がいない。光は自分で調達するものなんだ。できる者もいれば、できない者もいる。安心しろ、私は前者だ」

男はさっとプラットホームにとび上がると、アルチョムに手を差しだした。

最初のアーチをくぐり、ホーム中央に出た。長い通路の両側に、円柱とアーチが立ち並ぶ。エスカレーターを遮断する鉄製の壁の数か所が弱々しいたき火に照らされてはいたが、多くは闇に包まれ、重苦しく陰気な空気に覆われていた。貧弱なたき火のまわりには人々が蠢《うごめ》いていた。床に直接横になっている者もいれば、ボロを身にまとい、背中を丸めてたき火からたき火へとうろつく人影もあった。全員が、トンネルからできるだけ離れ、ホームの中央付近に集まっていた。

男はアルチョムをたき火の一つに案内した。それは他のたき火からは離れた場所にあり、どれよりも赤々と燃えていた。

「この駅はそのうち、火事で焼け落ちるだろうな……」

アルチョムは声に出し、ホームを見回した。

「そう、四百二十日の後に……」穏やかに男が返した。

「だから、それまでにここを離れた方がいい。私はそうするつもりだ」

「どうしてそれがわかるのですか?」

驚いたアルチョムは、そうたずねながら、噂《うわさ》で聞いた予言者や占い師の話を思いだしていた。男の顔をじっと見つめる。幽遠な知識の影が、その表情に表れていないだろうか……。

「母の心は、何でもかぎつけるものだ」男はニタリとした。

「さあ、少し寝るがいい。自己紹介はその後。話もそのときだ」

男の最後の言葉を耳にしたとたん、どうしようもない疲労感が、どっとアルチョムに押しよせてきた。もはや抵抗する力も失せ果て、たき火のそばに敷かれた防水布に崩れるように倒れ込むと、リュックを枕に、長くて重い空っぽの夢の世界へと落ちていった。

第6章　強者の権利

元は白かった天井はすっかり煤《すす》まみれで、かつての面影はどこにも残っていなかった。アルチョムはそれをぼんやり見つめながら、自分がどこにいるのかを、しばらく思いだせずにいた。

「目が覚めたかね?」

聞き覚えある声に、頭の中に散らばった昨日の出来事(あれは昨日だったのか!)を、必死でまとめようとした。記憶の中の出来事を現実に結びつけようとすると、霧のような壁が立ちはだかる。うとうとと眠りに落ちては目が覚める度に、実際に起きたはずの出来事がかすんでいき、現実と幻想との区別がつきにくくなっていた。何もかもがぼやけたようにしか感じられない。未来を展望したり過去を振り返るときのように。

「こんばんは」

話しかけてきたのは、アルチョムを見つけた男だった。たき火をはさんで腰かけている男の顔は、チラチラと舌なめずりする炎越しに、謎めき、神秘的にすら思えた。

「さあ、自己紹介といくかな。私にも、この世界でよく聞く、ありふれた名前がある。が、ちょっとばかり長くて、私に似つかわしくないんだ。私は、チンギス・ハンの最後の生まれ変わり。だからハンと呼べばいい。その方が短くて呼びやすい」

「チンギス・ハンですって？」

〈最後の〉生まれ変わりという言葉に驚き、アルチョムは聞き返した。輪廻転生《りんねてんせい》など信じられるわけがない。

「おい、若いの！」

ハンはむっとして食ってかかった。

「目の形や振る舞いで判断できるものではない。かつて、いくつもの魂が我が身に降りてきた。しかし、チンギス・ハンこそが私の人生を方向づける人物なのだ。本当に残念なことに、ハンだった時代の記憶は何もないがね」

「どうして〈ハン〉なのですか？　ハンは名前ではなく、確か階級の名称でしょう？〈チンギス〉ではだめなのですか？」アルチョムは食い下がった。

「同名の者がいるからだ。作家のアイトマートフとか……」

しぶしぶ、といった様子で、男はあいまいに答えた。

「自分の名前の由来をいちいち説明する義務はないと思うが。で、お前さんの名前は？」

「アルチョムです。前世が誰だったか知りません。もしかしたら、もっと呼びやすい名前だったのかもしれません」

「よろしく」ハンは満足げに言った。

「ささやかな食事につきあってくれるかな？」

ハンは、立ち上がって、博覧会駅の北監視所にあったような、鉄製でぼこぼこのやかんを火にかけた。アルチョムもあわてて腰を上げ、持参してきたソーセージをリュックから一本とりだした。そしてポケットナイフで数片切りとると、やはりリュックに入れてきた清潔な布切れの上に並べた。

「これ……お茶と一緒に……」

アルチョムは新たな知人にソーセージを差しだした。

ハンが入れた茶は、博覧会駅産だと、味ですぐにわかった。ほうろうのカップで茶をすすりながら、アルチョムは昨日の出来事を思い返した。ハンも物思いにふけり、押し黙ったままだった。

破れた排水管から襲ってくる狂気の現れ方は、人それぞれだった。アルチョムの場合は、それが〈音〉として身に降りかかる。耳をつんざき、集中力をかき乱し、思考力を麻痺させる〈音〉。何とか理性だけは失わずにすんだ。

しかし、ブルボンは強力な攻撃に耐えられず、死んでしまった。命まで奪うものだとは予想していなかった。そう思っていたら、平和通り駅とスハレフスカヤ駅間の真っ暗なトンネルになど、足を踏み入れなかっただろう。

〈音〉はいつの間にか忍びより、まず、感覚を遮断してきた。そのせいで、本来聞こえるはずの音が聞こえにくくなっていたのだろう。そして、奴らの〈音〉と、実際聞こえている音との違いも、結局判別できなかった。思考を凍らせ、動きを止め、無力にした上で一気に決定的打撃を与えてきたのだ。

ブルボンが黙示録の予知を最初に口にした時、なぜ異常に気づかなかったのだろう？　今思えば、あれはまるで魔法に呼びよせられたような感じだった。二人とも、不思議な感覚に酔ったまま、危険に気づかずトンネルの奥へと進んでしまった。あの時、アルチョムはとにかく何か話し続けなければと、それればかり考えていた。自分たちの身に何が起きているのか把握しようとしたが、頭に何も浮かんでこなかった。何かが邪魔をしているかのように……。

アルチョムはすべてを記憶から葬り去りたかった。理解を超えることは忘れたかった。博覧会駅でも、似たような話は聞いたことがあった。しかし、ただの噂話《うわさばなし》としてだ。実際にはあり得ないことだと、いつも心のどこかで否定していた。その方がずっと楽だったのだ。アルチョムは頭を大きく振ると、もう一度、左右をじっくりと見渡した。

あたりは相変わらず息苦しい薄闇が立ち込めていた。この駅が、これ以上明るくなることはない。隊商《キャラバン》が何とか調達してくるたき火用燃料が少なくなるにつれて、より暗くなり、雰囲気も重くなっていくのだろう。トンネル入口の上には時計がかけられているが、すでに文字盤は読めなくなっていた。スハレフスカヤ駅には、行政も、安定した暮らしを保障するシステムもない。アルチョムは、ハンが「こんばんは」と言ったことを思いだした。計算すると、今は、朝か昼のはずなのに。

「今は夜なのですか?」

アルチョムは、戸惑いながら、ハンにたずねた。

「私の時間では、夜だ」

ハンは意味ありげな言い方をした。

「どういうことですか?」

アルチョムは、わけがわからなかった。

「アルチョム、お前さんは時計が正確に動いている駅にいたんだな。住民たちは、トンネル入口の上にある駅時計の赤い数字で、自分の腕時計をチェックするんだろう？　君らの世界では、時間と明かりは共有物だ。しかし、ここでは違う。人のことを考える余裕などない。他人に明かりを提供する御親切な奴は、一人としていない。誰でもいい、ここの住民に明かりの提供を申してでてごらん、驚いた目で見られるだけだ。

明かりが必要ならば、自分で調達しなければならない。時間も同じ。混沌《こんとん》を恐れ、時間の区切りを求める人たちは、自分で自分の時間を定める。だから、ここではみな時間が違う。一人一人が自分だけの時間を持っている。正しい、正しくないはどうでもいいんだ。自分の時間を信じ、生活をそのリズムに合わせるだけのことだ。私の時間では、今は夜。お前さんの時間は朝。だから何だ？

君たちは、旅に出る時も時計を大切に持ち歩く。大昔の人類が、焼け焦げた頭蓋骨の中に、どうにか消えないでいる石炭のかけらを、火種として大切に守っていたみたいに。

だが、石炭のかけらをなくしたり、捨ててしまった者たちもいる。メトロの世界に太陽は昇らない。だから、自分が気にしなければ、時間は無用なのだ。時計を壊してみるがいい。時間は認識できなくなる。時、分、秒と、きちんと分割されていた時は消える。水銀のように、ばらばらにしても、すぐ元通りになる、一つのあいまいな塊となる。文明社会では、人々は時間を手なずけ、懐中時計やストップウォッチの鎖に縛りつけた。鎖につながれた時間は、主たちのために正確に時を刻み続けた。しかし、いったん鎖から解き放ってみれば、人によって時の流れが違うことに気づく。緩やかな時の歩みを送る者は、吸ったタバコの数や呼吸の回数で時を測ることだろう。だが、駆け抜けるように時間が早く過ぎ去っていく者もいる。

今が朝だと思うのかい？　そうかもしれない。朝の六時といったところかな。しかし、現実には、朝などという言葉は、ここでは意味を持たない。それは、生が消え失せた上の世界にあったものだ。地上に人間はいない。今さら地上の概念に従う意味があるだろうか？　ノーだ。だから私は言ったんだ。『こんばんは』、とな。そして、君がもしそうしたいのなら、私に『おはよう』と答えても構わない。駅には何の時間も存在しない。ただ一つあるのは、四百十九日という奇妙な限られた時間だけだ。こうしている間にも時間は後ずさりで進み、終わりが刻一刻と近づいているというわけだ」

ハンは口を閉じ、熱い茶をすすった。博覧会駅では、駅の時計は神聖なもので、少しでも狂うと、破壊工作ではと大騒ぎになる。時間が存在しない駅があることを知ったら、博覧会駅の政府はさぞ仰天するだろう！　ハンの話は驚くことばかりだった。アルチョムは、あることを思いだし、ハンにたずねた。

「まだ地下鉄が走っていた頃、車両の中ではアナウンスがあったそうですね。『ドアが閉まります、お気をつけください。次の停車駅はどこどこです。右側、あるいは左側のドアが開きます』って。それは本当ですか？」

「本当だが、何かおかしいことがあるかね？」

ハンは目を見開いた。

「プラットホームがどちら側になるか、どうしてわかるんでしょうか？　もし南から北へ向かっていたとしたら、プラットホームは右側に来る。でも北から南へ向かっていたら、左側になります。座席は、車両沿いに並んでいたのでしょう？　つまり進行方向に対して横向きに座っています。と、いうことは、客にとってはプラットホームは向かい側に来るか、背中側に来るわけでしょう？　半分の客にとっては前のドアが開くし、半分の客には背中側のドアが開くことになります。」

「その通りだ」感心してハンがうなずいた。

「アナウンスは、運転士の立場で行われていた。先頭に前向きに座っている彼らから見れば、プラットホームは右か左のどちらかになる。それは、いちいちことわらなくとも、みんな了解していたことだったのだ。子どもの頃から聞いてすっかり慣れていたから、改めて考えたこともなかったな。さて、友人の身に起きたことを、そろそろ話してくれるかな？」

ハンは思いだしたようにアルチョムにうながした。


アルチョムは躊躇《ちゅうちょ》した。この男に、ブルボンの謎の死を話してもよいのだろうか？　これまで二回ほど耳にした、あの不思議な音について、それが人の理性に与える悪影響について。トンネルの〝メロディー〟を耳にした時に感じた苦痛を打ち明けても大丈夫だろうか……？

しかし、どうせ話すのであれば、チンギス・ハンの最後の生まれ変わりと称し、運命の残り時間が少ないと考えているような男が向いているのかもしれない。

アルチョムは心を決めて話しだした。不安で支離滅裂になり、話もとびとびになったが、恐ろしい体験の中で自分がどう感じたのか包み隠さず語った。

「それは、死人たちの声だ」

話を聞き終えると、ハンは静かに言った。

「何ですって？」

アルチョムは驚愕《きょうがく》した。

「死人の声を聞いたんだよ。最初はかさかさとささやくような声だったと言ったろう？　間違いない、奴らだ」

「死人って、誰のことですか？」

アルチョムには、わけがわからなかった。

「メトロで命を落とした人々だ。私がチンギス・ハンの最後の生まれ変わりというのも、これで説明できる。もう生まれ変わりは現れないはずだ。終わりが近づいたってことさ。なぜこうなってしまったかは、私にもわからんがね……。恐らく、人類はがんばり過ぎたんだろう。今や、天国も地獄も存在しない。魂が体から離れた後――魂の不滅は信じているな？　――体から離れた後の魂の拠り所は、もはや存在しない。人間の精神世界を払い散らすのに、何メガトン必要だったんだ？

このやかんと同じくらい確かなものだったのに、人類は、天国も、地獄も破壊してしまった。我々が生きるこの奇妙な世界では、死後の魂が同じ場所にとどまってしまう。わかるか？　死んでも、疲れ果てた魂が生まれ変わることはない。魂が安らげる場所はない。生前と同じ世界にとどまるしかないんだ。つまり、地下鉄の世界に。

学問的な説明はできないが、私には、はっきりわかる。この世界では、人々の魂は地下の狭苦しいトンネルの空間を舞い続ける。時の終わりまで。急ぐ必要はない。

メトロには、現世と来世が共存している。ここはエデンの園であり、地獄でもある。私も、お前さんも、死者の魂と共に生活している。死者の魂が、がっちりと輪になって、我々をとり囲んでいるのだ。列車にひかれた者、銃殺された者、絞殺された者、化け物に食われた者、焼け死んだ者……その他、ありとあらゆる非業の死をとげた人々の魂だ。それらがどこに消えるのか、消えないなら存在を感じないのはなぜか、暗闇に光る重さのない冷たい視線を感じないのはなぜなのか、私はずっと考えてきた。

トンネルの恐怖は知っているな? 私は以前、それは死者がトンネルで生者をつけてくるからだと思っていた。ぴったり後ろについてきて、振り返ると闇に紛れる。肉眼で魂を見るのは不可能だからな。しかし、背中を走る悪寒、髪が逆立つ気配、体に走るむしずは、目に見えない尾行者を感じとっている証拠だ。以前はそう思っていた。

しかし、今、お前さんの話を聞いて、いろいろなことがはっきりしてきた。奴らは排水管やパイプラインに入り込む。ずっと昔——私の父が、いや、祖父が生まれる前、地上には小川が流れていた。上に住んでいた人々は、小川を埋め、川の水を管に通して地下へと流した。その水は恐らく今も流れているのだろう。どうやら、彼らは死の川レーテーを排水管に送り込んでしまったらしい。

お前さんの友人が不可解な言葉を口にしたと言ったな? それは彼ではなかったのだよ。死人どもの声だ。彼はその声を聞き、死者の言葉を代弁した。そして連れて行かれてしまった」

ハンが長々と語り続けている間、アルチョムは、ハンの顔から視線をそらすことができなかった。ハンの表情は暗く、目だけが、地獄の炎に照らされたように、赤々と燃えていた。話を聞きながら、アルチョムは、この人は頭がおかしいと思い始めていた。きっとトンネルの声を聞きすぎて、思考力を失ったのだろう。自分を救い、もてなしてくれた男ではあるが、これ以上一緒にいたくなかった。先に進む手だてを考えなくては。このスハレフスカヤ駅を出て、ツルゲーネフスカヤ駅へ向かう、全メトロ中で最も不吉なトンネルを突破しなくてはならないのだ。ツルゲーネフスカヤ駅……。

「小さな嘘をついたことを謝らねば」少し間をおいて、ハンはつけ加えた。

「友人の魂は、主のもとへ旅立ってなどいない。姿を変えて、極楽に安んじているわけでもない。排水管の中、不幸な先人たちと共にある」

その言葉に、アルチョムはブルボンの屍《しかばね》を駅に運ばねばならないことを思いだした。ブルボンは、この駅には友人がいて、目的が達せられれば、博覧会駅まで送り届けてくれるだろうと言っていた。アルチョムは、ブルボンのリュックを思いだした。そこには自動小銃用の弾丸の他にも、何か役に立つものがあるはずだ。

しかし、リュックをかき回すのは、ブルボンに対して悪いような気がした。それに、怖くもあった。アルチョムはリュックを開き、中のものに気をつけながら、目で確認するだけにした。

「びくびくすることはない」

アルチョムの気持ちを察したハンが声をかけた。

「この品々は、すべてお前さんのものだ」

「それじゃあ、まるで略奪じゃないですか?」

アルチョムは小さな声で言った。

「仕返しを恐れることはない、彼は蘇《よみがえ》りはしないのだから」

ハンの言葉は、アルチョムに向けられたものでなかった。自分の頭にめぐる思いを口にしていた。

「排水管の死者たちは、自我を失い、全体の一部となる。自分の意思は他の意思に溶け合い、理性は干からびて消え失せる。個ではなくなるのだ。しかし、もしお前さんが恐れているのが、死者ではなく、生きた人間の方だと言うのなら、駅の中心でリュックの中身をぶちまけるがいい。それなら、誰にも泥棒呼ばわりされることはないし、良心もとがめないだろう？　しかし、だ。お前さんは、友を救おうとした。彼だって感謝しているだろう。このリュックは、彼からの報酬と考えてもいいのではないか」

ハンの説得力ある言葉に、アルチョムは思いきってリュックから中身をとり出し、たき火に照らし出された防水布の上に並べ始めた。平和通り駅を出る時にブルボンがリュックに入れていた小銃。アルチョムに渡してくれた弾丸二カートリッジ。さらにカートリッジが四つ。ただの自由商人が、なぜこんなに重装備なんだろう？　アルチョムは、弾倉のうちの五つを、布切れで丁寧に包んで自分のリュックにしまい、一つを折りたたみ式銃床のカラシニコフに装填《そうてん》した。銃は、最高の状態に手入れされていた。油がさされ、磨き込まれ、黒光りする様子は、うっとり見惚れるほどだった。遊底はスムーズに動き、小気味よいスライド音がする。射撃モードを切りかえるセレクターレバーはちょっと固かったが、それは、この小銃が新しいことを示していた。グリップはしっくりと手になじみ、前床はしっかりと磨かれていた。その銃を手にすると心強く、安心と自信が満ちてきた。ブルボンの遺品から何か持っていくとしたら、絶対にこの銃にしよう、とアルチョムは心に決めた。

ブルボンが報酬として約束してくれていた、アルチョムの古めかしい自動小銃七・六二口径用の実弾《たま》は、結局見つからなかった。どうやって手に入れるつもりだったのだろう？　恐らく、最初から報酬を支払うつもりなど、なかったに違いない。――危険な場所さえ通り過ぎたら、こめかみに一発。死体をシャフトに放り込み、僕のことなど思いだしもしなかったのだろう――アルチョムは思った。――自分の行方をたずねる人がいても、何とでも言える。メトロでは何があっても不思議ではないのだから。

それから、死んだ主にしかわからない、様々な書き込みのあるメトロ路線図。着がえの服。百グラムほどの酒。リュックの下の方からは、ビニール袋にくるまれた燻製肉の塊と、一冊のノートが出てきた。それを読むのは、さすがに気が引けた。

アルチョムは、リュックの中身にがっかりしていた。謎めいたもの、高価なもの――ブルボンが危険を承知でスハレフスカヤ駅を目指した理由がわかるもの――が出てくるのでは、と期待していたのだ。アルチョムは、ブルボンの正体は、急使か、密輸業者か、そんなところだろう。それなら、危険を承知で、悪魔の巣喰うトンネルに向かうのもわかる。

しかし、いくら探しても、かえの下着以外、リュックには何も入っていなかった。アルチョムは、ブルボンの行動には、隠された背景があるのだろうかと考え始めていた。どうしてスハレフスカヤ駅を目指したのだろう……？　いくら考えても、納得できる理由は思いつかなかった。

考え込んでいるうちに、ブルボンの死体をネズミがうろつくトンネルに放置してきたこと、埋葬するためにもどるつもりだったことを思いだした。しかし、どうやって弔《とむら》えばいいのだろう？　火葬？　しかし、それには相当の覚悟でのぞまなければならない。息苦しい煙や焼け焦げる肉と燃える髪の悪臭が駅まで届けば、騒ぎを引き起こすことだろう。かと言って、ブルボンを駅まで運んでくるのは重労働だし、怖い。生きていると思い込んでいたから引きずってこれたが、死んでいるとわかっている人間を運ぶのは、一大決心を要する。それに、その後はどうする？　弾丸のことで嘘をついていた男だ。彼を待っているという友人の話だって、本当かどうか疑わしい。苦労してここまで運んでも、自分が困ることになりかねない。


「ここでは死者をどうしているのですか？」

長考の末、アルチョムはハンにたずねた。

「どういう意味かね？」ハンは問い返した。

「故人の魂のことかね？　それとも肉体のことかね？」

「遺体のことです」

死後の世界とやらのたわごとに、いささかうんざりしていたアルチョムは、ボソリと答えた。

「平和通り駅からスハレフスカヤ駅まで、トンネルが二本通じている」

ハンの言葉に、アルチョムは思考をめぐらせた。もっともだ、地下鉄は二方向に走っていたのだから、線路用のトンネルは必ず二本あるはずだ。ブルボンはもう一つの通路があることを知りながら、なぜ命がけの運試しなどをしたのだろう？　もう一つのトンネルの方がより危険だったとでも言うのか？

「しかし、通れるのは一本だけ」ハンは言葉を続けた。

「二本目のトンネルは、駅近くで地盤沈下し、崩れてしまったのだ。今はぱっくりと開いた巨大な陥没《かんぼつ》になっている。列車が一つ落ちたと言う住民もいる。陥没《かんぼつ》の片側から反対側は見えないし、どんなに強く照らしても、穴の底までは光が届かないらしい。底なしの深淵だと触れ回る奴らもいる。この穴がな、我々の墓場なんだ。死体はそこへ運ぶ」

アルチョムはぞっとした。ハンに救われたあの場所までもどり、ネズミに半分かじられたブルボンの死体を引きずって、駅構内を通り抜け、もう一本のトンネルの〈深淵〉にまで運ぶ……。穴に放り込むのだったら、トンネル内に放置しても同じことだと、アルチョムは自分を納得させたかった。どちらにしても〈埋葬〉と呼ぶにはほど遠い。結局のところ、そのまま放置するのが最良だという結論に達しかけた時、「私は死んだ」と言ったブルボンの顔がはっきりと目に浮かんできた。額に、じっとりと汗がにじむ。アルチョムは、やっとの思いで立ち上がり、新しい小銃を肩にかけて言った。

「僕は、行きます。約束したのです。行かねばなりません」

言うことを聞かない足を前へ動かし、アルチョムはプラットホームから線路に下るはしごに向かった。はしごを下りる前に、明かりを灯さなくてはならなかった。アルチョムが下りていくと、鉄製のはしごは大きな音を立てた。寒気が走り、全身が凍りつく。が、足を止めるわけにはいかない。重苦しい腐敗臭が吹きつけてきた。その瞬間、体中の筋肉が言うことを聞かなくなった。どんなにがんばっても、先へ進めない。足が動かない。恐怖心と嫌悪感を何とかねじ伏せて、足を一歩前に踏みだした時、重い手にがっしりと肩をつかまれた。思わず叫び、振り向いた。体が硬直する。銃を構えなくては、いや、間に合わない……。

しかし、それはハンだった。

「怖がるな」

安心させるように、ハンはアルチョムに言葉をかけた。

「お前さんを試しただけだ。先へ進む必要はない。友の遺体は、もう、そこにはない」

アルチョムは、いぶかしげな視線をハンに向けた。

「お前さんが寝ている間に弔《とむら》いをしておいた。だから、わざわざ行く必要はない。トンネルには、すでに何もない」

それだけ言うと、ハンはくるりと背を向け、アーチの方へもどっていった。

アルチョムは大きな安堵感に包まれた。ハンに数十歩で追いつくと、不安を隠せぬ声でたずねた。

「でも、なぜ、そんなことをしたのですか？　それに、なぜ、僕に教えてくださらなかったのですか？　トンネルに残しても、駅に運んでも同じ、とおっしゃったじゃないですか!?」

「私にとっては、同じことなんだよ」

両肩をすくめて、ハンが答えた。

「だが、お前さんにとっては、とても重要なことだった、そうだろう？　この旅には目的があり、その道のりは険しく、一面の茨《いばら》に覆われている。使命の内容はわからんが、その責任は、お前さんにはあまりにも重すぎるようだ。そこで、少しばかり手助けしてやろうと考えたというわけだ」

ハンはアルチョムを見つめて、にっと笑った。

たき火の場所にもどり、しわくちゃの防水布に腰を下ろすと、アルチョムは我慢できずにきいた。

「『使命』とは、どういう意味で……？　僕、何か寝言でしゃべっていたでしょうか？」

「いや、友よ、寝ている間、お前さんは何も言わなかった。しかし、私の前にある人の幻が現れてな、助けを求められたのだ。その人の名前の半分は、私と同じ。そう、お前さんが来ることを、私は知っていた。だから迎えに行った。ちょうどお前さんが死体を引っ張って四苦八苦していた時のことだ」

「僕が来るのを知っていた……？」

信じられないというように、アルチョムはハンを見た。

「銃声が聞こえたのだと思っていました……」

「銃声も聞こえた。こだまが大きく響くからな。しかし、銃声が聞こえる度に、私が毎回トンネルに入っていくとでも思うかね？　そんなことをしていたら、命がいくつあっても足りない。今回は特別だ」

「名前の半分が同じという人物は、いったい誰ですか？」

「それは言えない。私は彼に会ったことがないし、話をしたこともない。でもお前さんもその人を知っているはずだ。いずれわかる時が来るだろう。ある日、その人は私の前に姿を見せ……うつつではなかったが、その人物の偉大な力はすぐに感じとれた。北方のトンネルより来たる若者を助けるべし、とその人は言い、お前さんの姿が私の目に浮かんだのだ。それはすべて夢の中だったが、生々しくて、目が覚めてしばらくは、どこまでが夢でどこからが現実なのかわからなかった。その人物は強靭《きょうじん》な男で、頭をぴかぴかに剃《そ》り上げ、全身白装束……。知っているか？」

アルチョムは体が震えた。ハンが語る人物の姿が思い浮かんだのだ。自分を救ったこの男が、半分名前を共有しているその人物とは……ハンターだ！　同じような幻を、アルチョムも経験した記憶がある。旅に出るのを躊躇《ちゅうちょ》していた時、ハンターはアルチョムの夢に現れた。その時は、博覧会駅での黒いコートではなく、輪郭のはっきりしない、雪のように白い衣服を身にまとっていた。

「ええ、知っています」

アルチョムは、これまでとは違う気持ちでハンを見つめ、言った。

「彼は私の夢に突然入ってきた。普段なら、そんなことは誰にも許さんのだが……」

考え込んだ様子で、ハンが言った。

「その人は、お前さんと同じように、私の助けを必要としていた。しかし、命令もしなければ、自分勝手な要求もせず、ただ懇願するのだ。彼は、暗示をかけたり、他人の思考に入り込んで操るようなことはできない。しかし、とても苦しみ、困っていて、お前さんの安全をひたすら願い、助けてくれる仲間を求めていた。それで私はその人物に手を差しだし、肩を貸してやることにした。だからお前さんを迎えに行ったのだよ」

言葉にならない様々な思いが浮かんでは消えた。アルチョムはふつふつとたぎる激しい波に、息が詰まりそうになった。舌が麻痺したかのように、しばらくは言葉を発することすらできなかった。この男は、自分がここに来るのを知っていたというのか？　どんな方法かはわからないが、ハンターが彼に知らせたと？　ハンターは生きているのか、それとも肉体は失われ、魂となって語りかけたとでも？　もしもそうなら、ハンが語った、悪夢のような死後の世界を信じなければならない。狂気がつくりだした、ただの妄想にすぎないと切り捨てられれば、よっぽど楽なのだが……。

それに、ハンは、アルチョムが課せられた任務についても、何かを知っているようだ。彼は〈使命〉と言った。内容を把握してはいないようだが、少なくともその重要性と難しさを理解し、アルチョムに同情して、負担を軽くしようとしてくれている。

「で、お前さんはどこへ行くつもりだ?」

心まで読みとろうというようにアルチョムの目を真っすぐ見つめ、ハンが静かな声でたずねた。

「どこを目指しているのだ? できる限り手助けする。私は、彼に頼まれた」

「地下都市《ポリス》です。僕は、地下都市《ポリス》へ行かなくてはならないんです」アルチョムはため息をついた。

「神から見放されたこの駅から、どうやって地下都市《ポリス》までたどり着くつもりでいるのかね?」

ハンが興味深げに質問した。

「友よ、お前さんは平和通り駅から環状線沿いにクールスカヤ駅か、キエフスカヤ駅に行くべきだった」

「そこはハンザでしょう? 僕は、ハンザには知り合いが一人もいません。通り抜けることすらできないでしょう。それに今さら平和通り駅にはもどれません。このトンネルをもう一度通る自信がありませんから。ツルゲーネフスカヤ駅に出ようと考えています。古い路線図を見ていたら、スレテンスキー・ブリヴァール駅への乗りかえがあるのに気づきました。そこから未完成の線が掘られています。それを使えば、トゥルーブナヤ駅へ出られます」

アルチョムはポケットから端が焦げた路線図をとりだした。

「トゥルーブナヤ(配水管)なんて名前の駅を通るのは、すごく嫌なんですけど、仕方ありません。そして、トゥルーブナヤからは、ツヴェトノイ・ブリヴァール駅への乗りかえ口があります。路線地図で確認しました。そこまで行けば、多分真っすぐ地下都市《ポリス》へ抜けられるはずです」

「いや」

悲しげに頭を横に振り、ハンは口を開いた。

「その経路で地下都市《ポリス》へは行けまい。その路線図は間違っている。こんなことになるずっと前に印刷されたのだろう。結局完成しなかった路線や、何百人もの犠牲者とともに地下に埋もれてしまった駅まで載っている。そんな路線図を信じるのは危険だ。お前さんの持っている路線図は、まるで三歳の子どもと同じ。未知で無垢。それを私によこしなさい」

ハンはそう言って手を伸ばした。

アルチョムは、素直に紙片を手渡した。ハンはそれを丸め、火にくべてしまった。とり返しのつかないことをしたのではという思いがアルチョムの頭をよぎったが、議論する元気は残っていなかった。

「では、道連れのリュックから見つかった路線図を渡してもらおうか」

ハンが言った。ブルボンのリュックをかき回して路線図を見つけだしたが、自分の路線図の悲しい運命を目の当たりにしたアルチョムは、すぐには渡せなかった。路線図が一枚もなくなるのは心もとない。

アルチョムの迷いを察したハンが、静かに言った。

「心配するな。捨てたりはしない。私は不必要なことは何もしない。信じてくれ。私の行動は、常軌を逸しているように見えるかもしれん。しかし、すべて意味があってやっていることなのだ。ただ、お前さんの世界観と理解できる範囲が狭いため、まだわからんのだ。お前は、まだ、旅のほんの始まりにいる。多くのことを理解するには若すぎる」

反論する元気の出ないまま、アルチョムはブルボンの路線図を渡した。ダンボール紙でできた葉書大のその地図を見て、アルチョムは、昔、養父《ちち》のポケットの中で見つけた新年のカードを思いだした。確か、はげた肩章と交換に、ヴィタリクからもらったものだ。カードには、〈二〇〇七年、新年おめでとう!〉ときれいな飾り文字で書かれ、白いモミの木がデザインされていた。すっかり黄色く変色してしまっていたが、よき時代の名残だった。

「なんて重いんだ!」

ハンが、かすれた声で叫んだ。見ると、路線図を受けとったハンの手が、一キロ以上もあるものを支えているかのように、ずしりと下がっている。たった今アルチョムがそれを手にした時には、そんな重量は感じなかった。ごく普通の紙切れだったのに。

「こっちの地図は、お前さんのより、ずっと英知に富んでいる」ハンが言った。

「ここには信じられないほどの知識が詰まっている。お前さんをよく知った人物が持っていたようだ。暗号や書き込みも多くを物語るが、それ以上に……」

ハンの言葉が、ぷつりと途切れた。

アルチョムはハンをじっと見つめた。額に深いしわが刻まれ、目には再び、炎がめらめらと揺れていた。ハンの変わりようにぞっとして、この駅から一刻も早く、何が何でも立ち去りたい気持ちに突き動かされた。やっとの思いで脱出してきた、あの死のトンネルに再度足を踏み入れることになっても。

「これを、よこせ」ハンは、命令口調になっていた。

「他の路線図をやろう。お前さんにはどちらでも同じはずだ。他に欲しいものがあったら、それもくれてやる」

「どうぞ。差し上げます」

アルチョムはあっさりと引き下がった。口の中に詰まり、舌をしびれさせていた賛同の言葉を、やっと吐きだせた。出番を待ち焦がれていたその言葉は、ハンの「よこせ」で一気に外へ流れでた。アルチョムには、まるでそれが自分の口から出た言葉ではなく、他人に強要されたもののように思えた。

ハンがたき火のそばを離れた。顔が一瞬暗闇に消えた。きっと心の葛藤《かっとう》を見られたくないのだろう、とアルチョムは思った。

「いいか、若いの……」

闇の中から、ハンの声が弱々しく聞こえてきた。一瞬前にアルチョムが怖じ気づいた、力強く決意に満ちた声とは、トーンがすっかり変わっている。

「これは路線図ではない。いや、ただの路線図ではない、と言うべきか。メトロの案内書だ。間違いない。能力ある者は、これさえあれば、二日間でメトロ全線をめぐれる。それはこの路線図が……命あるものだから、とでも言うかな……。路線図が、どう進めばよいのかを語り、危険を知らせる。道案内をするわけだ。〝案内書〟と呼ばれるゆえんだ」

ハンは再びたき火に近づいてきた。

「〝案内書〟、それがこれの名前だ。話には聞いたことがあった。メトロ全体で数冊しかない。いや、ひょっとしたら、もうこれしか残っていないかもしれない。過ぎ去りし時代の偉大な魔術師の遺産なのだ」

「それはメトロの一番奥にいるという……」

アルチョムは知ったかぶりをしようとしたが、ハンの顔が暗く曇ったのを見て、口ごもった。

「理解してもいないことを軽々しく口にするのはやめることだ！　メトロの最深部に何があるのか、お前さんは何も知らない。私自身にしても、多くを知っているわけではない。いや、我々は知らぬ方がよいのだ。間違いなく言えるのは、そこは、お前さんがこれまで聞かされてきた話とは、かけ離れているということだ。他人のくだらん思いつきを、もっともらしく繰り返すな。いずれ痛い目にあうことになる。それに、〝案内書〟とは関係ないことだ」

「どちらにしても……」

話を安全な方向にもどすチャンスをうかがいながら、アルチョムは早口で言った。

「この〝案内書〟は持っていてください。どうせ僕には使いこなせません。あなたは命の恩人です。これを差し上げても、まだ恩を返しきれません」

「それもそうだ」眉間のしわが消え、ハンの声が、再び柔らかさをとりもどした。

「お前さんが使いこなすには、まだしばらく時間がかかるだろう。これを私にくれるなら、おあいこだ。お望みなら、私の路線図に〝案内書〟の書き込みを写して、お前さんにやろう。それから……」

ハンは自分の袋をかき回すと、「これもやる」と言って、変わった形の小型懐中電灯をとりだした。

「これは電池不要、エキスパンダーのようになっていて……ほら、グリップが二つあるだろう？　これをぎゅっとにぎると電流が生じ、明かりが灯る仕組みだ。もちろん、ぼんやりした光だが、そんな弱い光でも地下都市《ポリス》の水銀灯より明るく感じる状況だってある。私は何度もこれに救われた。お前さんを救う場面もあるだろう。とっておけ。いや、これでも不公平だな、まだ私の方に借りが残る」

アルチョムにとっては、この物々交換は極めて有利に思えた。〈案内図〉にどんな魔力があろうと、それを感じない自分には、しょせん無用の長物だ。書き込みを調べようと虚しく時間を費やし、結局捨てしまうのが落ちだろう。

「そういうわけだから、お前さんが考えていたコースでは、どこの駅にも行き着かない。先にあるのは、せいぜい底なし沼だ」

地図を大切そうに持ち、ハンは話をもどした。

「そうだ、私のこの路線図をやろう、見比べてごらん」

ハンは、カードカレンダーの裏に印刷された、ちっぽけな路線図を差しだした。

「ツルゲーネフスカヤ駅にはスレテンスキー・ブリヴァール駅への乗りかえ口があると言っていたな？ツルゲーネフスカヤ駅の悪評判を知らないのか？　それに、あそこからキタイ・ゴーロド駅までの長いトンネルのことも？」

「ツルゲーネフスカヤ駅へのトンネルには、一人では絶対に入ってはいけない、安全なのは隊商《キャラバン》を組んで通過する時だけ、という話は聞いています。ですから、ここは隊商《キャラバン》で入り、途中で通路に紛れ込もうかと考えていました。追ってはこないでしょうから」

答えているうちに、アルチョムの頭の中に、ぼんやりとした考えがわき上がり、胸が不安で締めつけられた。何だろう……？

「連絡通路はふさがれている。知らなかったのか？」

そうだ、忘れていた。すっかり頭から飛んでいた。赤軍の連中が、ツルゲーネフスカヤ駅への唯一の出口をふさいだのだ。

「他に出口はないのですか？」

アルチョムは恐る恐るたずねた。

「ない。それに、建設中の路線への連絡通路は、ツルゲーネフスカヤ駅から出ているのではない。それ以前に、もしそこに通路があったとしても、隊商《キャラバン》の列から離れて一人で道をそれる勇気が、お前さんにあるかね？　隊商《キャラバン》を組織している間にも、この魅力的な場所の噂《うわさ》は、どんどん耳に入ってくるぞ？」

「では、どうしたらいいのでしょう？」

アルチョムはがっかりして、ポケット・カレンダーに目を落とした。

「キタイ・ゴーロド駅までは行ける。ただ、ちょっと変わった駅で、風習も独特だ。ここでは、跡形もなく姿を消すということは、まず不可能だ。必ず誰かの目にとどまる。ところが、ツルゲーネフスカヤ駅なら問題ない。知らぬ間にお前さんが姿を消しても、誰も何も気づかない。キタイ・ゴーロド駅から、こう行ってはどうかな」

ハンはそう言って地図を指でなぞった。

「プーシキンスカヤ駅までたったの二駅。ここでチェーホフスカヤ駅に出て、一駅で地下都市《ポリス》だ。お前さんが考えていた道順より、こっちの方が短いだろう」

アルチョムは口をもぞもぞと動かしながら、二つの道順それぞれの所要駅と乗りかえを数えてみた。どう考えても、ハンが提示したコースの方が短く安全そうだ。どうして気づかなかったのだろう？　これでもう迷う必要はない。

「おっしゃる通りです」アルチョムは言った。

「隊商《キャラバン》は頻繁に出ているのですか？」

「頻繁というわけではない。それに、いまいましいことが一つある。我々の小駅を通ってキタイ・ゴーロドへ抜ける場合、つまり、ここから南トンネルへ向かう場合、反対方向から入ってくる必要がある。そこで考えてみろ、我が小駅に、北から入るのが簡単かどうか……」

ハンは、アルチョムがやっとのことで救われた、呪わしい北トンネルを指さした。

「前回、南へ隊商《キャラバン》が出たのは、かなり前になる。だからそろそろ隊員の募集があるかもしれない。人々にたずねてみるがよい。ただ、余計な口はたたくでないぞ。中には、信頼できない悪党どももいるからな……まあいい、バカなことをしないよう、私も一緒に行こう」

リュックを持っていこうとするアルチョムの手を、ハンが制した。

「心配しなくていい。私はここではちょっとした顔でね、私のすみかから盗む奴はいない。お前さんもここにいる限り、私の庇護のもとにある」

アルチョムはリュックをたき火のそばに残したが、新たに自分の宝となった自動小銃だけは手に持ち、大きな歩調でホームの反対側のたき火に向かうハンの後を追った。悪臭を放つボロを身にまとい、憔悴《しょうすい》しきった浮浪者が、二人の姿にとびのくのをアルチョムは驚いて見つめた。自分で言った通り、ハンはここで一目置かれていることは間違いなさそうだ。でも、なぜだろう?

ハンは、すたすたといくつかのたき火の脇を通り過ぎた。その中に、男女二人が体をよせ合って暖をとる、かろうじて燃えている小さなたき火があった。知らない言葉が、さらさらと、散りばめられるようにあたりに響く。アルチョムはこの二人から視線をそらすことができなかった。通り過ぎた後も、首を痛くなるほど傾けて、二人を見つめ続けた。

さらに先には大きな明るいたき火が燃え、それを囲んで人々が集まっていた。大柄の猛者《もさ》たちが手を温めている。突然、極めつきの罵声が飛んできた。アルチョムはびっくりして足を止めた。しかし、ハンは冷静なまま、男たちの輪に近づいて挨拶をし、どっかと火のそばに腰を下ろした。アルチョムも仕方なく、ハンの横に座を占めた。

「……見ると、同じような斑点が手に現れ、脇の下が固くはれてひどく痛むと言うんだ。ちくしょう、ひどいもんだぜ。人の行動は、みな違う。自分を撃つ奴もいれば、おかしくなっちまう奴、道連れにしようと攻撃してくる奴もいる。環状線の外の、へき地のトンネルへ飛び込んでいく奴もいる、他の人に感染させちゃいけないってな。人それぞれだ。で、そいつは、医者に見てもらった。『治る見込みありますか?』とな。医者は正直に言った。『ない』と。斑点が出てしまったら、二週間が限度だと。大隊長は、ホルスターからマカロフ銃をとりだした。奴が暴れだした時の用心だ」

興奮のあまり、とぎれとぎれになりながら、防寒服を着て、ひげを伸ばしたやせぎすの男が、集まった人たちを薄灰色の目で見渡しながら話していた。

アルチョムには、何の話か全く理解できなかった。しかし、場の空気が急激に変わったことはわかった。先ほどまで大声で笑っていた男たちを包んだ痛いばかりの静寂に、アルチョムは思わず身震いした。他の人たちに気づかれないよう、ハンにそっとたずねた。

「何の話なんですか?」

「疫病が……」ハンはため息をついた。

「疫病が発生してしまった」

その言葉には、腐敗の始まった肉体から放たれる悪臭と、火葬の脂ぎった煙、心をかき乱す警鐘とサイレンの叫びがすべて入り交じっていた。

博覧会駅やその周辺では、伝染病が流行したことがなかった。疫病を運ぶネズミはことごとく駆除されたし、数人だが、腕のよい医者もいた。しかし、死にいたる病があるということは、本で読んで知っていた。それは、まだ幼すぎたアルチョムの心に深く残り、空想と恐怖の世界から抜けだすのに、長い時間がかかったものだ。ハンから〈疫病〉という言葉を聞かされて、アルチョムの背筋には冷たい汗が流れ、軽いめまいすら覚えた。アルチョムは、もうそれ以上ハンに質問をぶつけることはせず、防寒服のやせた男の話に集中した。

「でも、ルイージは頭がおかしくなる類の男ではなかった。一分だけ無言で立ちつくし、やがて口を開いた。

『弾丸をくれ。俺は行くよ。みんなといるわけにはいかない』――大隊長は、安心してため息をついたよ。そりゃそうだ、いくら病気に冒されているからって、自分の部下を撃つのは、決して楽しいもんじゃない。俺たちはルイージに、弾倉を二個渡した。みんなで出し合ったんだ。奴は北東のアヴィアモトールナヤ駅のはずれへ向かっていった……そして、それ以降、奴の姿を見た者はいない。大隊長は、発病まで何日かかるかをたずねた。医者いわく、潜伏期間は一週間。接触後一週間何も症状が出なければ、感染していない。大隊長は、駅に出て、一週間様子を見ようと考えた。環状線内に入るわけにはいかない。もし伝染病を持ち込みでもしたら、メトロの住民全滅だからな。で、俺たちは一週間ほどそこにいた。隊の誰が感染しているかわからないから、互いに近づかないようにして。

ところで、隊に〝スタカン（コップ）〟というあだ名の若い奴がいたんだが、──奴はコップ酒が好きでね──みんなは、ルイージといつもつるんでいたスタカンを、ことのほか避けた。スタカンが近づこうものなら、駅の反対側に飛んで逃げる、って具合よ。銃身を向ける奴もいた。あっちへ行け、ってなもんだな。スタカンの水が切れた時は、みんなで分け合ったが、もちろん、手渡すわけじゃない、床に置いてその場を離れるんだ。近づかないようにして。結局、一週間後、奴は姿を消した。いろんな噂《うわさ》が流れた。中には、化け物に連れていかれちまった、なんてでたらめを言う奴もいたが、あそこのトンネルは比較的穏やかだ。俺は、スタカンはきっと自分の体に発疹を見つけて、あるいは脇の下にはれ物ができて、姿を消したんだろうと思っている。奴の他に、俺たちの隊で感染した者はいなかった。その後もしばらく様子を見たし、大隊長が一人一人検査もした。みな大丈夫だった」

大丈夫、という語り手の断言にもかかわらず、彼のまわりからはさっと人がいなくなった。たき火のまわりは狭く、それまではみな、肩をつき合わすようにして座っていたのに。

「おい、兄弟、お前、ここまでどれくらいかかった？」

ずんぐりとしたひげの男が、大きくはないがはっきりとした声で、やせぎすの男にたずねた。

「アヴィアモトールナヤを出てから、三十日になるかな」

男は、不安げに答える。

「そうか、お前に教えてやることがある。アヴィアモトールナヤ駅で、疫病が発生した。わかるか？伝染病だよ！　ハンザはタガンスカヤ駅とクールスカヤ駅を閉鎖した。アヴィアモトールナヤ駅を隔離するためにな。知り合いがハンザにいるんだがね、タガンスカヤにもクールスカヤにも、駅に火炎放射器が待ち受けていて、近づこうものなら、ぶっ放されちまうらしい。消毒だとさ。潜伏期間が一週間の者、それ以上の者、疫病を持ち込む奴は……」

結論を示唆するように声を次第に小さくし、男は、口を閉じた。

「何だって？　おい、俺は大丈夫だぞ！　自分の目で見るがいい！」

やせた男はあわてて立ち上がり、防寒服と、ぞっとするほど汚い下着をはぎとるように脱ぎ始めた。一刻も早くみんなに証明しなければ、とでも言わん勢いで。

その場の空気はさらに緊張を増した。まわりの男たちは、みなたき火の反対側に移った。ひそひそ声がして、遊底をスライドさせる音が聞こえた。アルチョムはもの問いたげにハンを見つめ、自分も銃を肩から外し、万が一に備えて銃を構えようとした。ハンは手で制し、すばやく立ち上がると、アルチョムをうながして、たき火を離れた。十歩ほどで立ち止まり、たき火の方へ目をもどした。

あわただしく服を脱ぐやせた男のせかせかした動きが見えた。たき火の炎を背にした、おかしくなったような踊りを前にして、口をきく者は誰もいない。不吉なまでの静けさ。男は、やっとの思いで下着を体からはぎ、勝ち誇ったように叫んだ。

「ほら、見ろ！　俺は何でもない！　健康そのものだ！　発疹なんてない！　健康だ！」

ベストを着たひげの男が、たき火の中から木片を抜きとり、やせた男の方にそっと近づけ、嫌悪感もあらわに体を観察した。やせぎすの男の皮膚は、汚れて黒ずみ、てかてかと光ってはいたが、発病の兆しは見つからないようだった。ひげの男は、念入りに調べた後で「両手を上げてみろ！」と指図した。

あわれな男は大あわてで両手を上げ、たき火の反対側に固まっている人々に、貧弱な毛が生えた脇の下を見せた。ひげの男は空いている方の手でわざとらしく鼻をつまみ、やせぎすの男の体に近づくと、はれ物がないかじっくり調べた。どうやらここにも、疫病の兆候は現れていないようだ。

「健康だよ、俺は！　これでわかったろう！」

やせぎすの男は、ヒステリックなキイキイ声で叫んだ。

人々は、ひそひそと互いに言葉を交わしていた。悪意に満ちた空気が流れる。やがて、ずんぐりした体の男が、強い押しだしで言い放った。

「今健康でも、それが何なんだ？」

「それが何、って？」

やせた男は、面食らった様子で聞き返した。

「言葉通りさ。感染してても発病しない可能性だってあるんだ。お前には免疫があるのかもしれない。でも、病原菌を運び込んだかもしれないぜ。お前、ルイージとやらとは、仲がよかったのか？　同じ隊にいたのか？　そいつと話をしたり、一つの水筒から水を飲んだりしたのか？　握手は？　握手して挨拶したか？　正直に話してみろ！」

「握手したから何だってんだ?!　俺は病気じゃない……」

男は困惑して言うと言葉を失い、疲れ切った目で周囲の男たちを見回した。

「だが、病原菌を持っていないとは限らないだろう、兄弟。悪いが、リスクは犯せねえ。予防だよ、わかるかい？」

ひげの男はベストのボタンを外した。褐色の皮製ホルスターが見える。たき火の反対側にいた人々は囃《はや》し立てた。遊底がカチャリと鳴る。

「おい、みんな！　俺は病気じゃないって！　健康なんだ！　見てみろ！」

やせた男は、もう一度、両手を上げてみせた。が、一同はあからさまな嫌悪感を顔に浮かべただけだった。

ずんぐりした男がホルスターから拳銃を抜き、ことの成り行きを飲み込めずに、防寒着を胸にぎゅっと押し当てて、自分は健康だとひたすら繰り返す男に照準を定めた。寒さのあまり、男の体は凍てつき始めている様子だった。

アルチョムは耐えられなくなった。遊底を引き、自分が何をしようとしているかわからぬまま、人の群れに一歩近づいた。みぞおちがきゅっとなって喉《のど》が詰まり、何も言葉を発することができなかった。しかし、男の、絶望して空っぽのまなざし、意味なく繰り返すつぶやきに、なぜか突き動かされ、足が前へ出た。

その時、アルチョムの肩をずっしりと重い手が制した。

「やめておけ」

ハンの静かな口調に、アルチョムは凍りついた。決めたはずの心が、もろくも崩れ散っていく。

「お前さんは、奴を救えない。殺されるか、奴らの怒りを一身に背負うか、だ。いずれにせよ、使命を達成し得なくなる。そのことを忘れてはならない」

その時、やせぎすの男が突然飛び上がり、防寒服を固くにぎりしめたまま、一気に線路に駆け下りると、けだもののような奇声を発しながら人とは思えない速さで、南トンネルの真っ暗な入口へ突進した。

ベストの男は、その背中に狙いを定めはしたものの、諦めたように片手を振って銃を下ろした。深追いする必要はない。そのことは、全員がわかっていた。やせぎすの男はどこへ走っていったのか……理解していない者がいるとすれば、恐怖にかられた当の本人だけだ。

呪わしいトンネルの重い静寂を破った男の叫び声と走り去る足音が、数分後に突然途切れた。フェードアウトしたのではなく、スイッチをオフにしたように、一瞬にして音が消えた。残響すら瞬時に失せ、再び静寂が訪れた。おかしな消え方だった。聴力、理性、どちらからもあり得ないことだった。耳は消えた音を追い続け、脳はどこか遠い場所で叫び声がするのではと探した。しかし、それはなかった。

「ジャッカルの群れは、病気の仲間を的確に見分ける」

話し始めたハンの両目には、燃え盛る野生の火が見えた。アルチョムは、思わず後ずさりした。

「病んだ個体は群れの負担になるし、全体の健康を害する危険がある。だから、群れはそいつをかみ殺す。八つ裂きにせねばならない。八・つ・裂・き、だ」

ハンは言葉をかみ締めるように繰り返した。

「でも、僕たちはジャッカルではありませんよ！」

勇気を振り絞って反論しながら、アルチョムは、この男は本当にチンギス・ハンの生まれ変わりかもしれない、と思い始めていた。

「僕たちは、人間です！」

「では、どうしろと言うのだ？　自然淘汰だよ。我々の医療はジャッカルのレベルだからな。ヒューマニズムだって同じようなものだ」

この無法な駅で唯一の庇護者との口論は避けた方がよい、とアルチョムは思った。

ハンは、彼が諦めたと思ったのだろう、別の話題を持ちだした。

「我々の友人たちは、今、伝染病の蔓延とその対策で頭がいっぱいだ。やるなら今だ。うまく言いくるめられるかもしれない。鉄は熱いうちに打たねばならん。のんびりしていては機会を逃がす」

たき火のまわりの男たちは、今の出来事に興奮していた。みな一様に動揺し、我を失っていた。正体不明の恐怖が忍びよっていた。この先の対策を決めようとするのだが、迷路に押し込まれた実験用マウスのように、行き止まりに突き当たっては、あてずっぽうに前へ、後ろへと走り回り、出口を求めてさまよい続けるだけだった。

「友人たちは、パニック寸前だ」

唇の端をニタリと上げ、ハンは楽しげに解説した。

「彼らは、無実の人間をリンチにかけてしまったのでは、と後ろめたさを感じている。そんな行為は、合理的思考には結びつかないからな。今や我々の目の前にいるのは、人の集団ではなく、野獣の群れだ。心理を揺さぶるには、もってこいの精神状態だ！　状況は、この上なくよい！」

ハンの勝ち誇った様子に、アルチョムはまた気分が落ち着かなくなった。ハンは自分を助けようとしているのだと言い聞かせ、笑顔を見せようとしたが、悲しげでうつろな表情にしかならなかった。

「この状況で最も力を持つのは、権威だ。そして、群れは、論理より力の前に屈する。まあ見ていろ、お前さんの旅の再開までに、一日以上はかかるまい」

そう告げると、ハンは大股で歩みよった。

「ここにいてはいけない！」

ハンの声に、男たちは静まり返った。全員、じっとハンの言葉に耳をそばだてている。ハンの声にはまるで催眠術のような力が宿り、この駅がいかに危険な場所かを、聞いている者たちにはっきり感じさせた。アルチョムですら恐怖で心臓が縮まりそうだった。

「奴のせいで、ここの空気は汚染された！　もうちょっと吸い続けたら、間違いなく終わりだ。菌がうようよしているこの駅に、少しでも長居すれば我々は間違いなく感染する。ネズ公みたいにバタバタ死んで、ホームの真ん中で腐っちまうだろう。しかし、どこからも助けは来ない。期待しても無駄だ！　頼れるのは、自分だけ。悪魔の巣となった、細菌だらけのこの駅から、とにかく一刻も早く脱出することだ。我々が力を合わせ、一緒に駅を出るなら、トンネル通過も難しくはないはずだ。さあ、危険が迫っている。一刻の猶予もない。今すぐ脱出せねばならない……！」

男たちは賛成した。彼らのほとんどが、アルチョム同様、ハンの強靭《きょうじん》な説得力に抵抗できなかった。ハンの言葉は、自分自身の考えででもあるかのように、聞く者の脳と心を征服した。脅威、恐怖、パニック、八方ふさがり、そして、〈脱出〉という言葉を聞く度に少しずつふくらんでいくわずかな希望。

「全部で何人になる？」

希望者を数えると、たき火のそばには、ハンとアルチョム以外に、八人の男がいた。

「では、待つ必要はないな！　これで十人、脱出できる！」

ハンは、男たちが我に返る猶予を与えず、宣告した。

「荷造りをして、一時間後には出発だ！　お前さんも荷物をまとめてこい……」

ハンはアルチョムの手を引いて、自分の小さなテントにもどりながらささやいた。

「奴らが我に返らないうちにことを進めなくては。ゆったり構えていたら、あいつらは疑い始める。何でチースティエ・プルディ駅方向に行かなきゃならないのか、ってな。連中のうち何人かは、もともと全く違う方向に行くつもりだったろうし、別にわざわざ駅を出るほどではないと考える住民もいる。私が、お前さんをキタイ・ゴーロド駅に連れていってやる。私がいないと、奴らはトンネルの中で、どこへ何しに行くのかを忘れてしまうだろう」

ハンが防水布をたたみ、たき火を消している間に、アルチョムはブルボンの〈遺品〉から、目ぼしいものを自分のリュックに手早く詰めかえた。荷造りしながら、アルチョムはホームの反対側を横目で観察した。最初はあわてて準備にとりかかっていた男たちの動きが、次第に緩慢になっていった。火のそばに腰を下ろした男、なぜかプラットホームの真ん中へ出向いた男、ひそひそ話をする二人組もいた。アルチョムは、ハンの袖を引っ張った。

「何か話し合っているようです」

忠言のつもりでアルチョムは言った。

「似た者同士はつるむものだ。人間の本質の不可欠な性分」

ハンが答えた。

「たとえ意思が操られていても、催眠にかけられていても、人は〝つるまずに〟いられない。人間は社会的生物だからな、それは仕方ない。他の時なら、私も人間の行動を神の意志とか、進化の結果と考えることもできる。しかし、今、そのような考え方は、役に立たない。若い友よ、私たちは干渉せねばならない。彼らの思考を必要な方向に向け直さねばならない」

大きな旅行用荷物を背中に背負いながら、ハンが結論を述べた。

たき火が消えると、ねっとりとまとわりつくような濃い闇が四方から押しよせてきた。アルチョムはハンにもらった懐中電灯をポケットからとりだし、にぎりしめた。中でカチリと音がして、明かりが点灯した。ふわふわと揺れる光が浮かび上る。

「怖がるな。もっと強くにぎるんだ。そうすれば、もっと明るくなる」

ハンがアルチョムを元気づけた。

二人が男たちのところにもどる頃には、トンネルからのよどんだすき間風が、男たちの脳からハンの言葉の魔力をすっかり吹き払ってしまっていた。まず口を開いたのは、例のベストの男――血気盛んに疫病撲滅を叫んだ、あの男だった。

「おい、聞いてくれ、兄弟」

男は、ぞんざいな調子でハンに話しかけた。

ハンのまわりの空気が張り詰めるのを、アルチョムは肌で感じた。どうやら、その親しげな態度はハンの怒りを買ったようだ。これまでに様々な人に出会ってきたが、怒るハンにだけは遭遇したくない、とアルチョムは思った。ハン以外では、ハンターという恐るべき存在もあるが、常に冷静沈着な彼が怒る姿を想像するのは、できそうになかった。ハンターなら、たとえ人を殺す時にでも、キノコを狩ったり茶を沸かしたりするのと同じ顔、同じ表情を崩さないのだろう。

「相談してみたんだが、思うに……」ずんぐりした男が言葉を続ける。

「ちょっと騒ぎすぎじゃないか？　俺は、キタイ・ゴーロド駅に、別に用はないんだ。この連中も反対している。そうだよな、セミョーヌィチ？」

男は振り返って仲間に同意を求めた。中の一人が、おずおずとうなずいた。

なれなれしい口調で、ベストの男がしゃべりだした。

「俺たちは、騒ぎが起きる前、平和通りへ、ハンザへ向かっていたんだ。しばらく様子を見て、そっちへ行こうと思う。この駅も大丈夫だろう。あの男のものは焼いてしまったし、空気については、あんたの言うことは、ちょっと大げさすぎる。だって、空気感染の病気じゃないだろう？

それに、もし感染しているとしたら、すでに手遅れだし、そうなら、伝染病をメトロ内に広げるようなことは、しちゃならないはずだ。ま、病気は大丈夫だろうがな。だから、兄弟、悪いが俺たちは一緒に行くのをやめとくよ！」

逆襲を食らい、アルチョムは面食らった。そして、ハンにさっと目を走らせると、厄介なことになる、と思った。ハンの目に、再び、オレンジ色の地獄の炎が燃え上がり、体全体から、憎悪と、信じられぬほどのパワーを発していた。アルチョムは、その様子に髪の毛が逆立つのを感じた。

「病気がないのなら、どうしてお前さんは、あの男を殺したんだね？」

わざと声を和らげ、媚びるような調子でハンが聞いた。

「予防のためだよ！」

頰の筋肉を動かし、厚かましくハンを見つめ、ずんぐりが答えた。

「おやおや、友よ、それは医療とは呼べないな。ただの犯罪だよ。お前さんは、何の権利があって、あんなことをしでかしたのかね？」

「友だち呼ばわりするな。俺はお前の犬じゃない！」ベストの男は、いきり立ってハンに食ってかかり、さらに言いつのった。

「何の権利だと？　強者としての権利だ！　知らないのか？　いいか、お前と、その、おっぱいしゃぶりの坊主を切り裂いてもいいんだぜ！　予防のため、にな。どうだ、わかったか?!」

そして、ベストのボタンを外し、再びホルスターに手をかけた。

ハンは、今度はアルチョムを止められなかった。

ベストの男に拳銃を抜く間も与えず、アルチョムが銃を構えたのだ。息が苦しい。心臓の鼓動音が聞こえ、こめかみを血がどくどくと流れるのが感じられた。頭では何も考えられない。わかっていることは、ただ一つ、もしこの男がこれ以上何か言ったら、拳銃のグリップに手をかけたら、すぐに引き金を引くつもりだった。アルチョムは、やせこけた男の二の舞になどなりたくなかった。群れに八つ裂きにされるなんて、真っ平ごめんだ。

ベストの男は、その場に凍りついた。微動だにしない。ただ悔しげに黒い目をぱちぱちさせている。その時、予期していなかったことが起きた。見て見ぬふりをしていたハンが、突如大きく踏みだして、男の真ん前に立ったのだ。ハンは、男の目を真っすぐ見つめ、静かな声で言った。

「お前は私に従うのだ。でなければ、死ぬぞ」

男の目から威嚇的な色が一瞬にして消え、両手はだらりと垂れた。あまりに不自然な変わりようは、アルチョムの銃の力ではなかった。紛れもなく、ハンの言葉が引き起こしたのだった。

「強者の権利などと、二度とほざくな。お前は強者にはほど遠い」

ハンは、それだけ言うと、男の銃をとり上げようともせず、アルチョムのところへもどってきた。

男は、ずっとその場に立ちつくし、驚いたようにあたりをきょろきょろ見回していた。男たちはしんと押し黙って、ハンの次の言葉を待った。全員が完全に、ハンの支配下に入った。

「議論は終わり、合意に達した、ということだな。十五分後に出発する」

ハンはアルチョムを振り返ると、言った。

「アルチョム、お前さんは、彼らを〈人〉と言ったな。そうではない。こいつらはけだものだ。ジャッカルの群れだ。群れは私たちを八つ裂きにしようとした。そうなったかもしれない。しかし、奴らは、一つ忘れていた。あいつらはジャッカルだが、私はオオカミだ。実際、私をそう呼ぶ駅もある」

目の当たりにした出来事に肝をつぶして、アルチョムは口がきけなかった。そして、ハンが何かに似ているのかをようやく思い出せた。

「お前さんも、若きオオカミだ」

一分後、ハンは振り返りもせず、アルチョムに告げた。その声には、思いがけない温かさがあった。

第7章　闇の汗国《ハン》

トンネルはがらんとしていて清潔だった。地面はからりと乾き、心地よい風が顔に当たる。ネズミは一匹も見当たらない。怪しげな分岐線や真っ黒い口を開けたシャフトもない。駅務室だったらしい閉鎖されたドアが、壁際に数か所あるだけだった。このトンネルなら、他のどの駅よりも快適な暮らしができそうにさえ思えた。不自然なほどの静けさと清潔さは、警戒心を起こさせないだけでなく、トンネルに入っているという不安すらかき消してしまう。ここで行方不明になる者がいるというのが作り話に思える。あのやせぎすの男は、本当にここで不幸に見舞われたのだろうか？　すべては、ハンのたき火の前に敷かれた防水布の上で、うとうととした時に見た夢の世界の出来事だったのではないだろうか？

ハンとアルチョムは、隊列の最後を歩いていた。そうしないと、後ろから次々と脱落者が出て、キタイ・ゴーロド駅まで行きつけないだろうというのが、ハンの考えだった。アルチョムの横でゆっくりと歩くハンの顔は穏やかで、何ごともなかったようだ。スハレフスカヤ駅で男たちを圧倒した時、顔に表れた深いしわも、今はすっかり消えていた。嵐は通り過ぎ、凶暴で手だしのできないオオカミから、落ち着き払った賢明なハンにもどっていた。しかし、必要であれば、一瞬で再びオオカミにもどるに違いない、とアルチョムは思った。

メトロの秘密は、すぐに明かされるものではないと悟ったアルチョムは、辛抱できずに質問した。

「このトンネルで起きていることを、あなたはおわかりですか?」

「それは誰にもわからない。私にも」

面倒そうに、ハンは答えた。

「私にも見当がつかない謎はいくつかある。お前さんに言えるのは、ここが底なしということだ。私はここを〝ブラックホール〟と呼んでいる。お前さんは星を見たことがないだろう? 一度見た? では、宇宙について何か知っているかな? 宇宙では、死んだ星は真っ黒な穴になる。輝きが消え、自分の巨大なパワーで自分自身を飲み込む。つまり、地表から内部へ、核へと物質は引き込まれ、どんどん小さく、同時に密度が濃くなっていく。濃くなればなるほどパワーは巨大になる。

このプロセスは決して逆にはもどらない。それどころか、パワーの増加とともに、物質はさらに勢いを増して、このモンスターの心臓部へと引きよせられていく。ある時点まで達すると、ついに隣の星まで食い始める。影響力がおよぶ範囲のものをすべて、そしてしまいには光まで。とてつもない力は、他の太陽の光も飲み込んで、やがてそのまわりに死の黒い空間が生じる。いったん入り込んだら、いかなることがあっても、そこから抜けだすことはできない。冷気と暗黒をまとった闇の星、黒い太陽……」

ハンはそこで言葉を切ると、前を行く男たちの会話に耳をすませた。

「それがトンネルとどう関係あるんですか?」

五分ほどの沈黙の後、アルチョムは待ちくたびれてたずねた。

「私には、予知能力がある。時折、未来や過去をのぞき見たり、意識だけ他の場所へトリップする。ぼんやりとしか把握できないこともある。例えば、お前さんの旅の結末は私には見えないし、お前さんの将来も謎だ。にごった水のように、何も見えない。それと同じく、この場所で起きていることを見抜き、特性を理解しようと思っても、前に広がるのはただの真っ暗闇。思考の光は、このトンネルの完全な暗黒に吸い込まれてもどって来ない。私がここを〝ブラックホール〟と称するのは、そういうわけだ。この場所について話せるのは、それだけだ」

ハンはいったん黙ったが、しばらくして、思いだしたように言葉を加えた。

「だから、私はここに来た」

「トンネルは、全く静かなこともあれば、人々を飲み込むときもある。しかも単独で入り込んだ人を。どうして時によって違うのでしょう？」

「私にもわからない。謎の解明にとり組んで三年になるが、さっぱり理解できない」

彼らの足音を、こだまが遠くへ、遠くへと運ぶ。ここの空気はすんでいて、驚くほど呼吸がしやすい。闇も、恐怖の色が薄い。ハンの言葉は、警戒心を緩めた。不安が薄れてきたアルチョムは、ハンが浮かない様子なのはトンネルの謎と危険を危惧《きぐ》しているからではなく、研究の成果が上がっていないせいだろう、と思った。ハンの不安はこじつけで、こっけいにさえ思える。アルチョムの頭の中で陽気なメロディーが生まれ、自分でも気づかないうちに鼻歌を歌っていたようだ。ハンは、ぱっとアルチョムを見て、からかうように言った。

「楽しいか？　ここは居心地がいいのかな？　静かだし、清潔だし……？」

「ええ！」

アルチョムは嬉しそうに答えた。

ハンに気持ちを読みとってもらって、アルチョムの気分はさらに軽くなった。ハンも、微笑を浮かべている。重苦しい思索にふけるのをやめ、このトンネルを信じて身を任せているようだ。

「目を閉じてごらん……。転ばないように、手を引いてやろう。何か、目に浮かばないか？」

アルチョムの手首をにぎり、ハンは面白そうに話しかけてきた。

「いいえ、何も見えません。懐中電灯の明かりがぼんやり感じられるだけです」

素直に目を閉じたアルチョムは少しがっかりして答えたが、突然、あっ、と声を上げた。

「ほら、どうだ?!」

ハンの満足げな声。

「きれいだろう？」

「すごい！　これは、あの頃の……天井がない、一面青くて……ああ、なんて美しいんだ！　なんて清々しいんだ！」

「友よ、これが〈空〉だ。面白いだろう？　目を閉じてリラックスすると、それが見えるんだよ。説明のつかないことなんだがね。地上に一度も行ったことがない人たちにも見えるらしい。まるで上に出たような気分になるだろう？　平和だった頃の地上の世界に」

「あなたは？　あなたにも見えるんですか？」

目を閉じ、うっとりとしたまま、アルチョムはハンに問いかけた。

「いや……」

ハンの沈んだ声。

「ほとんどの人には見えるようだが、私には見えない。トンネルのまわりの、濃くて、はっきりとした黒い……、私の言っていることがわかるかな？　漆黒が、上から、下から、両脇から押しよせ、ただ一本の細い光の糸がトンネルに沿って走っている。それは、迷路の命綱だ。私は目が見えなくなったのかもしれない。いや、逆に私以外の人たちが盲目なのかもしれない。まあいい、そろそろ目を開けなさい。私は杖じゃない。お前さんの手をキタイ・ゴーロド駅まで引いていく気はない」

ハンはそう言うと、アルチョムの手を離した。

アルチョムは、目を閉じたまま先に進もうとしたが、枕木につまずき、荷物ごとひっくり返りそうになった。仕方なくまぶたを開けたが、しばらくは、間の抜けた笑顔を浮かべたまま、無言で歩き続けた。

「あれは、何だったのですか？」

やっとのことで、アルチョムはたずねた。

「空想。夢想。気分。それがすべて合わさったもの」ハンは答えた。

「しかし、とても気まぐれな現象だ。自分の気分や空想によるものじゃない。今ここには大勢いるし、何も異常はない。しかし、空気はがらりと変わるかもしれない。いずれそれを感じるだろう。おお、見てみろ、ツルゲーネフスカヤ駅に出た！　思ったより早かったな。しかし、ここでゆっくりしているわけにはいかない。休憩もなしだ。みんな恐らく一息入れたがるだろうが、誰もがトンネルを感じとれるわけではない。ほとんどの者は、お前さんの足元にもおよばない。この先はしんどくなるが、先へ進まなければならない」

駅構内に入った。明るい大理石の壁は、平和通り駅やスハレフスカヤ駅とほとんど変わらない。が、他の駅では壁も天井も煤《すす》と汚れにまみれ、元の石がほとんど見えない状態になっているのに比べ、ツルゲーネフスカヤ駅では、見事な色彩がそのまま壁に残されていた。男たちも足を止め、鮮やかな景色に見とれた。この駅が無人になって長い月日が過ぎ、人の足跡や気配は、すでに何も残っていなかったが、水害や火災に見舞われなかった駅の状態は極めて良好だった。

もし、一寸先も見えぬ闇と、床や壁、ベンチにうっすらと積もるほこりがなければ、今すぐにでも、プラットホームに乗客がなだれ込んでくるのでは、心地よい信号音を鳴らしながら列車が滑り込んでくるのでは、という錯覚に陥るほどだ。ここでは、長い間、何も変わらなかった。アルチョムは、養父《ちち》が昔、当惑と畏敬の念を込めて、この駅の話をしていたのを思いだしていた。

ツルゲーネフスカヤ駅に円柱はなかった。大理石の分厚い層でできた壁に、距離を大きくとりながら、低いアーチが削られていた。ハンにもらった懐中電灯には、ホールに広がる暗黒を散らすだけのパワーがなかったため、アーチの向こうまでは明かりが届かず、その奥には何もない、暗黒の闇だけが広がっているように思えた。世界の果ての、ぎりぎりの端にでも立ったような気分だった。

ハンの危惧《きぐ》に反して休憩を願いでる者はおらず、一行はそのまま駅を通過した。男たちは不安を隠せぬ様子で、できるだけ早く人の住む駅へ出なければ、とせいていた。

「気づいたか？　空気の変化に……？」

ハンは指を上に向け、風向きを図るようなしぐさをしてみせた。

「できるだけ急いで前へ進もう。奴らでさえ、この私以上に、肌で何かを感じ始めている。しかし、私の行く手を妨げる何かがある。ちょっと待て……」

ハンは、内ポケットから丁寧に地図をとりだした。彼が〝案内書〟と呼んだ、例の路線図だ。その場を動かぬよう命令を下すと、なぜか明かりを消し、大きく柔らかな足どりで闇の中へ姿を消した。

ハンがいなくなったとたん、前を歩いていた男たちの一人が、ゆっくりと、体が思い通りに動かないかのようにアルチョムの方へ近づいてきた。ひどくおどおどとした態度に、彼が、スハレフスカヤ駅では威勢のよかった、あの、厚かましいひげのずんぐり男だとは、最初はわからなかった。

「おい、若いの。ここに止まっているのは、やばいんじゃないか？　あの人に、俺たちが怖がっていると伝えてくれよ。こっちは大勢だが、それでも何があるか、わかったもんじゃない……トンネルも、この駅も呪われている。今すぐ先へ進むよう、言ってくれ。わかったか？　今すぐにだ。頼むよ」

それだけ言うと、男は視線をそらして男たちの方へもどっていった。

男の言葉はアルチョムを動揺させた。悪い予感が体を走った。彼らの話を聞こうと、男たちに数歩近づいた時、それまで感じていた幸せな気分は微塵に吹き飛び去っていた。

ちっちゃなオーケストラが奏でていた華麗な行進曲が悲しいほど虚しく音をひそめると、聞こえてくるのは目の前のトンネルから吹き抜ける風のうねりの余韻だけだった。アルチョムは押し黙った。不快な、しかし避けられない異常を感じとり、全身が凍りついた。予感はすぐに的中した。次の瞬間、目に見えぬ影が猛烈な勢いで彼らを覆い、冷気と不快で包み込んだのだ。トンネルに入った時に彼らの心を満たしていた安堵と自信は失せた。あれは、自分の気分や喜びではなかったのだ。アルチョムは、状態の変化は自分次第ではない、というハンの言葉を思いだしていた。

まわりを照らしてみる。誰かの存在を感じる。その感触がどんどん大きくなる。ほこりをかぶった白い大理石がぼんやりとした光をアーチに反射させる。その向こうは深黒のベールに覆われ、そこで世界が終わるという確信が、どんどん強くなっていく。アルチョムは、壁のあちこちに必死で電灯の光を向けたが、何の役にも立たなかった。耐えられなくなって、アルチョムは男たちの輪の中へ駆け込んだ。

「こっちへ来い、若造」

誰かが言葉をかけてくれた。男たちも、バッテリーを節約している。

「怖がらなくていい。俺たちは人間だ。こういう時は、力を合わせなきゃ。お前も感じるのか？」

アルチョムは、恐怖のあまり、いつもより饒舌《じょうぜつ》になりながら、男たちに、空気に何か漂っている気がする、と自分の感覚を正直に打ち明けた。話しながらも、ハンはいったいどこへ消えたのか、十分も音沙汰がないのはなぜなのか、そのことばかり考えていた。トンネルの中で一人になるのは禁物だと、ハンはアルチョムに言ったではないか。必ず誰かと行動を共にすること、それだけが救われる道だと。

それなのに、どうして掟に背いて、隊から離れたのだろう？　掟を忘れたわけではあるまい。野生の勘を当てにして行動しているのだろうか？　ハンは、この奇妙な場所を、三年もかけて調べたと言っていた。そして、たった一つの法則を頭にたたき込んでおけ、と。一人でトンネルに入るのは危険だ、決して単独行動をとらないこと。

心配していると、唐突にハンが姿を現した。ほっとした空気が広がった。

「みんなこれ以上ここにいたくないそうです。怖いそうです。早く先へ進みましょう」

アルチョムは必死に頼んだ。

「僕も、何か感じます……」

「彼らは、本当の恐怖を感じてはいない」

ハンは振り返ってアルチョムに告げた。ハンの固くかすれた声が、震えているように思えた。

「お前さんも、まだ恐怖を知らないはずだ。だから余計に空気を乱してはいけない。恐ろしいのは、私の方だ。いいか、覚えておけ。怖いなどと、軽々しく口にするな。私が恐ろしいのは、駅の向こうの闇に足を踏み入れたからだ。〝案内書〟は、私を先に進ませなかった。これを無視していたら確実に死んでいただろう。今、我々は、先へ進んではならない。何かがひそんでいる……暗くて奥深くまでのぞけなかったが、何かが確実に我々を待ち伏せている。見ろ!」

路線図を目の高さに持ち上げ、ハンは説明を続けた。

「見えるか? ここを照らすんだ! ここからキタイ・ゴーロド駅までの区間。何も気づかないのか?」

アルチョムは、路線図に示された小さな区間を、目が痛くなるほど一生懸命見つめた。

しかし、何も見つけることができなかった。アルチョムは、ためらいながら白状した。

「目がないのか? 本当に何も見えないのか?! ここは、真っ黒じゃないか! つまり〈死〉だよ」

ハンはささやくように言い、アルチョムから路線図をとり上げた。

アルチョムは、ハンを恐る恐る見つめた。この人は、やはり正気ではないのかもしれない……。ジェーニカから聞いた、トンネルを一人で歩き回り、生きてもどったものの気がふれてしまったという男の話を思いだした。ハンも、同じなのではないか?

「しかし、もどるわけにもいかない」

ハンは言葉を続けた。

「ここまでは、絶妙のタイミングで来られた。しかし、今はもう、先ほどのトンネルには、闇が逆巻き、嵐が吹き荒れている。唯一我々にできるのは、前へ進むことだけだ。ただし、このトンネルではなく、並行して走るトンネルだ。今ならまだ通り抜けられるかもしれない。おい！」

ハンは男たちに声をかけた。

「お前たちの言う通りだ！　我々は先へ進まねばならない。しかし、このトンネルを通ることはできない。行く手には死が待ち構えている」

「じゃあ、どうやって進むんだ？」

誰かが当惑した声をだした。

「並行して走っている、もう一つのトンネルを進む。その方法しかない。今、すぐにだ！」

「そんな無茶な！」

思いがけないことに、男たちは抵抗した。

「それは列車が反対方向に進むトンネルだ。こっちのトンネルがふさがっているわけじゃなし、縁起が悪い。それこそ死に向かうようなものだ！　他の道へは行かないぞ！」

数人が賛同の声を上げ、一行はその場で立ち往生してしまった。

「何を言ってるんですか？」

アルチョムがハンにたずねた。

「このあたりの言い伝えらしい」

ハンの顔に不満そうなしわが浮かんだ。

「わずらわしい！　連中を説き伏せる時間も、気力も、もう余裕がない。おい、お前たち！」

ハンは再び男たちに呼びかけた。

「私はこちらの道を行く。信じる者は、ついてくるがいい。他の連中とは、ここでおさらばだ。永遠に。出発！」

ハンは、まず、自分のリュックをプラットホームに投げ、両手をついて上によじ登った。

アルチョムはどうしたらよいか、わからなくなった。このトンネルに関するハンの知識、いや、メトロ全体に関する常識を越えた知識を考えると、彼を信じてついていくべきなのはわかっていた。しかし、呪われたトンネルの犯し難い法則、つまり、少ない人数での行動を避けるべし、という掟を破ることになりはしないか？

「どうした？　荷物が重いのか？　ほら、手を出せ！」

ハンは片ひざをついて、プラットホームの上から手を差しだした。

アルチョムは、ハンと目を合わせたくなかった。その目の中にちらつく、ぞっとするような狂気の炎を見るのが怖かった。隊のメンバー全員に背いてトンネルに挑むことの意味を、この人は、わかっているのだろうか？　トンネルの本質を正しく理解し、感じているのだろうか？　彼が示した〝案内書〟の箇所は、黒くなかった。線の他の区間と同じ、あせたオレンジ色だった。目が見えないのは、どっちなんだろう？

「どうした？　何をぐずぐずしている？　遅れは死につながる！　手を！　早く、手をだしなさい！」

ハンは叫び声になっていた。が、アルチョムはわざとゆっくりした動きで、少しずつハンから離れ、男たちの方へ近づいていった。

「若造、俺たちと行こう！　そいつにつき合うことはねえ！　生きていたかったら、こっちへ来い！」

男たちの集団から声が聞こえた。

「バカな！　そいつらと死ぬのか？　生きていくのに飽きたのか？　おい！　使命を思い出せ！」

正面から、ぶつけるようにハンの言葉が飛んできた。

アルチョムは顔を上げ、ハンの見開かれた目を見すえた。そこに狂気の影は微塵もなく、ただ絶望と極度の疲れがあるだけだった。

アルチョムは迷って、足を止めた。その時、誰かの手が肩にかかり、アルチョムをそっと引きよせた。

「行こう！　あんな奴、一人で死ねばいいんだ。あいつは、お前を墓まで道連れにしようとしてるんだ！」

誰かの声が聞こえた。言葉の意味がすぐには飲みこめず、一瞬ためらったが、アルチョムは彼らの方についていくことに決めた。

男たちは、前へ、南トンネルの闇へ進もうとしていた。彼らの動きは驚くほど緩慢で、固い空気を押しているか、水の中でも歩いているようだった。

と、ハンが、身軽にさっと線路にとび降り、男たちがやっと開いた距離をたったの二歩で埋めると、アルチョムをつかんでいた男を殴り倒し、後ろへ放り投げた。アルチョムには、そのすべてが、まるでスローモーションのように、ゆっくりとした動きに見えた。肩越しに見たハンの跳躍も、何秒にも引き伸ばされているようだった。しかし、アルチョムの心には何の感情もわかなかった。肩をつかんで自分を連れていこうとしていた防水ジャケットを着た口ひげ男が地面に倒れるのを、ぼんやりと眺めていた。

時間の流れは、ハンがアルチョムの体をつかんだ瞬間元にもどった。鈍い衝撃音に振り向いた他の男たちの示した反応が、今度は、電光石火の速さに映った。男たちは銃を構えてハンに数歩近づいたが、ハンはすばやく横にとび、呆然としているアルチョムを片手でしっかりつかむと、自分の体が楯になるように、背後に回した。突きだしたハンのもう一方の手には、ブルボンの形見の銃が光を放っていた。

「行け」

ハンのかすれた声が響いた。

「お前たちを殺しても意味がない。どうせ一時間以内に死ぬ。私たちを放っておくのだ。さっさと行け」

ハンは駅の中央へ向かって、じりじりと後ずさりした。呆然と見守る男たちの姿が、闇と溶け合ってぼんやりしたシルエットに変わっていく……。

遠くから騒々しい音がするのは、ハンに殴り倒された男をみんなで起こしているのだろう。それから、彼らは、南トンネルへ去っていった。別行動を決めたらしい。それを見たハンは、銃を下ろし、アルチョムにプラットホームに上るよう、厳しい口調で告げた。

アルチョムが素直に従うと、ハンもその後に続いた。ハンは荷物を持ち、アルチョムを従えて、駅の構内を通り抜け、もう一本のトンネルに向かった。

ツルゲーネフスカヤ駅のホームは比較的小さかった。左側は大理石の壁でふさがれて行き止まりになっており、反対側は、懐中電灯の明かりで見える限りでは、波型の鉄扉で仕切られていた。駅全体が、古くなってやや黄ばんだ大理石でできていたが、三か所ある大きなアーチだけは、野暮な灰色のコンクリートでふさがれていた。

このアーチの先には、チースティエ・プルディ駅（赤軍によってキーロフスカヤ駅と改名されてしまった）との連絡口へつながる階段があった。駅構内は完全に空で、ごみ一つ落ちていない。人の痕跡もなければ、ネズミやゴキブリすらいない。あたりを見回しているうちに、ブルボンの言葉を思いだした。

「ネズミを恐れることはない。恐ろしいのは、ネズミが全く姿を見せないときだ」

アルチョムの肩をがっしりとつかんだまま、ハンは足早にホールを横切った。上着を通して、ハンの手が震えているのを感じる。悪い予感に震えているのだろうか……。


プラットホームの端まで来て、線路にとび降りようと荷物を下ろした時、突然、背後から光に照らされた。しかし、アルチョムは、ハンの反応のすばやさの方に驚いた。一瞬のうちに腹ばいになって、光の方向へ照準を合わせたのだ。光はさほど強くはなかったが、真っすぐ目を射抜き、相手を見分けられない。ハンから若干遅れて、アルチョムも床に倒れこんだ。リュックまではいより、武器をとりだす。かさばる上にあつかいにくい旧式の銃だが、敵の体に七・六二口径の穴をばっちり開ける。こいつを食らって、無事でいられるような奴など、いないはずだ。

「何の用だ？」

ハンの声が聞こえた時、アルチョムは、相手が自分たちを殺す気なら、もうとっくに殺されているだろう、ととっさに考えた。

「撃たないで！　頼む、撃つな……」

闇の中で声が聞こえた。

「明かりを消せ！」

相手が口ごもった瞬間を逃さずハンは叫び、自分の懐中電灯をとり出そうと移動した。

アルチョムは銃を縛っていたワイヤーを、やっと切り離した。銃をにぎったまま床をけり、アーチの一つに身を隠す。これで、謎の男が撃ってきても、一連射でそいつを撃ち殺せる場所を確保できた。

相手が命令に従って明かりを消すと、ハンの声は、少し柔らかくなった。

「よし！　武器を地面に置くんだ！　早く！」

銃を石の床に置く、硬い音が聞こえた。アルチョムは銃をしっかり構えたまま、ホームに出た。ハンの目算は正しかった。十五歩ほど離れた場所に、ハンの懐中電灯の明かりに照らされて、一人の男が両手を上げて立っていた。スハレフスカヤ駅で文句を言ってきた、ベストを着た男だった。

「撃たないでくれ」

震える声で、男が懇願した。

「あんたたちを攻撃する気はない。俺も連れていってもらえないか？　希望者は参加してもよいと言っていただろう？　俺は……俺はあんたを信じる」

男は、ハンに言った。

「右のトンネルには何かあると、俺も感じるんだ。他の連中はみんな行ってしまった。でも、俺は残った。あんたたちと行動させてくれ」

「いい勘だ」

ハンは、探るような目で男を見た。

「しかし、私はお前を信じられない。どうして急に態度を変えたのか、わからんからな」

ハンがあざけるように言った。

「申し出は聞き入れてやろう。ただし、持っている武器をすべてよこすんだ。トンネル内では、私たちの前を行け。悪い冗談はやめておくんだな。痛い目にあうだけだ」

男は、床に転がった自分の銃をけってよこした。そして、予備の実弾《たま》を、自分の横にそっと置いた。

アルチョムは立ち上がると、狙いを定めたままで男へ近づき、実弾《たま》をつかんだ。

「押さえました！」

アルチョムが叫ぶと、

「手を上げたままで、前へ進め」

ハンが命じた。

「早く！　線路に下りるんだ！　そこに立て、背中をこっちに向けて！」

きっちりと三角形の隊形を作る。トゥーズと名乗ったベストの男が五歩ほど前を進み、ハンとアルチョムが後ろに続く。二分ほどは順調に進んだ。と、突然右手、何メートルもの厚さがある壁越しに、耳をつんざく叫び声が聞こえた。そして、すぐにぷつりと消えた。

トゥーズは驚いて後ろの二人を振り向いた。懐中電灯の明かりに照らしだされたトゥーズの恐怖に引きつった顔は、壁越しの叫び声よりもアルチョムをぞっとさせた。

「ああ……」

ハンは首を振って、無言の質問に答えた。

「連中は間違いを犯してしまったようだな。もっとも、我々が正しかったとも、まだ言えないが」

三人は先を急いだ。ハンの顔を見る度、アルチョムはその顔に疲労の色が濃くなっていくのに気づいた。小刻みに震える手。乱れた歩調。顔に浮かぶ大粒の汗。まだそんなに時間がたっていないのに、アルチョムよりハンの方がずっと体力を消耗しているようだった。道連れの体力がどんどん消費されていくのを目の当たりにして、アルチョムはハンの正しさを、彼に救われたのだという思いを、改めて感じた。男たちについていっていたら、今頃、もう一つのトンネルで永遠に行方不明になっていただろう。

男たちは、確か、六人はいたはずだ。少ない人数ではない。法則は、破られたのだ。ハンは、どうやってそれを知ったのか……予知したのか、〝案内書〟が本当に彼に知らせたのか。色のついたただの紙切れに見えるのに、それっぽっちのものが、本当に自分たちを救ってくれたとは、アルチョムには、まだ信じられなかった。ツルゲーネフスカヤ駅とキタイ・ゴーロド駅間のトンネルはオレンジ色にしか見えなかった。しかし、本当はハンが主張するように黒かったのだろうか？

「あれは何だ？」

トゥーズが突然立ち止まり、不安そうな視線をハンに向けた。

「何かいるのか？　後ろに……」

彼の弱った神経を冷やかしてやろうと、アルチョムは疑いの目をトゥーズに投げた。アルチョム自身は、全く何も感じなかった。ツルゲーネフスカヤ駅で重くのしかかってきた抑圧感と危機感も、緩みかけていた。しかし、驚いたことに、ハンは、ジェスチャーで動かぬように二人に命じると、じっと立ち止まって、今来た道を振り向いた。

「すごい感度だ！」

三十秒後、ハンはトゥーズの勘を評価した。

「感動ものだな！　ここから出たら、もっといろいろ話をする必要がありそうだ。お前さんには、何も聞こえないのか？」ハンはアルチョムにたずねた。

「いえ……別に変わったことは……」

もう一度耳をすまして確認してから、アルチョムは正直に答えた。その時、奇妙な感情がわき起こってくるのを感じた。嫉妬だろうか？　怒り？　自分の味方であるハンが、数時間前には二人を殺しかねなかった、この野蛮なひげづら野郎を評価していることが、妬《ねた》ましく思えるのかもしれない。

「変だな。お前さんには、トンネルを聞く資質があると思っていたが。もしかしたら、才能はまだ開花していないのかもしれない。まだ、これからだ。すべて、これからだ」

ハンはそう言い、首を振ると、トゥーズに言った。

「お前の言う通りだ。近づいてきている。先を急がねば、もっと早く」

ハンは耳をそばだてると、オオカミのように鼻で空気をかぐしぐさをして、言った。

「波のように、押しよせてくる。逃げなければ！　波に飲み込まれたら、終わりだ！」

ハンは足早に進み始めた。

アルチョムも後に続いたが、ハンに追いつくには、小走りにならなければならなかった。トゥーズも今はアルチョムと並んで進み、短い足を精いっぱい動かして、重そうに肩で息をしていた。

そのまま十分も進んだが、アルチョムには、なぜこんなに急がねばならないのか相変わらずわからなかった。息が苦しくなり、枕木につまずいたが、後方のトンネルは、空で静か。何も追ってくる気配はない。

しかし、ものの十分もたたないうちに、アルチョムにも〈それ〉がわかった。〈それ〉は確かに彼らの後を追ってきていた。次第に速度を増しながら、何か黒いものが。〈それ〉は疾風、虚空を吹き抜ける黒い疾風だった。三人だけの小さな連隊が〈それ〉に追いつかれたら、駅で別れた六人の男たちや、悪魔の嵐が吹きすさぶトンネルに単独で挑んだ愚か者たちと同じ運命になるだろう。自分たちの置かれている状況が、バックファイアのように脳裏を一瞬で覆いつくし、アルチョムは思わず不安な目をハンに向けた。ハンはその視線をとらえ、アルチョムの考えていることを瞬時に理解した。

「感じるか？　まずいな、すぐ近くまで迫ってきたらしい」

ハンは大きなため息をついた。

「急ぎましょう！　間に合ううちに！」

アルチョムの声はかすれていた。

ハンは、黙って足を速め、大またで、走るように進み始めた。その風貌から先ほどまでの疲労のかげりは消え、目には再び獣じみた激しさが蘇《よみがえ》っていた。ハンについていくには、早足どころか駆け足にしなくては間に合わなかった。しかし、何とか執拗《しつよう》な追跡から逃れられそうだ、と感じ始めた時、トゥーズが枕木につまずいて、地面にひっくり返った。顔と手から、血が流れた。

アルチョムは、ひげの男が転んだことに気づいた。が、ハンとアルチョムは、勢いがついたままさらに十五歩ほど前へ行った。アルチョムの頭に、トゥーズを助け起こしたくない、という思いがよぎった。この足の短いおべっか野郎を、その素晴らしい勘もろとも悪魔の手にゆだねてしまいたい。追いつかれぬうちに、ハンと二人でさっさと先へ進みたい……。

そんなことを思う自分に嫌気がさしたものの、線路に倒れてうめき声を上げるトゥーズに同情する気は起きなかった。アルチョムの心は強い憎しみに支配され、良心のかけらなど微塵に吹き飛んでいた。だから、ハンが急いで後もどりし、勢いよくトゥーズを立たせた時には、軽い落胆さえ覚えた。他人の命を顧みず、人の生死に無頓着なハンのことだ。倒れて遅れた男など、迷いもせず置き去りにして先へ進む——アルチョムはひそかに、そんな図を思い描いていたのだ。

足を引きずるトゥーズを支えるよう、静かだが不服従を許さぬ威圧的な声でアルチョムに命ずると、ハンはもう一方の手で、アルチョムを、トゥーズごと自分の方へぐいと引きよせた。今や、走って逃げるのは、困難を極めた。一歩進むたびに、トゥーズは痛みにうなり、歯ぎしりする。アルチョムの心の中では、この男に対する反感がふくらむ一方だった。長く重い銃が足に当たる。手で押さえようにも、両手ともふさがっていてできない。遅れてしまうという圧迫感は、後ろから迫る黒い空虚に対する恐怖から、憎悪と片意地にも似た感情に変わっていた。

死はすぐそばにある。足を止めれば、一分もたたずに、不気味な黒い疾風に追いつかれ、飲み込まれ、ばらばらに引き裂かれる。自分の存在はあっという間にこの世から消える。不自然に途切れる臨終の叫び声と共に。しかし、そんな思いでさえも、今は、アルチョムを躊躇《ちゅうちょ》させなかった。それどころか、逆に、悪意のスープの中でかき混ぜられ、新たな力へと変わっていくのだ。一歩進むごとに、力が蓄積されていく。一歩、また一歩と……。

突如、〈それ〉が消えた。跡形もなく。同時に危険な予感も消え去った。あまりにあっけなかったので、意識にぽっかりと穴が開いたような感じだった。ちょうど痛みの激しい歯を抜いた後のようだ。さっきまで歯があった穴を舌でまさぐるように後ろの気配を探るが、そこには、すでに脅威はなかった。きれいで乾いた、全く安全なトンネルがあるだけだ。自分で作りだした恐怖や、妄想的な作り話、そして、〈勘〉への執着が、こっけいで不細工に思え、アルチョムは、たまらなくなって声を上げて笑いだした。

そばで立ち止まったトゥーズも、初めは驚いたようにアルチョムの顔を見ていたが、同じように表情を緩めると、最後には笑いだした。ぶすっとした顔で二人を見比べていたハンが、つばを吐き、言った。

「楽しいか？　ここは居心地いいしな？　静かで、きれいで」

そして一人ですたすたと先へ進んだ。トンネルの向こうには、うっすらと光が見える。駅まで残り五十歩ほどの地点にいることを、アルチョムは悟った。

ハンは、駅入口にある鉄製はしごで二人を待っていた。すっかり気が緩んだ二人が残り五十歩の距離を笑いながら駅までたどり着いた時、ハンはタバコを吸い終わるところだった。

今のアルチョムは、片足を引きながら、笑いでぜいぜいするトゥーズに対して好意すら感じ、トンネル内で彼が転んだ時に頭に浮かんだことを、恥ずかしく思った。この上なく寛大な気分になっていたアルチョムは、奇妙な軽蔑の色を浮かべて二人を眺める、疲れきった様子のハンに、少し失望した気分になった。

「ありがとう！」

大きな音を立ててはしごを登り、上にいるハンに手を差しだしながら、トゥーズが言った。

「もしあんた……、あなたがいなければ、俺は終わりだった。あなたは俺を見捨てなかった。ありがとう！　恩は生涯忘れない」

「礼にはおよばない」

ハンは無表情に答えた。

「なぜ助けてくれた？」

トゥーズがたずねた。

「話し相手として、お前に興味があるからだ」

ハンは吸い殻を靴で消すと、肩をすくめた。

「それだけだ」

はしごを上がりかけたところで、アルチョムは、なぜハンが線路沿いに進まず、プラットホームに上がったのかわかった。キタイ・ゴーロド駅の目前で、線路は、人の高さに積み上げられた砂袋に遮断されていたのだ。その向こうにある木製の腰かけには、気難しそうな男たちが、どっかりと座り込んでいた。ボクサー風に短く刈り込まれた頭。すり切れた、ゆったりとしたレザージャンパーの下からのぞく幅広の肩。ユニフォームのような、着古したトレーニングパンツ……。見かけはこっけいなのだが、なぜか愉快な気分になれない。男たちは三人いて、四つ目の腰かけにはカードが置かれていた。カード遊びに興じる男たちの間には隠語が飛び交い、まともな言葉は何一つないほどだった。

駅に入るには、狭い通路と、はしごの先にあるくぐり戸を通らねばならなかったが、見張りの男の巨体が行く手をふさいでいた。アルチョムは、その男をじろりと見た。スキンヘッド、薄いグレーの瞳、少し横に曲がった鼻、つぶれた耳。ベルトに差した重いトカレフ銃が、トレーニングパンツを下に引き下げている。くらくらするほど強い酒臭が、思考を邪魔した。

「何しに来た?」

ハンとアルチョムを足の先から頭の先までなめるように見ながら、男は、しゃがれ声で言った。

「旅行者か? それとも商人か?」

「いや、私たちは商人ではない。放浪者だ。何の荷物も持ってないだろう?」

ハンが説明する。

「何だと? 放浪……浮浪者かぁ?」

でかい男は言葉遊びのつもりか、嬉しそうに大声で笑った。

「聞こえたか、コーリャ、放浪の浮浪者だってよ!」

男は繰り返し、カード遊びをしている仲間たちの方を振り向いた。笑いが広がる。ハンはじっと耐え、表情から笑みを消さない。

牛のような巨漢はのろのろとした動きで、片手を壁にかけ、完全に道をふさいだ。

「ここはな……税関だ。わかるか?」

男は愛想よく言った。

「ここを通るには、税金が必要なんだ。いやなら、トンネルへ逆もどりだ。とっとと失せちまえ!」

「何だって?」

アルチョムは憤慨して、思わず声を荒らげた。それがよくなかった。

抑揚が気に食わなかったのだろう。巨漢は、ハンを押しのけて重い足をどっしりと前にだし、アルチョムの前に立ちはだかった。あごを下げ、なめるようにアルチョムを見る。うつろな憎悪の色を浮かべ、理性のかけらも見当たらない目は、ただのガラス玉のようだ。その視線をやっと受け止め、緊張で目をぱちぱちさせているうちに、アルチョムは男のにごったガラス玉のような目にひそむ謎のもの、男の目を通してこちらを見すえている謎のものに対する恐怖と憎しみが大きくなっていくのを感じていた。

「畜生。お前、今、なんて言った?」

男が声を荒らげる。

男の背は、アルチョムより頭一つ高く、横幅にいたっては三倍はでかかった。アルチョムは、ダビデとゴリアテの伝説を思いだしていた。羊飼いの少年が巨人の兵士を倒す話だ。残念ながら、どっちがどっちだったかは忘れてしまったが、歴史は、小者や弱者の味方だったのは覚えている。それだけでも若干気持ちが明るくなった。

「何でもない!」

自分でも驚くほど勇気のある声で、アルチョムは答えた。

男は、アルチョムの答えが気に入らない様子で、短く太い指をいっぱいに広げると、手のひらをアルチョムの額に置いた。黄ばんだ男の手はがさがさで、タバコと機械油が混じった臭いがした……と思う間もなく、男は、アルチョムを後ろへ小突いた。

さほど力を入れたわけでもなかったのだろうが、アルチョムは一メートル半ほど後ろによろけてトゥーズの足にぶつかり、トゥーズもろとも、もつれるようにぶざまに倒れた。しかし、それを見届けて元の場所にもどろうとした悪党男を、予期せぬことが待っていた。荷物を地面に置いたハンが、アルチョムの銃を構え、両足を広げてすっくと立っていたのだ。はっきり聞こえるようにカチャリと鳴らして安全装置を外し、ハンは口を開いた。地獄から響いてくるように冷酷な声が響いた。

「なぜ殴った?」

たった一言だったが、怒りと恥ずかしさに体を熱くしながら必死に立ち上がろうともがくアルチョムにも、それは、猛烈な反撃をうかがわせる警戒信号に聞こえた。アルチョムはやっとのことで立ち上がり、例の旧式の銃を不作法者に向け、安全装置を外し、遊底を引いた。後は、引き金を引くだけだ。心臓の鼓動は速まり、憎しみが恐怖を超えた。アルチョムはハンにたずねた。

「僕がやってもいいですか?」

アルチョムは、自分を侮辱した人間を、何の迷いもなく殺そうとする自分に驚いていた。照準装置を通して、汗びっしょりのスキンヘッドが見える。引き金を引きたいという衝動は、抑えきれないほど強くなっていた。後がどうなろうと構わない、この悪党を一思いに殺し、己の血の海で洗ってやるまでだ。

「援護してくれ!」

我に返った男が仲間に向かって叫んだ。

税関員たちはいっせいに腰を上げたが、ハンの方が速かった。ハンは巨体の男の腰から拳銃を奪いとると、横っとびに銃口を向けた。

「待て！」

ハンがアルチョムに叫んだ。空気が再び凍りついた。両手を上げたまま微動だにしない大男。悪党どもに照準をぴたりと定めたまま動かぬハン。武器をとりだす間もなく、その場に呆然とする三人の男。

「血を流してはいけない」

重みのある穏やかな声で、ハンがきっぱりと言った。

「ここにはここの掟があるんだ、アルチョム」

三人から視線をそらさずに、ハンが言葉を続けた。男たちは中途半端なポーズのまま固まったように動かない。カラシニコフ銃の威力、至近距離の破壊力をわかっているらしく、ハンに反抗する行動は極力避けようとしていた。

「ここでは、私たちは駅に入るために税金を払わねばならない。額は？」

ハンが聞いた。

「一人当たり実弾《たま》三つ」

男の一人が答えた。

「値切りますか？」

大男の腰のあたりに銃身を向けて、アルチョムがニタリと笑みを浮かべた。

「二つでどうだ」

アルチョムにいまいましそうな視線を投げ、先ほどの男が譲歩した。

「お前が渡せ。それで私への借りもチャラにしてやろう」

ハンがトゥーズに命じた。

トゥーズは、いそいそと自分の荷物の奥に手を入れ、大男に近づくと、彼の手のひらに、先のとがった実弾《たま》を六つのせた。男はすばやく手をぎゅっとにぎり、上着のふくれたポケットにしまった。そして再び両手を上げて、催促するようなまなざしをハンに向けた。

「税金は、これで支払ったろう？」

ハンが問いただすように眉を上げた。

大男はハンの銃から目をそらさず、しかめ面のままうなずいた。

「一件落着だな？」

ハンが確認する。

大男は、押し黙ったままだ。ハンは、銃の弾倉に絶縁テープで縛りつけた予備の弾倉から実弾《たま》を五つとりだして、男のポケットに押し込んだ。実弾《たま》はかちゃかちゃとポケットに落ち、その音で男のしかめ面が少し緩み、元の、ものぐさで人をバカにしたような表情にもどった。

「これは精神的苦痛に対する賠償だ」

大男は、ハンの言葉の意味を理解していないようだった。ただ、金と力を利用しようとするハンの行動は通じたようだ。彼にとってはなじみの行動パターンなのだろう。

「手を下げてもいい」

ハンは男たちから照準を外し、慎重に銃口を上に向けた。

アルチョムもハンの行動に従ったが、スキンヘッドにいつでも照準が合わせられるよう、気は緩めなかった。こいつらは信用できない。だが、心配は無用だった。ほっと両手を下げた大男は、仲間たちに、問題解決だと声をかけ、壁にもたれてわざとらしい無頓着な表情を作り、〝放浪者〟たちを通らせた。前を通る時、アルチョムは思いきって男の顔を正面からにらんだ。しかし、男はアルチョムの挑みかかる視線を無視し、他の方に目を向けた。

通り過ぎた後で、背後に「こわっぱ」と罵る声と、地面にペッとつばを吐く音が聞こえた。アルチョムはかっとなり、思わず振り向きかけたが、ハンが手をつかんで、ぐいと引きよせたので、今は哀れにすら思える巨漢にとびかかりたいという衝動は中断された。実のところ、ここからすぐに立ち去りたいとおびえてもいたので、アルチョムは素直に従った。

黒御影石でできた駅のホームに入った時、後方から巨漢の間伸びした声が聞こえてきた。

「おーい、武器を返してくれえ！」

ハンは立ち止まって、トカレフ銃の弾倉から先端が丸く細長い弾丸を抜きとると、弾倉を元にもどして大男に投げ返した。男は器用に銃を空中で受け止め、とりだした弾丸をハンが床にまき散らすのをぶすっとした顔でにらみながら、慣れたしぐさでそれを腰に差した。

「悪く思うな」ハンはそう言って両手を広げた。

「『予防のため』……、そうだな？」

ハンはトゥーズにウィンクした。

キタイ・ゴーロド駅は、アルチョムが今まで見てきた他の駅とはまるで違った。博覧会駅のような丸天井はなく、広いプラットホームでつながる一つの大きなホールになっていた。両側に線路のスペースがあるが、それが異常な広がりを感じさせ、落ち着かない気持ちになる。建物内は、あちこちにぶら下がった洋梨型の弱い電球で無秩序に照らされており、たき火は一つもなかった。どうやら、ここではたき火は禁止されているらしい。そのかわり、ホームの真ん中では白い水銀灯が輝いて、周囲に惜しみない光を提供していた。アルチョムにとっては奇跡のような光に見えた。しかし、その光に照らしだされている乱雑さは目に余るほどで、せっかくの奇跡の光が台なしになっていた。

「なんて大きな駅なんだ!」

アルチョムは驚きのため息をついた。

「お前さんが見ているのは、まだ半分にすぎない」ハンが言った。

「キタイ・ゴーロド駅は、実際はこの倍ある。ここは、なかなか面白い駅でね……。お前さんも知っているだろうが、ここからいくつかの路線が枝分かれしている。右側にあるのは、タガンスカヤ＝クラスノプレスネンスカヤ線。この路線は、他路線の人間には信じられないような無法地帯なんだが、このキタイ・ゴーロド駅でお前さんの博覧会駅があるオレンジ色のカルジスカヤ＝リジスカヤ線と交わっている。そして、このキタイ・ゴーロド駅は、どの連盟にも所属しておらず、住人たちは全く自由な暮らしをしている。とても興味深い場所だ。私はここを〝バビロン〟と呼んでいる。好きだな、ここが」

駅は、活気に満ちていた。平和通り駅にも似ているが、もっと大規模で、雑然としていた。アルチョムは、平和通り駅の市場でブルボンが言った「もっと立派な場所がある」という言葉を思いだした。

線路に沿ってたくさんの露店がずらりと並び、プラットホームにはテントがすき間なくびっしりと建てられていた。商店風なテント、住居用テント、様々だ。いくつかには《貸しテント》の張り紙があった。旅行者の宿泊用らしい。人ごみをかきわけ、あたりをきょろきょろ見回しながら進むうちに、アルチョムは、右側の線路に灰青色の巨大な列車があるのに気づいた。全車両そろっているわけではなく、三両だけだが。

駅の喧騒は、言葉では言いつくせぬほどだ。まるで、住人の誰もが、一時も口を閉ざさず、常に何かしゃべり、怒鳴り、歌い、議論を交わし、笑い、泣いているようだ。群衆の喧騒を縫うように数か所から音楽が聞こえ、それが地下生活には珍しい祭り気分をかもしだしていた。

博覧会駅にも歌好きの住人はいたが、様子はここと全く違った。駅全体で、ギターは二つほど、時折誰かのテントに仕事帰りの人々が集まって楽しむ程度だ。トンネルの監視所で、休憩時間に演奏を楽しむこともあった。北トンネルからの音に痛いほど耳をすまさなくてもすむ三百メートル地点に限られてはいたが。たき火を囲み、ギターの調べに合わせて、みんなで静かに歌を口ずさむのだ。歌の内容は、アルチョムが知らないことばかりだった。自分には経験のない、奇妙なルールの戦争のことや、地上での生活のこと……。

特に耳に残っているのは、アフガンとかいうところについての歌。海兵隊上がりのアンドレイのお気に入りの歌だった。でも、この歌にしても、アルチョムには、歌詞がよく理解できなかった。戦死した仲間を悼み、敵を憎むということ以外は。しかし、アンドレイがこれを歌うと、聞き手はみな鳥肌が立つほどの感動を覚えるのだった。

アンドレイは、若者たちに、アフガンとはどんな国かを語った。山や峠、濁流となって流れる川、村落、ヘリコプター、棺……。〈国〉というものなら、アルチョムも理解していた。〈国家〉や〈歴史〉について養父《ちち》に、教え込まれたからだ。しかし、山、川、平野などを、具体的にイメージするのは難しかった。そういったものは、昔養父《ちち》が遠征から持ち帰った地理の教科書に載っていた、色あせた写真でしか見たことがない。

歌っているアンドレイ自身も、アフガンに行ったことがあるわけではなかった。そんな歳ではなかった。古参の軍隊仲間の歌を幾度も聞き、アンドレイの持ち歌になっただけだ。

ここでも、博覧会駅と同じ歌が歌われているのだろうか？　いや、違う。博覧会駅では、哀愁を感じさせる歌が多かったが、今、あちこちから聞こえてくるのは、明るく愉快なメロディーだ。一口に音楽と言ってもずいぶん違う。アルチョムは驚きながらそう思った。

ミュージシャンの近くまで来ると、思わず足を止めた。トンネル冒険談を歌う陽気な歌詞よりも、メロディーが面白かった。演奏している二人を興味津々で観察する。一人は脂ぎった長い髪を額の革バンドでとめ、信じられないほどカラフルなボロ布を身にまとって、下手なギターを弾いていた。もう一人は、髪がかなり後退した年配の男だった。絶縁テープで何度も修理された年季の入った眼鏡をかけ、すっかり色のあせたジャケットを着て、見たことのない楽器を吹き鳴らしていた。ハンは、サクソフォーンという楽器だと説明した。

博覧会駅にも、絶縁体で横笛を作る職人がいる。それが、店で売られているのを見たこともあったが、音色を聞いた覚えはない。少しサクソフォーンに似たホルンという楽器もあったが、こちらは、サイレンの調子が悪いときの代用品として利用されていた。

二人のミュージシャンの前にはギターケースが開いて置かれ、中にはすでに結構な数の実弾《たま》が集まっていた。長髪が、面白おかしく大声でこっけいに歌うと、群衆はどっと盛り上がり、拍手が起きた。そして、ケースにじゃらじゃらと実弾《たま》が投げ込まれるのだった。

哀れな男の放浪を歌った曲が終わると、長髪は休憩をとるため壁によりかかったが、ジャケット姿のサクソフォーン吹きは、すぐに別のメロディーを奏で始めた。その曲は、人気があるようで、人々は拍手で歓迎し、さらに数個の実弾《たま》が宙を舞って、ケースのすり切れた赤いビロードに当たった。

ハンとトゥーズは、特にアルチョムをせかす様子もなく、近くの露店のそばで何か話していた。このまま一時間は、数々の初めて聞く歌を楽しめそうだった。

しかし、その時二人のミュージシャンの方に、ふらふらとした足どりで人影が近よってきた。駅の入口にいた男たちと似たような服装の二人組だ。一人が、やおらしゃがみ込んで、ギターケースに集まった実弾《たま》を無造作にすくい、自分の革ジャンパーのポケットに入れ始めた。長髪があわてて止めようとしたが、男は彼の肩を強く小突くと、ギターをとり上げ、それを円柱にたたきつけるように振り上げてみせた。もう一人は、仲間を助けようとしたサクソフォーン吹きを、難なく壁に押しつけている。

二人をかばおうとする者は誰もいなかった。まわりを囲んでいた聴衆の群れは三々五々に散っていき、残った人たちも、露店の商品を見ているふりをしていた。アルチョムは、人々に、そして自分自身にも怒りを覚えたが、口をはさむのはためらわれた。

「今日は、もう、一回、来たじゃないですか！」

小突かれた肩をさすりながら、長髪が哀れな声で訴えた。

「けっ。お前にとって実入りがいいってことは、俺たちにとっても実入りがいい、ってことなんだよ。わかんねえのか？　畜生め！　だいたい、お前、俺に口答えするんじゃねえ！　列車に乗りてえのか？　もしゃもしゃ頭のニワトリ野郎！」

男は怒鳴って、振り回していたギターを脅すように下ろした。

〈列車〉という言葉を聞いて、長髪は黙り込み、大きく首を横に振った。

「やっとわかったか！　ニワトリ野郎！」

大男は節をつけて吐き捨てるように言うと、彼の足元にペッと痰を吐いた。哀れな音楽家は、黙ってじっと耐えていた。それで気がすんだのか、二人の悪党は、次の犠牲者を求めて、その場をゆっくりと去っていった。

どぎまぎしてあたりを見回したアルチョムは、自分のそばにトゥーズが立ち、ことの成り行きをじっと見守っていたことに気づいた。

「あれ、誰ですか？」

困惑したアルチョムは、彼にたずねた。

「誰だと思う？」

トゥーズが、逆に聞いてきた。

「あれが世に言うチンピラさ。キタイ・ゴーロド駅には、秩序も何もない。二つのグループがすべてを牛耳っている。一つは、スラブ系集団。カルジスカヤ＝リジスカヤ線から集まってきた、命知らずの連中だ。たいていカルーガ出身とか、リガ出身と呼ばれているが、カルーガやリガの街とは、何の関係もない。見ろ、あそこに橋があるだろう」

トゥーズが指さす先、プラットホームのほぼ中央の右側に、上へ向かう階段が見えた。

「あの奥に、こことそっくりの、もう一つのホームがある。そっちもここと同じような状態だが、牛耳っているのはコーカサスのイスラム教徒たち——ほとんどはアゼルバイジャン人とチェチェン人だ。以前、二つのグループで抗争があって、半分ずつ権力を分けることで決着したんだ」

アルチョムは〈コーカサス〉が何なのかわからなかった。ただ、この恐ろしく発音しにくい〈チェチェン〉や〈アゼルバイジャン〉と同様、悪行を続ける連中の出身駅の名前だろうと思った。

「今のところ、二つのグループは平穏を保っている」トゥーズは説明を続けた。

「キタイ・ゴーロド駅に立ちよる人たちから税金と称して金を巻き上げるのも同じだ。二つのホームとも、通行料は実弾《たま》三つ。だからどちらの方向から駅に入っても、変わりはない。ここには秩序なんてありゃしない。って言うか、必要ない。たき火はご法度だ。何でも買える、アルコールだって好きなだけ。メトロの半分をぶっ壊せるくらいの武器だって手に入る。売春も大繁盛。俺は勧めないがね」

トゥーズは苦虫をかみつぶしたような顔になり、若かりし頃の苦い経験をぼそぼそつぶやいた。

「あの列車は何ですか？」アルチョムがたずねた。

「列車か？　奴らの基地らしい。間違いをしでかした奴、例えば税金の支払いを拒否したり、借金を返さなかったりした人間は、あそこに引っ張り込まれる。中には牢と拷問室がある。債務不履行者の収容施設だな」

アルチョムは納得してうなずいた。

それにしても、スハレフスカヤ駅で、ハンと初めて茶を飲んだ時から、いったいどれほどの時間が過ぎたのだろう。時計を持たなくなって、アルチョムは時間の感覚を失いかけていた。奇妙な経験に満ちたトンネル行軍は、長時間続いているようでもあり、あっという間のような気もする。トンネルの中にいる時、時間の流れは、駅とは全く違うようにすら思えるのだ。

とにかく腹がすいた。あたりをきょろきょろと見回す。

「串焼き《シャシィルク》だよ！　あつあつの串焼き《シャシィルク》はいらんかね！」

妙な訛《なま》りの売り声が聞こえてきた。少し離れて、濃いひげを生やし、鷲鼻《わしばな》で浅黒い男が叫んでいた。

串焼き《シャシィルク》は知っていた。博覧会駅でも人々の好物だった。もちろん一番人気があったのは、豚肉の串焼き《シャシィルク》。しかし、この商人が振り回している串焼き《シャシィルク》は、これまで見知ったものとは、ずいぶんかけ離れているようだ。よく見ると、煤《すす》で黒ずんだ串に刺されているのは、足を丸めたネズミだった。吐き気がした。

「ネズミは食わんのか？」

気の毒そうにアルチョムに目をやり、トゥーズがたずねた。

「奴らは、別に、豚肉をケチっているわけじゃない。連中の神さまが禁じているんだ。ま、ネズミも、まんざら悪くはないぞ」

トゥーズはそう言って、煙を上げる屋台の方を、待ちきれないというように眺めた。

「俺も昔は嫌いだったが、慣れちまった。硬くて骨っぽいし、臭みが強い。でもあの山賊どもは……」

トゥーズは言葉を切り、再び屋台の方に目をやって言った。

「ネズミを器用に料理しやがる。漬け込んで、柔らかくしたところは、まるで子豚の肉みたいだ。それから特別な調味料をつけて焼く！　値段も、ブタよりずっと安い！」

アルチョムは手のひらで口を押さえ、深呼吸して何か他のことを考えようとした。が、串刺しにされて黒く焦げたネズミの姿が目に焼きついて離れない。

「お前は好きにするがいいさ。俺は食うぞ！　お前も試してみろ。一串、たったの実弾《たま》三つだ！」

そう言い残して、トゥーズは屋台へ向かった。

アルチョムは何かもっとましな食べ物を探しに出かけた。

様々な小瓶に注がれた自造酒を、売人たちがしつこく勧めてくる。裸同然の女たちが、少し持ち上げられたテントの縁から、通行人にまとわりつくような視線を投げてくる。下品だが、自由奔放だ。博覧会駅での厳しい生活に抑圧され、縮こまっている女たちとは全然違う。本屋の前でも足が止まったが、特に興味を引く読み物はなさそうだった。女性向けの恋愛小説と、男向けには殺人と金の本。安っぽい、ポケットサイズのぼろぼろになった本ばかりだ。

プラットホームは、他の駅よりも少し長くて、二百歩ほどあった。壁のデザインも変わっている。アコーディオンを思わせる円柱は、灰色がかった黄色に、ところどころピンク色のアクセントがついた大理石で上張りされていた。線路沿いには、打ちだしの銅版が飾られている。そこに彫り込まれているのは過ぎ去りし時代の象徴であることが、かろうじて判別できた。

キタイ・ゴーロド駅は、全体に保存状態がたいへん悪く、昔の絢爛《けんらん》さの名残が、かえって痛々しかった。天井は焦げて黒く、壁は一面、煤《すす》とペンキで描かれた幼稚で卑猥《ひわい》な落書きで汚されていた。大理石はあちこちが割りとられ、銅版は曲がり、傷だらけだった。

ホームの中央に立つと、広い階段のすき間から、もう一つのホームが見えた。アルチョムはそちらも歩いてみたかったが、平和通り駅と同じ二メートルを超える鉄柵が行く手を阻んだ。

狭い通路の柵をはさんで、数人の男が立ち話をしていた。こちら側には、トレーニングパンツ姿のブルドーザーのような巨漢たち。反対側には、色黒で黒髪のひげの男たち。それほど大柄ではないが、友だちにはなれそうもない、いかめしい顔つきだ。一人は足の間に銃をはさみ、他の男のポケットからは拳銃のグリップがのぞいていた。男たちは穏やかに談笑し、かつて彼らの間に諍《いさか》いがあったとは、全く信じられなかった。彼らはアルチョムに、別のホームへの通行料は実弾《たま》二個分で、もどってくる時も同じ料金がかかると、比較的丁寧な口調で告げた。先ほどの失敗を思いだし、アルチョムはおとなしく料金を支払った。

露店や古物市をぶらぶら見て回るうちに、アルチョムは元の場所へもどった。どうやらホームはここで終わっているらしい。ふと見ると、上に向かう階段があったので、上がってみた。すると、さほど広くない広間に出た。ここも階下と同じような柵で半分に仕切られている。二つの勢力の境界線というわけだ。それよりアルチョムの目を引いたのは、右側に置かれた本物の彫像だった。同じようなものを写真で見た覚えがあるが、全身像ではなく、頭だけが残っている。

それにしても、この頭の巨大なこと！　高さ二メートルは超えている。汚れているし、しょっちゅう触られているらしい鼻は、間抜けにつるつる光っていたが、それでも、えも言われぬ威厳が漂い、恐ろしさすら感じるほどだった。アルチョムは、戦いで頭をなくしたという巨人の伝説を思いだした。その頭が今こうして、銅めっきをかけられて、すべてを見通す神の目から逃れ、地中深く掘られたこの小さなソドムに飾られているのだ。頭は、悲しい表情をしていた。アルチョムは、始め、新約聖書に出てくる洗礼者ヨハネの頭だろうと思った。しかし、大きさからすると、ダビデに倒された巨人ゴリアテかもしれない。あまりにも強かったゴリアテは、最後には頭を切り落とされてしまったのだ。誰かに説明を頼みたかったが、行き交う住人の中に、この頭が誰なのかを知っている者はいないようだった。

きょろきょろしているうちに、アルチョムの目が、今度は素晴らしい場所をとらえた。清潔で気持ちのよい、ダークグリーン色のテントに設けられた、広々とした本物のレストランだ。中に入っていくと、布製の葉をあしらったプラスチックの花が美しくインテリアを彩り、整然と並べられたテーブルの上にはオイルランプが置かれて、心地よい明かりを放っていた。客たちはみな、上品できちんとした身なりをしており、裕福な商人たちのようだった。かりっと焼き上げられた、香ばしい熱い油の香り漂う焼き肉を、丁寧に切り分けては、ゆったりとひとかけらずつ口に運んでいる。小さめの声で、仕事の話だろうか、熱心に論じ合い、たまにアルチョムの方に丁重な好奇のまなざしを向ける。

肝心の食事は……極上だった！　キノコを添えた豚の焼き肉は、柔らかくて、口の中でとろけるようだった。祭日に同じような料理を口にしたことがあるが、比べものにならない。こんなにおいしいものを食べたのは、生まれて初めてだった。

もちろん、それだけの値段はした。予備の弾倉から十五の実弾《たま》すべてをとりだして、太った主人の手のひらに載せた時には、誘惑に屈したという後悔にかられた。しかし、今、腹は満ち足りているし、心も穏やかで、体は温かかった。後悔の念は、すぐに跡形もなく消え失せた。

一杯のライ麦ビールで、ふんわりとほどよい酔いが回る。薄汚れた瓶や缶で出されるにごった自造酒とは、何という違いだろう！　頭がガンガンするだけで酔えたものではない。いや、それ以前に臭いをかいだだけでも具合が悪くなる。実弾《たま》をあと三つ支払わねばならなかったが、この世の欠けた部分を補い、調和をとりもどしてくれる、きらきら輝く一杯の霊薬のためなら、ちっとも惜しくはない。

久しぶりの満足感に浸りながら、アルチョムは、ライ麦ビールを味わった。そして、ゆったりした気分で、ここまでの旅路を思い起こしながら、自分が何を得て、どこへ向かうべきなのかを、じっくり考えた。計画していた道程のうち、一つの区間はこれでクリアした。今、新たな岐路に立ったところだ。

自分自身が、子どもの頃に聞かされた昔話の勇士のように思えた。誰が語ってくれたのかは、もう思いだせないが。スホイだったか、ジェーニカの両親だったか、実の母親だったか……。母が語ってくれたのだと思いたかった。そう思ったとたん、霧の中から懐かしい母の面影が一瞬浮かび、ゆったりとした口調で語りかける声が聞こえる気がした。

「むかし、むかし、あるところに……」

主人公の勇士の前には、今、道が三本延びている。クズネツキー・モスト駅へ、トレチャコフスカヤ駅へ、そしてタガンスカヤ駅へ。しかし、ほんのりと酔いの回る飲み物を堪能している今は、何とも心地よい倦怠感に体がしびれ、何も考えたくなかった。机上でゆらめくランプの小さな炎をゆったりと眺めながら、頭に浮かぶのは、昔話の一節〝真っすぐ進めば命を落とす、左へ進めば馬を失う〟

陶酔感にずっと浸っていたかった。ここまでの旅の疲れを癒やすには、穏やかな時間がまだまだ足りなかった。もうしばらくキタイ・ゴーロド駅にとどまり、状況を見極め、人々に道をたずねよう。ハンと合流して、これから先も行動を共にするのか、ここで別れるのか、そんな相談もしなければならない。

しかし、運命が用意していたのは、アルチョムの計画とは全く違う展開だった。

第8章　第四帝国

喧噪《けんそう》を破って銃声がとどろいた。女性の悲鳴と、ばらばらとまばらな小銃の発射音。太めのレストランの主人は、その体型に似つかわぬ敏しょうさで拳銃を手にすると、カウンターから店の出口へと走った。ライ麦ビールを飲み残したまま、アルチョムは銃の安全装置を外すとリュックを肩に引っかけ、主人の後を追った。前払いにしてしまったことが悔やまれる。勘定を払わずにすんだのに、という思いが頭をよぎった。食事に使った十八個の実弾《たま》は、まさに今役に立つものだったのかもしれないのに。

　階段の上からのぞき込むと、とんでもないことが起きている気配だ。降りて様子を見たいが、そのためにはおびえ、あわてて駆け上がってくる人々の群れに逆行しなくてはならない。アルチョムは、しばし、下へ行くべきか自問自答したが、好奇心を抑えられなかった。

　革ジャンパーを着た男が数人、線路に横たわっていた。プラットホームでは、うつ伏せに女性が倒れ、体から細い筋となって真っ赤な血が流れている。血の海の中で、女はすでに息絶えていた。アルチョムは下を見ないようにして女の死体をまたごうとしたが、血で滑って転びそうになった。あたりはパニック状態で、着の身着のままテントから走りでてきた人々が、おののいた表情であたりをきょろきょろ見回している。ズボンにあわてて足を通そうとしていた男が、突然体を曲げたかと思うと、腹を抱えてゆっ

くりと横向きに倒れこんだ。

どこから銃弾が飛んでくるのか、アルチョムにはわからなかった。銃声はまだ続き、ホームの反対側からは悲鳴を上げる女たちや驚愕《きょうがく》する商人たちを左右に突き飛ばしながら、革製の服を着たずんぐりとした男たちが走ってくる。しかし、それは襲撃をしかけてきた奴らではなく、キタイ・ゴーロド駅のこちら側を仕切る一団だった。プラットホーム上には、殺戮《さつりく》を引き起こしている人間の姿が見当たらない。

攻撃は、トンネルからだった。敵は姿を現すのを恐れているらしい。

状況がはっきりした。これ以上考えている時間はない。こちらが抵抗できないことがわかれば、敵はトンネルから出てくるだろう。一刻も早く、ここから脱出しなくては。アルチョムは銃をしっかりにぎり、周囲に油断なく視線を走らせながら、体を低くして全力疾走した。駅の丸天井が、銃声の轟音《ごうおん》を瞬時に散らしてゆがめてしまうので、どのトンネルから撃ってきているのかつかめない。

アルチョムは、左トンネルの入口に、ぴったりとした迷彩服を着た人影に気づいた。顔が真っ黒に見える。体が一瞬凍りついた。が、すぐに冷静になった。〝黒き者《チョルヌィ》〟だったら、武器を使ったり、服を着ていたりするわけがない。こいつらは、中古の武器屋に必ずあるカラシニコフ47型小銃のおまけ、毛糸のフェイスマスクをかぶっている。

援護に駆けつけたカルーガ人たちが、線路に横たわる死体を楯に、応戦を始めた。列車のフロントガラスがわりに張ってあるベニヤ板を銃尾でたたき壊し、機関銃を固定しているのも見える。重々しい連射音が響き渡った。

目を上げると、ホームの中央に、駅構内案内板が下がっていた。それによれば、攻撃は、トレチャコフスカヤ駅方面のトンネルからのようだ。この線路は途中で遮断されているはずだ。タガンスカヤ駅へ出るには、今まさに戦火の場と化している方向へ駅を迂回せねばならないことになる。残された唯一の道は、クズネツキー・モスト駅方面のみ。

迷うことはなかった。線路にとび降りたアルチョムは、ただ一つ残されたトンネルの入口へと一目散に走った。ハンもトゥーズも、姿が見えない。一瞬見上げた時、ハンの姿があったような気がして足を止めたが、すぐに間違いだとわかった。

同じトンネルに向かったのはアルチョム一人ではなかった。プラットホームに居合わせて生き延びた人たちの大半が、同じ方向へ逃げていた。トンネル内は、叫び声や悪態、ヒステリックな泣き声などがわんわんと響いていた。いたるところで懐中電灯の明かりが錯綜し、壁にはくすぶる松明《たいまつ》のまだらな火影が揺れている。おのおのが自分の行く先を照らそうとしているのだ。

アルチョムも、ハンにもらった懐中電灯をポケットからとりだし、グリップをにぎりしめた。弱々しい光で自分の足元を照らし、つまずかないように注意しながら急ぎ足で進む。逃げ惑う人々をどんどん追い越していく。家族連れ、一人で逃げる女や老人、自分一人のものとは思えない荷物を必死に運ぶ若い男もいた。

トンネルの壁にもたれるようにして、老人が座り込んでいた。心臓のあたりを手でつかみ、苦しそうに顔をゆがませている。そばには、うつろな表情を浮かべた十代らしき少年が立っていた。人間離れした顔つきや、きょろきょろと定まらない視線は、この少年が普通ではないことを示していた。アルチョムは、二人の様子に、はっと胸をつかれた。せく気持ちは強かったが、立ち止まらずにはいられなかった。

自分の前で足を止めた青年に、老人は、辛そうな笑顔を見せ、何か言おうとするのだが、息が切れて言葉にならない。アルチョムは、体を前にかがめて聞きとろうとした。

その時、少年が脅かすようにうなり声を上げげた。野生動物のような黄色い小さな歯をむきだす少年の口から、よだれの糸が垂れている。アルチョムは嫌悪感を抑えきれず、思わず少年を突き飛ばしてしまった。少年は線路にしりもちをついて、悲しげな声を上げげた。

「お若いの……」

老人が、必死で話しかけてきた。

「許してください……。この子は、ワーニェチカは……何もわからないんです……」

アルチョムは、肩をすくめた。老人は、かすれた声で言葉を続ける。

「お願いです……。ニトロ……グリセリンが……カバンの下の方に……一粒だしてはくださらんか……。自分では、できない……」

アルチョムはそばにあった合皮のバッグから、未開封の包みを見つけだし、爪で開けた。転がる薬粒をどうにかつまんで、老人に手渡した。老人は申し訳なさそうな笑みを必死に浮かべ、吐息をついた。

「申し訳……ないんだが……手が言うことを聞かない……口の中に……」

老人は懇願し、再びまぶたを閉じた。

アルチョムは、自分の黒く汚れた手に一瞬躊躇《ちゅうちょ》したが、つるつる転がる薬を老人の口に入れた。男は弱々しく頭を下げ、黙り込んだ。人の群れが次々に通り過ぎ、ブーツと靴の波が延々と続いた。ほとんどは、はきつぶされ、穴がパクパク開いていた。黒い枕木につまずいて倒れる人もいて、そのたびに周囲から罵声が飛んだ。三人に興味を示す者はない。少年は倒れた場所にそのまま座り、うなり声を上げていた。通りすがりの一人が少年を思いきりけったが、アルチョムはよそよそしく、嘲笑さえ浮かべて黙認した。少年はさらに大きなうなり声を上げ、右に左に体を揺らして、こぶしで涙をふいている。

老人が目を開け、深くため息をつくと、ぼそりとつぶやいた。

「ありがとうございました。だいぶよくなりました……。起きるのを手伝っていただけますか？」

アルチョムは小銃を肩にかけ直すと、脇を支え、老人が立ち上がってカバンをとり上げるのを助けた。老人は足を引きずりながら少年の方に歩みよると、立ち上がるように優しくうながした。少年はべそをかいたままうなり声を上げていたが、アルチョムが近よると、歯をむきだし、出っ張った下唇をいっそう突きだした。

「薬を買ったばかりだったんです」

元気をとりもどした老人は、怒りをぶちまけ始めた。

「薬のために、こんな遠くまでわざわざ出かけてきたんですよ。私の駅では手に入らないし、頼める人もいない。最後の薬が旅の途中でつきてしまいました。プーシキンスカヤ駅になかなか入れなくて。今あそこはファシストが仕切っているでしょう？　言語道断です、まったく！　プーシキンスカヤ駅に、ファシストとは！　奴らは駅を改名しようとしているとか……ヒットラー駅だか、シラー駅だか……。シラーについてなど何も知っちゃいないくせに。我々インテリから見れば、と言うことですが。信じられますか？　鉤十字の奴ら、私たちを通そうとしない。それどころか、この子、ワーニェチカをからかうんです。でも、病気のこの子が、まともに受け答えできるわけないでしょう？　心配やら腹が立つやらで私はすっかり具合が悪くなり、そうしたらやっと、通してもらえたんです。

ええと、何の話でしたっけ……？　ああ、そうだ、それで、その時、薬をカバンの奥に隠したんです。連中に見つからないように。無知な連中の質問攻めなど真っ平ですから！　そして、やっとここまでたどり着いてみれば、突然、この銃撃です！　あらん限り走りましたよ。ワーニェチカを引っ張りながらね。この子、先へ進みたがらなくて……。最初は少し苦しくなっただけで、薬の助けを借りんでも、すぐに治まるだろうと思ったんです。薬はとても高価ですから。でも、すぐに無理だとわかり、薬をとりだそうとしたところで倒れてしまいました。

ワーニェチカに、私の具合が悪い時には薬を渡せるよう教えているのですが、どうもうまくいかなくて……。自分の口に入れてしまったり、違うものをとりだして私の口に無理やり突っ込んだり……。でもね、そんな時、私は笑顔でありがとう、と言います。するとね、この子も私に微笑み返すんです。何とも嬉しそうに、うーうーと声をだして。私に何かあったときのことを考えると、胸が痛みます。面倒を見てくれる人は誰もいない、この子はいったい、どうなってしまうのでしょう！」

老人は、とり入るような視線をアルチョムに向けながらしゃべり続けた。アルチョムは、なぜかきまりが悪くなった。老人は精いっぱい急いでいるのだが、どうしても動きが遅く、三人はどんどん追い越されていた。これでは、じき最後尾になってしまう。ワーニェチカは老人の右側で、手をしっかりにぎりしめてひょこひょことついてくる。その顔には、ぼんやりした表情がもどっていた。たまに右手を前に突きだし、あわてて逃げていく人々が落としていったものを指さして、不服そうな声を出す。前に広がる闇を指さして声を出すこともあった。

「すみません、お若い方、お名前は何というのですか？　こうしてお話をしていても、名前も知らずにでは、どうにもきまり悪い。アルチョム？　私はミハイル・ポルフィリェヴィチです。どうぞよろしく。ポルフィリェヴィチ、そう、その通り。父の名がポルフィリィだったのでこういうミドルネームになったわけです。変わった名前でしょう？　ソ連時代には、いろんな人から由来などをたずねられたそうです。あの頃は、もっと別の名前が主流でしたからね。〈ウラジレン〉とか〈スターリン〉とか……。ところで、あなたはどちらの駅のご出身ですか？　博覧会駅？　私とワーニャチカは、バリカードナヤ駅から来ました。私も昔、博覧会駅近辺に住んでいたことがありますよ」

老人は自分の言葉に当惑したように微笑んだ。

「メトロの駅のすぐそばに、高層マンションが建っていたんです。……と言っても、ご存じないでしょうな？　高層マンションなんて。失礼ですが、お年は？　ああ、では、見たこともないですね。とにかく、私はそのマンションに住んでいました。二部屋ありましたよ。結構上の階で、街の中心が一望できる素晴らしい眺めでした。さほど広くない家ですが、とても心地よくて、床はもちろん樫の木のフローリング、台所にはガスコンロがありました。今思いだすと、なんて便利だったのかと思いますよ。ガスコンロ……、でも、当時はね、みんなバカにしていたんです。電気コンロにする家が多くて。私もね、そうしたかったのですが、なかなかお金が貯まらず買えませんでした。

でも、入ってすぐの右側の壁には金の額縁に入れた〈チントレット〉の美しい複写を飾っていました。それから立派なベッド、枕、シーツ。いつも清潔にしてましたよ。大きな机の上に、脚のついたランプを置きましてね。いつも部屋中を、明るく照らしていたものです。しかし、一番すごいのはね、天井まで届く本棚です。父がたくさんの書籍を残してくれましたし、私も相当本を集めました。仕事で必要でしたし、趣味でそろえた本も。

ああ、あなたにこんなことを話しても、きっとつまらんでしょうな、年よりのたわいない思い出話なんか……。でも、私は今でもよく思いだすんです。特に、机と本のことを。最近は、あの最高の寝心地だったベッドも懐かしくて。ここではそうはいきませんから……今では木の堅い棚か、時には、床に直接布切れを敷いて寝ることだってあります。でも、そんなことは本当はどうでもいいんです。肝心なのは、ここです」

老人は自分の胸を指さした。

「肝心なのは、心の中身です。外見ではありません。心を失わないこと。環境などは、二の次なんです。ああ、でもベッドは特に……」

老人は一瞬たりとも口を閉じなかった。アルチョムは興味深く耳を傾けていたが、具体的にはイメージできなかった。高層マンション、広がる景色、上層階まで数秒で上るエレベーター。エスカレーターではないのだ！

ミハイル・ポルフィリェヴィチが深呼吸をしようと一瞬黙った時、アルチョムは話を軌道にもどそうと口を開いた。何が何でも、プーシキンスカヤ駅——いや、すでにヒットラー駅に改名されているかもしれないが——経由でチェーホフスカヤ駅へ抜け、そこから地下都市《ポリス》に出なければならない。

「プーシキンスカヤ駅は、本当にファシストに占領されているのですか？」

アルチョムは質問してみた。

「何ですって？　ファシスト？　ああ、そうです」

老人はため息をついた。

「ええ、ええ、頭を剃《そ》った人たちが、袖に腕章を巻いてね、それはひどいものです。駅の入口、駅のいたる所に、通行禁止の表示がぶら下がってます。赤い輪の中に黒く人の形が描かれていて、斜めに線が引かれている。あまりにもそれが多いので、最初は何かの間違いかと思いました。で、うっかりたずねたんです。そうしたら、なんと、それは彼らの新しい記号でした。〈〝黒き者《チョルヌィ》〟禁止〉。出入りだけでなく、存在すら否定するというわけです。わけのわからないばかげた決まりなんですよ」

〝黒き者《チョルヌィ》〟という言葉を聞いて、アルチョムはびくっとした。恐る恐るたずねてみる。

「〝黒き者《チョルヌィ》〟が、そこにもいるんですか？　プーシキンスカヤ駅にまで入り込んでいるのですか？」

アルチョムの頭の中はパニック状態になっていた。旅に出てまだ一週間もたっていないはずなのに、博覧会駅はすでに奴らの手に落ち、〝黒き者《チョルヌィ》〟はプーシキンスカヤ駅まで触手を伸ばしているというのだろうか？　使命は、果たせずじまいなのか？　間に合わなかった？　いや、そんなはずはない。それなら、何らかの噂《うわさ》が耳に入ったはずだ。でも、まさか？　すべて終わりなのか……？

ミハイル・ポルフィリェヴィチも、ぎょっとした顔になってアルチョムを見ると、そっと一歩脇へよけてたずねた。

「失礼ですが、あなたご自身は、何かイデオロギーをお持ちでしょうか？」

「いえ、特に何も……」

アルチョムは口ごもった。

「それが何か？」

「他民族をどう思われますか？　例えば、コーカサス人とか？」

「なぜコーカサス人のことなんて聞くんですか？」

アルチョムは質問の意味が、よくわからなかった。

「僕は、民族のことはよくわかりません。昔は、フランス人とかドイツ人、アメリカ人とかの諸民族がいたと聞きました。でも恐らく、彼らはもう存在しないんでしょう？　コーカサス人は……正直言うと、まったく知らないんです」

きまり悪そうにアルチョムは答えた。

「ファシストたちは、コーカサス人のことを〝黒き者《チョルヌィ》〟と呼んでいるのです」

ミハイル・ポルフィリェヴィチは、猜疑心《さいぎしん》をあらわにし、アルチョムを値踏みするように見つめながら説明した。

「でも、僕が理解している限り、コーカサス人は、普通の人間でしょう？」

アルチョムは、ますますわけがわからなくなった。

「今日も何人か見かけましたけど」

「そう、まったく普通の人たちです！」

ミハイル・ポルフィリェヴィチは、ほっとしたようだった。

「まったく普通の人たちなんですが、ファシストの野蛮人どもは、彼らが普通ではないと決め、迫害しているのです。非人道的に！　線路上の天井にフックがありましてね、その一つには、人間がぶら下げられているんです。本物の人ですよ！　信じられますか？　ワーニェチカはすっかり興奮して、それを指さしてうなり声を上げました。それが連中の目に止まって、ワーニェチカをいじめ始めた、というわけです」

自分の名前を呼ばれた少年は、振り向いて、どんよりとした目で老人を凝視した。部分的に二人の会話を理解しているようだった。しかし、アルチョムがそう思った時、ワーニェチカはミハイル・ポルフィリェヴィチから視線を外し、再び枕木の方に注意を向けた。

「民族の話が出たついでに申しますと、彼らはナチス・ドイツに対して心服している様子です。イデオロギーをつくり上げたファシストに対して。私の申し上げていること、おわかりになると思いますが」

アルチョムはそれが何を意味するのかわからなかったが、とりあえずうなずいた。無学と思われたくなかったのだ。

「駅のいたる所に、ナチス・ドイツ紋章の鷲、鉤十字が掲げられています。ドイツ語や、ヒットラーの引用も飛び交っています。献身の精神とか、誇り、とか。そして、パレードや行進も盛んに行われています。私が連中に、ワーニェチカをいじめないようお願いしていた時も、プラットホームで人々が行進し、何か歌を歌っていました。精神の偉大さと、死をいとわぬ心を称えた歌です。響きのよいドイツ語を巧みに選んでいましたね。あの言語は、勇猛さを表現するにはもってこいですから。私も少しだけ話しますがね……。ほら、見てください、ここにメモがあります……」

老人は突然足を止め、上着の内ポケットから汚れた帳面をとりだした。

「ちょっと待ってください、すみません。ええと、どこだっけ……？　ああ、あった！」

帳面に丁寧に記された、はねるようなローマ字が黄色い光に、照らし出された。仰々しく縁どりが施され、飾り文字になっている。

Du stirbst. Besitz stirbt.
Die Sippen sterben.
Der einzig lebt – wir wissen es
Der Toten Tatenruhm.

ローマ字なら、駅の図書館で見つけた小学生用の古い教科書で学び、アルチョムも読むことはできた。しかし、こんなところで立ち止まるのは危険極まりない。警戒して後ろを振り向きながら、アルチョムは、自分も帳面を照らした。文字面を追うことはできたが、内容は理解はできない。

「これは何ですか？」

帳面を急いで元のポケットにしまってワーニェチカをその場から動かそうと躍起になるミハイル・ポルフィリェヴィチに、アルチョムはたずねた。ワーニェチカはなぜかその場に踏ん張ったまま、不満そうな声を出していた。

「詩ですよ」老人はなぜか苛立ったような口調で答えた。

「戦死者を悼む詩です。正確には訳せませんが、おおよそこんな内容です。

『君は、死ぬ。君の近しい人たちも、死ぬ。

国土が消える。

この世に残るのは、ただ戦い倒れた君たちの名誉だけ……』

ロシア語では、どうもぱっとしないんですが、それが、ドイツ語なら、こうです！

『デルトーテンタテンルーム！』うーん……鳥肌が立ちますな！」

興奮しすぎた自分が気恥ずかしくなったのか、老人は再び口を閉ざした。


彼らは、しばらくの間、黙ったまま歩いた。移動する人の群れの最後尾になってしまったことが、アルチョムには腹立たしかった。背後で何が起きているのかまったくわからない。その上、トンネルの中で立ち止まり、詩を聞かされる始末だ。しかし、そんな焦りとは無関係に、老人は相変わらず詩を口ずさんでいる。

アルチョムは、突然、ヴィタリクのことを思いだした。昔、ジェーニカと三人で植物園駅に行った、もう一人の親友だ。彼は、その後、南トンネルから駅に入り込もうとした追いはぎどもに殺されてしまった。アルチョムより二つ歳上のヴィタリクは、当時まだ十八歳。安全なはずの南トンネルに配置され、そこで襲われたのだ。あの日は一緒にジェーニカを訪ねる約束をしていた。知り合いの自由商人が仕入れてきた目新しいものを見せてもらうはずだった。しかし、弾丸は、ヴィタリクの頭を貫通した。額には黒い小さな穴が開いただけだったが、後頭部の半分が吹き飛ばされた。即死だった。

「君は、死ぬ」

次にはハンターと養父《ちち》スホイの会話が記憶の底から蘇《よみがえ》ってきた。あの時、養父《ちち》は言った。「もし、何も残らなかったら？」――死んで、何も残らない。おしまいだ。あとには何もない。もちろん、誰かが思いだしてくれることもあるだろうが、それも長くは続かない。

「君の近しい人たちも、死ぬ」――アルチョムは全身の毛が逆立つのを感じた。ミハイル・ポルフィリェヴィチが沈黙を破って口を開いた時は、心底ほっとした。

「もしかしたら、あなたもこっちへ向かわれていたのでは？　え？　プーシキンスカヤ駅？　本当にあの駅に立ちよられるおつもりなのですか？　ええと、素通りではなくて？　アルチョム、それはやめておいた方がいいと思います。私の心からの忠告です。あなたはあの駅がどのような状態なのか、全然おわかりになっていない。それより、私たちとバリカードナヤ駅に行きませんか？　旅は道連れです。ご一緒できると、本当に嬉しいのですがね！」

アルチョムは再びあいまいに首を振り、ぼそぼそと答えを返した。今日、初めて出会った人に、それがたとえ無害そうな老人であったとしても、自分の旅の目的を詳しく話す気にはなれなかった。アルチョムからいい返事がなかったので、ミハイル・ポルフィリェヴィチは、再び黙り込んだ。

長い時間、黙ったまま歩き続けた。後方にも、特に変わった気配は感じられない。気持ちがほっと緩む。しばらく行くと、遠くに灯が見えてきた。最初はぼんやりと、徐々に明るさを増していく。クズネツキー・モスト駅に近づいたのだ。

この駅について何も予備知識がなかったアルチョムは、念のため、銃を下着にくるんで、リュックの奥に突っ込んで隠した。

クズネツキー・モスト駅は居住駅で、プラットホームに出る五十メートルほど前の線路上に、かなりしっかりとした通行検問所があり、サーチライト（必要ないときは消してあった）と、機関銃が配備されていた。機関銃はケースに収められていたが、そのすぐそばに、すり切れた緑色の制服を着たひどく太った男が座り、粗末な皿から、何かを夢中で食べていた。同じような服装の男が、他に二人、不格好な軍用の小銃を肩にかけ、難癖をつけながらトンネルから出てくる人たちの書類を調べていた。ここには、すでに、キタイ・ゴーロド駅から逃げてきた人たちの行列ができていた。アルチョムたちがぐずぐずしているうちに、追い抜いていった人々だ。

駅への通行許可は、もたもたと、いかにもやる気なさそうに進められていた。通過を認められなかった一人の青年が線路脇に呆然と立ちつくし、途方に暮れていた。それでも、しぶとく時折検問所の男に詰めよるのだが、むなしく突き返されて、列の次の人に先を越されていた。ここを通ろうとする人たちは、全員が徹底した身体検査を義務づけられていた。ある男は、申告書にないマカロフ銃を所持していたために列から弾かれ、弁解もむなしく羽交い絞めにされて、どこかへ連行されていった。

アルチョムは、不安でいっぱいになった。ミハイル・ポルフィリェヴィチに自分も武器を隠し持っていることをささやいたが、老人は、安心させるようにうなずいて見せ、謎めいた微笑を浮かべて、万事うまくいくと断言するだけだ。いったい、どうするつもりなんだろう？　わけがわからなかった。

そうこうするうちに列は進み、検査官たちは、今度は、五十歳ぐらいの女性のプラスチック製バッグをひっくり返していた。哀れな女性は、男たちを人でなし呼ばわりし、あんたたちがこの世で生きながらえているのが信じられないと、わめき散らしていた。アルチョムも心の中では、その通りだ、と大賛成だったが、その気持ちを表に出すようなヘマはしなかった。散々バッグをあさった検査官たちは、やがて、してやったりというように口笛を吹き、汚れた下着の山の中からいくつかの手榴弾をとりだすと、女性の方に向き直った。

アルチョムは、女性が何かうまい言い訳をして難を逃れようとするだろうと思った。この〝ブツ〟は、孫が仕事で使う溶接の部品なんだ、とか、これは拾ったもので、然るべき機関に提出するつもりだった、とか。ところが、女性は、数歩後ずさりして罵りの言葉を吐くと、いきなりトンネルの闇の中へ走り去った。機関銃手が皿を脇に置いて、銃に手をかけたが、責任者らしい男がジェスチャーで止めた。機関銃手は、残念、というようにため息をついたが、おとなしく粥《かゆ》の入った皿のところにもどった。ミハイル・ポルフィリェヴィチは審査のためにパスポートをとりだし、さらに一歩前に進んだ。

検査官は、今しがた気の毒な女性のバッグをしつこくかき回したのとは打って変わって、無関心な様子でさっとページをめくっただけで、あっけなく老人とワーニェチカを通してしまった。いよいよアルチョムの番になった。やせぎすのひげの検査官が、アルチョムのパスポートを一ページずつ熱心にチェックし、特に写真と印章の押してあるページは、ことのほか念入りに調べていた。アルチョムと写真を、疑わしそうな相づちを打ちながら少なくとも五回は見比べた。アルチョムは、いかにも害のなさそうな笑みを浮かべ、じっとその場に立っていた。

「なぜ、ソ連時代のパスポートなんだ？」

他に不備も見つからなかったのか、検査官は、厳しい声で難癖をつけてきた。

「現行のパスポートが交付された時、僕はまだ小さかったので……。駅の役所が、ありあわせのもので間に合わせたんです」アルチョムは説明した。

「規定違反だ」ひげの男は顔をしかめた。

「リュックを開けろ」

もし小銃が見つかったら、ここから逃げだすか、銃を没収されるかだ。アルチョムの額に冷や汗が浮き上がってきた。

その時、ミハイル・ポルフィリェヴィチが進みでて、検査官に耳打ちした。

「コンスタンチン・アレクセーヴィチ、この若者は私の知人でして。それはしっかりした好人物なのです。私が保証しますよ」

アルチョムの荷物を開け、手を突っ込みかけたまま、検査官もささやき返した。

「五個だ」

アルチョムがその言葉の意味を理解する間も与えず、ミハイル・ポルフィリェヴィチはポケットから実弾《たま》を一つかみ出して手早く五つ数えると、検査官が肩に提げている狩猟バッグの開いた口に、それをさっと入れた。

しかし、次の瞬間、アルチョムのリュックの中を手探りしていたコンスタンチン・アレクセーヴィチの表情が、さっと変わった。何か見つけたのだろうか……？

アルチョムは心臓が止まりそうになり、とっさに目をつむった。

「十五だ」

落ち着き払った声で、男が言った。

アルチョムは首を縦に振ると、実弾《たま》を十個数え、男のバッグに入れた。検査官は、顔の筋肉をピクリとも動かさずに、脇へ一歩よけた。クズネツキー・モスト駅への通過が認められたようだ。男の辛抱強さに感動さえ覚えながら、アルチョムは前へ進んだ。

アルチョムが差しだす五個の実弾《たま》を、ミハイル・ポルフィリェヴィチは頑として受けとらなかった。自分の受けた恩を思えば、そんなものはとるに足りぬ、と聞く耳を持たない老人との〝小競り合い〟は、たっぷり十五分は続いただろうか。

クズネツキー・モスト駅は、これまで立ちよってきた他の駅と、さほど変わりはないように見えた。同じような大理石の壁、御影石の床。ただ、他よりも高く幅広なアーチが、独特の広々とした雰囲気を出していた。

しかし、他の駅とはまったく違う点が一つだけあった。二本の線路上に、完全な形で列車が残っていたのだ。それは信じられぬほど長く、巨大で、駅全体を占めるかのようだ。色彩豊かなカーテンで覆われた窓からは、あたたかな明かりがもれ、ドアは訪れる人たちを歓迎するように、開け放たれていた。

物心ついてから、アルチョムはこんなものを見たことがなかった。うなりながら疾走する電車、明るい四角の窓がついた列車の記憶は、かすかに残っている。しかし、そんな幼少時代の思い出は、うっすらとした幻のようにはかなかった。詳細に思いだして詳しい記憶をたどろうとすると、つかみどころのない映像は溶けて消えてしまう。指の間を抜ける水のように流れ落ち、目の前には何も残らない。はっきり思い起こすことができるのは、成長してから見た、リジスカヤ駅のトンネル付近で立ち往生して止まっている半分だけの列車や、キタイ・ゴーロド駅、平和通り駅の数車両だけだ。

アルチョムの目は、完全無欠な列車の姿に釘づけになった。車両数を数え始めたが、後ろの車両は、赤い路線への連絡通路があるプラットホームの向こう側の闇まで続いていた。プラットホームの端には、スポットライトを当てられた布製の旗が天井からぶら下がっていた。その下には、丸帽をかぶり、おそろいのグリーンの迷彩服で、自動小銃を構えた兵士が二人、直立不動の姿勢で立っていた。遠目に見た彼らはとても小さく、まるでおもちゃの兵隊のようだった。

母と暮らしていた頃、あんなおもちゃの兵隊を三つ持っていた。一人は隊長。ホルスターからとりだしたちっちゃな拳銃を持ち、後ろを振り向いて何か叫んでいる。多分、隊を率いているのだろう。他の二人の兵隊は、銃を胸に当てて直立。今思えば、あのおもちゃの兵隊たちは、恐らく別々のセットのよせ集めだったのだろう、遊びにくかったのを覚えている。隊長は隊を戦場へと駆り立てているのに、部下二人は、気をつけの姿勢で立っているだけなのだ。戦いのことなどお構いなしといった表情で。アルチョムは、なぜか、このおもちゃの兵隊のことをよく覚えていた。母の顔は、思い出せないのに……。

クズネツキー・モスト駅は、標準的なレベルで維持されていた。明かりは、博覧会駅と同じ非常灯で、天井伝いには不細工な鉄の骨組みが延びている。ずっと昔、プラットホームを照らす照明器具がぶら下がっていた名残だろう。列車を除けば、これといって目をひくものは何もなかった。

「メトロには美しい駅が数多くあると聞いていましたが、僕が見る限り、全部似たりよったりです」

アルチョムはがっかりして、ミハイル・ポルフィリェヴィチに感想を打ち明けた。

「何をおっしゃいますか！　中には信じられぬほど見事な駅もありますよ！　環状線のコムソモールスカヤ駅など、まさに宮殿です！」

老人はむきになっていった。

「大きな天井画があるんです。レーニンとか、くだらない題材ではありますがね……おっと失言！」

老人はさっと口をつぐみ、それからひそひそ声になって続けた。

「この駅には、ソコリニキ線から入り込んだスパイがうようよしています。赤い路線のことです、すみません、つい古い名称が出てきてしまって。ですので、ここでは大きい声では話せません。この駅の指導部は独立路線を貫いていますが、〈赤〉とのもめ事は、避けたいはずでしょうから。もし、〈赤〉連中が身柄を要求してきたら、即座に突き出されてしまいます。――死刑要求なんて、なおのことです」

聞きとれぬほどの声で老人はつけ足し、用心深そうに周囲を見回した。

「休む場所を、早く見つけましょう！　正直申しますと、私は疲れ果てました。あなたも、立っているのがやっと、とお見受けします。今夜はここに泊まり、明日、先へ進むことにしましょう」

アルチョムはうなずいた。今日は、長い一日だった。体を休めることが、とにかく先決だ。

羨望のまなざしを列車に向けたまま、アルチョムは足早に歩くミハイル・ポルフィリェヴィチの後に続いた。車両の中から楽しげな笑い声や話し声が聞こえる。扉の前には、一日の仕事を終えた疲れ顔の男たちが、タバコをくゆらせながら今日の出来事を和やかに語り合っている。テーブルを囲んだ老人たちは、もつれた電線にぶら下がる小さなランプの明かりで茶を飲み、子どもたちはふざけ合っていた。

アルチョムには、なじみのない光景だった。常に緊張を強いられていた博覧会駅では、人々はいつも万事に備えていたのだ。気の合う仲間同士で誰かのテントに集うことはあったが、ここでは、ドアを開け放したまま、すべて丸見えの状態で、誰もが簡単に行き来でき、いたる所で子どもが走り回っている。

こんなに平和な駅があるなんて、考えたこともなかった。

「ここの人たちは、何で生計を立てているのですか?」

老人を追い越し、アルチョムは聞いた。

「おや。ご存じないのですか? 本当に?」

ミハイル・ポルフィリェヴィチは軽く驚いた様子だった。

「ここはクズネツキー・モストですぞ! メトロ最高の技術が結集され、大きな工房もある駅です。ソコリニキ路線や、環状線からだって、修理を必要とするものがあれば、みんなここへ集まってくるんです。繁栄の極みですな……。ああ、ここに住めたら!」

老人は夢見心地にため息をついた。

「しかし、それは容易ではないことで……」

自分たちも、ひょっとしたら車両内のソファーで一晩眠れるのでは、とアルチョムはひそかに思っていたのだが、その期待は外れた。ホームの中央付近に、博覧会駅で住居用に使われているのと同じような大きめのテントがいくつか並んでおり、その一つに《ホテル》と看板が掲げられていた。前には、逃げてきた人たちの長い行列。しかし、ミハイル・ポルフィリェヴィチはホテルの支配人らしき男を脇へ呼ぶと、何やら話しだした。

「コンスタンチン・アレクセーヴィチが……」

すると、問題は即座に解決した。魔法のように鮮やかな手並みだった。

「私たちは、こちらへ」

ミハイル・ポルフィリェヴィチの手招きに、ワーニェチカは嬉しそうな声を上げた。

ホテルでは、無料の茶も出た。床に敷かれたマットはとても柔らかく、一度横になったらもう二度と起き上がりたくなかった。マットに半身を起こして熱い飲み物を吹き冷ましながら、アルチョムが耳を傾けたのは、茶などそっちのけで目をきらきらさせて語る老人の話だった。

「赤の連中の権力は、路線全体におよんでいるわけではありません。それは、公然の事実です。連中自身は当然認めませんがね。大学駅は勢力圏外ですし、それより向こう側の駅は、全部違います。ええ、ええ、赤い路線はスポルチーヴナヤ駅止まりなんですよ！　スポルチーヴナヤ駅から次の駅まではとても長い区間で、以前はそこにはレーニンが丘駅がありました。確か改名されて……私にはどうも、古い名称の方がしっくりきます。それで、レーニンが丘駅を越すと、線路が地上に出ます。大きな鉄橋がありましたが、あるとき爆発で崩れてしまいましてね、完全に川に落ちてしまいました。そんなわけで、大学駅とは音信不通になってしまったのです」

アルチョムはごくりとつばを飲んだ。赤い路線の南西の外れ、途絶えた線路の向こう側で、どんな不思議なことや、あり得ないようなことが起きたか考えると、胸がざわざわするのを感じた。ワーニェチカはしきりに爪をかみ、時折、その成果を確認するように自分の指を眺めては、また同じことを繰り返していた。この子が一人でおとなしく遊んでいてくれるのがありがたかった。アルチョムは感謝のまなざしをワーニェチカに向けた。

「我々が住んでいたバリカードナヤ駅には、小さなサークルがありまして」

照れたような笑顔を浮かべ、ミハイル・ポルフィリェヴィチが話の続きを始めた。

「1905年通り駅にもメンバーがいるんですが。たまに、夜に集会を開くのですね。プーシキンスカヤ駅からは、思想が違う人々はすべて追いだされ、それでアントン・ペトロヴィチも私たちのところにやって来ました。なに、大げさなサークルではありません、文学の会です。ま、政治についても、たまには話しますが……。もっとも、バリカードナヤ駅でも、教養のある人間はあまり好まれていません。低俗なインテリ階層とか、スパイだとか、言いがかりをつけられます。ですから、私たちも、こっそりと活動しているわけです。

で、ヤコフ・イオシフォヴィチは、大学駅は滅びていない、と言うのです。トンネルを封鎖した向こう側にも、まだ、人が住んでいる、と。それもただの人ではありません。大学駅には、以前、モスクワ国立大学が隣接していました。駅名もそこからとったのです。それで、彼は、教授陣と学生の一部が逃げのびていると言うのです。大学の地下には、スターリン時代に建設された巨大な防空壕がありました。私の知る限り、それは、特別な通路で地下鉄に接続されているのです。

つまり、そこでは知識階級の組織がある、と……。噂《うわさ》の域を出ないと私は見ているんですがね。教養ある人々が政権をにぎり、大学の学長が三つの駅と避難所すべてを統括、さらにそれぞれの駅は、一定の期間選出される学部長がリーダーとなっている。そこでは学問も足踏みしてなどいません。何しろ学生、大学院生、大学教授の集団ですから！　文化の灯も消えていない、書きとどめられ、我々の遺産は未来へ引き継がれるのです！　アントン・ペトロヴィチが、知人の技師からこっそり聞いた話だと、地上に出る手段も見つけたとか！　特別な防護服を発案したと。このメトロ内にも、彼らの偵察員が姿を見せることがあるらしいのです。どうです？　ちょっと信じられない話だと思いませんか？」

ミハイル・ポルフィリェヴィチは質問以上の何かを問いかけるようにアルチョムの目を真っすぐ見つめた。アルチョムは、老人の視線になえかけた希望を見てとり、咳払いをすると励ますように言った。

「どうしてですか？　現実味のある話ではないですか！　地下都市《ポリス》だって存在するのですから。聞いた話では、そこでも……」

「ええ、地下都市《ポリス》は素晴らしい場所です……でも、どうやってそこへたどり着くと言うのです？　しかも、院の決定で政権は再び軍人に移ったと聞いています。」

「何の院ですか？」

「何の、ですって？　地下都市《ポリス》はもっとも権威ある人々によって形成された院が統治しています。権威ある人々というのは、司書か軍人しかいません。図書館駅についてはあなたもご存じでしょうから、説明する必要はないでしょう。地下都市《ポリス》へのもう一つの入口は、私が知る限り、かつて国防省だった建物の中にありました。中でなくても、少なくとも近くにあって、将校の一団が避難したという噂《うわさ》です。最初は軍人が政権をにぎりました。地下都市《ポリス》は、かなり長い期間、軍事政権下にあったのです。しかし、何らかの理由で、住民たちは彼らの統治が嫌になった。秩序が乱れ、流血騒ぎも絶えず……でもそれはかなり昔で、赤軍との戦争以前の話です。軍事政権は民意に歩みよる姿勢をとり、その時に結成されたのが院です。要するに、院とは、もともと二つの派閥だったものなのです。司書と軍人です。奇妙なとり合わせですがね、確かに。軍人連中は、過去に司書などという人種と行動を共にしたことはなかったでしょう。こんなことになるまでは。

現在も二つの派閥は常にいがみ合っているようです。司書陣営が優勢になる時もあれば、軍人が上に立つことも。赤軍との戦争中は、文化よりも防衛重視だったので、軍人連中が優位に立っていました。しかし、平和な時代には、影響力は司書にもどってきます。そんな振り子のような状態が、ずっと続いているので、最近は、また、軍人たちが立場を強めたと聞いていますが。戒厳令だとか、その他もろもろ。〈暮らしの楽しみ〉と言ったところですな」

ミハイル・ポルフィリェヴィチは静かに微笑んだ。

「地下都市《ポリス》に入るは、おとぎ話の『エメラルドの街』に入る以上に難しいのが現状です。私たちは、大学駅とその周辺の駅を『エメラルドの街』と冗談で呼んでいるんですよ……。地下都市《ポリス》に行くには、赤い路線かハンザを通らねばなりませんが、それはおわかりのように、困難極まりない道程です。以前はプーシキンスカヤ駅経由でチェーホフスカヤ駅に抜け、地下都市《ポリス》のボロヴィツカヤ駅まで一区間でした。あまり好ましい経路ではありませんが、もうちょっと若かった頃は、私も何度か利用しました」

〈好ましくない〉という表現に興味を惹かれたアルチョムは、さらに老人に話をせがんだ。

「トンネルの中央付近に、焼け焦げた列車の車両が放置されているんです。ずいぶん行っていませんから、今どういう状況かは知りませんが、あの頃は、焼け死んだ人々の遺体が座席に残っていました。凄惨な光景です。なぜそんなことになったのか、知人にあれこれ聞いてみましたが、誰もはっきりと答えられませんでした。

この列車を通り抜けるのがたいへんで、でも、横は通り抜けられないんです。トンネルが崩れていて、列車が土で埋まっているからです。おまけに車両内で、いろいろとよくないことが起きまして……いや、お話ししたものかどうか。私は、元来無神論者でして、ばかげた現象は信じません。ですから、すべてネズミのせいだと考えています。でも、確信は持てません」

アルチョムは、トンネルで聞いた音を思いだした。苦い記憶が蘇《よみがえ》ってきて、重く胸を締めつけた。耐え切れなくなったアルチョムは、隊商《キャラバン》で起きたこと、ブルボンのこと、それについてのハンの解説など、ミハイル・ポルフィリェヴィチにすべてを話した。

「何をおっしゃいますか！　全部でたらめです！」

眉根をしかめて、ミハイル・ポルフィリェヴィチは手を振った。

「そういう話を聞いたことはあります。ヤコフ・イオシフォヴィチのことを、お話ししましたよね？物理専門の彼の説明によると、精神失調状態は、聴覚が捕らえられない超低周波音の作用で引き起こされることがあるそうです。確か、七ヘルツぐらいだったと記憶しています。しかし、音というのは例えば地殻変動などの自然現象においても発生する。私もそれほど熱心に話を聞いたわけではありませんが。死者の魂ですって？　排水管の中に？　よしてくださいよ」

ミハイル・ポルフィリェヴィチは、なかなか面白い人物だった。彼が語ることはすべて初耳だったし、メトロを見る目も、これまで出会ってきた他の人とは違っていた。常に心は地上に向けられ、地下生活にはどうしてもなじめぬ様子だ。スホイとハンターの議論を思いだして、アルチョムは、たずねてみた。

「私たち人類は……地上へもどれると思いますか？　生き延びて、地上に帰れると思いますか？」

その質問は老人を刃物で切り裂いたようで、アルチョムはすぐに後悔した。ミハイル・ポルフィリェヴィチの顔がさっとゆがみ、低い、精彩のない声で答えた。

「それはないでしょう。ないと思う……」

「でも、他の都市にも地下鉄は走っていたと聞きました。ペテルブルグ、ミンスク、ノヴゴロドでも」

自分自身には何の意味も持たない抜け殻のような都市名を、アルチョムは並べてみた。

「ペテルブルグ、ああ、美しい街だった！」

質問には答えず、ミハイル・ポルフィリェヴィチは大きなため息をついた。

「ご存じですか、イサーキエフスキー寺院を！　旧海軍省の尖塔。夜のネフスキー大通りを行き交う人々、ざわめき、笑い声。アイスクリームを手にした子どもたち、ほっそりとしたご婦人たち。どこからか流れてくる音楽の調べ。特に、夏のすばらしさは格別でした。太陽、雲一つない紺碧《こんぺき》の空。夏の好天はまれでね、でもそれに恵まれた日の清々しさといったら！　胸いっぱい深呼吸したくなる……」

老人の目はアルチョムに向けられているのだが、視線はずっと遠く、幻のはるかな世界、夜明け前のもやに浮かび上がった、半透明で勇壮な建物のシルエットを見つめているようだった。振り向くと、すぐそこに息を呑む壮大な景色が広がっているような気がした。老人は、ふうとため息をついて、口を閉ざした。彼の思い出の世界に踏み込むのがためらわれた。

「確かに、モスクワ以外にも地下鉄はありました。もしかしたら、ここ以外にも助かった人たちがいるのかもしれない。でも、考えてみてください！」

ミハイル・ポルフィリェヴィチは、折れ曲がった指を上に向けた。

「もう何年も過ぎましたが、相変わらずです。何の音沙汰もない！　こんなに長い間、探し続けて見つからないなんてことはありませんでしょう？　あり得ない……」

がっくりと肩を落とし、繰り返した。

「あり得ない」

たっぷり五分の沈黙の後に、独り言のように老人はつぶやいた。

「ああ、あんなにも素晴らしい世界を、我々は壊してしまった」

テント内に、重い静けさが広がった。二人の話し声を子守唄に、ワーニェチカはすでに寝入っていた。口をかすかに開け、軽くいびきをかき、たまに犬のように鼻を鳴らしている。ミハイル・ポルフィリェヴィチはそれきり黙ったままだ。アルチョムは老人がまだ眠っていないとわかっていたが、これ以上彼の心を乱す気になれず、目を閉じ、眠ろうと努力した。

長い長い一日がようやく終わった。眠気はすぐ来るかと思ったが、時間はむなしく過ぎるばかりだった。柔らかく感じていたマットが次第に脇腹を絞めつけ、具合のよい位置を見つけるのに、何度も寝返りを打たねばならなかった。頭の中では、老人の言葉がぐるぐると回っている。

「あり得ない…」

ネオンの輝く大通りも、壮大な建築物も、髪をそよがせ、頬をなでる夏の涼やかなそよ風も、そして、空も。老人が語った世界は、もう二度ともどらないのか。今の人々にとって空とは、腐った電線が張りめぐらされた、トンネル内に隆起した天井だ。そんな空が、この先もずっと続くのだ。昔の空を、老人はどう語っていたっけ？　紺碧《こんぺき》の？　雲一つない？　あの日、アルチョムが植物園駅の外で見た空は違っていた。紺色のビロード、満天の星空。きらきら光り、喜びに満ち……。

その建物は、巨大だったが、圧迫感はなく、明るく、軽く、まるで甘い空気で編みこまれ、ふわりと浮かんでいるようだ。輪郭は無限の高みにかき消えている。なんて大勢の人々が集まっているんだろう！　アルチョムはこんなに多くの人々を一度に見たことがなかった。キタイ・ゴーロド駅で見た群集の比ではなかった。巨大な建造物の間の空間は、すべて人で埋めつくされていた。せかせかと動き回る人々の中には子どもの姿もあり、何かを食べている。あれがアイスクリームというものかもしれない。アルチョムもそれが欲しかった。何しろ、本物のアイスクリームを試したことがない。小さい頃、食べてみたくて仕方なかったっけ。

しかし、菓子工場はとっくにカビとネズミの基地になっていたから、憧《あこが》れ続けている以外にどうしようもなかった。甘いごちそうをなめながら、子どもたちは、アルチョムを冷やかしては、ひょい、ひょいと走って逃げる。顔が見えない。アルチョムは自分が何をしたいのかわからなくなってきた。アイスクリームを一なめしたいのか、子どもの顔を見たいのか。いや、そもそも子どもたちに顔はあるのか？

突然、アルチョムは怖くなった。

建物の輪郭がゆっくりと暗くなり、ぼやけ、のしかかるように、迫ってきた。アルチョムは相変わらず子どもたちを追いかけていたが、彼らの笑い声は、楽しげで陽気な響きから、次第に悪意に満ちた不吉な影を帯びてきた。思いきって一人の子どもの袖口をつかむ。すると、その子は、アルチョムの手を振りほどき、向き直って、悪魔のように引っかいてきた。アルチョムは、あらん限りの力でその子の喉《のど》を締めつけ、顔をのぞき込んだ。それは、ワーニェチカだった。叫び声を上げて歯をむきだすと、頭をぶんぶん振り回し、アルチョムの手にしがみついてくる。パニックに陥ったアルチョムはワーニェチカを脇へ突き飛ばした。しかし、少年はさっと立ち上がると、頭を持ち上げ、身の毛もよだつ長い叫び声を上げた。アルチョムたち三人組が地上世界から逃げもどるきっかけになった、あの叫び声だ。すると、走り回っていた子どもたちがいっせいに動きを止めた。そして、じわじわと迫ってきた。その背後には、ただの黒い塊となった建物がそびえ、それもこちらへ迫ってくる……。やがて、巨大な建造物の影との少ない空間を埋めつくした子どもたちは、ワーニェチカの叫び声に合わせてほえ始めた。その声は、獣の憎悪と、身が凍るような悲壮感にあふれている。彼らがやっと、アルチョムの方を向いた。そこに顔はなかった。あるのは、口の部分をくりぬいた黒い革製の仮面。眼は、ただの黒い穴で、白目も瞳孔《どうこう》も何もない。

突然、アルチョムに呼びかける声が聞こえた。子どもたちの叫び声にかき消されながら、何度も同じ言葉を繰り返している。アルチョムは必死で耳をそばだてた。

（お前は先へ進まねばならぬ）

声は、そう訴えていた。もう一度。そして、もう一度。

声の主がわかった。ハンターだ。

目を開け、毛布をはねのけた。暗いテント内は蒸し暑く、頭が鉛のように重い。考えが、うまくまとまらない。いったいどれほど眠っていたのだろう。もう起きる時間なのか、旅支度をして出かける時なのか、それとも、もう一度寝返りを打って、もっと楽しい夢を見直す余裕があるのか。

テントの端が上がり、すき間からクズネツキー・モスト駅の検査官の顔がのぞいた。何という名前だったか？　思いだせない。

「ミハイル・ポルフィリェヴィチ！　起きるんだ！　ミハイル・ポルフィリェヴィチ！　どうした？　死んじまったか？」

驚いて目を見張っているアルチョムには目もくれず、検査官はテントに入り込んでくると、眠っている老人を揺さぶった。

ワーニェチカが先に目を覚まし、不機嫌な声を上げた。男は少年を無視していたが、彼が袖口を引っ張りだすと、強烈なびんたを食らわせた。その音で、やっと老人が目を覚ました。

「ミハイル・ポルフィリェヴィチ、早く起きて！」

検査官が早口でささやいた。

「すぐ出発せねばならない！　赤どもがあんたの身柄を要求してきた。中傷者、敵意ある扇動者だとさ！　言っておいただろう？　この駅でだけは大学の話をするなって！　俺の言うことを聞かないからだ！」

「失礼ですが、コンスタンチン・アレクセーヴィチ、どういうことでしょうか？」

戸惑った様子で頭を振り、寝床から体を起こしながら、ため息交じりの声で老人が聞き返した。

「私は何も……扇動だなんて。この若者に、こっそりと、誰にも聞かれぬように話しただけです」

「そして若者も巻き添えにしちまった、ってわけだ。隣がどんな駅か、知らないわけじゃあるまい？　ルビャンカに連行されて、ひどい死に方をすることになるぞ。連れの若者だって、あっという間に壁際に立たされて銃殺だ！　無駄口をたたけないようにな！　ぐずぐずしている暇はない。さっさと準備しないと、奴らが来ちまう！　今はまだ、指導部と交換条件を相談中だ。逃げるなら今しかない！」

検査官がまくし立てている間に、アルチョムは立ち上がり、リュックを背負った。武器を準備しておくべきかどうか迷った。老人もあわてて支度を始め、それから一分後には、すでに線路の上を歩いていた。コンスタンチン・アレクセーヴィチは、苦虫をかみつぶしたような顔でワーニェチカの口を手でふさぎ、老人は、彼が少年の首をへし折ってしまうのでは、と心配そうな視線を二人に送っていた。

プーシキンスカヤ駅へつながるトンネルは、しっかりと防御が固められていた。駅までの百メートルと二百メートル地点に監視所があった。駅に近い方はコンクリートの防御壁で道が遮断されており、通り抜け用の狭い扉がついていた。扉の右側の電話は恐らくクズネツキー・モスト駅の本部との連絡用だろう。弾薬箱と、パトロール用のトロッコも配備されていた。二百メートル地点の監視所にも、土嚢《どのう》、機関銃、サーチライトなどの配備があった。どちらにも当番の監視員が見張りに立っていたが、コンスタンチン・アレクセーヴィチがアルチョムたちを二か所とも通過させてくれた。そして境界まで来るとぐったりした様子で告げた。

「さあ、行け。俺も五分ほど一緒に進んでやろう。ミハイル・ポルフィリェヴィチ、あんたは、もう、ここにもどってこない方がいい」

プーシキンスカヤ駅に向けて歩きだしながら、コンスタンチン・アレクセーヴィチは忠告した。

「赤の連中は、あんたの昔の罪も、まだ許していない。そこへ、今回の不始末だ。赤のリーダー、同志モスクヴィンが直々照会してきたそうだ。まあ、何とかなるだろうさ。プーシキンスカヤ駅では、じゅうぶんに気をつけてくれよ!」

次第に歩みを遅らせ、三人と距離を開けながら、コンスタンチン・アレクセーヴィチは言った。やがて、彼の姿は後ろの闇に溶けて消えた。

「早く行け！　うちの駅では、奴らは怖い存在だからな！　達者で！」

最後にそんな言葉が聞こえてきたが、急ぐ当てもなく、アルチョムたちは歩調を緩めた。

「いったい、何をしでかしたのですか？」

アルチョムは老人に好奇の目を向けた。

「私は、彼らを好きになれません。戦争があったとき、まあ、なんと言いますか、私たちのサークルで、ある文書を書いたんですな。そして、それをメンバーのアントン・ペトロヴィッチが印刷して……彼は、当時は、まだプーシキンスカヤ駅に住んでいましたから。あの頃、プーシキンスカヤ駅には印刷機械があったんです。地上の新聞社から運んできた無鉄砲がいたんですよ。で、私たちはその機械を使って、文書を印刷しました」

ふと思いだして、アルチョムは言った。

「赤連中の境界線は、他愛のないものでしたよ。見張りが二人いて、旗が掲げられているだけ。ハンザのような警戒態勢はとられていませんでした」

「それはそうですとも！　他の駅との境界線は、たいそうなものではありません。襲撃は、外からではなく、主として内部で起こるのですから。あそこでは」

ミハイル・ポルフィリェヴィチは意味ありげな微笑を浮かべた。

「だから、外側は、ただの飾りです。駅に近い監視所の防御は徹底的ですが」

その後しばらくは、三人とも押し黙り、それぞれ自分の思いに浸って進んだ。アルチョムはトンネルの感触に意識を集中させていた。奇妙なことに、このトンネルも、前回通ったキタイ・ゴーロドからクズネツキー・モスト間のトンネルも、つかみどころのない、魂のない空の容器のようだ。何も感じない。

アルチョムの意識は、先ほど見たばかりの悪夢へともどっていった。細かい部分の記憶はすでに薄れていたが、漠然とした恐怖、顔のない子どもたち、空を背景にした黒い巨大な塊などが強く心に焼きついている。そして、声……。

考えをまとめる前に、邪魔が入った。前方から聞き覚えのある、身の毛もよだつ鳴き声と、さわさわと細かい足音が聞こえてきたのだ。同時にむっとする腐敗臭が鼻をついた。懐中電灯の弱い光が音の発生源を照らした時、アルチョムは、一瞬、赤連中の拠点にもどる方がましだと思うくらい強い衝撃に襲われた。

壁際に、三体のふくれ上がった死体がうつ伏せに転がっていた。針金で後ろ手に縛られ、ネズミにあちこちかじられていた。ジャンパーの袖で鼻を覆い、どろりと甘ったるい腐臭をかがないようにしてから、アルチョムは死体に顔を近づけ、明かりで照らした。下着姿の死体には、どれも、これといった外傷は見当たらない。しかし、いずれも頭髪は凝固した血で糊づけされたようになっており、特に、黒い点のような銃弾痕のまわりには、べっとりと貼りついていた。

「こめかみか」

努めて冷静な声で言ったが、今にも吐きそうだった。

ミハイル・ポルフィリェヴィチは手で口を覆い、両目をかっと見開いた。

「おお……なんてことを！　なんてことをするんだ！」

声を押し殺して、老人はつぶやいた。

「ワーニェチカ、見るんじゃない。こっちへおいで！」

しかし、ワーニェチカはまったく平気な様子で一番近くに横たわっていた死体のそばにしゃがみ込み、歓声を上げながら、熱心につつき始めた。

明かりを上に向けると、死体の上、ちょうど目線の高さにある張り紙が浮き上がって見えた。上方へと、両翼を広げた鷲が描かれ、《Vierter Reich》（第四帝国）というゴシック体の署名があった。その下にはロシア語で《黒きおぞましき者たち、偉大な帝国領三百メートル以内に近づいてみよ！》とあり、《〝黒き者《チョルヌィ》〟禁止》の文字が、ひときわくっきりと、黒い人影にバツの入った印と共に、書かれていた。

「最低だ……」

アルチョムは食いしばった歯の間から、言葉を絞りだした。

「髪の色が違うというだけで、こんな目にあわせるのか？」

老人は怒りの表情でうなずき、死体のそばから離れようとしないワーニェチカの衿首を引っ張った。

「私たちの印刷道具が役に立つ機会は、まだまだありそうだというわけですな」

ミハイル・ポルフィリェヴィチは大きなため息をついた。アルチョムたちはその場を離れて、先へ進んだ。

重い足どりを引きずるように歩く三人が、赤い色で描かれた鷲と《三百メートル》の表示板に着いたのは、それからたっぷり二分もの後だった。

「あと三百メートルだ」

どこかで犬が吠えている。それを聞きながら、アルチョムは不安そうに言った。

駅まで百メートルまで近づいたところで、顔にいきなり強い光が当てられた。三人は立ち止まった。

「手を上げろ！　動くな！」

拡声器の声が響き渡った。

アルチョムは素直に両手を後頭部に当て、ミハイル・ポルフィリェヴィチは両手を高々と上に上げた。

「ゆっくり前へ進め！　変な動きをするんじゃないぞ！」

怒鳴り声は聞こえるが、声の主が見えない。光でまともに目を射られ、何も見ることができなかった。

細かい歩幅で若干距離を縮めたところで、光線は、やっと脇へそれた。


目の前に大きなバリケードがあった。迷彩服を着た二人の屈強な狙撃手と、拳銃を腰に下げた男が立っている。スキンヘッドに黒いベレー帽を斜めにかぶっていた。腕には、これ見よがしに白い腕章が巻かれている。そこには、ナチス・ドイツの鉤十字に似たマークが描かれていた。ただし、四端ではなく、三端の鉤十字だ。少し離れた場所にも数人の人影があった。一人の足元には、犬が座り、神経質に鼻を鳴らしている。周囲の壁には、鉤十字、鷲、ロシア至上主義のスローガンや宣誓の言葉が所狭しと書かれていた。その一部はドイツ語で、アルチョムは落ち着かない気持ちになった。そして、一番目立つ場所、鷲のシルエットと三端の鉤十字が描かれた少し焦げたペナントの下に、《黒き者禁止《チョルヌィ》》のマークがライトアップされている。自らの主張を掲げる〝啓蒙のための一角〟なのだろうとアルチョムは思った。

監査官の一人が一歩前へ出て、警棒に似たやけに長い懐中電灯を頭の高さまで持ち上げて点灯した。

男は、アルチョムたちのまわりを、顔をじろじろと眺めながらゆっくりと一周した。スラブ系でない特徴を、なんとしてでも見つけ出そうとしているようだった。しかし、病気が顔に出ているワーニェチカは別として、アルチョムとミハイル・ポルフィリェヴィチはどこをどう見ても、スラブ人の特徴を完璧に備えた顔をしている。監査官は、諦めたように電灯をそらし、がっかりという様子で肩をすくめた。

「身分証明書！」

監査官が求めた。

アルチョムは、さっと自分のパスポートを監査官に差しだした。ミハイル・ポルフィリェヴィチも、あわてて内ポケットからパスポートをとりだした。

「こいつの身分証明書は？」

責任者らしい男が、汚いものを見るような目でワーニェチカに視線を向けた。

「この子は……」

説明しようと口を開いた老人を遮《さえぎ》って、男は怒鳴りつけた。

「黙れ！　俺を誰だと思っている！　将校だぞ！　質問には明瞭に答えよ！」

男の手のひらで懐中電灯が踊った。

「将校殿、ご覧の通り、この子は病気です。パスポートはありません。まだ幼いんです。でも、ほら、ご覧ください、私のパスポートに記載があります。どうぞ……」

しどろもどろになりながら、ミハイル・ポルフィリェヴィチは将校をうかがい見て、その目に少しでも同情の片鱗《へんりん》を見つけだそうとしていた。

将校の石のように硬い表情には何の変化も現れない。アルチョムは、心の中に強い殺意がふつふつと沸き立ってくるのを感じた。

「写真はどこだ？」

パスポートのページをめくりながら、将校はペッとつばを吐いた。

その時までおとなしくそばに立ち、不安そうに犬を見つめて、時々うーうーうなっていたワーニェチカが、突然、注意の対象を将校に向けた。そして、将校に向かって歯をむいてうなり始めた。ワーニェチカの行動にアルチョムは仰天し、この子への嫌悪感が一瞬頭から飛んだ。

将校は思わず一歩後ずさりし、敵意に満ちた目でワーニェチカをにらんだ。

「こいつをあっちへやれ。今すぐだ！　お前らがやらないなら、俺がやる」

「将校殿、お許しください！　この子は自分が何をしているのか、まったくわかっていないのです」

自分が発した言葉に、アルチョムはびっくりした。

ミハイル・ポルフィリェヴィチが感謝のこもった視線をアルチョムに向けた。将校はパスポートのページを急いで調べてアルチョムに突き返し、言った。

「貴様に質問はない。通ってよし」

アルチョムは、数歩先へ行った所で立ち止まった。それ以上は、足が先へ進まない。将校はすでにアルチョムに対する興味を失い、写真についての尋問を再開した。

「それは、その……」

ミハイル・ポルフィリェヴィチは口ごもった。何とか言葉を見つけようと四苦八苦している。

「将校殿、それは、私たちの駅には写真を撮る人がいなくて、他の駅ですと、とてつもなく高くついてしまうものですから、写真を撮るだけのお金は、私にはありません」

「服を脱げ！」

将校がいきなり命令した。

「何ですって？」

からからの声でミハイル・ポルフィリェヴィチが聞き返す。足が、がくがくと震えている。

アルチョムは、背負っていたリュックを床に下ろした。自分でも、自分が何をしようとしているのか、まったくわからなかった。やりたくないのに、してはいけないとわかっているのに、理性がどんなに抑えようとしても体が動いてしまうことがある。思考中枢以外の部分で体が動かされる。後になって自分の行いに驚いた時には、仕方ない、必然だったと納得するしかないのだ。

もし老人と少年が、三百メートル地点で見かけた哀れな犠牲者たちのように裸にされ、連行されそうになったら、リュックから小銃を出し、自動射撃モードで、できるだけ多くの迷彩服どもを撃ち殺してやる。自分自身が撃たれて果てるまで……そんな思いが、アルチョムの心と体を満たしていた。ワーニェチカと老人に出会ってから、まだ、たったの一日だったが、そんなことはどうでもよかった。自分は殺されてもいい。……でも、博覧会駅はどうなる？　使命は……？　いや、後のことは、考えなくていい。考えぬ方がよいことだって、この世には存在する。

「服を、脱げ！」

一語一語強調しながら、将校が繰り返した。

「でも……」

ミハイル・ポルフィリェヴィチは口ごもる。

「黙れッ！」

怒声が返ってきた。

「とっとと言うことを聞くんだ！」

言葉だけでは足りないと思ったのか、将校はケースから拳銃をとりだした。

老人はあわてて上着のボタンを外しにかかった。将校は拳銃を持った手を脇へそらし、老人が上着を脱ぎ、一本足でよろけながらブーツを脱ぐのを、黙って見ていた。しかし、老人がズボンのベルトを外したものか迷って手を止めかけると、とたんに怒り狂い、がなり声を上げた。

「早くしろ！」

「でも……その……恥ずかしくて……」

ミハイル・ポルフィリェヴィチが言い訳をしようと口を開いた瞬間、堪忍袋の緒を切らした将校は、拳で老人の顔を殴った。

アルチョムはとっさに飛びかかろうとしたが、二つの強い手に後ろから羽交い絞めにされた。どんなにもがいても、振りほどけない。

その時、とんでもないことが起きた。黒ベレーをかぶったならず者の半分の背丈しかないワーニェチカが、突如歯をむきだし、野獣の叫び声を上げながら将校に飛びついたのだ。

少年のすばやい動きは予想外だった。ワーニェチカは将校の左手にしがみつき、手のひらでその胸をたたき始めた。が、数秒後、我に返った将校はワーニェチカをぐいと引き離して後ろへ押しやると、拳銃を持った手を上げ、引き金を引いた。

銃声は、トンネルの反響で轟音《ごうおん》となって鼓膜をつんざいた。しかし、ワーニェチカが座り込みながら上げたうめき声は、アルチョムには、はっきり聞こえた。両手で腹を押さえながら、うつ伏せになってもがいている。将校はブーツのつま先で少年をけり、嫌悪に満ちた表情を顔いっぱいに浮かべて、再度、引き金を引いた。頭を狙って。

「忠告しておいたはずだ」

口をぽかんと開いたまま、ワーニェチカを見つめ、肺からもれだすような音を立てて呆然としているミハイル・ポルフィリェヴィチに向かって、将校は冷たく言い放った。

アルチョムは目の前が真っ暗になった。同時に、信じられない力がわき出てきた。羽交い絞めにしていた男を突き飛ばし、リュックに手を突っ込むと小銃のグリップをにぎって安全装置を外し、リュック越しに、将校の胸を目指して一発撃った。

自分の迷彩服にできた銃痕の黒い点が、赤いしみとなって広がっていくのを、将校は呆然と見つめるだけだった。

第9章　君は、死ぬ

「絞首刑に処する」

　司令官の宣告が下った。

　鼓膜を引き裂く拍手が、いっせいに響き渡った。

　アルチョムはやっとのことで頭を上げ、あたりを見回した。片目しか開かない。激しい尋問で、もう片方の目はすっかりはれ上がっていたのだ。耳もよく聞こえない。音が分厚い綿の層を通して耳に入ってくる感じだ。歯はどうやら無事のようだ。しかし、今さら歯の心配をして、何の意味があるのだろう？

　片目で見えたのは、明るい大理石——おなじみの、うんざりするほど見飽きた、白い大理石。天井には、その昔は煌々《こうこう》と輝いていたであろう、重厚な鉄製のシャンデリア。今、そこには、豚脂のろうそくが不器用に並べられ、すぐ上の天井を煤《すす》だらけにしている。プーシキンスカヤ駅全体でシャンデリアが二か所あり、明かりが灯されていた。一つは駅の一番端、上に向かって広い階段が延びている場所。そして、もう一つは、駅の中央付近。アルチョムが立たされている、他の路線への乗りかえブリッジの上方付近。通路の両側にびっしり並んだ半円型のアーチ。それとは対照的に目立たない円柱。がらんとした場所がやけに多い。何なんだ、この駅は？

「刑は、明朝五時、トヴェルスカヤ駅にて執行する」

司令官の横の太った男が言葉を続けた。

司令官と太った男だけは、緑の迷彩服ではなく、金色に光を放つボタンがついた黒い軍服に身を固めている。黒のベレー帽は、この二人も頭にかぶっているが、監査所にいた兵士たちのものに比べ、小ぶりで丁寧な造りだ。

ファシストたちの教義が駅のいたるところを埋めつくしていた。鷲、三端の鉤十字、スローガン、格言。文字はすべて思い入れたっぷりに丁寧なゴシック体で書かれている。アルチョムは、それらの文字を判読することで、遠くなっていく意識をどうにか保っていた。

《メトロはロシア人のために！》《〝黒き者《チョルヌィ》〟は、地上へ追いやれ！》《ネズミを食う者に死を！》

もっと抽象的な内容のものもあった。

《偉大なロシア魂を守る最後の戦いに、いざ行かん！》《火と剣の力で、地下鉄に真のロシアの規律を！》

それから、ドイツ語で記されたヒットラーの引用や、比較的おとなしい《健全な心は健全な体に！》というものもあった。中でも、特にアルチョムの気をひいたのは、女戦士たちの肖像画の下に書かれている文章だった。彼女たちは、みな、意志の強そうながっしりとしたあごの持ち主で、決然とした表情を浮かべている。残念なのは、女性たちが横向きに描かれていることだ。手前に描かれた兵士が邪魔になって、全身を見ることができない。そして、肝心のスローガンは、こうだ。

《すべての男は兵士、すべての女は兵士の母！》

今のアルチョムにはこの言葉と女たちの肖像画が、なぜか重要なものに思えた。司令官の言葉よりも、ずっと。

張りめぐらされた封鎖線の向こう側に人垣ができていた。それほど大勢ではなかったが、みな質素な服装で、防寒着に手あかまみれの作業着姿が多い。女性の姿はほとんどない。ということは、いずれ兵士もいなくなるはずだ——またしても吐き気が襲ってきた。目が回り、碑文銘文どころではなくなった。公衆の面前で嘔吐《おうと》してしまいそうだ。アルチョムはがくりと首を垂れた。もう頭を上げておく力は残っていなかった。脇を支える二人の護送兵がいなければ床に倒れていたかもしれない。

自分に何が起きようが、どうでも良くなっていた。目の前の現実が、物語の世界のように抽象的なものに感じられる。主人公の運命は気になるが、たとえ死んでしまっても、また別の本を読めばいい。次はハッピーエンドの本を。

とり調べは、しぶとい猛者《もさ》どもに、たっぷり時間をかけて殴られ、いたぶられるところから始まった。次に、頭のいい、分別ある男たちの尋問攻めにあった。部屋は、不安をあおるけばけばしい黄色のタイル貼り。血痕を洗い流すには便利だろうが、臭いまで消すことはできまい。

始めにまず、亜麻色の髪をべったりとなでつけた細顔の尋問官を〝司令官殿〟と呼ぶように教え込まれた。それから、質問は一切せずに、問われたことのみに答えること。質問に対しては簡潔明快に答えること。しかし、この〝簡潔明快〟が厄介だった。最初のうち、アルチョムは何度か説明を試みたが、身のためにならぬ、と諦めた。次にアルチョムはだんまりを試みたが、それも正しい考えではないことがすぐにわかった。痛い思いをするだけだ。顔面を屈強な男に殴られるのは、何とも言えない感覚だった。口の中は血だらけになり、何本かの歯は抜け落ちないのが不思議なほどぐらぐらになった。痛みというより、思考を一掃し、気持ちを粉々に砕く烈風だ。真の苦しみは、後でやってくる。

しばらくして、アルチョムは自分がどう振る舞うべきか、やっとわかった。いたって簡単、司令官殿の期待通りの答えをすれば良いのだ。司令官殿が、クズネツキー・モスト駅側から来たのかとたずねれば、はっきり首を縦に振れば良い。その方がエネルギーの節約だ。司令官殿が、その非の打ちどころのないスラブ系の鼻に不満のしわをよせることもないし、補佐官たちのいたぶりもやむ。

アルチョムがここに来た目的は、偵察収集、帝国の指導者（司令官殿も含めて）暗殺計画などの破壊工作ではないか、という司令官殿の推察に対しても、再び首を縦に振ればいい。そうすれば虐待者は満足げに両手をもむだけ、アルチョムはせめて片目は守りきれるのだった。しかし、ただやみくもにうなずくのではだめだ。司令官殿の言葉にしっかり耳を傾け、然るべき時にうなずかないと、補佐官の一人に肋骨を一本折られる羽目になる。尋問はだらだらと一時間半は続いた。途中で何度か意識を失いかけたが、そのたびに氷のように冷たい水を浴びせられ、アンモニアをかがされた。ファシストたちはアルチョムとの会話が楽しくてたまらなかったに違いない。

やっと終わった時には、アルチョムは自分の体の感覚をまったく失い、目は見えず、音もぼんやりとしか聞こえず、ほとんど何も考えられなくなっていた。

とり調べの結果、アルチョムは極悪人であると結論づけられた。敵対勢力のスパイであり、破壊工作員。第四帝国の政権を揺るがし、混乱の種をまき散らし、侵略の手引きをする……。その最終目的は、もちろん、メトロ全土にわたる反民族的なコーカサス・祖国再建運動の構築。もともと政治にうといアルチョムだったが、この最終目的とやらが何だか立派なものに思え、うなずいたのだ。陰謀の決定的な詳細が明らかになったところで、ようやくアルチョムは失神を許された。おかげで歯だけは守りきれた。

アルチョムが次に片目を開いたのは、司令官による判決言い渡しの時だった。ちょうど法手続きの締めくくりで、死刑執行の日時が発表されるところだった。それが終わると、被告人アルチョムの頭に、あごの下まで覆う黒いフードがすっぽりとかぶせられた。視界が遮《さえぎ》られたことで、吐き気がさらに増した。一分ほどは何とか持ちこたえたが、とうとう辛抱できず、体を痙攣《けいれん》させると、自分の靴の上に吐いた。護送兵はさっと後ろに飛びのき、群集からは憤慨のざわめきが起きた。気まずく感じたのもつかの間、突然、頭が外れるような感覚にとらわれ、ひざは意思に反してがくりと折れた。

がっしりとした手がアルチョムのあごを持ち上げ、聞き覚えのある声が頭上で響いた。

「さあ、行くぞ！　俺と一緒にだ、アルチョム！　すべて終わった。大丈夫だ。立ち上がれ！」

声はそう励ますのだが、アルチョムには、立ち上がるどころか、顔を上げる力もない。

暗かった。さっきかぶせられた黒いフードのせいだろう。脱ぎ捨てたいが、両手を後ろ手に縛られていては、どうしようもない。しかし、フードを脱いで確かめたい。

この男が、彼なのか……幻聴なのか。

「フードを」

相手が察してくれることを願いながら、アルチョムは弱々しい声でつぶやいた。

次の瞬間、視界を遮《さえぎ》っていた黒い布が消えた。目の前にいたのは、紛れもない、ハンターだった。博覧会駅で最後に話した時と少しも変わっていない。でも、なぜ彼がここに？　アルチョムは重い頭を持ち上げ、周囲を見回した。

アルチョムがいるのは、判決を受けた時と同じプラットホームだった。いたるところに死体が転がっている。シャンデリアのろうそくは、数本がほのかに光っているだけ。もう一つのシャンデリアは消えていた。ハンターの右手には、見覚えのある改造銃がにぎられている。銃身に長い消音装置がとりつけられ、巨大なレーザー照準器を装備している、あの銃だ。ハンターは、アルチョムを心配そうにじっと見つめた。

「大丈夫か？　歩けるか？」

「多分」

アルチョムは強がってみせた。そんなことより。

「生きていたのですか？　ご無事だったのですか？」

「ご覧の通りさ」

ハンターは疲れた笑顔を浮かべた。

「手伝ってくれたこと、礼を言わなきゃな」

「でも、僕は使命を果たすことができませんでした」

アルチョムはうなだれた。刺すような屈辱感が全身を貫く。

「できる限りのことをしてくれた」

ハンターは慰めるようにアルチョムの肩をなで、穏やかに答えた。

「みんなはどうなったんですか？　博覧会駅は？」

「大丈夫だ、アルチョム。すべて終わった。入口をふさいだから、〝黒き者《チョルヌィ》〟はもうメトロに入り込めない。我々は救われたんだ。さあ、行こう」

「ここでいったい何があったんですか？」

アルチョムは周囲をきょろきょろと見渡し、ホールを占める死体の数に顔をしかめた。それに、ハンターと自分の声以外、まったく何の音もしないのだ。

「関係ない」

ハンターは、アルチョムの目を真っすぐ見つめた。

「お前が心配することはない」

ハンターは小型のトランクを拾い上げた。中に入っている軍隊用の軽機関銃からは、まだかすかな煙が立ち昇っている。弾帯はほとんど空になっていた。

歩き始めたハンターについていくしかなかった。あたりに目をやると、先ほどは気づかなかったものが見えた。判決が言い渡されたブリッジから、線路上に、数個の黒い人影がぶら下がっている。

ハンターは足早に先へ進んでいく。追いつこうと必死にがんばるのだが、今のアルチョムは体を動かすのが精いっぱいで、二人の距離は広がる一方だ。アルチョムは、この恐ろしい駅に置き去りにされるのでは、と怖くなった。まだ温い血痕だらけのこの駅、死人しかいないような、このおぞましい駅に。

それにしても、――アルチョムの心に疑いの気持ちが走った。自分はそんなに価値のある人間なのだろうか？　自分の命は、この死体全部に匹敵するというのか？

もちろん、自分が救われたことは嬉しかった。でも、プラットホームの上や線路上に、ボロきれのように横たわる人々、ハンターの弾を浴びた姿勢のまま、永遠に横たわるこれらの人たちは、全員、アルチョム一人のために命を失ったというのか？　ハンターは、チェスの駒のように、自分の命と大勢の命を引きかえたのだろうか？　ハンターはチェスの名手で、メトロ全体をチェス盤にして、駒をすべて意のままに動かせるのか？　自分は、それほど大切な駒なのか？　これほどの人を犠牲にするほどの？

──冷たい大理石に流れた血は、この後、自分の血管の中で脈打つのだ。生き延びるために、彼らの血を飲み干したのだから。自分は、もう一生、冷たい体のままかもしれない。

体は、いつか温かさをとりもどせるのか。うら寂しい無人駅を、凍てつく夜に一人でさ迷うように、どんなにたき火に手をかざしても、冷たいままで、悲しみを背負い続けるのか。アルチョムはハンターに答えを求めようと、力を振り絞って前を行く影に追いつこうとした。

ところが、ハンターとの距離はなかなか縮まらない。と、突然、ハンターは両手を床に下ろした。そして、動物のように敏しょうな動きでトンネルの奥へと走り去っていった。その姿は、アルチョムの知っている何かを思い起こさせた。犬？　いや、違う。ネズミだ。ああ、何てことだ。

「あなたは、ネズミなんですか？」

アルチョムは、自分の質問に戦慄した。

「いや、違う」答えが響いた。

「ネズミは、お前だ。お前がネズミなんだ！　臆病なネズミだ！」

すぐ耳元で誰かの軽蔑したような声がし、ペッとつばを吐く音がした。

「臆病なネズミ」

意識をはっきりさせようとアルチョムは頭を大きく振ったが、すぐに後悔した。鈍い痛みにうずいていた頭は、急に動かしたせいで破裂しそうになった。バランスを崩してつんのめり、痛む額を冷たい金属にぶつけた。ごつごつした感触は骨まで突き通るようだが、はれて熱を持った肉体を冷やしてくれる。アルチョムはしばらくそのままの格好でいた。何をする気にもならない。やがて息を整えると、そっと左目を開いてみた。

アルチョムは、天井まで延びる鉄格子に頭をもたれさせ、床に座っていた。鉄格子は、低いアーチに仕切られた空間をさらに狭苦しいものにしていた。前方には駅のホーム、後ろには線路が走っている。近くにあるアーチはどうやらすべてこのような檻になっているらしく、それぞれ数人ずつ収容されている様子だった。ここは、死刑宣告を受けた駅とは正反対だった。

プーシキンスカヤ駅には、軽く、宙に浮かぶような見通しのよい円柱のある広々とした空間、広くて高い半円形アーチがあり、かつての優美だった面影が残されていた。うす暗い照明や、壁一面のスローガンを含めて考えたとしても、この駅と比べたら、豪華なパーティ会場のようだ。それに引きかえ、ここにあるのは、トンネルの中と同じような、低い丸天井。圧迫感のある粗雑な円柱。その間に設けられたアーチは、円柱そのものより、ずっと幅が狭い。円柱の前に突きでた部分には太い鉄線で組んだ鉄格子がはめこまれ、アーチとホームを区切っている。アーチの天井は低く、後ろ手に縛られていなかったら、簡単に手が届きそうだった。

アルチョムのいる牢屋には、他にも二人の囚人がいた。一人は布切れの山にうつ伏せに倒れ、短く乾いたうなり声を上げている。もう一人の黒い瞳の男は、大理石の壁にもたれ、両足を両手で抱えるように座っている。ずいぶん長いことひげを剃《そ》っていない様子だが、興味津々でアルチョムを凝視していた。

檻の前を、迷彩服にいつものベレー帽の屈強な若者が二人、行ったり来たりしていた。一人は犬を連れており、時々しかりつけている。アルチョムを現実世界に呼びもどしたのは、どうやら、こいつの声だったらしい。

夢だった。ハンターなどいない。夢の中の話だった。

やはり自分は絞首刑になるのだ。


「何時だ?」

ふくれ上がった舌をやっとのことで動かし、アルチョムは黒い瞳の男にたずねた。

「九時と半分」

キタイ・ゴーロド駅でも耳にした、訛《なま》りの強いロシア語で、男が答えた。男はさらにつけ加えた。

「夜の」

夜の九時半。と言うことは、日づけが変わるまで二時間半。処刑されるのは朝の五時。残された人生は、合わせて七時間半。いや、こうして考えている間にも、時間は、刻一刻と流れていく。

ずっと昔、死刑囚は執行前夜にどんなことを思うのか、考えてみたことがあった。恐怖? 執行人に対する憎しみ？　後悔？

アルチョムが今感じているのは、むなしさだけだった。心臓は大きく波打ち、こめかみはうずき、口の中には、いくら飲み込んでも血がたまる。その血は、湿った鉄さびの臭いがした。それとも、湿った鉄が鮮血と同じ臭いを放つのか？

「お前は間もなく絞首刑になる。――殺されるのだ」

アルチョムは自分自身に向かって心の中でつぶやいた。

「この世とは、お別れだ」

しかし、どうしても実感がわいてこなかった。

命ある以上、死は、必ずやってくるものだということはわかっていた。しかも、メトロの世界では、死は日常だ。でもそれが自分の身に起きるとは、アルチョムにはどうしても思えなかった。弾丸は自分をよけて通り、病は自分の身には振りかからない。何の根拠もなかったが、アルチョムは、そう思い込んでいたのだ。歳をとって自然に、ということですら、若いアルチョムには現実味が感じられない。死ぬことなど考えてはだめだ。もし頭をよぎっても追い払い、もみ消さねばならない。さもないと、死は意識の中に根を下ろし、大きくなっていくかもしれない。大きくなった死は毒となり、やがて、諦めた者を蝕《むしば》んでいく。自分に死が来ると考えてはいけない。そうでなければ、気が狂う。人は、自分の未来を知らないからこそ平気で生きていけるのだ。

死刑囚や余命を宣告された病人と普通の人の違いは、ただ一つ。自分の命に果てがあるという事実を認識しているかどうかだけだ。普通の人々にとって、命とは、永遠に続くもの――もちろんそれはあり得ないし、そう思っていても翌日事故で死んでしまうことだってある。人間にとって最大の恐怖は、死そのものではない。その訪れの時を知り、なすすべもなく、それを待つことだ。

七時間後。

どうやって行われるのだろう？　絞首刑というものを、アルチョムはよく知らなかった。昔、博覧会駅で背信者が銃殺されたことがあったらしいが、アルチョムの記憶には残っていない。それに、博覧会駅では、公衆の面前で死刑が執行されることはなかった。顔を覆って、首に縄をかけられて……。縄は天井に結ばれるのだろうか？　そのための梁《はり》があるのだろうか？

喉《のど》が渇いた。

アルチョムは頭を切りかえ、別の方へ意識を向けることにした。自分が殺した将校のことだ。人を殺《あや》めたのは、初めてだった。目にも止まらない速さで飛びだした弾丸が、剣帯でピンと伸びた広い胸に食い込み、焦げた穴のまわりに鮮血がじわじわと広がる。アルチョムは、自分の行いをまったく後悔していないことに気づき、驚いた。人の命を奪えば、良心がいつまでもとがめ、心の重荷となるのだろうと思っていた。夢に見、晩年まで苦しみ、磁石のようにいつも考えがそこに引きつけられるものだと。

しかし、現実はまったく違った。アルチョムの心の中には、憐憫も、悔いのかけらもなく、ただ暗い満足感があるだけだった。もし、あいつが夢に出てきても、自分は亡霊に冷たく背を向けるだけだ。そうすれば、奴は跡形もなく消えちまうに違いない。歳をとってからも……いや、自分にそんな時は訪れないのだ。

時間は容赦なく進む。アルチョムはとりとめもなく思いをめぐらせた。

やはり、梁《はり》にかけられるのだろう。残されたわずかな時間、何か大切なこと、以前は余裕がなくて先延ばしにしていたことを考えよう。——この人生は失敗だった。もし生まれ変われるのなら、別の生き方をしよう、とか……。いや。生まれ変わりの人生など、あり得ない。そして、やり直す必要もない。あいつがワーニェチカの頭にとどめの一発を撃った時、銃の引き金を引かず、黙って見ていればよかったのか？　いや、それこそ間違っている。ワーニェチカとミハイル・ポルフィリェヴィチを夢の中から追いだすことなんて、絶対にできない。ミハイル・ポルフィリェヴィチは、どうなったんだろう？　くそ、一口でも水が飲めれば！

七時間後——まず、ここから出される。運よく、連絡通路経由で連行されることになれば、その分だけは長く生きていられる。あのいまいましいフードをかぶされずにすめば、鉄格子と、延々と並ぶ檻以外の何かを、ほんの一目でも見ることができる。

「この駅は、どこ？」

鉄格子から体を離すと、さっき時間を教えてくれた男に目だけを向けて、乾ききった唇をはがすようにアルチョムは言葉を発した。

「トヴェルスカヤ」

男は答え、すぐに質問を返してきた。

「お前、何した？」

「将校を殺した」

アルチョムはゆっくりと答えた。しゃべるのがきつかった。

「へえぇ」男は、同情するような声を出した。

「じゃあ、つるされる。そうだな？」

アルチョムはただ肩をすぼめて、横を向き、また鉄格子によりかかった。

「間違いない。つるされるな」

男は自信たっぷりに繰り返した。

わかっている。それも、もうじきなのだ。この駅で。他のどこに連れていかれるでもなく。

喉《のど》が渇いた。口の中のさびた味を洗い流し、渇いた喉《のど》をうるおしたら、一分以上は話ができるかもしれない。しかし、檻の中に水はなく、隅に悪臭漂うブリキのバケツが置かれているだけ。監視の男に水を頼もうか？　死刑囚の頼みなら、もしかしたら聞き入れてくれるかもしれない。ああ、手を柵から出して、振って合図することができたら……。しかし、無情にも手は後ろに縛られ、針金が手首に食い込んでいる。むくんだ手の感覚がない。アルチョムは叫ぼうと試みたが、ただヒーヒーいうしゃがれ音と、肺を引き裂くような激しい咳が出るだけだった。

アルチョムが気をひこうとしている様子に気づいて、二人の看守が歩みよってきた。

「ネズミが目を覚ましやがった」

犬を連れた方の男が、歯をむきだして笑った。

アルチョムは男の顔が見えるように頭を後ろにそらすと、しゃがれた声で訴えた。

「水を……」

「水だと？」看守は、わざとらしく驚いてみせた。

「何のために？　縛り首になるっていうのに、今さら水なんか飲んで、どうするんだ？　貴様に与える水などない。貴様にとっても、その方が、早くくたばって楽になれるんじゃないのか？」

アルチョムは諦めてぐったりと目を閉じた。しかし、看守たちの方が、アルチョムを放っておいてくれなかった。

「わかってるのか、こんちくしょう。いったい誰様に手を上げたと思ってるんだ？」

もう一人の看守が口を開いた。

「ロシア人だときた、ネズミ野郎！　同胞の背中に刃物を突き立てようとは！　貴様のようなクズ野郎どもが！」

そう言うと、檻の奥の方にうずくまっている黒い瞳の男をあごで示した。

「こういう連中がメトロ中に増えて、ロシア人の居場所を占領しちまうんだ」

黒い瞳の男は、黙って下を向いた。アルチョムは肩をすくめるのが精いっぱいだった。

「貴様ら雑種どもは、完璧に一掃されたらしいぜ」

一人目の看守が口をはさんだ。

「シードロフの話では、トンネルの半分が血の海らしい。ざまあみやがれ、人間未満のクズども！　下級な種族は撲滅しなきゃいかん。我々の……ええと……遺伝子ファンドを」

男は、難しい言葉を思いだせたのが嬉しいらしく、調子に乗って言葉を続けた。

「台なしにしやがるんだ！　そうだ、貴様の連れのじいさんな、死んじまったらしいぜ」

「何だって？」

アルチョムは声にならない悲鳴を上げた。予想していなかったわけではないが、わずかな望みを託していた。死なずに、殺されずに、生きていて。せめて、どこかの檻につながれているとか……。

「そういうことだ。勝手に死んじまったらしい。ちょっといたぶっただけで、あっけなく、な」

アルチョムを傷つけることができて、犬を連れた男は満足そうだ。

〝君は、死ぬ。君の近しい人たちも、死ぬ〟――ミハイル・ポルフィリェヴィチが暗いトンネルの真ん中で読み上げた詩の一節が、不意にアルチョムの脳裏に蘇《よみがえ》ってきた。あの、最後の一行は、どんな文章だったっけ？〝戦いに倒れた君たちの名誉だけ〟？違う、詩人は間違えていた。名誉など残りはしないのだ。何も残らない。

ミハイル・ポルフィリェヴィチが自分のアパートを、特にベッドを懐かしんでいたことがなぜか思い出された。が、思考は次第にゆっくりになり、最後にはまったく動かなくなった。アルチョムは鉄格子に額を押しつけ、看守たちの腕章にぼんやりと視線を向けた。三端の鉤十字。奇妙なシンボルマーク。星のようにも、奇妙なクモの姿にも見える。

「なぜ角が三つ？」

アルチョムが模様の入った腕章をあごで指すと、看守たちは、ようやく質問の意味を理解した。

「そんなことも知らんのか?!」

犬を連れた方の看守が腹立たしげに怒鳴った。

「駅の数だけ角があるんだ。統一のシンボルだ。……おい、待てよ、地下都市《ポリス》まで広がったら、角は四つになると言うことか？」

「駅の数は関係ない！」

二人目が言った。

「昔からスラブ民族に伝わるシンボルじゃないか！　駆け昇る太陽だ。ドイツ野郎がそれを真似しやがったんだ。駅の数だと？　頭悪いな、お前！」

「でも……太陽はもうない……」

看守たちの話す言葉が頭を滑り落ち、目の前にどんよりとした幕がかかっていく。意識が深淵に引き込まれそうになるのをこらえながら、アルチョムは言葉を押しだした。

「だめだ、おかしくなっちまった」

犬を連れた方の看守がせせら笑った。

「行こう、誰か他の奴をからかおうぜ」

何も見えない。何も考えられない。アルチョムは再び深い闇の中にいた。遠くから意識に働きかけてくるのは、干からびた血の臭いと味。肉体が理性に情けをかけてすべての思考を殺し、呵責と憂愁から解き放たれたことが嬉しかった。

「おい、兄弟！」

アルチョムの肩が揺さぶられた。

「寝るのだめだ、寝すぎ！　もう四時近い！」

アルチョムは、底なし沼に沈んだ意識を何とか浮上させようとしたが、まるで両足に重石がつけられているようで、体が言うことを聞かない。しかし、やがて写真が現像液の中で次第に形を現すように、ぼんやりと輪郭を描きながら、現実世界がアルチョムの前に蘇《よみがえ》ってきた。

「何時？」

アルチョムはうめいた。

「四時に十分足りない」

黒い目の男が答えた。

四時十分前か。あと四十分もしたら、迎えの兵が来るだろう。そして一時間と十分の後には……。一時間と九分。一時間八分、七分……

「名前なんていう？」男がたずねた。

「アルチョム」

「私はルスラン。兄はアフメッドという名前だった。すぐに銃殺された。私をどうするか、みんなわからない。ロシアの名前だから。きっと間違えたくないのだろう」

黒い瞳の男は、やっとアルチョムと話ができて嬉しそうだ。

「どこから来た？」

アルチョムにはどうでもいいことばかりだったが、くだらない会話でも気を紛らわせるには役立った。しゃべっていれば、博覧会駅のことも、自分が託された使命のことも、そしてメトロの行く末も、考えなくてすむ。

「私はキエフスカヤ駅から来た。知ってるか？　仲間は太陽のキエフスカヤと呼ぶ」

ルスランは白い歯を見せて微笑んだ。

「仲間は、たくさんいる。みな同じ国の仲間。妻を残してきた。子どもは、三人。一番大きい子どもは、手の指が六本ある！」

誇らしげにルスランが言うのが聞こえた。

水が飲みたい……。コップ一杯とは言わない、一口だけでいい。生ぬるくても、浄水でなくても、文句は言わない、ほんの一口でいいから。そして、護送兵が迎えに来るまで気を失っていたい。何も考えず、心配もせず。自分は間違いをしでかしたのではという思いに、身もだえしなくてすむように。自分は何の権利があってあんなことをしたのか。さっさと立ち去ればよかった。耳をふさいで、見て見ぬふりをして、先へ進めば良かったのだ。プーシキンスカヤ駅からチェーホフスカヤ駅へ抜けたら、残りはたったの一区間。それで任務完了、自分も生き残れた。簡単なことだったはずだ。

水が飲みたい。両手はむくみ、感覚がまったくなかった。

信仰ある人々は、死に対する心構えができているという。死が終着点だと信じる人々なら諦めもつくだろう。この世の白と黒をはっきりと分け、思想や信仰の松明《たいまつ》をしっかりにぎり、何をいかにして行うか理解している人々には、すべてがシンプルでわかりやすいだろう。あるいは、何も疑わず、何も悔やまぬ人々は、死を簡単に迎えられる。いつ、どんな時に死が訪れようと、微笑みながら、それを迎え入れるのだ。

「昔は果物たくさんあった。花も、すごくきれいだった！　私は、女の人たちに花をプレゼントして、みんな私ににっこりだった」

ルスランの楽しそうな思い出話も、もうアルチョムを助けてはくれなかった。

ホールの向こうから足音が響いてきた。アルチョムの心臓は弱々しい、不安な鼓動を打ち始めた。もう迎えに来たのか？　こんなに早く？　四十分はもっと長いと思っていた……。それとも、ルスランが嘘をついたのか？　希望を与えようと、多めに時間を告げたのか？　まさか、そんな……。

アルチョムの目の前で、三組のブーツが歩を止めた。二人は迷彩柄の軍用ズボン、もう一人は黒いズボンをはいている。鍵のきしむ音がしたと思うと、アルチョムは、もたれていた鉄格子を失い、倒れそうになった。

「立たせろ」

途切れ途切れに声が聞こえる。

アルチョムは脇を支えられて立ち上がった。低い天井に頭がつきそうだった。

「がんばれ！」

ルスランの励ましが聞こえる。

迷彩ズボンの二人の護送兵は、看守の二人と似た面立ちの若者だった。三人目は黒い軍服に小さなベレー帽姿、かっちりと固めたひげと水のような青い目をしている。その男が命じた。

「ついてこい」

自分の力で歩きたかった。意思を持たない人形のように引っ張っていかれるのは嫌だった。しかし、足は思うように動かず、すぐにがくんと折れ曲がる。床をずるずると引きずられていくのが精いっぱいのアルチョムに、護送兵は怒りの目を向けた。

檻の列は、ホールのちょうど真ん中ほど、下りエスカレーター付近まで続いていた。下の階に灯された松明《たいまつ》の不気味な暗赤色の照り返しが天井に揺らいでいた。痛々しげな悲鳴が下から聞こえてくる。アルチョムの頭に地獄が浮かんだ。そこを通り過ぎた時には、心底ほっとした。最後の檻から、見知らぬ男がアルチョムに叫んだ。

「さらば、同志よ！」

アルチョムは無視した。今、必要なのは、一杯の水だけだった。

プラットホームの反対側まで行くと、壁際に詰め所があった。雑な造りの机に、いすが二脚。壁には例の《〝黒き者〟《チョルヌィ》禁止》のマークが描かれ、光に浮かんでいた。絞首刑台はどこにも見当たらない。アルチョムの胸に、ほんの一瞬、これはただの脅しにすぎないのでは、というわずかな希望が浮かんだ。絞首刑というのは嘘で、駅の端まで連行され、誰にも見えぬ場所でそっと解放されるのかもしれない。

前を歩いていた黒軍服の男が最後のアーチを曲がり、線路に向かう。期待が、さらにふくらむ。

線路には、車輪のついた小さな木製の台が置かれていた。台の高さは、ちょうど駅の床に並ぶほど。その台の上で、迷彩服を着たずんぐりとした男が、天井の梁《はり》に結ばれた紐の輪の滑り具合を調節していた。そいつが他の連中と違うのは、腕まくりをして、短く太い手をあらわにしていることと、手編みらしき目だし帽を頭にすっぽりかぶっていることだった。

「準備はいいか？」

黒軍服がたずねると、ずんぐりした男はうなずいた。この男が死刑執行官のようだ。

「このやり方は、好きになれません」

執行官が黒軍服に言った。

「踏み台方式では、どうしてだめなんです？　一瞬で終わるのに」

そう言うと、彼はこぶしで自分の手のひらをたたいた。

「背骨がぼきぼきって鳴って完了だ。ところがこいつは……息絶えるまで相当じたばたするんだ、釣り針に刺されたミミズみたいにな。後始末もたいへんだ！　腸がやられちまうから……」

「黙れ！」

黒軍服が遮《さえぎ》り、執行官を脇へ呼ぶと、熱心に何かささやいた。

上司が離れるやいなや、護送兵の二人は、中途だったらしい話を始めた。

「で、どうなったんだ？」

辛抱できない様子で、左側の兵士がたずねた。

「それでな……」

右側の兵士が大きなひそひそ声で語りだす。

「円柱に押しつけて、スカートの中に手を入れたら、女はぐったり諦めて、こう言った……」

黒軍服がもどってきた。二人の話は、また中断された。

「ロシア人ではあるが、よからぬ企てを行った。裏切り者、離反者である。退化した背信者は、然るべき苦痛をもって罰すべし！」

執行官を説得するように、黒軍服が言った。

麻痺した両手が解かれ、上着とセーターを脱がされた。アルチョムは汚れたTシャツ一枚になった。

ハンターからもらった薬きょうが、首から外された。

「お守りか？」

執行官が興味深そうに言った。

「ポケットに入れてやろう。最後の役目を果たしてくれるかもしれないからな」

執行官の声に悪意はなく、アルチョムはなぜか気が休まるのを感じた。

再び後ろ手に縛られ、絞首台の方へ押しだされる。護送兵たちは、プラットホームに残った。どうせ逃げられはしないからだ。実際、アルチョムにそんな力は残っていなかった。執行官が頭に袋をかぶせ、輪を首にかけている間も、アルチョムは立っているのがやっとだった。頭に浮かぶのは、水が飲みたいということだけ。それだけ。水を、水！

「水を……」

アルチョムは声を振り絞った。

「水か？」執行官が困ったように両手を広げた。

「この期におよんで、どこで水を手に入れろってんだ？　だめだ、いい子だな、もう予定を過ぎてるんだよ。もうちょっとの辛抱だ……」

執行官はどさりと線路にとび降り、両手につばを吐くと、絞首台に結びつけてある縄を手にとった。

兵士たちは横一列に並び、黒軍服は、もったいぶった、わざとらしい厳かな表情を作って宣告を始めた。

「自らの民族を裏切る、恥ずべきスパイ容疑により……」

アルチョムの脳裏に、様々なことが断片的に浮かんでは消えていく。待ってくれ、まだ早い、まだするべきことがある……。ハンターの険しい顔が浮かんで、駅の暗赤色の薄闇に溶けて消えた。スホイの優しい目が見えた気がしたが、すぐに見えなくなった。ミハイル・ポルフィリェヴィチ……「君は、死ぬ」……〝黒き者《チョルヌィ》〟……奴らは……、だめだ、ちょっと待ってくれ！　喉《のど》の渇きが、すべての思い出や言葉、希望を遮《さえぎ》り、濃い蜃気楼の向こうへ追いたてる。水が飲みたい。

「……同胞民族を汚す退化者……」

　宣告が続いている。

　突然、トンネルから叫び声と機関銃の連射音、続いて大きなズドンという音がしたかと思うと、不意にしんと静まり返った。兵士たちが銃を構える。黒軍服は落ち着きを失って、早口で命じた。

「死刑に処す！　執行！」

　そして合図の手を振った。

　執行人は、小さく声を上げると、枕木を足の支えにして、縄に手を伸ばした。アルチョムの足の下で絞首台が動き始める。何とか台に体を残そうと努力するのだが、台はますます遠くへ滑り、足で踏ん張っていられなくなった。縄はどんどん首を締めつけ、体を後ろへ、死へと引っ張っていく。まだ死にたくない。嫌だ……。

　足元の台はすっかり離れてしまい、アルチョムの体重が縄を締め上げた。縄が呼吸器官を押しつぶす。喉《のど》の奥からごぼごぼという音がこみ上げてくる。目の焦点が定まらない。体の内部がぐるぐる回り、細胞の一つ一つが空気を欲してのたうち回る。息が吸えない。体が壊れていく。痙攣《けいれん》が走る。下腹部に不快な、くすぐったいような感覚が走る。

その瞬間、あたり一面を黄色いガスが包んだ。同時に、乾いた射撃音がすぐそばで鳴った。アルチョムは意識を失った。

「おい、死刑囚さんよ！　ほら、しっかりしろ！　脈ははっきりしてるんだから、死んだふりなんて、野暮だぞ！」

アルチョムの頬がそっとたたかれた。

「もう一回人工呼吸なんて、ごめんこうむるからな！」

別の声がした。

これは夢だ。アルチョムには確信があった。死の直前に見る、一瞬の幻にすぎない。死は、すぐそこにある現実だった。足元の支えがなくなり、体が浮かんだ時の、喉《のど》が締めつけられる感覚は疑えない事実だった。

「しっかり目を開けろ！」

初めの声がしつこく言った。

「人生をまだまだ謳歌《おうか》させてやろうと、縄の輪から引っ張りだしてやったんだぞ！　それなのに床に張りついておねんねか?!」

体を強く揺すられた。アルチョムは恐る恐る目を開きかけたが、何かが、アルチョムをのぞき込んでいるのが見えると、やはり自分は早死にしてしまった、これはあの世の始まりなんだ、と決め、再び目を閉じた。現世から離れた人の魂にまつわる、ハンの説を思いだした。そこにいたものは、人間のようにも見えるが、奇妙な形をしていた。電灯の明かりに照らされた肌の色は、艶のない黄色。目のかわりに細い線、まるで彫刻家が顔すべてを彫り終わり、目の部分は印をつけただけで仕上げ忘れたみたいだ。顔は丸いが、骨ばっている。こんな顔、今まで見たことがなかった。

「おい、いい加減にしろよ」

上からむっとした声がし、顔に水がかけられた。

アルチョムは夢中でその水を飲んだ。さらに腕を伸ばすと、瓶を持っている手にしがみつき、瓶に直接口をつけて、思う存分水を飲んだ。しばらくそのままじっとしていたが、やがてゆっくりと体を離し、まわりを見た。

アルチョムは二メートル以上あるトロッコに乗せられ、暗いトンネルを猛スピードで走っていた。何かの焦げる甘い香りがあたりに立ち込めている。驚いたことに、ガソリン動力で走っているようだ。トロッコには四人の男と、大きな黒い犬がいた。

四人のうち一人は、アルチョムの頬をたたいた男。その隣には、赤い星が縫いとられたマフつきの防寒帽をかぶり、防寒服を着たあごひげの男。背中に揺れている長い自動小銃は、以前アルチョムが持っていたものに似ているが、銃身の下側に銃剣がくくりつけられていた。

三人目は屈強な若者で、最初はわからなかったが、顔を見たときには、驚きのあまり線路に落ちそうになった。顔が真っ黒だったのだ。しかし、見直してみれば、ただ肌の色が暗いという他は、いたって普通の人間の顔だった。若干唇がめくれ、ボクサーのようにつぶれた平たい鼻をしている。

外見は、四人目の男が一番まともだった。男らしいきりりとした顔立ちや意志の強そうなあごは、プーシキンスカヤ駅で見たポスターを思い起こさせる。彼は、二段に穴が開いた幅広のベルトと将校用ボタンのついた見事なレザーコートを着ていた。ベルトには、巨大な拳銃が納まったホルスターをぶら下げている。

トロッコの後ろには機関銃がすえられ、赤い旗が風にひるがえっていた。電灯の明かりが偶然それを照らした時、それが旗というよりは、引きちぎられた布切れで、黒と赤のひげの顔が描かれているのが見てとれた。アルチョムには、檻の中で見た、ハンターがプーシキンスカヤ駅の連中をみな殺しにする夢の方が、今の状況よりもまだ現実的に思えた。

「目を覚ましたぞ！」

目の細い男が、嬉しそうな声を上げた。

「死刑囚さんよ！　答えろ、何の罪だ？」

男の言葉には訛《なま》りがまったくなかった。アルチョムやスホイと同じ発音だ。見慣れない容貌に流暢《りゅうちょう》なロシア語がピンとこない。自分はからかわれているのではないか？　目の細い男はただ口をパクパクしているだけで、実際に話しているのは帽子の男か、レザーコートの男なのでは？

「奴らの司令官を、撃った……」

アルチョムはしぶしぶ答えた。

「それは素晴らしい！　いいぞ！」

最初の男が感動の声を上げ、前に座っていた色黒の若者は振り返ってアルチョムに敬意のこもった視線を送った。彼のロシア語は訛《なま》りがあるに違いない、とアルチョムは思った。

「騒ぎを起こして無駄じゃなかったわけだ」

予想に反し、色黒の若者はきれいなロシア語を話した。アルチョムは、何が何だかわからなくなっていた。そこへ、今度はレザーコートの美男子が話しかけてきた。

「英雄さん、あなたの名は？」

アルチョムが素直に名乗ると、

「私は、同志ルサコフです。こっちは、同志バンザイ」

美男子が細目の男を指さした。

「彼は同志マクシム」

肌の黒い男が歯を見せて笑った。

「で、帽子をかぶっているのが、同志フョードル」

犬の順番は最後だった。犬も〈同志何とか〉なのかと思ったが、犬はただのカラチューパという名だった。〈同志〉なしの。

アルチョムは一人ずつと順番に握手をした。強く乾いた同志ルサコフの手、細くて固い同志バンザイの手、同志マクシムの黒い手、そして同志フョードルの肉づきのいい手。一人一人の手をにぎりながら、アルチョムは全員の名前を覚え込もうとした。特に発音しにくい〝カラチューパ〟を。しかし実際は、彼らは互いに違う呼び方をしていた。美男子は他の者から〝委員殿〟と呼ばれ、肌の黒い男は〝マクシムカ〟と呼ばれたり〝ルムンバ〟と呼ばれたりしていた。大昔の活動家の名前らしい。細目の男はただ〝バンザイ〟で、帽子の男は、〝フョードルおじさん〟だった。

「同志エルネスト・チェ・ゲヴァラ記念モスクワ・メトロ第一インターナショナル赤い旅団に、ようこそ！」

全員を紹介し終わると、委員殿こと同志ルサコフが、厳かに締め口上を述べた。

アルチョムはルサコフに礼を言い、改めて周囲を見回した。最後に聞かされた名称はあまりに長すぎて、とても覚えられそうにない。とは言え、〈赤い〉という言葉は、さながら闘牛場の牛のようにアルチョムに作用したし、さらに〈旅団〉という言葉からは、昔ジェーニカに聞いたシャボロフスカヤ駅あたりでのひどい事件を連想した。アルチョムは居心地が悪くなってきた。落ち着きなくきょろきょろしていると、風にはためく布に描かれた顔が目に止まった。

「あの人は誰ですか？　旗の？」

一瞬「ボロ布の？」と口を滑らしそうになり、アルチョムは内心あわてた。

「ああ、これが、チェ・ゲヴァラさ」バンザイが説明した。

「何？　チェゲヴァラ？」

聞き返したアルチョムは、ルサコフの血走った目と、マクシムのバカにしたような嘲笑に、まずいことを言ったと悟った。

「同志、エルネスト、チェ、ゲヴァラ」

ルサコフが言葉を切りながらゆっくりと繰り返した。

「偉大な、キューバの、革命家」

今度ははっきり聞きとれたが、何がわかったというわけでもなかった。しかし、アルチョムは一応目を丸くして敬意を示し、後は黙っていることにした。命を救ってくれた人々の気分を害したくはない。

肋骨のように並ぶ壁の鉄骨が、矢のようなスピードで後ろへ流れていく。アルチョムたちが話している間に、トロッコはすでに無人駅を一つ通り過ぎ、やがてトンネルの薄暗がりで止まった。行き止まりの分岐点が脇に見えた。

「ファシストどもが追いかけてくるか、見ものだな」

ルサコフはそう言うと、トロッコからとび降りた。深い場所から聞こえてくる音をとらえるためだ。犬のカラチューパも、それに従う。一人と一匹の邪魔をしないよう、全員が息を殺してひそひそ声になった。

「どうしてこんなことを？　僕を……引きずりだしてくれたのですか？」

正しい言葉を慎重に選びながら、アルチョムはたずねた。

「予定の行動だ。情報が入ったんだよ」

バンザイが謎の笑みを浮かべた。

「僕に関しての？」

アルチョムは、期待を込めて問い返した。ハンのときと同じように、この人たちも自分が特別な使命を抱えていると知っているのかもしれない。

「いや」

バンザイは意味不明なジェスチャーをした。

「残虐行為があるらしい、という情報だ。で、ルサコフ委員殿が阻止を決断した。我々の任務は、あのくそどもの足を引っ張ることだ」

「トンネルのこちら側に、あの駅への侵入を妨げる障害はない。強い照明すらなく、たき火の監視所があるだけなのもわかっていた」マクシムが言葉を続けた。

「で、この道を駅へまっしぐら、というわけさ。機関銃を使ったのは、ちともったいなかった。それに、煙幕弾もな。我々は防毒スーツを着て、首尾よく君の奪取に成功し、かわりにど素人のナチス親衛隊どもを、革命裁判で即刻死刑に処したというわけだ」

目を刺すような煙を吐きながら、黙ってタバコをくゆらせていたフョードルが口をはさんだ。

「それにしても……その顔、見事な印をつけられたもんだ。酒、飲むか？」

フョードルは床に置いてあった鉄製の箱から、にごった液体が半分入った瓶をとりだして振り、アルチョムに差しだした。

一口飲むのに、少なからず勇気が要った。飲み下すときは、まるで研磨剤が喉《のど》を通っていくようだった。しかし、おかげで絞め痕の傷の痛みは、少し和らいだ。

「それで、みなさんは……赤なのですか？」アルチョムは恐る恐るたずねた。

「我々はな、同志、共産主義者よ！　革命家さ！」

バンザイが誇らしげに答えた。

「赤い路線の？」

アルチョムは〈赤〉にこだわる。

「いろいろだ。委員殿の説明を聞いてくれ！　彼がイデオロギー担当だから」

バンザイが言った。

ルサコフは数分後にもどってきた。りりしい顔を満足げにほころばせ、同志たちに告げた。

「静かだ。休憩しても大丈夫だろう」

たき火を起こす材料はなかったが、革命家たちはアルコールランプをとりだすと、そこに小さなやかんをかけて、湯を沸かした。それから冷たい豚肉ハムを均等に分けた。戦士たちの食生活は、なぜか充実している様子だ。

「同志アルチョム、我々は赤い路線から来たわけではないのです」

バンザイからアルチョムの質問を引き継いだルサコフは、決然とした口ぶりで答えた。

「同志モスクヴィンは、全メトロ革命を諦め、革命活動への支持も中止し、スターリン的見地をとりました。彼は背教者で、妥協主義者だ。我々は、どちらかというと、トロツキー路線の支持者と言えるでしょう。ちょうど、カストロと、チェ・ゲヴァラの比較に近い。我々の戦闘旗に、ゲヴァラの顔が描かれているのは、そういうわけです」

そこまで言うと、ルサコフは、だらりと下がった布切れを大きな動作で指し示して、後を続けた。

「我々は、対敵協力者の同志モスクヴィンと違い、革命思想に忠実です。同志モスクヴィンの路線に、我々は同調できない」

「そうかい。でも、燃料をくれるのは、どこの誰だっけ？」

タバコをふかしながら、フョードルが口をはさんだ。

ルサコフは真っ赤になり、敵意に満ちた目でフョードルをにらんだ。フョードルの方はとげのある笑みを浮かべ、タバコを深々と吸い込んだ。

ルサコフの説明を聞いても、アルチョムはよく理解できなかった。が、一つだけわかったことがあった。ミハイル・ポルフィリェヴィチが話していた、腸を棒にかけて、銃殺しかねないというおぞましい連中と、この人たちでは、共通点が薄いらしい。アルチョムは少し安堵し、よい印象を与えようと気の利いた質問を投げてみることにした。

「スターリンって、赤の広場の、あの廟《びょう》にいる人ですよね?」

言ったとたんに、アルチョムは間違いに気づいた。ルサコフの美しい勇敢な顔が怒りでゆがみ、バンザイはそっぽを向き、フォードルは顔をしかめた。

「違った、廟《びょう》にいるのはレーニンだ!」

アルチョムはあわてて訂正した。

ルサコフの広い額に浮かんだ不快そうなしわは消えたが、口から出た言葉は厳しかった。

「あなたには教育が必要ですな、同志アルチョム!」

ルサコフに教育されるのは気が進まなかったが、アルチョムはそれをおくびにも出さず、ただ黙っていた。今まで無頓着だった政治に、次第に興味がわいてきた。ほとぼりが冷めるのを待って、アルチョムは再び口を開いた。

「なぜ反ファシストなのですか? 僕も反対ですが、革命家のみなさんは……?」

「それは、忌まわしいあいつらへの報復だ! 一九三〇年のスペイン、ファシストに銃殺されたエルンスト・テレマン、そして第二次世界大戦のな!」

ルサコフは、ギリギリと歯ぎしりして怒りに体を震わせた。またしてもアルチョムには理解の範囲を超えた解説だったが、質問は控えた。二度も無知をさらす必要はない。

カップに熱湯が注がれ、みんなに元気がもどった。バンザイはフョードルにくだらぬ質問を次々に浴びせて辟易させた。ルサコフの近くに陣どったマクシムが、小さな声でたずねた。

「委員殿、マルクス・レーニン主義は、頭のない突然変異体《ミュータント》について教えていますか？　ずっと気になっていたんです。私は思想的に強靭《きょうじん》になりたいと考えていますが、その点が欠落してしまうのです」

申し訳なさそうに微笑むマクシムの口から、まばゆいばかりに白い歯がこぼれた。

ルサコフは即答せず、

「それは、同志マクシム、簡単には答えられない問題です」とだけ言うと、押し黙った。

政治的観点から見た突然変異体《ミュータント》がいったいどういうものなのかは、アルチョムにも興味があった。そもそも、突然変異体《ミュータント》は存在するのだろうか？　しかし、ルサコフは黙ったままだ。アルチョムの頭に、ここ数日忘れかけていたことが次第にもどってきた。地下都市《ポリス》へ――。自分は奇跡的に生き残り、もう一度チャンスを、もしかしたらこれが最後になるかも知れぬチャンスを与えられた。

体中が痛み、呼吸も苦しい。深く息を吸うと咳がこみ上げる。片方の目は、未だにはれ上がったままだ。本心を言えば、ルサコフたちのトロッコにずっと乗っていたかった。彼らと一緒なら、安心だし、自信もとりもどせそうな気がする。見知らぬトンネルの、濃く立ち込める闇にも耐えられそうだ。いや、それどころか、高速のトロッコに乗っていれば、闇の恐怖のことを考えている時間などなかった。黒く深いトンネルの奥から聞こえてくる、かさかさという音や、ぎしぎしという音に脅かされることのない、この休息が永遠に続いてくれることを、アルチョムは心から願っていた。生きているというのは、かけがえのない喜びだった。

ほんの少し前には、死は鋼の牙をむきだし、アルチョムの目前まで迫っていた。それは事実だったが、死刑前夜に味わった、思考を妨げ、体を麻痺させるようなじっとりとした恐怖は、もはや、跡形もなく散り去っていた。唯一、心臓の下とみぞおちあたりに残っていた恐怖の名残も、同志フョードルの恐るべき自造酒が流し去ってくれた。フョードル、無分別なバンザイ、レザーコートのきまじめな委員殿、巨漢マクシム——彼らといると、本当に気楽だった。こんな気分は、博覧会駅出発の時以来だ。もう百年も昔のことのように思えるが。

それに、財産も何もかも失ってしまった。素晴らしい新品の自動小銃、ほとんど手つかずだった五つの弾倉、パスポート、茶、二個の懐中電灯、すべてファシストに奪われてしまった。今、持っているのは、身に着けている、ジャンパーとズボン、それから、死刑執行官が「最後の役に立つかも」とポケットに突っ込んでくれた、ハンターの薬きょうだけだった。これでは、もうどこへも行けはしない。赤でもいいじゃないか、インターナショナルの戦士たち……思い出せない。まあいい、彼らと、ここに残っては？　過去を忘れて、彼らの仲間となって生きていくのもいいかもしれない。

いや、だめだ。一分でも足を止めるわけには、休むわけにはいかない。そんな権利は、自分にはない。ハンターの申し出を受けた瞬間から、自分の運命は自分だけのものではなくなったのだ。後もどりはできない。他の道はない。

アルチョムは、何も考えぬよう努めながら、しばらく黙って座っていた。しかし、心にずっしりのしかかる覚悟は毎秒ふくらんでいく。意識の中でというよりは、ぼろぼろのはずの筋肉や、くたくたに疲れきった血管の中で、どんどん大きくなっていく。詰め物のおがくずをすべて抜きとられてふにゃふにゃになったぬいぐるみを、固い鉄の骨組みにすっぽりとかぶせたように。アルチョムの体は、すでに自分自身のものではなかった。以前の自分は、トンネルのすき間風に吹き払われてしまった。ぬいぐるみの中のおがくずと同じように。空洞になった自分の中に、今、存在しているのは、まるで別の誰かだった。それは、傷つき血を流した肉体の、絶望の祈りに耳を貸さぬ者。じゅうぶんに成熟し形が出来上がるまでは、体内にとどまろうとする胎児の願いを、底金つきの靴のかかとで踏みにじる者……。その〈誰か〉は、生存本能や筋肉の条件反射などにはお構いなしで、決定を下す。静寂と空虚が支配する意識を無視して。そして、唐突に最終決断が下された。

アルチョムの内部で、縮まっていたばねがピンと伸びた。ぎこちない動きで立ち上がったアルチョムを、ルサコフが驚いて見上げた。マクシムは思わず銃に手をかけた。

「委員殿、お話を……よろしいでしょうか?」

抑揚のない声でアルチョムは話しかけた。

バンザイが、不安そうにこっちを見た。

「そこで話されるがいい、同志アルチョム。仲間に隠し事はしないたちでね」

ルサコフの用心深い答えが返ってきた。

「救っていただいたみなさんには、心から感謝しています。でも、僕はみなさんに恩を返せない。ここに残りたい気持ちはとても強いのですが、それはできません。僕は、先へ進まなくてはならないんです。

行かなくては……」

無言のルサコフにかわって、思いがけず口をはさんだのは、フォードルだった。

「どこへ行くと言うのかね？」

アルチョムは口をぎゅっと閉じ、床に目を落とした。間の悪い沈黙。緊迫と疑惑の視線。スパイ？裏切り者？　なぜ行き先を隠す？

「言いたくないのなら、無理に言わなくていい」

フォードルがなだめるように言った。が、空気に耐えきれず、アルチョムはついに告白した。

「地下都市《ポリス》へ……」

ばかげた秘密主義のために、この人たちの信用と好意を損ないたくない。

「何か用があるのか？」

悪気のない表情で、フォードルがたずねた。

アルチョムは、無言でうなずいた。

「急を要するのか？」

フォードルが食い下がる。

アルチョムは、再度うなずいた。

「そうか、それなら、我々は君を引きとめはしない。目的を話したくないのなら、それでいい。しかし、トンネルのど真ん中で、君を放りだすようなことは、我々にはできない！　そうだろう、同志？」

フォードルは他の仲間に賛同を求めた。

バンザイがまったくだ、といった様子で首を縦に振り、マクシムは銃身から手を離して、それは絶対にできないと言った。最後に、ルサコフが口を開いた。

「同志アルチョム、あなたの命を救った我が旅団の同志たちを前に、その任務が我々の革命の妨げにならぬことを誓えますか？」厳しい口調だった。

「誓えます」

アルチョムは即答した。革命運動とはまるで関係ないし、第一、もっと重要な使命なのだ。

同志ルサコフはじっとアルチョムの目を見つめていたが、やがて決定を下した。

「同志諸君！　私は同志アルチョムを信じようと思う。彼を地下都市《ポリス》まで送り届けることに関し、賛成なら挙手願いたい」

一番に手を上げたのは、フョードルだった。アルチョムは、自分の首を縄の輪から外してくれたのは、きっと彼だろうと確信した。次にマクシムが手を上げ、バンザイは、ただ首を縦に振った。

「この近くに、多くの民衆は知らぬザモスクボレツカヤ路線と赤い路線の接合点がある。我々はあなたをそこまで送りましょう」ルサコフが言った。

彼がさらに言葉を続けようとした時、それまでおとなしく足元に寝そべっていたカラチューパが、突然起き上がって、激しく吠えだした。ルサコフが、目にもとまらぬすばやさで腰のホルスターから光り輝くトカレフ銃をとりだした。他の男たちも電光石火、戦闘態勢をとった。バンザイは紐を引いてトロッコのエンジンをかけ、マクシムは後衛についた。フョードルは、自造酒の入っていた鉄製の箱から、火炎瓶をとりだした。

この地点は坂道の下側で、見通しはとても悪いのだが、犬は相変わらず大声で吠え続けていた。アルチョムにも、緊張感がひしひしと伝わってくる。

「私にも銃をください」アルチョムは小声で頼んだ。

近くで強力な明かりが一瞬ぱっとつき、すぐに消えた。そして、短く命令をする誰かの怒鳴り声が聞こえた。枕木を踏む重々しい足音に続き、押し殺した悪態が聞こえ、また静かになった。委員殿に口を押さえられていたカラチューパは、自由になったとたん、再び吠え始めた。

「エンジンがかからない。押さないとだめだ…」

バンザイが押し殺した声でつぶやいた。

アルチョムが真っ先にトロッコからとび降り、続いてフョードル、そしてマクシムが線路に降りた。枕木に靴底の凹凸をはめて滑らないようにしながら力いっぱい押すと、トロッコは、ようやくぎしぎしと進みだしたが、のろのろとしか動かない。眠っていたエンジンがやっと咳払いに似た音を立てて稼働し始めた時、足音はもうすぐそこまで迫っていた。

「撃て！」

暗闇から命令が聞こえ、狭いトンネルの通路に銃声が響いた。少なくとも四丁はあったろう。弾が火花とともに周囲に飛び散ってはね返り、下水管を打つ乾いた音が耳をつんざいた。

アルチョムは、もう逃げられないと思った。しかし、トロッコの後方で仁王立ちしたマクシムが、長い連射で応戦した。銃声が静まる頃にはトロッコはやっとまともなスピードを出し始め、とび乗るのに、最後は全速力で走って追いつかなくてはならなかった。

「逃げるぞ！　早く追え！」

後ろの方で声がした。続いて、先ほどの三倍はあろうかという銃の乱射、しかし、弾はほとんどトンネルの壁や天井に当たって弾けた。

フョードルは、タバコの火でたくみに導火線に火をつけ、不気味な音を立てる火炎瓶をボロ布に包むと線路に向かって放り投げた。一分後、後方がさっと明るくなり、アルチョムが首に縄をかけられたときに聞いたのと同じ破裂音がとどろいた。

「もう一発！　煙を！」ルサコフが命じた。

煙幕に阻まれ、もがく追っ手が見る見るうちにはるか遠方に引き離されていく。アルチョムは動力トロッコの素晴らしさに改めて感動した。トロッコは軽快に走り、次のノヴォクズネツカヤ駅では、あっけにとられるやじ馬をはた目に、風のように通り過ぎた。ルサコフはこの駅での停車を、頑として聞き入れなかったので、アルチョムは様子をほとんど見ることができなかったが、大勢の人がいる割には照明がずいぶんケチられているようだった。バンザイが耳打ちしてくれたところによれば、この駅は悪評高く、住民も変人ぞろいらしかった。彼らがここに立ちよった時も、ほうほうの体で逃げだしたのだと。

「悪いが、君を手助けすることは不可能になった」

ルサコフが、初めてアルチョムに「君」と呼びかけた。

「ここにはもうもどれない。我々は、予備の基地であるアフトザヴォーツカヤ駅へ向かうことにする。行動を共にしたければ、来るがいい」

アルチョムはもう一度ルサコフたちと一緒に行きたいという本音を押し殺さなくてはならなかった。

が、二度目の今は、さっきよりずっと楽にできた。開き直りにも似た、陽気な絶望感がアルチョムを支配していた。何しろ、世界中がアルチョムに背を向け、悪い方へと向かうのだ。

今、自分は目的地から遠く離れた場所にいて、にっちもさっちもいかなくなっている。使命は秒を刻むごとにトンネルの闇に包まれて輪郭が薄れ、アルチョムからどんどん遠ざかっていくようだ。今や、どうあがいても、使命を達成することなど、夢のまた夢にしか思えなかった。しかし、その事実が、逆に、消えかけていた目の輝きに反骨の炎を蘇《よみがえ》らせた。どんな障害があろうとも、絶対に屈服などするものか。それは、恐怖にも理性にも力にも勝る、強い思いだった。

「いいえ」

アルチョムは初めて、はっきりと落ち着いた声で答えを返した。

「僕は行かねばなりません」

「それなら、パヴェレツカヤ駅まで一緒に行って、そこで別れよう」

しばらく黙っていたが、ルサコフはアルチョムの決心を受け入れた。

「残念だよ、同志アルチョム。我々には君のような戦士が必要だった」

ノヴォクズネツカヤ駅の少し先でトンネルが二股に分かれると、トロッコは、左の道へと進んだ。アルチョムが右側の先に何があるのかをたずねると、そちらこそがアルチョムの進むべき道であると教えられた。数百メートル先に、ハンザの国境警備拠点がある。そこは正真正銘の要塞で、この目立たぬトンネルが、環状線の三つの駅を結んでいるのだ。オクチャブリスカヤ駅、ドブルィニンスカヤ駅、そしてパヴェレツカヤ駅。この導線をつぶし、重要な地の利を遮断する気は、ハンザにはなかった。が、この通路を使えるのは、ハンザの諜報員だけ。もし関係のない者が国境警備の拠点に近づこうものなら、有無を言わせず連行され、抹殺されてしまう。

分岐点の先をしばらく進むと、パヴェレツカヤ駅が見えてきた。ずっと以前、博覧会駅の友人に、メトロの端から端まで一時間で行きつく方法があると聞いたことがあった。そのときは信じなかったが、こんなトロッコがあれば、話は別だ。もっとも、こんなにスムーズに、風のように走れるのは、ハンザ内かこのあたりの区間だけだろうが。

いや、不可能をいくら夢見ても仕方がない。現実の世界では、一歩進むたびに尋常ではない努力と焼けるような痛みを、必ず伴うのだ。よき時代は、もうもどらない。魔法のような素晴らしい世界は息絶えた。昔を懐かしんでいるばかりでは、何も始まらない。

古きよき時代の墓石につばを吐き、二度と後ろを振り向かず、前へ進むべきなのだ。

第10章　奴らを通すな！

パヴェレツカヤ駅前に監視所はなかった。駅の手前三十メートルほどの地点にたむろする放浪者たちが、畏怖のまなざしでトロッコを迎え、通り道を開けるため脇へよけた。

「ここには誰も住んでいないのですか？」

できるだけ冷静にアルチョムはたずねた。武器も食べ物も身分証明も持たぬまま無人駅に一人残るのは、正直、嫌だった。

「パヴェレツカヤ駅が？」

ルサコフが驚いた視線をアルチョムに向けた。

「もちろん、住人はいます！」

「じゃあ、どうして検問所がないのですか？」

「ここは、パ・ヴェ・レ・ツ・カ・ヤ駅！」

駅名を一字ずつ区切って発音しながら、バンザイが横から口をはさんだ。

「この駅をどうかしようなんて奴が、いったいどこにいると思う？」

ある昔の賢人が、死ぬ間際に、自分は結局、この世の何もわかっていなかったのだ、と言い残したと

聞いたことがある。アルチョムは自分も同じだと思った。みんな当たり前のように話すパヴェレツカヤ駅不可侵の常識を、自分は何一つ知らない。

「君、知らないのか？」

バンザイは信じられぬというように目を丸くした。

「ま、すぐにわかるさ！」

駅はアルチョムの想像を絶していた。まず、天井が信じられぬほど高い。はるか上の壁に打ち込まれた輪につるされた松明《たいまつ》のおどおどとした光は、床に届く前にすべて吸収されてしまう。そのため、頭上に無限の空間があるような錯覚に陥る。何とも言えない、不思議で神秘的な雰囲気だ。がっしりとした丸天井を支えているのは、すらっと伸びたスマートな円柱と、その合間に設けられた巨大な丸いアーチの列。

さらに、アーチの間の空間には、色はあせているが、過去の威厳をそのまま残すブロンズ像が飾られていた。ほとんどは伝統的な〈鎌と槌〉をかたどったものだったが、アーチに縁どりされた〈失われた大国〉の象徴は、それが創られた時代のまま、たいそう誇り高く、神々しく見える。円柱の列ははるか向こうまで続いていた。ところどころに血のように赤い松明《たいまつ》の炎が揺れてはいるが、列の終わりは闇に紛れて見えない。ここから数百歩、数千歩先の上品な大理石の柱をなめる炎の明かりには、べっとりとまとわりつくような濃密な暗黒を突き破る力はなかった。この駅は、神話に出てくる巨人サイクロプスのすみかだったに違いない。だからこんなに大きいのだ。

駅の美しさに圧倒され、誰も手だししないというのか？

バンザイがギアを切りかえた。トロッコが次第にスピードを落としていく間も、アルチョムは、世にも不思議なこの駅を見つめ続けた。なぜ誰もパヴェレツカヤ駅に手を出さないのだろう？　駅と言うより、おとぎ話の地下宮殿に似ているから？　それだけの理由で？　いや、それだけではあるまい。

トロッコが完全に停止すると、まわりに、ボロを身にまとった薄汚い子どもたちが集まってきた。子どもたちは羨望のまなざしでトロッコを見つめた。一人の少年は線路にとび降り、エンジンに触れて歓声を上げたが、すぐにフョードルに追い払われた。

「ここまでです、同志アルチョム。我々の道は、ここで分かれます」

ルサコフがアルチョムに声をかけた。

「我々みんなで話し合った結果、君に贈り物をすることに決めました。ほら、これを持っていきなさい！」

ルサコフはそう言うと、小銃を一丁アルチョムに差しだした。トヴェルスカヤ駅で護送兵の一人が持っていたものだった。

「それから、これも」

今度は、黒軍服のファシストが持っていた懐中電灯が手渡された。

「これは、すべて戦利品。だから遠慮することはありません。君が受けとる権利があるものです。我々も、もう少しここに残っていたいのですが、そうもいかない。ファシストのくそどもが、いつ追ってくるかわかりませんから。でも、パヴェレツカヤから先には、絶対につきまとっては来ないはずです」

アルチョムは先ほどの確固たる決心がぐらつくのを感じた。幸運を祈るバンザイに手をぎゅっとにぎられた時。マクシムにポンと肩をたたかれた時。そして、フョードルが迷った末に、半分残った自造酒の瓶を渡してくれた時。アルチョムは、胸が締めつけられる思いだった。

「また会おう、生き残ったあかつきには！」

ルサコフが最後にもう一度、アルチョムの手をにぎり締め、勇敢な美しい顔を引き締めた。

「同志アルチョム、お別れに当たり、二つだけ君に言っておく。自分の星を信じることです。同志エルネスト・チェ・ゲヴァラいわく、アスタ・ラ・ビクトリア・シエンプレ（勝利まで永遠に）！

それからもう一つ、これは大切なことだが……ノーパサラン（奴らを通すな）！」

他の戦士たちがいっせいに右手のこぶしを突き上げ、最後の言葉を繰り返した。

「ノーパサラン！」

アルチョムも、つられて同様にこぶしをにぎり、できるだけ決然と、革命的に応えた。

「ノーパサラン！」

アルチョムにとっては、〈アブラカダブラ〉と大して変わらない、呪文のようなものだったが……。でも、せっかくの別れの儀式を、つまらない質問で台なしにする気はなかった。アルチョムの反応は正しかったらしく、同志ルサコフは誇らしく、満足そうな目をアルチョムに向け、厳かに敬礼した。

エンジンが大きくうなると、トロッコはすぐにきな臭い灰青色の煙に包まれ、子どもたちの歓声に送られて暗闇へ消え去った。アルチョムは、また一人ぼっちになった。懐かしい家からこんなに離れた場所で、ただ一人きりだ。

プラットホームを歩いてみて、まず気になったのは時計だった。目立つものだけでも、四つある。博覧会駅では、時計は象徴的なものだった。書物を集めたり、子どもたちの学校を造るのと同じことで、諦めず、堕落せず、人間らしい生活を続けようとする、駅の住人たちの前向きな気持ちの表れだった。しかし、この駅では、時計は、もっと次元の違う、重要な役割を担っているようだ。

駅をせかせかと歩き回る人々は、しばしば時計に歩みより、時間を確かめていた。自分の時計を持っている人たちは、駅時計の表示板の赤い数字で時間を合わせ、落ち着きなく、また仕事にもどっていく。ハンが見たら何と言うだろう、とアルチョムは考えた。しばらく歩くうちに、別の特徴に気づいた。

驚いたことに、駅の構内に住居用テントがない。プラットホームはあらゆる類の商人でごった返し、アトリエらしき小屋もある。しかし住居用テントは一切なく、夜を明かすための衝立すらない。ダンボールの敷物に陣どる放浪者がいるだけだ。しかし、よく見ると、線路の副線側に、連結された数車両があり、トンネルの中まで続いていた。ホームからは一部しか見えないため、すぐにはわからなかった。きっと、あの中には宿泊したり休憩したりできる場所があるのだろう。

旅人に一方ならぬ関心をよせ、食事でもてなし、ものを売りつけようとするキタイ・ゴーロド駅とは正反対に、ここでは、みんな自分のことだけに没頭している様子だった。アルチョムを気にかける人はまったくいない。好奇心で紛らせていた孤独感が、だんだん強くなってきた。

寂しさから逃れようと、アルチョムは再び周囲に注意を向けた。この駅の住民は、表情からして他と違うのでは、とアルチョムは考えた。こんなに豪奢《ごうしゃ》な駅での生活が、人々に影響しないわけがない。しかし、第一印象は、他の駅の住民とまったく変わりなく見えた。せかせかと動き、大声を上げ、仕事に励み、口論する。——ところが、注意深く観察するうちに、アルチョムの背筋は冷たくなっていった。

若い身体障害者が、驚くほど多いのだ。手の指がない者、かさぶたに覆われている者、不器用に切断された三本目の手の跡が残る者……。大人たちも、多くは髪が抜け落ち、病弱そうで、はつらつとした元気な人は、ほとんど見当たらない。彼らの様子に比べると、駅の豪華さは、ちぐはぐに見えた。

広々としたプラットホームの中心部に、入口が四角形の通路が二本あり、下の方へ続いている。それが環状線、即ちハンザへの乗りかえ通路だった。が、ハンザの国境警備員の姿も、平和通り駅で見たような検問所もない。確か、ハンザは隣接する駅をすべてきっちり支配下に置いているはずだ。やっぱり、ここは、何か変だ。

アルチョムはプラットホームの店に立ちより、実弾《たま》五つで、千切りにして炒めたキノコ一皿と、腐ったような臭いを放つ苦い水をコップ一杯買った。ガラス容器の保存用に使われていたプラスチック製の箱をひっくり返して座り、買ったばかりの水を顔をしかめて喉《のど》に流し込んだ。力つきてくたくただったし、尋問の時に受けた傷がまだ痛む。アルチョムは休息の場を求めて列車に歩みよった。しかし、それは、キタイ・ゴーロド駅にあった列車とは、まったく違っていた。車両はぼろぼろで、中は空っぽ、ところどころ焼け焦げて、高熱で溶けている箇所もある。柔らかな革のシートはとり外され、持ち去られてしまっている。あちこちに血痕が残り、床には薬きょうが散らばっている。どう見てもここは休憩場ではなく、一度ならず激しい戦いのあった、まさに戦場の残骸《ざんがい》だった。

休憩を諦めてプラットホームにもどったアルチョムは、自分の目を疑った。列車の見学に、そう長い時間を費やしたわけでもないのに、売り台は閑散としてざわめきが消え、駅入口付近に数人の放浪者がたむろしている他に人影がまったくない。アルチョムが来た側の松明《たいまつ》は、すでに消されて、すっかり暗くなっている。中央の数か所と、プラットホームの一番端で、遠い松明《たいまつ》のぼんやりとした火が揺らめいているだけだ。時計の針は、八時を回ったところだった。

何が起きたのだ？　アルチョムは体の痛みをこらえながら、足早に先へ進んだ。ハンザとの連絡通路には、通常のものではなく、頑丈な鉄製の扉があって、それは両側からしっかり施錠されていた。もう片方の通路では門が半分開いていた。中をのぞくと、奥にはトヴェルスカヤ駅にあったのと同じ、どっしりした鉄格子が見えた。その向こうにランプの弱々しい光に照らされた机と、よれよれになった灰青色の制服を着た警備員の姿が見えた。

アルチョムが入っていくと、

「夜八時以降の通り抜けは禁じられている。ここが開くのは明朝六時」

と、警備員は冷たく言ってそっぽを向いた。かけ合っても無駄なようだ。

アルチョムは面食らった。この駅の一日は夜八時に終わるのか？　明日の朝までどうすればいいのだろう？　ダンボール箱の家で蠢《うごめ》く放浪者連中のそばへは近よりたくない。プラットホーム反対端のたき火で暖をとりながら待つしかないか……。

そこが、駅の監視所であることは、遠目からも判断できた。たき火が、がっしりとした男たちの姿を照らしだし、小銃の輪郭が浮かび上がる。でも、プラットホームの上に座ったままで、見張りになるのだろうか？　監視所は、駅から少し離れたトンネル内に設けるのが常識だ。不穏な生物や悪党に襲われても、この場所では何もできないではないか？

近づいていくうちに、別のことに気づいた。たき火の向こう側から、数秒おきにサーチライトが鋭い光を放っていた。しかし、その光は、ほんの数メートル先でぶつりと途絶える。物理法則にそぐわぬ光り方なのだ。今までアルチョムが気づかなかったのは、きっとそのせいだ。これは、何だ？

たき火のそばまで来ると、アルチョムは男たちに向かって丁寧に挨拶をし、自分が通りがかりの者であること、門が閉まる時間をうっかり見逃してしまったこと、ここで休みをとりたいことを伝えた。

「休みたい？」

一番手前に座っていた男が、バカにした口ぶりで言った。鼻は肉厚で、黒い髪はぼさぼさだ。背は高くないが、非常に強そうに見えた。

「お若いの、ここでは休んじゃいられないさ。朝まで命があれば、御の字よ」

アルチョムはプラットホーム上のたき火のそばがなぜ危険なのかとたずねた。すると、男は、無言でサーチライトをあごで示した。他の男たちは話に夢中で、アルチョムの相手をする気はないようだ。アルチョムは、サーチライトへ歩みよった。そして、すべてを理解した。

プラットホームの端に、小さな番所があった。他路線への連絡通路エスカレーターのそばでよく見かけるタイプのものだ。まわりに土嚢《どのう》が積まれ、ところどころ金属板で補強されている。ちょうど一人が大がかりな大砲のカバーを外しているところで、別の男たちは番所に座っていた。サーチライトの光は、ここから発せられていた。上に向けて。暗黒の闇にひそむ何者かを見つけだそうとするように、通路の壁を照らしている。光に浮かぶのは、褐色に変色した電灯の残骸《ざんがい》や、じめじめとした天井と、そこからぶら下がるモルタルのつらら。さらに光の行き先を見上げたが、そこには何の防壁もなく、地上へとつながるエスカレーターが上に伸びているだけだった。その向こうには……何もなかった。

この駅には、地上と地下を隔てる金属製防御壁がないのだ。プラットホーム側にも、地上側にも。パヴェレツカヤ駅は地上と直結し、ここの住人は常に上からの侵略の脅威にさらされていた。彼らは汚染された空気を吸い、汚染された水を飲み——だから水の味が妙だったのか——若い世代に身体障害者が多く、大人が病的な外見をしているのは、そのせいだったのだ。放射能による病が、彼らの髪を奪い、精力を抜き、生命ごと体を蝕《むしば》んでいた。

しかし、八時に駅を閉鎖することや、朝まで生き延びられれば、という監視人の言葉の裏には、まだ何かありそうだ。ここで一夜を過ごすのは、そんなにたいへんなことなのだろうか？　アルチョムは少し迷った末に先ほどの男の方へもどって、もう一度声をかけてみることにした。

「こんばんは」

男は、年齢は五十歳ほどのようだが、髪はすでにほとんど抜け落ち、こめかみと後頭部に灰色の数本をわずかに残すだけになっている。黒い瞳が興味深そうにアルチョムを見つめ、前結びのシンプルな防弾チョッキから大きな腹が突きでている。双眼鏡と笛を胸にぶら下げていた。

「まあ、ここに座れ」

男は、近くの土嚢《どのう》を指さして言った。

「あいつら向こうで楽しそうにしてるなあ。俺一人をここに残して。退屈しのぎに、話でもしよう。お前、その目のまわりの立派な縁どりは誰につけてもらったんだ？」

話の口火が切られた。

「何をやってもうまくふさげないんだ」

エスカレーター口の吹き抜けを指さし、男は諦めきった様子で言った。

「鉄で試したが、無駄だった。鉄砲水のように一気になだれ込んでくるからな。そんなことが何度も繰り返され、大勢が命を落とした。それ以来、こんな状態で放ってある。この駅に、安心できる暮らしはない。化け物どもの夜の侵入にいつもびくびくおびえている。昼は奴らは攻めてこない。寝てるんだか、地上をほっつき歩いてんだか。ところが、いったん暗くなると……。だから、夜八時になると、住民はいっせいに乗りかえ通路へ移動し、そこで夜を明かす。もう慣れっこになっちまった。あっちへ行けば、生活用品もそろってる。おっ、時間だ。ちょっと待っててくれ」

男が、手元のスイッチを押すと、サーチライトに煌々《こうこう》と光が灯った。

サーチライトの白い光が三つのエスカレーター坑をすべて照らし、壁と天井全体をなめて、再び消えた。男は、話を再開した。

「あっち、上には……」

声をひそめて天井を指さし、男が口を開いた。

「パヴェレツカヤ中央駅がある。地下鉄ではなく、地上を走る電車の駅だ。少なくとも、以前はあった。呪われた場所よ。線路がどこへ延びていたのか忘れたが、今は恐ろしいことになっている。時々すごい音が聞こえて来るんだがね、背筋がぞっとするよ。そいつらが地下に降りてきた時には……」

男は言葉を切り、しばらく沈黙した後、やっと口を開いた。

「我々は、奴らを、あの怪物どもを、〝よそ者〟と呼んでいる。地上の中央駅から降りてくるんだ。そんなに手強いわけじゃない。この監視所でやっつけたこともある。構内の列車を見たか？　奴らはあそこまで攻め込んできたことがある。でも、そこから先へは絶対に通さない。女や子どもがいる場所まで侵入されたら、一巻の終わりだ。俺たちは、列車の場所まで奴らを引きつけて、あそこで怪物を退治した。こっちの損害も大きくて。十人中、生き残ったのは二人だけ。〝よそ者〟の一匹は、ノヴォクズネツカヤ駅の方へ逃げていった。翌朝、そいつの跡を追ったら、ねっとりとした跡が、トンネルに残っていたんだ。どうやら脇トンネルへ逃げ込んでしまったらしい。それきりだよ。そんな所まで深追いしても意味がないからな」

「パヴェレツカヤ駅を攻める人はいない、って聞きました。本当なのですか？」

アルチョムは思いだしてたずねた。

「そりゃそうだ」

勿体をつけて、男はうなずいた。

「俺たちに手を出してどうなる？　がっちり防衛線を張って路線を守っているのは、俺たちなんだ。そうさ、人間で、ここに攻めてくる奴は誰もいない。ハンザも、彼らの一番端っこの信号所である連絡通路を我々に譲渡した。武器も提供してくれるが、それは我々を楯にしておきたいからだ。協力しているように見せかけて、実は俺たちを利用しているってわけだ。ところで、お前の名前は？　アルチョム？　俺はマークだ。おや？　何だか騒がしいぞ」

マークは再びサーチライトをつけた。

「そら耳かな」しばらくしてマークがつぶやいた。

危険な重い予感が、アルチョムの中でも次第にふくらんできていた。マークと並び、上の方に目を凝らす。マークの目には壊れた電灯の影しか映らなかったようだが、アルチョムには、まばゆい光の中に、一瞬、硬直した不吉な影が見えた気がした。気のせいかと思ったが、光がその場を通り過ぎる時、奇怪な影がかすかに蠢《うごめ》いたのを、アルチョムは見逃さなかった。

「ちょっと待って……」アルチョムはささやいた。

「あそこの角、大きなひびが走っているあのあたりに光を当ててみて……」

エスカレーターの中ほどより、少し上のあたりで、大きくごつごつした体に光が当たると、そいつは、一瞬釘づけになり、動きを止めた。と、次の瞬間、ものすごい勢いで突進してきた。マークはあわてて首に下げてあった笛を、力いっぱい吹き鳴らした。たき火のまわりで談笑していた男たちがさっと立ち上がり、各ポジションについた。

そこにはもう一つサーチライトが装備されており、光量は若干落ちるが、特殊な重機関銃と巧みに組み合わされていた。長い砲身の先がベル状にふくらみ、照準装置はクモの巣の形に似ている。こんなものは、今までに見たことがない。油でつやつや光った弾帯がスライドし、弾が次々に送り込まれていく。

「あそこだ！　十番地点付近だ！」

マークの横に陣どった、やせてしゃがれた声の男が〝よそ者〟の姿をサーチライトで捕らえた。

「双眼鏡をくれ……リョーハ！　十番地点、右側！」

「いたぞ！　わかった、あそこだ！　よし、じっとしてろよ……」

ひそむ黒い影に狙いを定め、機関銃兵がつぶやいた。

「照準よし！」

耳をつんざく連射音がとどろき、下から十番目の電灯が粉々に砕け散った。同時に、切り裂くような叫び声が上がった。

「命中！」しゃがれ声の男が言った。

「おい、もう一度照らしてみてくれ……ほら、こいつだ。一丁上がりだ、疫病神め！」

しかし、そいつはすぐには絶命しなかった。その後たっぷり一時間、上から聞こえてくる人の声に似たうめき声に、アルチョムは気が気ではなかった。耐えられなくなって〝よそ者〟にとどめを刺しては、と提案したが、軽くあしらわれた。

「やりたければ、お前が行ってやってこい。ここは射撃練習場じゃないんだ。一つでも多くの実弾《たま》をとっておかないと」

交代の時間になり、マークとアルチョムはたき火の近くへ移動した。たき火でタバコに火をつけ、物思いにふけるマークの横で、アルチョムは男たちの話に耳をそばだてた。

「リョーハが昨日、クリシュナ教信者の話をしていた」

額が狭く頑丈そうな首をした、体格のいい男が、腹に響く低音の声で話していた。

「そいつらは十月広野駅にいて、クルチャトフスキー大学にある原子炉を爆破して、人類を絶滅させようと計画しているんだそうだ。なかなか実行に移せないらしいがな。それを聞いて、俺は四年前、サヴョロフスカヤ駅で暮らしていた頃を思いだした。いつだったか、用があってベロルスカヤ駅へ出かけた。ノヴォスロボツカヤ駅の知り合いを頼って、ハンザ経由で行ったら、思いのほか早く着いちまって、用を片づけた後に、さあ、一杯やろうということになった。一緒に行った友人が俺に、この辺では酔った人間が行方不明になる事件が続いているらしいから、気をつけろと言ったんだが、俺は答えた。まあいいじゃないか、大仕事を片づけたんだから、祝わぬ法はないだろう、とな。で、一缶を二人で分けて飲み、酔っぱらって眠ってしまった。最後に覚えているのは、友人がそこらじゅうをはい回り、『俺は月面走行車一号だ！』と叫んでいたこと。

しばらくして目が覚めると……何てこった、俺は両手を縛られて猿ぐつわされ、頭もつるつるに剃《そ》られて、多分、昔の警察の留置所だと思うんだが、独房みたいな場所に横たわってた。とんでもない災難に見舞われた、と思っていると、三十分も経たないうちに悪魔どもがやってきて、俺の衿首をつかんでホームへ連れだした。どこにいるか、まったくわからない。駅の表示板はめちゃめちゃだし、壁も、床も血だらけなんだ。その上、駅じゅうあちこち掘り起こされていて、深い穴、少なくても二十メートル、いや三十メートルはありそうな穴がいっぱい開いていた。何より気味が悪かったのは、床と天井に星のマーク、ほら、よく子どもが一筆書きで書くだろう、あんな星の模様が一面に描いてあってな。俺は、最初、赤の拠点か、と思った。

しかし、どうも様子が違う。そうしているうちに、連中は俺を一つの穴の所へ連れていった。穴の中にロープがぶら下がっていて、それを伝って下へ降りろ、と言う。カラシニコフ銃を突きつけて。穴をのぞくと、底の方で大勢の人が、シャベルやスコップで穴を掘っている。掘った土はウインチで引き上げ、トロッコへ乗せてどこかへ運び去る。それを見て、俺は腹をくくった。第一、カラシニコフ銃の連中は常軌を逸していた。みんな足の先から頭のてっぺんまで刺青《いれずみ》だらけ、罪人にしか見えないんだ。だから、俺はここは刑務所か何かで、抜け目のない連中が地下道を掘って逃げようとしているんだろうと思ったわけだ。雑魚《ざこ》の手を集めて作業させてるんだ、と。

でも、落ち着いて考えてみると、理屈に合わない。そもそも警察がないメトロの世界に、刑務所なんてあるわけがない。俺は奴らに言った。高所恐怖症で、絶対途中でロープの手を離し、下の人の頭上に墜落する。そうすれば大損害だ、とな。すると、奴らは相談し合って、下から引き上げられてきた土をトロッコへ積む仕事に俺を回した。くそども、俺に手錠をかけ、足枷《あしかせ》までして、土を運べと言いやがる。奴らが何のためにそんなことをしているのか、どうしてもわからない。いずれにせよ、たいへんな重労働だったってことだ。でも、俺は、まだよかった」

そう言って、男は幅広い肩をすくめた。

「中には、俺よりももっと弱った人たちもいたからな。途中で一人倒れた男がいたんだが、スキンヘッドはその男を階段の方へ連れていった。俺がその後、近くを通ったら、大きな切り株みたいなものが置いてあって……ほら、以前赤の広場に首切り場みたいなのがあっただろう。そこに、さっきの男が転がされていた。首に斧を突き立てられてな。見回すと、あたり一面血の海で、棒にいくつもの頭が突き刺してあるんだ。ぞっとしたぜ。ここから逃げないと、俺も干し首にされちまう」

「で、そいつらは何者だったんだ?」

サーチライトのそばに座っていたしゃがれ声の男が、辛抱できずに口をはさんだ。

「一緒に土運びをした男に後でたずねた。何だと思う? 悪魔崇拝者だよ。わかるか? 連中、いよいよこの世の終わりの到来で、メトロは地獄へ通じる入口だと思い込んだらしい。それから地獄めぐりとかいう話も聞いたが、そっちはよく覚えていない」

「〝地獄への門〟じゃないのか？」機関銃兵が訂正した。

「そうだ、メトロは地獄への門だと。もっと深い場所にある地獄で悪魔が待っているから、そこへ行き着かねばならない、ということらしい。それであんなに深い穴を掘っていたんだ。……あれから四年、奴らも、そろそろ地獄に行き着いたかもな」

「それは、どこの話なんだ？」

機関銃兵が質問を重ねた。

「わからない！　それが、わからないんだよ！　どうやってそこから逃げだしたかというと、見張りの目を盗んでトロッコに忍び込み、上から土をかぶって待った。奴らは地面を掘った後の土をどこかに持っていって捨てていたから、土と一緒に運びだしてもらおうって算段さ。そのうちトロッコが動きだし、ずいぶん長い間走ったんだが、どこか高い所から、奴らは土と一緒に俺を放りだしてくれた。俺はそこでしばらく意識を失っていた。目が覚めて、とにかくはって、歩いているうちに、うまいこと線路にぶち当たった。どこかの駅にたどり着こうとレール沿いに進んでいたら、途中で別の路線との分岐点になっちまって。どっちへ進んだらいいか迷ってるうちに、俺はまた気を失っちまった。だから、その後のことは、よくわからない。誰かが見つけて運んでくれたらしい。で、気がついた時にはドゥブロフカヤ駅だったというわけさ。わかったか？　俺を助けてくれた親切な人は姿をくらました後だった。そんなわけで、あれが、どこの駅でのことだったのか、まったくわからなくなっちまった」

それから男たちは、イリッチ広場駅とリムスカヤ駅で疫病が出て、大勢の犠牲者が出たという話題に移ったが、アルチョムはもう聞いてなかった。メトロが地獄の一歩手前、いや、もしかしたら地獄の一番外側の環なのかもしれないという考えがアルチョムをとりこにしたのだ。脳裏に信じられない光景が広がった。何百人もの人たちが、アリのように、手で穴を黙々と掘っている。深い深い穴だ。が、ある日突然、シャベルの一つがすうっと軽くなる。向こう側とつながるすき間を掘り当てたのだ。その時、地獄とメトロは一つに結ばれる。

ここは博覧会駅と同じ宿命だ、とアルチョムは思った。地上からやってくる化け物たちの脅威に常にさらされ、襲撃に孤軍奮闘している。パヴェレツカヤ駅が屈すると、モンスターは全路線へ触手を伸ばしてしまう。博覧会駅だけが、特別なわけではなかったのだ。路線の端を固め、自分たちとメトロの安全を守る戦いに明け暮れる同じような駅が、いったいいくつあるのだろう。戦いを諦め、メトロの中心部へ向かってトンネルをどんどんつぶしていくこともできる。が、そうすると居住空間はどんどん狭くなる。そのうち、生き残った者たち同士が、首を絞め合うことにもなりかねない。

閉鎖できない地上への出口がある以上……。

アルチョムは、はっとして、その先を考えるのをやめた。自分の中の弱い声だ。使命を放棄するための甘ったれた理屈を探しているだけだ。弱さに屈してはならない。行き止まりにぶつかるだけだ。

他に気を向けようと、アルチョムは男たちの会話に再び耳を傾けた。初めのうち、彼らは、プーシュカとかいう男の、何かに対する勝利のチャンスについて話していた。続いてしゃがれ声の男がキタイ・ゴーロド駅の話を始めた。何者かがキタイ・ゴーロド駅を襲撃し、多くの人が殺されたが、駆けつけたカルーガの同胞たちが反撃したので殺人鬼たちはもと来たタガンスカヤ駅方向へ逃げ去ったと言うのだった。アルチョムが、それはタガンスカヤ駅ではなく、トレチャコフスカヤ駅方向だと訂正しようか考えているうちに、厳めしそうな男が割り込んできて、カルーガの連中はキタイ・ゴーロド駅から追いだされ、今は、これまで聞いたことのない新たな勢力の統制下にあるはずだと言いだした。

アルチョムは、二人が熱心に議論しているのを聞いているうちに、次第にまぶたが重くなり、いつの間にか、ぐっすりと眠りこんでいた。途中でまた警戒の笛が鳴り、周囲が騒然となったが、アルチョムは気づかず、夢も見ないで眠り続けた。もっとも、幸運なことに、それはただの誤報だったようだが。

マークに揺り起こされて、アルチョムはやっと目を覚ました。時計の針は六時十五分前を指している。

「起きろ。任務終了だ！」マークはアルチョムの肩を揺さぶって、嬉しそうに言った。

「さあ、連絡通路へ行こうぜ。昨晩通れなかった所だ。パスポートあるか？」

アルチョムは首を横に振った。

「まあいいさ、何とかなるだろう」

マークの言った通り、数分後、二人は連絡通路にいて、監視員は弾丸を二つ手のひらで転がしながら、機嫌よさそうに口笛を吹いていた。

連絡通路はとても長かった。駅そのものよりも長く思えるほどだ。壁の片面は防水シートで覆われ、ランプが明々と燃えていた（ハンザの気配りさ、とマークはニタリと笑った）。反対側の壁際には、一メートルほどの高さの間仕切りが延々と続いている。

「これはメトロ全体で一番長い連絡通路なんだ！」

誇らしげにマークが言った。

「これが何の仕切りかって？　お前、知らないのか？　有名だぜ！　この駅を訪れる人間の半分以上は、これが目的だよ。始まるのはもう少し後だが。何しろ、夜、駅と境の扉が閉まっちまうと、何もすることがないだろう？　いや、ひょっとしたら、昼間も予選があるかもしれない」

アルチョムがきょとんとしていると、マークは心底驚いた様子で叫んだ。

「お前本当に知らんのか?!　ネズミの競走、賭博だよ！　我々は競鼠場《けいそじょう》と呼んでる。知らない者はないと思ってたんだが、お前、賭け事は嫌いなのか？　俺は、賭についちゃ相当のもんだぜ！」

もちろん、アルチョムはネズミの競走を見てみたいとは思ったが、生来そういうものに対して熱しやすい方ではなかった。それに、すっかり寝過ごし、時間を無駄にしてしまった今、雷雲のように重くのしかかる罪悪感を抱いていた。夜まで待てない、いやこれ以上待つわけにはいかない。無為に費やした多くの時間を、少しでも挽回しなければ。

「夜まで待つわけにはいかないのです。急いでポリャンカ駅方面へ出発しなくては」

「それにはハンザ経由しかない」マークが目を細めた。

「ビザもパスポートも持たずに、どうやってハンザを通り抜けるつもりだ？　助けてやりたいが、俺にはどうにもできない。

いや、しかし、待てよ。いい方法がある。環状線側のパヴェレツカヤ駅のリーダーは大のネズミ競走好きでな、自分のネズミを連れて、毎晩ここに現れるんだ。たいそうな警備隊を引き連れ、ぴかぴかに着飾って。奴のネズミは〝海賊《パイレーツ》〟って名で、えらく強いんだが、どうだ？　奴と勝負したら？」

「でも、僕には、賭けるものが何もありません」

「自分を賭けるんだ、下僕として。俺がお前を賭けてもいいんだぜ」

マークは夢中で言った。瞳がきらきらと輝いている。

「勝てばビザがもらえるし、負けたとしてもハンザに入り込めるじゃないか。その後の行動はお前次第だがな。いい方法だと思わないか？　うん、俺は天才だな」

いい方法だとはちっとも思えなかった。自分を奴隷として身売りするなんて、しかもネズミの競走での敗北とは、あまりに屈辱的だ。アルチョムはもっとましな方法に当たってみることにした。

まず最初に、平和通り駅と同じグレーの制服を着た、まじめそうな国境警備隊員を相手に交渉を試みた。が、彼らはまるで相手にしてくれない。数時間も粘って、アルチョムがやっと引きだすことができたのは、「とっとと失せろ！　この片目小僧！」という一言だけだった。まだ痛みは残るものの左目のはれはかなり治まっているはずなのに。アルチョムは憤慨しながらその場を立ち去った。次には、駅で一番怪しげな連中に当たってみた。武器商人やその他の禁制品をあつかっている商人たちだ。しかし、ここでも、小銃や懐中電灯と引きかえにアルチョムをハンザへ送り届けてやろうという者は、誰一人見つからなかった。

夜になった。アルチョムは絶望的な気分で連絡通路の床に座り、自己嫌悪に陥っていた。仕事からもどってきた人々が家族と食事をとり、通路エリアは次第に活気づいてきた。そのうちに、騒いでいた子どもたちが寝床に追いやられ、門が閉まると、そこここのテントや衝立から、ぞろぞろと人が姿を現した。競鼠場《けいそじょう》に集まったのは、三百人はいるだろうか。アルチョムは必死になってマークを探した。人々は、今日の〝海賊《パイレーツ》〟の走りを口々に噂《うわさ》していた。〝プーシュカ〟は一度は勝てるのだろうか、といった議論や、他のネズミの様々な馬場名、いや、〝鼠場名《そじょうめい》〟も耳に入った。どうやら、レースの本命は二匹に限られるようだ。

しばらくすると、小さなかごに大事そうにネズミを入れた〝鼠主《そぬし》〟たちがスタート地点に現れた。環状線パヴェレツカヤ駅のリーダーらしき男の姿はなく、マークも見えない。ひょっとすると、マークは今日も当番で、ここには来ないのだろうか…？　賭けをすると言ってたが……？　アルチョムは不安になってきた。

連絡通路の向こう側に、目立つ一団が姿を見せた。強面《こわもて》のボディガードが二人と、手入れの行き届いたたっぷりとしたひげを蓄え、頭をつるつるに剃《そ》り上げた老人だ。老人は、眼鏡をかけ、ぱりっとした黒いスーツを着込み、もったいぶった様子で、重そうな体を引きずるように歩いている。脇に控えるボディガードの一人は、赤いビロードでできた網つきの小さな箱を持っていた。中で、灰色のものが蠢《うごめ》いている。これが名高い〝海賊《パイレーツ》〟に違いない。

ボディガードの一人がネズミの入った箱をスタートラインに運んでいった。老人は、審判員の席につかつかと歩みより、大仰なしぐさで補佐員を追い払うと、自分がかわりにどっしりと腰かけ、審判と何か話を始めた。もう一人のボディガードは、二人を背にして両足をぐっと広げて立ち、胸にかけた黒い短銃に手を添えた。あんな偉い人に、賭けを申し込むなどとんでもない、アルチョムは思った。近づくだけで気が引ける。

そのとき、マークが姿を現した。だらしのない服装をして、何日も洗っていないような頭をポリポリかきながら近よっていく。内容は聞きとれないが、二人に何事かを懸命に訴えているようだ。老人は、憤慨した様子で顔を真っ赤にして聞いていたが、話が進むうちに次第に表情が和らぎ、しまいに満足そうにうなずいて、眼鏡をとり、丁寧にそれをふき始めた。

アルチョムは群衆をかき分けて、マークがいるスタート地点に進みでた。

「一丁上がり！」

アルチョムを見て、マークは嬉しそうに両手をこすり合わせた。

マークは、予定通り、老人に賭けを申し入れたのだった。自分の新しいネズミが第一レースで〝海賊《パイレーツ》〟に勝てばハンザ全域で通用するビザをアルチョムとマークの二人分、負けたらアルチョムを奴隷として差しだすという提案は、始めのうち、あっさりはねのけられた。人身売買はせぬ、というわけだ（アルチョムはほっとため息をついた）。が、しつこく言われるうちに、このような厚かましい言動には目にものを見せてくれる、と、乗ってきたらしい。自分のネズミに挑戦するなど、自信過剰の厚顔無恥を成敗しようというのだ。マークのネズミが勝てばビザを発行してもらえるが、負けたら、マークとアルチョムは一年間、ハンザ側のパヴェレツカヤ駅構内で便所掃除をしなければならない。

「あなたは、ネズミを持っているんですか？」恐る恐るアルチョムはたずねた。

「もちろん！」と、マーク。

「すごい野獣よ！　〝海賊《パイレーツ》〟なんて粉々にかみ砕いちまう！　いやはや、捕まえるのがたいへんだったぜ！　ノヴォクズネツカヤまで追いかけさせられるかと思うくらいな！」

「名前は？」

「名前？　そうだな。よし、〝ロケット〟にしよう！　いかにも強そうだろ？」

　相手をかみ殺すかどうかはレースとは関係ないように思えたが、そのことについて議論する気はなかった。しかし、そのネズミを今日捕らえたばかりだという話には、さすがに黙っていられなかった。

「勝つ見込みがあるんですか？」

「信じることさ！　アルチョム！」

　マークは平然と答えた。

「俺はずっと自分のネズミが欲しかった。他人のネズミに賭けて負ける度に、俺は思った。自分のネズミを手に入れてやる、そいつがきっと幸運をもたらしてくれる、とな。でも、なかなか実現しなかった。簡単にはいかないさ。審判の許可が必要だし、それがまた、時間がかかるんだ。待つ間に〝よそ者〟の餌食になっちまうのがおちだ。

　ところが、お前が来た。俺は、今だ！　と思ったね。この時を逃すと、もう二度とチャンスはない。今、冒険しないと、他人のネズミを一生当てにすることになる、俺は自分にそう言い聞かせた。で、決めた。賭けに出るのなら、大きくいこうと。もちろんお前を助けたい気持ちもあるが、悪いが、それが一番の理由じゃない。俺は、あのひげの老いぼれじじいに」マークは声を低くした。

「〝海賊《パイレーツ》〟に勝負を挑む！　と、一度啖呵《たんか》を切ってみたかった！　あいつ、頭に血が上って、順番を飛ばして俺のネズミを走らせるように言いやがった。そう」

　マークは一瞬言葉を切った。

「その時の快感を思ったら、たかが一年の便所掃除くらい、何でもないことさ」

「でも、あなたのネズミは絶対に負ける！」

アルチョムは絶望的な気分だった。しかし、マークはアルチョムをじっと見つめ、ニヤリと笑った。

「さあ、どうかな？」

集まった観衆をぐるりと見回し、グレーの髪をなでつけると、審判はもったいぶった咳払いをしてから、レースに参加するネズミを呼びだし始めた。〝ロケット〟の名は最後だったが、マークは気にしていないようだった。一番の拍手を浴びたのは〝海賊《パイレーツ》〟で、〝ロケット〟に声援の拍手を送ったのは、アルチョムだけ。マークの手は、ロケットのかごを押さえるのでふさがっていたのだ。一年もの間、悪臭にまみれて便所掃除をし続けるという悲しい結末から逃れる奇跡を、アルチョムは必死で信じようとしていた。

審判が一発空砲を鳴らし、鼠主《そぬし》たちはいっせいにかごの扉を開けた。真っ先に飛びだしたのは〝ロケット〟で、アルチョムの胸は、期待にふくらんだ。けれども、ほんの五メートルも進んだ所で、〝ロケット〟は、自分の誉れ高い名前とは裏腹に、隅っこでじっと固まり、動かなくなってしまった。ルールにより、ネズミを追い立ててはいけないことになっている。アルチョムは、そっとマークを見た。怒りに荒れ狂うか、逆に悲嘆に暮れているかと思ったが、誇り高く険しい表情は何のかげりも現れていない。まるで巡洋艦の艦長のようだ。アルチョムは博覧会駅の図書館で読んだ物語を思いだした。その艦長は、敵の手中に落ちるよりはと、自沈を選んだのだった――。

二分もすると、レースの決着がついた。勝ったのは〝海賊《パイレーツ》〟、二番手は名の知れぬネズミ、たびたび噂《うわさ》にのぼっていた〝プーシュカ〟は三番目にゴールした。アルチョムは審査員の席に目をやった。ひげの老人は、相変わらず眼鏡をふきながら、興奮にはげ頭をてかてか光らせて、レース結果を審議していた。アルチョムは、自分たちのことなど忘れているのでは、とわずかな望みを抱いていたが、老人は突然ぴしゃりと額をたたき、愛想の良い笑顔を浮かべてマークを手招きした。

処刑の場に引きだされた時の、あの嫌な感覚を思いだした。マークの後について審判席に向かいながら、これでハンザのエリア内に入り込めるのだ、と自分を納得させる。問題はいかに逃げだすかだ。

しかし、屈辱がアルチョムを待っていた。

老人は慇懃《いんぎん》な態度で二人を台上に招き、聴衆に向かって賭けのいきさつを手短に説明すると、二人の敗者には、約束通り本日から一年間、衛生設備の清掃業務に従事してもらう、と声高に宣言した。どこからともなくハンザの国境警備員が現れ、アルチョムの小銃をとり上げると、この先一年間は危険な目にはあわないはずだから案ずることはない、銃は約束の期間が過ぎたら返す、と説明した。群衆の口笛とやじを浴びながら、二人は連絡通路を歩きだした。

通路は中ほどで下り坂になり、ここで二つのパヴェレツカヤ駅はがらりと様子を変える。

環状線側のパヴェレツカヤ駅は、先ほどまでいたパヴェレツカヤ駅と比べるとだいぶ狭い。こちらは、天井が低く、円柱らしい円柱がない。壁には一定の間隔でアーチがあったが、よく見ると、それぞれのアーチの幅と、アーチ間の幅が同じになっている。また、アーチの両側の壁は、ギリシア神話に出てくる神殿の円柱を模したような細工が施されていた。最初のパヴェレツカヤ駅の方が建設しやすかったのだろうとアルチョムは思った。土壌《どじょう》が柔らかく掘りやすかったのかもしれない。トヴェルスカヤ駅のような重圧感や悲壮感がないのはありがたかった。照明は明るく、壁一面に描かれた模様にも嫌味がなかった。強制労働の場としては、さほど悪い環境ではなさそうだ。

何と言っても、ここはハンザ領なのだ。どこを見ても、清潔で居心地よく整っていた。天井の照明は、ガラス製フードのついた本物のランプ。面積こそ、片割れのパヴェレツカヤ駅に軍配が上がるものの、作業所には数多くの机が置かれ、見たことのない部品が山と積み上げられていた。黙々と働く男たちはそろいの青い作業着姿で、空気には機械油の気持ちよい軽い香りが漂っている。八時に門を閉ざすもう片方と違い、こちらの駅の就労時間は、もっと遅く終わるのだろう。壁のそこここに白い背景に茶色の輪をかたどったハンザの紋章や、労働生産性向上を訴えるアダム・スミスのスローガンがかけられている。中でも一番大きな軍旗の下には、微動だにしない二人の儀仗兵《ぎじょうへい》にはさまれて、ガラスケースが置かれていた。その前を通りかかった時、アルチョムはわざと歩みを遅くして、中を見た。

小さなランプに照らされた赤いビロードの上に、二冊の本が鎮座していた。黒い表紙の一冊は保存状態がとてもよく、金色の文字で『アダム・スミス　国富論』と書かれていた。もう一冊はかなり読み込まれているようで、破れた箇所が細い紙テープで丁寧に補修されていた。表紙には、『デール・カーネギー　道は開ける』と太い文字が読めた。

アルチョムはどちらの名も知らなかったので、何の感想もなかった。頭に浮かんだのは、あの老人がネズミのかごに使っていたのは、このビロードの残りかもしれない、ということだった。

線路の一本が開放されていて、荷を積んだ手押し式トロッコが入ってきた。エンジンつきトロッコも、一度だけやってきた。トロッコには、黒い戦闘服の下に白黒のアンダーシャツを着た頑強な兵士が乗っていた。重そうな防弾チョッキを身にまとい、暗視スコープをつけ、短い銃身の、見慣れない小銃を首にぶら下げている。隊長らしき男が、ひざ元に置いた大きすぎるほどのひさしのある、ダークグリーンのヘルメットをなでながら、グレーの迷彩服姿の駅監視員たちと少し言葉を交わした。そして、トロッコはトンネルの奥へ姿を消した。停車していたのは、ほんの一分ほどだった。

もう一つの線路には、列車がまるごと残っていた。クズネツキー・モスト駅で見たのよりも、ずっと良い状態だ。カーテンが閉まっている車両は、恐らく居住用なのだろう。窓が開けられた車両の中では、タイプライターが置かれたデスクで、実務的な表情を浮かべた人たちが仕事をしている。扉に《中央オフィス》と飾り文字で表示されていた。

ここには謎めいた壮麗さや、滅び去った先人の超人的偉大さや、メトロ建設者のパワーなどの片鱗《へんりん》は、まったくない。しかし、同時に、絶望的な地下生活が生みだす退廃的な精神錯乱とも無関係だった。

ここには、平穏があった。規則正しい生活。物資も充実している。一日の労働の後には、静かな休息が待ち、若者たちは麻薬を頼りに現実逃避する必要もなく、早い出世を目指して努力する。役に立たなくなってトンネルへ捨てられ、ネズミの餌となるのでは、という危惧《きぐ》は不要なのだ。ハンザが流れ者を簡単に受け入れないわけが、これでわかった。天国の定員数には限りがある。無限に人々を受け入れるのは、地獄だけなのだ。

「これで国境を越えられたぞ!」

満足そうにあたりを見回しながら、マークが喜んでいる。

プラットホームの終点に《当直室》と表示されたガラス張りの部屋があった。そのそばの線路上には紅白の縞模様の小さな遮断機が下りている。トロッコは敬意を払うようにここでいったん止まる。すると、当直の税関員が部屋から出てきて、身分証明書を調べるのだった。時には、積み荷を調べてからやっと遮断機が上がり、トロッコが通過できるということもあった。国境警備隊も税関員たちも、自分の仕事に誇りを持ち、精を出している様子が手にとるようにわかる。このような仕事なら、好きにならぬはずがない、と、アルチョムは思った。

アルチョムとマークが連れていかれたのは、当直室のさらに奥にある柵の向こう側だった。柵からトンネルに向かって細い通路が延び、駅務室の廊下が脇へそれている。二人は、そこでこれからの職場となる設備や用具を見せられた。気のめいる黄ばんだタイル、便器を誇らしげにいただいた汚水槽。信じられないほど汚れた作業着、何かがべっとりと付着したスコップ、ゆらゆらと八の字を描く安定しない手押しの一輪車。そして、〝荷〟を近くの坑道に運ぶワゴン式トロッコ。筆舌につくし難い悪臭がそれらすべてにべっとりまとわりついていた。臭いは服を蝕《むしば》み、髪の毛一本一本に吸収され、肌に染み込み、自分の体の一部になって、二度と消えない刻印となるように思えた。もう二度と人間社会にはもどれないとすら思えた。

単調な作業の初日は、時間がやけにのろのろと過ぎた。掘って、捨てて、運んで、また掘って、運んで、トロッコを空にしてはまたもどる。恨めしい作業の繰り返しは永遠に続くようにも思えた。常に新たな客がやって来て、仕事は、きりがなかった。しかも、そんな客たちも、当直や巡回で回ってくる警備員たちも、作業を黙々とこなすアルチョムたちに露骨に嫌な顔をする。汚らしそうによけたり、手で鼻をつまんだり、ちょっとましな人でも、アルチョムとマークの近くでわざとらしく息を止める。彼らの顔に浮かぶあからさまな嫌悪の表情に、アルチョムはみんなが忌み嫌うこの汚物の出自を問いただしたくなった。

厚手の軍手をしていたにもかかわらず、夜までに手は肉まで皮がむけ、アルチョムは人間の本質と生命の意義を究めた気になっていた。即ち人間とは、食物を摂取し糞を生産するずるがしこい機械で、命ある限り絶え間なく機能し続ける。

人生の意義が最終目的にあると考えると、こんな人生には何の意味もない。生命の意義は、できるだけ多くの食べ物をとり入れ、消化し、排出するという工程である。湯気の立ったポークカツレツや、ジューシーなキノコの蒸し煮、ふっくらとした饅頭などをゆがめ、冒涜《ぼうとく》しているのだ。ここに来る人々の顔が次第に輪郭を失い、素晴らしいもの、有益なものを破壊し、かわりに悪臭漂う無益なものに変える機械に見えてくる。アルチョムは人間に苛立たしい感情を抱き、彼らがアルチョムたちに見せる以上の嫌悪感を彼らに覚えた。一方、マークは毅然と状況に耐え、アルチョムに「移住の初期は誰でも辛いらしいぜ！」などと声をかけ、励ました。

それ以上にアルチョムを打ちのめしたのは、初日も二日目も、逃げるチャンスがなかったことだった。ドブルィニンスカヤ駅の方角へ、坑道の向こうまで逃げるだけなのだが、想像以上に固い警備がそれを許さなかった。夜になって隣の小部屋で寝る時でさえ、扉は念入りに施錠され、夜通し見張りが外に立っている。駅入口のガラス張りの当直小屋には、常に警備員が詰めている。

三日目になった。一秒一秒が悪夢のように引き伸ばされ、一日は、まるでナメクジがはうように、ゆっくり、ゆっくり過ぎていく。アルチョムは、もう二度と自分に話しかけてくる人はいない、と思い込むようになっていた。人々は自分に、おぞましい不快なものへの嫌悪だけでなく、おぼろげな親近感を抱き、余計に敬遠するというわけだ。醜悪が伝染せぬかという目を向けられるのにも、もう慣れっこになっていた。

アルチョムの逃亡計画は、胸にぽっかり開いた絶望の穴の底に落ちてしまった。理性は肉体から離れたどこかに縮こまり、感情と感覚も、外界とつながる細い糸を引き込んで、意識のどこか端っこに隠れてしまった。うつろな気分のまま、アルチョムの体は、ただ機械的に動いていた。掘って、運んで、捨てて、また掘って、また運んで、トロッコを空にしてもどってくる。できるだけ早く。次の掘る作業をするために。眠っている時も、それは続いた。夢に現れる自分の姿は、現実同様、ただひたすら走り、掘り、押して、押して、掘って、走って……。

五日目の夜、アルチョムは手押し車ごとひっくり返って、全身、散らばった汚物まみれになった。ゆっくり床から立ち上がりながら、アルチョムは頭の中でスイッチが切りかわるのを感じた。

バケツと雑巾をとりにいくかわりに、ゆっくりとトンネルの入口へ向かった。我が身が汚らわしく、自分ながらぞっとする。今の自分が放つオーラは、どんな者をもはねつけるに違いない。不思議なことに、いつも通路の端に立っている監視員の姿もない。

無意識に、アルチョムは枕木に沿って歩きだした。手探りだったがほとんどつまずくことはなく、歩くスピードを次第に上げ、しまいには走り始めた。理性はまだ体にもどっておらず、はるか彼方から自分の姿をこわごわと眺めている。背後に、叫び声も、追っ手の足音も聞こえない。一度だけ、荷を満載したトロッコが、ぼんやりとした明かりをレールに落とし、きしんだ音を立ててやってきた。アルチョムは壁にぴったりと身をよせ、トロッコをやり過ごした。乗っていた人たちは、アルチョムに気づかなかったのか、あるいは注意を向けるに値しないと思ったのか、視線はアルチョムをなめて通っただけで、何も言わず、遠ざかっていった。

今や、アルチョムは、無敵だった。鼻が曲がりそうな汚物を着込んだ自分は、透明人間と同じ。そう考えると力が出た。理性が少しずつもどってきた。

やったじゃないか！　ついにあの糞ったれ駅から逃げ出せた！　しかも、誰も追ってこない！　奇妙なことだが、事態を解析したり、論理的に説明しようとしたら、魔力はとたんに消えて背中に監視所のサーチライトの光が射すことになるかもしれない、とアルチョムには思えた。

トンネルの向こうに光が見え、歩くスピードを落とした。一分後、ドブルィニンスカヤ駅に到着した。監視員の男は、「誰かこいつ呼んだか？」と一言発すると、手で口をふさぎ、もう片方の手で空気をあおぎながら、すぐにアルチョムを通過させた。とにかくできるだけ早く前進し、警備隊に気づかれる前に、背後に足音が聞こえる前に、警告の空砲がなる前に、ハンザから遠ざかることだ。

目を床に落とし、周囲の人々の冷たいまなざしをひしひしと感じながら、アルチョムはハンザの国境に向かった。自分のまわりに、何者も近づけぬ分厚い壁があるのを頼もしく感じながらも、頭の中は忙しく働いていた。国境警備員に何と説明しよう？　パスポート提示を求められたら……どう説明する？

アルチョムは、あごが胸につくぐらい低く首を垂れていたため、この駅で見たのは、整然と床に並んだ、黒い大理石のプレートだけだった。いつ呼び止められるかびくびくしながら、アルチョムは先を急いだ。ハンザの国境が、どんどん近づいてくる。今だ。さあ、行くぞ。

「何だ、お前は？」

耳のすぐ上から押し殺した声が響いた。

「あの、僕、迷ってしまったんです。ここの住人ではなくて……」

半分は本当のことを言おうと決めていた。慣れない芝居をしながら、アルチョムはぼそぼそと答えた。

「とっとと消えちまえ！　おい、わかったか、糞ったれ！」

その言葉は催眠術のような説得力にあふれていた。即刻その命令に従いたかったが、念には念を入れた方がいい。

「あの……その……僕は……」

演じすぎぬよう気をつけながら、アルチョムはうやむやなつぶやきを続けた。

「物ごいは、ハンザ領内では厳しく禁じられている！」

遠くからでも聞こえる大声で、男は言い放った。

「えと……少しだけでも。小さな子どもを抱えてまして……」

アルチョムは、調子に乗って言った。

「子どもだと？　お前、正気じゃないな!?」

顔は見えぬが、警備隊員は明らかに激昂《げっこう》していた。

「ポポフ、ロマコ、こっちへ来い！　この糞野郎を、即刻放り出せ！」

ポポフもロマコもアルチョムに手を触れたがらず、銃で背をつついて追い出した。背後から、上官らしい男の罵り声が追いかけてきた。が、アルチョムには、それが天上からの音楽に聞こえた。

連絡通路を抜けた。セルポフスカヤ駅！　ハンザから出た！

アルチョムはそっと顔を上げてみた。が、自分をとり巻く人々の視線に、再び目を床に落とした。ここは整備の行き届いたハンザとは明らかに違った。メトロのほとんどの駅が属する薄汚れた貧しい無秩序の世界にもどってきたのだ。しかし、今のアルチョムはもっとおぞましい存在だった。ここまで自分を透明人間に変え、守ってくれた鎧は、人々の目を背けさせ、監視所も国境も通過させてくれた無敵の甲冑《かっちゅう》は、ただの悪臭を発するかさぶたと化していた。時刻は十二時を回った頃だろうか。

緊張が緩んでくるにつれ、パヴェレツカヤ駅からドブルィニンスカヤ駅までひたすら歩き続けた力もなえた。アルチョムは空腹で、疲労困憊《こんぱい》していた。心は空虚で、体からは耐え難い悪臭を放ち、一週間前に殴られた痕もまだ消えていなかった。

壁際にしゃがみ込むと、近くにいた放浪者たちが悪態をつきながら四方へ散っていった。アルチョムは一人ぼっちになった。少しでも寒さを感じぬよう、両手で両肩を抱き、目を閉じた。やがて睡魔がアルチョムを襲った。

夢の中で、アルチョムは終わりのないトンネルを歩いていた。

それは今まで歩いたあらゆるトンネルをすべて足してもおよばぬ、長い長いトンネルだった。くねくねとうねり、上がったり、下ったり、十歩以上真っすぐ続く箇所はなかった。どこまで行っても終わらない。進むのが次第に辛くなってくる。出血している足は痛み、背中がひりひりし、一歩前へ足を運ぶたびに体中に痛みが走る。しかし、出口はすぐそこ、次の角を曲がった所かもしれないという希望が、アルチョムを先へと駆り立てていた。

と、突然恐ろしい考えが頭をよぎった。トンネルに出口はないのでは？

もしトンネルに入口も出口もなく、目に見えぬ全能の力が彼をここに閉じ込めたのだとしたら？

迷路のネズミ。車輪を回し続けるリス。かごの中で、実験者の指にすがろうと無為な努力を続けるネズミは、出口のない迷路で力つきて倒れるまでもがき続けるのだ。

しかし、とアルチョムは思った、もし出口がないのなら、無駄に前進を続けない方が自由になれるのではない？　アルチョムは枕木に座りこんだ。疲れたからではなく、道が終わったからだ。まわりの壁も消えていく。アルチョムは思った。目的を果たすためには、遠征を終結させるためには、進むのをやめること。その考えは溶けて、消えた。

何とも言えぬ不安に駆られ、アルチョムは唐突に目を覚ました。自分が今どうなっているのか、一瞬わからなかった。断片的な記憶を、ジグソーパズルのようにつなぎ合わせようとしてみたが、ピースがどうしても合わずに、ばらばらと外れてしまう。接着剤が必要だった。その接着剤となるものは、今見ていた夢の中にあるような気がした。それこそがアルチョムに意味を与える軸であり、核であるはずだ。ばらばらでは破れたキャンバスにすぎないが、一枚の絵として仕上げれば、きっと、魔力にあふれ、無限の地平線を開いてくれるに違いない。なのに、どうしても考えがまとまらない。アルチョムはこぶしをかみ、汚れた手で汚れた頭をかきむしった。唇は不明瞭に何かを唱え始めた。

人々は恐ろしげに、敵意に満ちた目でアルチョムを見ながら通り過ぎていく。思考はもどらなかった。そこで、アルチョムは、沼に落ちた人の髪をつかんで引っ張り上げるように、ゆっくりと、慎重に、記憶の断片から考えをまとめようとしてみた。すると断片の一つが奇跡のように引っかかり、言葉が夢と寸分違わぬ形ですっと蘇《よみがえ》ってきた。

〝遠征を終結するためには、進むのをやめること〟

アルチョムはがっかりした。しっかりした意識で考えてみると、ばかげたたわごとにすぎなかった。天才的に思えた夢の中のアイデアが、現実では空虚な言葉の羅列にすぎないことは、よくある。遠征を終えるために、進むのをやめる？　もちろんそうだろう。進むのをやめれば、遠征は確かに終わる。しかし、それが解決になるのか？　それが自分が目指していたゴールなのか？

「おお、親愛なる兄弟！　そなたの体と心は汚れている……」

突然、すぐそばで声がした。

驚きのあまり、アルチョムの頭から、蘇《よみがえ》った考えと失望感が一挙に消え失せた。声に答えることも忘れていた。というよりも、自分が何か言葉を発する以前に人々が四方へ散り散りになることが、すっかり当たり前になってしまっていたのだ。

「すべての孤独な人、よるべなき人々を私たちは歓迎します！」

優しく響くその声は、心を落ち着かせたが、アルチョムはまず視線を右に向け、次に左に向けた。

まわりには誰の姿もなかった。ということは、声の主は自分に話しかけているのだ。アルチョムがゆっくり顔を上げると、中背の男が微笑みを浮かべて立っていた。たっぷりとした上衣をまとい、亜麻色の髪とピンクの頬をしたその男は、親しげに握手を求めてきた。人と話せることが単純に嬉しく、アルチョムも迷わず手を差しだして応じたが、心の中は疑問でいっぱいだった。

（この人は、どうして他の人たちのように僕から逃げ出さないのだろう！）

アルチョムは思った。

（握手までして。どうして自分から僕の所へ近づいてきたんだ？　みんなはできるだけ僕から離れようとするのに……！）

「助けて進ぜよう！　兄弟たちと共に、そなたに休息の場を分け与え、心の力をとりもどして進ぜよう」

ピンクの頬の男は言った。

アルチョムはただ黙ってうなずいた。相手にはそれだけでじゅうぶんなようだった。

「では、ストロジェヴァヤ塔にお連れしよう、親愛なる兄弟よ！」

抑揚をつけて言うと、男はアルチョムの手をがっしりとつかみ、一緒に歩きだした。

（下巻につづく）

METRO2033 ㊤

2011年２月２日 初版第1刷発行
2021年10月２日　　第4刷発行

著者／ドミトリー・グルホフスキー
訳者／小賀明子

発行人／野村敦司
発行所／株式会社小学館
〒101-8001 東京都千代田区一ツ橋2-3-1
電話　編集03-3230-5416 販売03-5281-3555
印刷／図書印刷株式会社
製本／牧製本印刷株式会社

編集／松元章展

ISBN978-4-09-356711-4